*Gina Greifenstein * Anne Griesser * Barbara Saladin*

Sechs Fremde und ein Dackel

Die Krimiautorinnen Gina Greifenstein (Südpfalz), Anne Grießer (Freiburg/Br.) und Barbara Saladin (Baselland/Schweiz) machen seit 10 Jahren gemeinsame Sache. Dabei entstehen u. a. Bücher, Anthologien, Lesereisen und spannende Bühnenprogramme.

Gina Greifenstein * Anne Griesser * Barbara Saladin

Sechs Fremde und ein Dackel

Krimikomödie

PIPER

Mehr über unsere Autoren und Bücher:
www.piper.de

Wenn Ihnen dieser Roman gefallen hat, schreiben Sie uns unter Nennung des Titels »Sechs Fremde und ein Dackel« an empfehlungen@piper.de, und wir empfehlen Ihnen gerne vergleichbare Bücher.

© Piper Verlag GmbH, Georgenstraße 4, 80799 München
www.piper.de
Für direkten Kontakt und Fragen zum Produkt wenden Sie sich bitte an: *info@piper.de*

ISBN 978-3-492-50540-6

Redaktion: Ulla Mothes
Satz auf Grundlage eines CSS-Layouts
von digital publishing competence (München)
mit abavo vlow (Buchloe)
Covergestaltung: Traumstoff Buchdesign traumstoff.at
Covermotiv:
Bilder unter Lizenzierung von Shutterstock.com genutzt
Printed in Germany

Im Zug

Schweine, überall Schweine!

Der Mann im Führerstand traute seinen Augen nicht. Er kannte die Risiken seines Berufs: Selbstmörder, die sich vor den ICE warfen. Kinder, die auf Gleisen spielten. Technische Defekte an veralteten und schlecht gewarteten Lokomotiven. Idioten, die Steine von Brücken warfen oder Hindernisse auf Schienenstränge legten. LKWs mit übermüdeten Fahrern am Steuer, die durch geschlossene Schranken krachten. Alles schon passiert. Aber Schweine? Hausschweine?

Er konnte sich nicht daran erinnern, jemals von Borstenvieh auf der Strecke gehört zu haben, zumindest nicht in dieser Anzahl. Es mussten mindestens fünfzig Tiere sein.

Der Zugführer, ein übergewichtiger Mann mit feuerrotem Haar und einem sanften Gemüt, betätigte mit aller Kraft die Bremse.

In den Waggons brach Panik aus. Die freundlichen Mitarbeiter des Bordbistros verteilten kostenlos Kaffee – heiß und zielgenau auf Hosenbeine und Miniröcke. Kinder schrien, Gepäckstücke regneten aus den Ablagen. Auf der Toilette brach sich ein Mann den Unterkiefer, als er durch die Vollbremsung gegen das Waschbecken geschleudert wurde. Eine Schaffnerin stieß mit einem Mann zusammen, der gerade aus dem Speisewagen zurückkehrte. Zwischen den beiden entwickelte sich in dieser Ausnahmesituation in Sekundenschnelle eine so unwiderstehliche Anziehungskraft, dass er sie an sich riss und seine Lippen auf die ihren presste. Sie erwiderte den Kuss mit einer nie gekannten Leidenschaft. Erst als der Zug schon eine Weile stand, ließen sie voneinander ab. Die beiden sollten sich nach jener schicksalhaften Vollbremsung nie wiedersehen, dieses Ereignis aber bis an ihr Lebensende nicht vergessen und jedes Mal wehmütig aufseufzen, sobald sie einen Zug bestiegen.

Auf einem der Fensterplätze in einem Sechserabteil murmelte eine Nonne erschrocken »Heiliger Strohsack« und presste augenblicklich die Hand auf den Mund.

Der biederen älteren Frau ihr gegenüber entfuhr ein spitzer Schrei. Die bunte Keksdose auf ihrem Schoß vollführte einen Satz wie ein Ochsenfrosch in Paarungsbereitschaft. Mit einer Geschicklichkeit, die sie selbst überraschte, bewahrte sie die Dose vor dem sicheren Sturz. Ihre Pausbäckchen wechselten von gesundem Rosa zu Totenbleich.

Mit lautem Getöse kullerten drei leere Bierdosen über den Boden. Ihr Besitzer, ein dunkel gekleideter Rocker mit drei funkelnden Perlen im Kinnbart, der gleich neben der Abteiltür saß, rülpste laut. Die zierliche junge Frau mit schwarzgefärbten Haaren ihm gegenüber wurde beinahe aus ihrem Sitz katapultiert. Der Rocker breitete erwartungsvoll die Arme aus, lächelte und entblößte dabei einen abgebrochenen Schneidezahn. Die junge Frau fing sich jedoch im letzten Moment und fiel zurück in ihren Sitz.

Der ICE brauchte endlos, bis er zum Stehen kam. Eine fette Muttersau verharrte wie ein Felsbrocken auf den Gleisen und starrte dem heranrasenden Ungetüm stoisch entgegen. Als der Zug nur wenige Meter vor ihr anhielt, grunzte sie zufrieden. Dem Lokführer kam es vor, als ob sie lächle. Später würde er seiner Frau gegenüber behaupten, das Tier habe genau gewusst, wie lang der Bremsweg des Zuges sei. Sagte man Schweinen nicht im Allgemeinen und Hausschweinen im Besonderen nach, sie wären fast so klug wie Menschen?

»Hoppla«, sagte der Mann mit Bürstenhaarschnitt zwischen der Biederen und der Schwarzhaarigen. »Ist jemand verletzt?«

Niemand antwortete.

»Scheiß Bahn«, sagte die Schwarzhaarige.

Die Nonne kramte nach ihrem Rosenkranz und ließ ihn geschmeidig durch die Finger gleiten. Ihre Bewegungen ließen auf jahrelange Übung schließen.

Der unscheinbare Mann in grauem Anzug zu ihrer Linken nickte nur, nachdem er seinen schwarzen Aktenkoffer, der bei dem Bremsmanöver aus dem Gepäcknetz gepurzelt war, mit schnellem Griff aufgehoben hatte. Der Mann mit dem Bürstenhaarschnitt stand auf und öffnete die Schiebetür. Nach einem prüfenden Blick in den menschenleeren Gang setzte er sich wieder.

»Ich lass die Tür mal einen Spaltbreit auf, in Ordnung?« Fragend sah er in die Runde. »Dann hören wir vielleicht, was los ist.«

Die übrigen Insassen würdigten ihn keines Blickes, nur der unscheinbare Mann nickte abermals. Die Stille, die daraufhin einkehrte, war beinahe greifbar. Eine fette Fliege stieß bei ihrem verzweifelten Versuch, sich einen Weg in die Freiheit zu bahnen, unablässig gegen die Fensterscheibe. Aus einer abgeschabten Reisetasche in der Gepäckablage drang ein aufdringliches Ticken. Alle Blicke wanderten nach oben.

Die gerade noch leichenblasse ältere Frau bekam schlagartig wieder Farbe. »Mein Reisewecker«, stammelte sie verschämt.

Ein leises Klickern näherte sich vom Gang her. Das Geräusch brach ab, bevor es die Glastür erreichte. Alle hielten den Atem an, selbst die Fliege gab ihren Ausbruchsversuch auf und fand auf der Halbglatze des Unscheinbaren eine Zuflucht. Dieser verzog keine Miene.

Die Stille nahm etwas Bedrohliches an. Der Mann mit Bürstenhaarschnitt schluckte hart. Die Hände der älteren Dame verkrampften sich ängstlich um die Keksdose. Alle Blicke wanderten zur Tür. Das Klickern verstummte. Eine feuchte Schnauze schob sich ins Blickfeld.

Beherzt schob die junge Frau die Glastür ein Stück weiter auf. »Oh, bist du süß!«, sagte sie zu einem Rauhaardackel, der schwanzwedelnd ins Abteil tänzelte und der Reihe nach alle Beine beschnüffelte.

»Dackel?!«, fragte der Rocker irritiert. Die Augen der Nonne weiteten sich voller Entsetzen. »Vade retro, Satanas!«, zischte sie und zog die Beine an.

Der Anblick des Hundes zauberte ein Lächeln auf das Gesicht der Biederen am Fenster.

Im Lautsprecher knackte es.

»Sehr geehrte Fahrgäste. Unser Zug hält außerplanmäßig aufgrund von Hindernissen im Gleisbereich. Bitte bleiben Sie auf Ihren Plätzen und steigen Sie nicht aus.«

»Fuck you, Bahn!« Die junge Frau stöhnte auf.

Die ältere Dame umklammerte ihre Keksdose noch eine Spur fester. »Oh je, hoffentlich kein Selbstmörder!«

»Wenn's einer ist, dann kann das dauern«, bemerkte der Mann mit dem Bürstenhaarschnitt.

Wieder eine Durchsage: »Wenn sich ein Landwirt im Zug befindet, soll er sich bitte beim Zugpersonal melden.«

»Hä?«, sagte der Rocker.

»Bauer«, knurrte der Unscheinbare.

Derweil rückte der Dackel von der Nonne ab. Die Stiefel des Rockers erregten jetzt seine Aufmerksamkeit. Ihnen entstieg ein Duft, der auf den Vierbeiner eine magische Anziehungskraft ausübte.

»He, Kumpel«, sagte der Rocker. »Aber nicht dranpinkeln, okay?«

Der Dackel legte sich hechelnd vor seinen Füßen nieder. Die Fliege nahm ihre Ausbruchsversuche wieder auf. Minuten verrannen, die Luft wurde zunehmend stickiger. Der Unscheinbare holte umständlich ein blütenweißes Stofftaschentuch aus der Innentasche seines Jacketts und wischte sich in Zeitlupe den Schweiß von der Halbglatze. Dem verstaubten Habit der Nonne entströmte ein säuerlicher Geruch. Schließlich meldete sich der Rocker träge zu Wort: »Ich muss pissen.«

»Tun Sie sich keinen Zwang an«, kommentierte der Bürstenhaarschnitt.

Der Lautsprecher erwachte zu neuem Leben: »Sehr geehrte Fahrgäste, leider ist in einem unserer Wagen die Klimaanlage ausgefallen. Bitte bleiben Sie trotzdem auf Ihren Plätzen, da der Zug komplett ausgelastet ist. Wir bedauern, Ihnen mitteilen zu müssen, dass auch die Toiletten außer Betrieb sind. Wir hoffen, dass wir die Fahrt bald fortsetzen können. Wir bitten dies zu entschuldigen.

Ladies and Gentlemen, one waggon is too hot. You also can not use the toilette. Thank you for your understanding!«

Der Rocker sank resigniert in seinen Sitz zurück und riss sich die nächste Bierdose auf.

Eine Zugbegleiterin mit wippendem blonden Pferdeschwanz eilte vorbei.

»Hallo, Fräulein«, rief die Biedere ihr aufgeregt nach.

Die Schaffnerin hielt inne und streckte den Kopf ins Abteil. Unwillkürlich zuckte sie vor der schneidend dicken Luft zurück. »Ja bitte?«, fragte sie mit angehaltenem Atem.

»Was ist denn passiert? Ein Selbstmörder?«

Die Zugbegleiterin schenkte der Biederen ein mattes Lächeln. »Nein, keine Sorge, wir denken, dass die Fahrt bald weitergeht.«

»Na, hoffentlich! Ich habe nämlich noch eine wichtige Verabredung in Berlin. Ich muss ...«

Die Bahnangestellte hörte nichts mehr, sie hatte bereits die Flucht vor den Ausdünstungen der hier versammelten Personen ergriffen.

Die Biedere verstummte und ließ in Gedanken Revue passieren, wie es dazu gekommen war, dass sie nun in diesem engen, schrecklich überhitzten Zugabteil saß …

Anneliese Musebrinck, Nur-Hausfrau

Drei Monate vor der Zugfahrt

»Ach, Rex«, seufzte Anneliese liebestrunken und sah ihm tief in die grünbraunen Augen mit den goldenen Sprenkeln.

Wie sie diese Augen liebte! Diese Augen mit den süßen Lachfältchen drumherum. Sie trat noch näher an ihn heran, sie wollte jedes noch so kleine Fältchen, jeden einzelnen der goldenen Sprenkel genau sehen.

Sie liebte auch seinen Mund, den meist ein kleines spöttisches Lächeln umspielte. Es war ein bisschen frech, aber auch ungemein verlockend. Küss mich doch, sagte dieses Lächeln.

Und dann sein Grübchen! Links, ein kleines Stückchen über dem Mundwinkel. Lausbubenhaft, unwiderstehlich.

Am liebsten wäre sie ihm mit beiden Händen durch das dichte, perfekt liegende Haar gefahren. *Vokuhila* hieß der Schnitt in den Achtzigern, vorne kurz, hinten lang, aber auch heute noch, mehr als dreißig Jahre später, stand Rex diese Frisur ganz wunderbar.

Überhaupt war sich Anneliese sicher, dass er der schönste Mann auf Gottes Erdboden war. Und er liebte *sie*! Ausgerechnet sie, die einfache Hausfrau aus der Provinz. Sie hatte es schwarz auf weiß, ach was, rot auf weiß! Mit roter Tinte hatte er ihr die wunderschönsten, romantischsten, liebevollsten Briefe geschrieben, die eine Frau jemals bekommen hatte. Manche Stellen darin hatten ihr schamhafte Röte ins Gesicht gemalt, aber sie hatten sie auch erregt und glücklich gemacht: Rex liebte sie nicht nur, er begehrte sie! Mit jeder Faser, mit jeder Zelle seines Körpers. Das hatte er nicht nur einmal geschrieben.

In den letzten Jahren hatte sich ein hübscher Stapel dieser wundervollen Briefe angesammelt, ganz zerfleddert und abgegriffen waren sie schon vom vielen Lesen.

Jedes Wort, jeder Satz traf mitten in ihr vor Liebe loderndes Herz. Was kein Wunder war, denn wer solche bezaubernden Liedtexte schreiben konnte, Liedtexte, die Millionen Fans erreichten und tief berührten, der konnte natürlich auch herzerwärmende Briefe schreiben. Anneliese kannte sie alle auswendig, Wort für Wort. Jeden einzelnen hatte sie aufgehoben und bestimmt schon hundertmal gelesen. Allesamt ruhten sie sicher verwahrt in einer flachen Schachtel mit Klappdeckel. Aus den Blumenkatalogen, die jedes Frühjahr per Post ins Haus geflattert kamen, hatte sie die schönsten Rosenbilder ausgeschnitten und den Karton damit beklebt. Rosen in tiefem Rot und sattem Rosa – herrlich romantisch sah das aus. Im untersten Regalfach stand diese Schachtel, durch eine zusammengelegte Moltondecke vor neugierigen Blicken geschützt.

Ja, Rex liebte sie wirklich. Sie konnte ihr unglaubliches Glück kaum fassen. Zärtlich strich sie ihm über die Wange und näherte ihre Lippen den seinen …

»Anneliese, ich bin wieder da!«

Erschrocken zuckte sie zurück.

Das war Heiner.

Mit hektischen Bewegungen nahm sie ihre Brille aus der Tasche der Kittelschürze und setzte sie sich auf die Nase. Ohne Brille war sie eigentlich blind wie ein Maulwurf, aber vor Rex zeigte sie sich trotzdem lieber ohne. Schnell zerrte sie einen noch nicht gebügelten Kopfkissenbezug aus dem Wäscheberg im Korb und warf ihn auf das aufgeklappte Bügelbrett. Als die Tür aufflog und ihr Ehemann in seinem obligatorischen mittelgrauen Anzug eintrat, den er fünf Tage in der Woche in seinem Büro im Finanzamt trug, hielt sie das Bügeleisen einsatzbereit in der Hand und schob es mit übertriebener Inbrunst über den zerknitterten Stoff.

Bitte, lieber Gott, schickte sie ein Stoßgebet gen Himmel, lass Heiner nicht merken, dass der Stecker nicht in der Steckdose steckt!

Anneliese war zwar nicht besonders gläubig, jedenfalls nicht mehr, seit sie als Dreizehnjährige während einer Jugendfreizeit dieses unschöne Erlebnis mit einem alten, nach kaltem Zigarrenrauch stinkenden Pfarrer gehabt hatte. Aber trotz dieser traumatischen Erfahrung war sie der festen Überzeugung, dass eine gute Beziehung zum Chef dieses ekligen Pfarrers nicht schaden konnte. Gott gab ihr zwar wie üblich keine Antwort, aber Heiner merkte tatsächlich nichts.

»Hier bist du. Hätte ich mir ja denken können.« Missbilligend glitt sein Blick über die Poster, Bilder und Zeitungsausschnitte, die jeden freien Zentimeter der Wände im Hauswirtschaftsraum bedeckten. Er stellte sich direkt vor das Poster, vor dem Anneliese kurz zuvor noch gestanden hatte, und musterte mit spöttisch nach unten gezogenen Mundwinkeln Rex Armandos Konterfei. »Was du nur an diesem blöden Lackaffen findest!«

Anneliese umklammerte das Bügeleisen. Wenn Heiner jetzt auf Rex spuckte, wie es einen Augenblick lang den Anschein hatte, dann würde sie es ihm über den Schädel ziehen, ohne lange zu fackeln! Dieser Gedanke erschreckte sie im ersten Moment, aber als sie ihn noch einmal ganz langsam durch ihre Gehirnwindungen wandern ließ, war er gar nicht mehr so sehr abwegig. Wenn sie nämlich Heiner los wäre, dann wäre der Weg endlich frei für sie und Rex.

»Dieser idiotische Schlagerheini bürstet sich krampfhaft auf jugendlich-frisch, und beschränkte Weiber wie du kaufen ihm das auch tatsächlich ab. Aber mir kann er nichts vormachen. So lange wie der die Welt schon mit seinen unerträglichen Schmalzliedern verschmutzt, ist er mindestens so alt wie ich. Ich wette, die aufgeplusterte Haarpracht auf seinem Kopf ist eine Perücke!«, höhnte Heiner.

Anneliese betrachtete die blanke Halbglatze ihres Gatten, auf der sich das Licht der Deckenlampe spiegelte. Ihr war klar, dass er nur neidisch auf Rex' Aussehen sein konnte. Heiner war eher der Heinz-Ehrhardt-Typ. Aber leider nur optisch – humormäßig hatte er keinerlei Ähnlichkeit mit dem knuffigen Komiker. In Pferderassen ausgedrückt, war Rex definitiv ein feingliedriger Vollblüter und Heiner ein stämmiger Ackergaul.

Anneliese war es gewohnt, dass sich Heiner über Rex und ihre Schwärmerei für ihn lustig machte. Aber heute war er besonders boshaft. Das Bügeleisen wog schwer in ihrer Hand. Noch ein Wort ...

»Was gibt's eigentlich zum Abendessen?« Heiner drehte sich zu ihr um.

Das Brett vibrierte, als sie das Bügeleisen eine Spur zu heftig darauf abstellte. Das schlechte Gewissen schnürte ihr den Hals zu, immerhin hatte sie gerade in Betracht gezogen, ihren Ehemann umzubringen.

»Kartoffelsalat«, brachte sie krächzend hervor. »Kartoffelsalat und heiße Würstchen.«

»Na, hoffentlich nach dem Rezept meiner Mutter«, sagte Heiner und sah sie durch die dicken Gläser seiner Nickelbrille mit genau dem gleichen missbilligenden Blick an, mit dem er gerade noch Rex Armando bedacht hatte.

Anneliese hob das Bügeleisen erneut hoch. Hatte sie tatsächlich gerade ein schlechtes Gewissen gehabt? Seit knapp dreißig Jahren war sie jetzt mit Heiner verheiratet, und seit genau dieser Zeit meckerte er an ihrem Essen herum. Sie konnte kochen, ziemlich gut sogar, schließlich hatte sie es auf der Hauswirtschaftsschule gelernt. Seine Unzufriedenheit lag also nicht an ihr und ihrer Kochkunst, sondern einzig und allein an Heiner selbst. Wie gern würde sie neue Rezepte ausprobieren, doch Heiner war diesbezüglich viel zu simpel gestrickt. Ihm genügten Bratwürstchen mit Kraut, Kartoffelsuppe (auch nach dem Rezept seiner Mutter) mit Wiener Würstchen (keine Bockwürstchen, nur Wiener!), paniertes Schnitzel (in diesem Fall kein Wiener vom Kalb, das war zu teuer) oder Wiener Würstchen mit Kartoffelsalat (nach dem Rezept seiner Mutter), Nudeln mit Haschee (wie es seine Mutter immer gekocht hatte: die gänzlich unitalienische Form der Hackfleischsoße), Fischstäbchen mit Kartoffelsalat (richtig, nach Mutters Rezept), Pfannkuchen mit Marmelade, Gulasch mit Salzkartoffeln oder auch mal einen Schweinebraten mit Klößen. Am besten genau in dieser Reihenfolge (dann trafen nämlich die Fischstäbchen auf den Freitag) und jede Woche aufs Neue. Der Speiseplan war genauso sterbenslangweilig wie Heiner selbst. Manchmal wagte Anneliese einen Ausbruch aus der kulinarischen Routine, was aber nie auf Begeisterung von Heiners Seite stieß.

Das Bügeleisen fühlte sich gut in Annelieses Hand an. Warum hatte sie ihm eigentlich nicht schon vor Jahren damit den Schädel zertrümmert? Sie seufzte. Ganz einfach: Weil ein Mord nicht wirklich befreite. Die Frage musste also ganz anders lauten: Warum hatte sie Heiner überhaupt geheiratet?

Ihr Gatte verließ mit ein paar Schritten den Raum und damit auch den Wirkungskreis des Bügeleisens. Anneliese stellte es beinahe zärtlich ab.

»Ich hab mal ein ganz neues Rezept ausprobiert«, rief sie zaghaft hinter ihm her. *Mit roter Paprika und Käsemayonnaise*, fügte sie im Geiste hinzu. Sie war sich absolut sicher, dass ihm diese neue Komposition nicht schmecken würde.

Sie warf einen letzten sehnsüchtigen Blick auf ihr Lieblingsposter, bevor sie das Licht ausmachte und die Tür zum Bügelzimmer, zu ihrem Heiligtum, ihrem Rex-Armando-Tempel, schloss. Rex war ein Mann von Welt, er verkehrte in den nobelsten Hotels und Restaurants, er würde ihre Experimentierfreude sicherlich zu schätzen wissen. Anneliese nahm sich fest vor, ihn im nächsten Brief nach seinen Lieblingsspeisen zu fragen.

In der Küche angekommen, stellte sie Wasser für die Wiener Würstchen auf.

Ich habe Heiner geheiratet, weil kein anderer mich haben wollte, beantwortete sie sich selbst ihre Frage, während sie den Tisch deckte. Sie war immerhin schon achtundzwanzig gewesen, als er ihr den Antrag machte, ein spätes Mädchen, wie man es früher nannte. Anneliese Müller, mit achtundzwanzig noch Jungfrau, schon zu Schulzeiten von ihren Klassenkameraden boshaft *Lieschen Müller* genannt. Lieschen Müller, das Synonym für *langweilige, farblose, uninteressante Trutschel.* Anneliese Müller, ein blasses Mauerblümchen, das noch bei den Eltern wohnte und erst kurz vor Torschluss doch noch einen Mann abkriegte. Heiner war nicht gerade Annelieses große Liebe gewesen, nicht mal ihre kleine – aber er wollte sie heiraten, eine Familie mit ihr gründen, und da sagte sie eben ohne groß zu überlegen Ja. Außerdem war sie dadurch das Nullachtfünfzehn-Müller losgeworden – Lieschen Müller war Geschichte. Nachträglich betrachtet klang Anneliese Musebrinck allerdings auch nicht wirklich aufregend.

Sie betrachtete die Würstchen, die im heißen Wasser herumtrieben. Ja, sie war ein spätes Mädchen gewesen. Aber jetzt, da sie darüber nachdachte, war ja auch Heiner spät dran gewesen. Er war immerhin selbst schon zweiunddreißig, als er um ihre Hand angehalten hatte. Genau wie sie war er ein trauriger Restposten gewesen!

Mit der Familie war es dann leider doch nichts geworden. Anneliese wusste von ihrem Frauenarzt, dass es nicht an ihr lag, aber Heiner hatte sich diesbezüglich nie untersuchen lassen. Er gab von jeher ihr die Schuld an der Kinderlosigkeit. Sie seufzte erneut. Vielleicht hätten Kinder ja etwas an ihrer Beziehung geändert?

Mist, Anneliese hatte vor lauter Nachdenken nicht aufgepasst. Eines der Wienerchen war aufgeplatzt! Schnell nahm sie den Topf vom Herd und stellte ihn auf den Untersetzer auf dem Tisch.

»Essen ist fertig«, rief sie und holte Senf und eine Flasche Bier aus dem Kühlschrank. Das Bier würden sie sich wie immer teilen. Anneliese ließ den Bügelverschluss aufploppen und füllte die bereitstehenden Gläser. Wenn sie es recht bedachte, dann hatte sie in den vierunddreißig Jahren ihrer Ehe noch nie ein Bier ganz allein getrunken. Heiner schon, der gönnte sich nach dem Essen vor dem Fernseher immer noch ein weiteres, manchmal auch zwei.

Ganz gegen ihre Gewohnheit stellte Anneliese eine zweite eisgekühlte Bierflasche auf den Tisch. Sie fühlte sich wie eine Revoluzzerin. Und das fühlte sich gut an!

Heiner hatte inzwischen Anzug und Hemd gegen dunkelblaues T-Shirt und dunkelblaue Jogginghose getauscht und setzte sich auf seinen angestammten Platz, an die Kopfseite der Eckbank. Kritisch musterte er den Kartoffelsalat in der Schüssel. Mit einem der beiden Salatlöffel stocherte er darin herum, schaufelte dann eine große Portion hoch, nur um sie wieder vom Löffel in die Schüssel platschen zu lassen.

»Was soll denn das?« Seine Stimme klang vorwurfsvoll, der Blick aus seinen hellgrauen, perfekt zum Büroanzug passenden Augen, ließ Anneliese frösteln. Auch wenn es jetzt zu spät war, fragte sie sich, warum sie nicht einfach zum tausendsten Mal in ihrer Ehe den Kartoffelsalat ihrer Schwiegermutter gemacht hatte. Das mit dem neuen Rezept war dann wohl doch eine Spur zu viel Revolution.

»Ich wollte einfach mal etwas anderes ausprobieren«, sagte sie kleinlaut. »Versuch ihn doch erst, er schmeckt sehr gut. Ich hab ihn in einer Zeitschrift gefunden, und er sah so lecker aus …«

»In einem deiner Schundblättchen, die auf der einen Seite fragwürdige Rezepte abdrucken und auf der nächsten Seite über das wilde Sex- und Drogenleben von deinem idiotischen Rex schreiben? Genauso sieht dieser Salat aus, Anneliese.« Er untersuchte mit seiner Gabel eine Zutat genauer. »Ist das etwa Schimmel?«, fragte er angeekelt.

»Kein Schimmel, Heiner. Gorgonzola.«

»Also doch Schimmel! Willst du mich vergiften?«

Gar keine so schlechte Idee, dachte Anneliese. Schon zum zweiten Mal an diesem Tag hätte sie Heiner lieber tot als lebendig gesehen. Erschrocken über sich selbst verbot sie sich jeglichen weiteren Gedanken in diese Richtung. Schließlich war sie eine der pazifistischsten Personen auf Gottes Erdboden, sie rettete sogar Regenwürmer von der Straße. Also lieber an etwas Schönes denken, an Rex zum Beispiel.

Heiner schien ihre Gedanken lesen zu können: »Glaubst du etwa, dein geliebter Rex würde diesen schimmeligen Kram essen?«

Anneliese wollte es nicht sagen, aber es kam ihr einfach so über die Lippen: »Natürlich würde er das! Er ist nämlich nicht so ein Bauer, der nichts isst, was er nicht kennt. Rex ist durch und durch Gourmet, er speist schließlich in den tollsten Restaurants, er liebt Kaviar und Austern …«

»Ach ja?«, unterbrach Heiner sie mit vor Spott triefender Stimme. »Hat er dir das etwa bei eurem letzten Treffen im Adlon erzählt? Oder auf seiner Yacht, als du ihn dort zusammen mit Sophia Loren besucht hast?«

Nein, das hat er mir geschrieben, dachte sie trotzig. *Auch dass er mit mir in die schicksten Restaurants gehen, Champagner am einsamen Privatstrand hinter seiner Villa in St. Tropez mit mir trinken würde, wenn ich denn endlich frei für ihn wäre.*

Aber sie schwieg mit verkniffenen Lippen, denn sie vermied es tunlichst, ihrem Mann von Rex' Briefen zu erzählen.

Mitleidig sah Heiner sie an. »Mensch, Anneliese, schau dich doch mal an! Dein toller Rex würde dich nicht mal eines einzigen Blickes würdigen, darauf kannst du einen lassen. Du solltest dir Hilfe suchen, beim Psychiater, Psychoanalytiker oder wie die heißen. Das ist ja nicht mehr auszuhalten!« Er angelte sich mit den Fingern ein Wienerchen aus dem inzwischen lauwarmen Wasser und biss hinein. Mit der anderen Hand nahm er die noch volle Bierflasche, prostete ihr zu und stand auf. »Du findest mich im Wohnzimmer, falls du heute noch von deiner Yacht zurückkommen solltest.«

Anneliese *schaute* sich an, aber erst als Heiner schon im Bett und sie noch im Badezimmer war. Nackt stellte sie sich vor den Spiegel und betrachtete sich von allen Seiten, soweit es der Spiegel über dem Waschbecken zuließ. Natürlich sah sie nicht aus wie diese jungen Models mit den verboten langen Beinen, die sich immer und überall darum rissen, mit Rex zusammen fotografiert zu werden. Für die inzwischen siebenundfünfzig gelebten Lebensjahre auf ihrem Buckel hatte sie sich aber doch einigermaßen gut gehalten.

Sie drehte sich noch einmal nach links und musterte ihre Silhouette. Okay, der Busen war nicht mehr der festeste, ein bisschen hing er schon tiefer. Ein bisschen viel, wenn sie ehrlich zu sich selbst war. Der Bauch ließ sich auch nicht mehr so einfach einziehen – eine disziplinierte Diät würde da aber sicherlich schnell Abhilfe schaffen. Das wäre gar kein Problem, wenn sie nicht mehr für Heiner kochen müsste.

Anneliese wechselte wieder zur Frontalansicht. Kritisch betrachtete sie ihre Taille – tja, ihre Taille war noch nie besonders schmal gewesen. Daran hatte sie sich aber längst gewöhnt. Und ihre Haut – na ja, die war grundsätzlich etwas faltiger als noch vor ein paar Jahren. Sehr hell war diese Haut, vor allem am Körper, dort hatte die letzten dreißig Jahre ja auch keine Sonne mehr hingeschienen. Heiner war nun mal kein Freund von Freibädern und Strandurlaub. Aber nach ein paar Tagen an diesem einsamen Strand hinter Rex' Villa in St. Tropez würde sie schon wieder Bräune bekommen, so wie als Kind oder junges Mädchen, und dann würde die Haut gleich wieder frischer aussehen. Oder sollte sie heimlich in ein Sonnenstudio gehen? Heiner würde das eh nicht merken, es war Monate her, dass er sie zuletzt nackt gesehen hatte.

Aber ihr Haar war noch voll. Ziemlich grau zwar inzwischen – oder eher eine Mischung zwischen mausbraun und grau, aber noch immer dick und voll. Und lang: Der geflochtene Zopf, den sie tagsüber meist zu einem praktischen Dutt aufgesteckt trug, baumelte jetzt beinahe bis zu ihrem Po. Den Po konnte sie allerdings nicht sehen, genauso wenig die Hüften – das Spiegelbild endete knapp unter ihrem Nabel. Aber sie wusste auch so, was da unten kam: ein Becken, das etwas zu breit geraten war. *Gebärfreudig* hatte ihre Mutter es immer genannt, in dieser Hinsicht war es aber ungenutzt geblieben. *Brauereigaularsch* hatte Heiner hin und wieder nicht sonderlich liebevoll gesagt. *Ungemein weiblich* hatte Rex zu dem Foto geschrieben, das sie ihm vor zwei Jahren spontan und überaus mutig mit ihrem allerersten Liebesbrief zugeschickt hatte. Da hatte sie das hübsche Sommerkleid mit den süßen Vergissmeinnicht und dem Plisseerock getragen. Ein etwas älteres Bild zwar, aber es war eines der wenigen, auf dem sie sich einigermaßen gefiel. Gerade mal siebenundvierzig war sie auf diesem Foto gewesen. Ihr Haar war auf dieser Aufnahme noch dunkelbraun, und ihre Beine steckten noch nicht in den fiesen dicken Stützstrümpfen, die ihr der Hausarzt vor einem Jahr wegen ihrer blöden Venenschwäche verordnet hatte. Eine Venenschwäche, die sie von ihrer Mutter und die von ihrer Mutter vererbt bekommen hatte. Ein Familienerbe, auf das Anneliese nur zu gern verzichtet hätte. Ein Familienerbe in Stützstrumpfform, von dem Rex derzeit noch nichts wusste – aber hatte er nicht immer wieder geschrieben, er würde sie so lieben, wie sie war?

Am liebsten hätte Anneliese auf der Stelle alle seine Briefe, die sie eigentlich schon auswendig kannte, noch einmal gelesen. Aber das musste bis zum nächsten Morgen warten, denn sie erlaubte sich diese Lektüre immer nur dann, wenn Heiner nicht im Haus war. Sie hatte viel zu viel Angst davor, dass er sie mit den Briefen erwischte. Nicht auszudenken, was er täte, wenn er hinter die heimliche, wenn auch im Moment nur schriftliche Liebesbeziehung von ihr und Rex käme! Noch konnte sie jeden Tag in die Briefe eintauchen, wenn Heiner im Dienst war, doch was würde sie machen, wenn er wie geplant in Frührente ging und dann den ganzen Tag zu Hause hockte?

Anneliese lächelte sich im Spiegel aufmunternd zu. Nur Mut, sagte dieser Blick, vielleicht lebst du dann schon längst mit Rex zusammen. Sollte Heiner sich nur lustig über sie machen, er hatte ja keine Ahnung, dass Rex sie, seine Ehefrau, begehrte und liebte. In jedem seiner Briefe schwor Rex ihr seine Liebe, bat sie aber auch immer wieder um Geduld. Geduld, weil er ihre Liebe erst der Öffentlichkeit preisgeben wollte, wenn er sich demnächst aus dem Showgeschäft zurückzog, wenn die Paparazzi ihn nicht mehr interessant finden würden und er und sie in Ruhe leben konnten.

Anneliese würde warten. Natürlich würde sie warten. Sie würde Heiner noch so lange ertragen.

Aber eines nahm sie sich fest vor: Ab sofort wollte sie Diät machen. Kilo für Kilo würde sie abnehmen, um attraktiver für Rex zu werden. Heiner würde das gar nicht merken, denn er sah sie schon lange nicht mehr richtig an. Und dann, wenn es endlich so weit wäre, würde sie ihre langweiligen Hausfrauenklamotten abstreifen wie ein Schmetterling seinen Kokon. Erschlankt und selbstbewusst würde sie sich neu einkleiden und strahlend und kaum wiederzuerkennen neben Rex treten …

Sie zog das Nachthemd über die nicht mehr ganz so straffen Brüste, lächelte sich aufmunternd zu und schaltete das Licht über dem Spiegel aus.

Acht Wochen später

»Geben Sie's ruhig zu, Frau Musebrinck, Sie haben einen heimlichen Verehrer!« Mit fröhlichem Zwinkern überreichte der Postbote Anneliese einen Stapel Briefe.

Heiße Röte stieg ihr ins Gesicht, als sie die männlich-schwungvolle Handschrift auf dem zuoberst liegenden, hellblauen Briefumschlag erkannte. Das war ein Brief von Rex!

Annelieses Hände begannen zu zittern.

»Ein heimlicher Verehrer? Ich bitte Sie, Herr Hinz, wie kommen Sie denn darauf?« Nervös strich sie sich die Haarsträhne aus dem Gesicht, die sich beim Bodenwischen aus dem Dutt gelöst hatte. Sie wagte es nicht, den Briefträger anzusehen, stattdessen steckte sie den hellblauen Brief nach ganz unten.

»Na, das ist doch nicht der erste Brief mit diesem teuren Papier und der tollen Schrift ... und wie der wieder riecht! Nach einem sicherlich nicht billigen Rasierwasser, möchte ich meinen. Mir können Sie doch nichts vormachen, Frau Musebrinck, mit Briefen im Allgemeinen und mit Liebesbriefen im Besonderen kenne ich mich schließlich aus.«

Annelieses zermarterte ihr schockstarres Gehirn nach einer Ausrede. Nicht auszudenken, wenn dieser neugierige Postmensch eines Tages auf Heiner treffen und ihm von seinem Verdacht erzählen würde! Kurz überlegte sie tatsächlich, ob sie ihn unter einem Vorwand vor der Tür warten lassen, schnell in die Küche gehen und ein Messer holen und damit den gefährlichen Mitwisser niederstechen sollte.

»Der ist von meinem Bruder«, presste sie aber stattdessen hervor. »Er liebt schönes Briefpapier.«

»Ach, nur der Bruder?« Jakob Hinz klang enttäuscht.

Anneliese erkannte an seinem zutiefst skeptischen Gesichtsausdruck, dass er ihr nicht glaubte.

»Schade, normalerweise liege ich immer richtig mit meinen Diagnosen. Aber was soll's, einen schönen Tag noch,

Frau Musebrinck. Gut sehen Sie übrigens aus – haben Sie etwa abgenommen? Liebe Grüße an Ihren Gatten.« Mit diesen Worten wandte er sich von ihr ab und stieg winkend die Treppe ins nächste Stockwerk hinunter.

Anneliese schloss erleichtert die Tür und lehnte sich dagegen. Sie führte Rex' Brief an ihre Nase und atmete seinen Duft ein.

Dann stutzte sie. Warum hatte der Briefträger eigentlich ihre Post in den zweiten Stock hochgebracht und nicht in den Briefkasten geworfen wie sonst? An die Tür kam er normalerweise nur, wenn er ein Päckchen für sie hatte – was sowieso recht selten vorkam – und in der Adventszeit, um sich seine Tüte selbstgebackene Kekse abzuholen, die sie ihm jedes Jahr als kleines Dankeschön für seine treuen Dienste übers Jahr zu Weihnachten schenkte.

Dass er heute die Post persönlich überreicht hatte, war also eindeutig verdächtig. Anneliese wurde schlagartig heiß in ihrer Kittelschürze: Jakob Hinz ahnte nicht nur was – er wusste garantiert längst Bescheid! Wollte der Kerl, der mit seinen dreiundvierzig Jahren noch ledig war und deshalb noch bei seiner beinahe achtzigjährigen Mutter lebte, sie am Ende mit seinem Wissen erpressen?

Annelieses Herz schlug vor Aufregung hart gegen ihre Rippen. Doch was könnte dieses Muttersöhnchen schon von ihr fordern, fragte sie sich. Geld? – Nein, dieser Hinz kannte sie und ihren Mann schon so lange, er wusste, dass bei ihnen nur Heiner arbeitete. Und er wusste doch sicherlich auch, dass Heiner als kleiner Angestellter beim Finanzamt nicht sonderlich viel verdiente – würden sie sonst noch in einer nicht gerade großen Dreizimmerwohnung in einem eher traurig wirkenden Wohnblock wohnen?

Nein, Geld konnte es nicht sein, entschied Anneliese. Kuchen und Kekse vielleicht? Sie wusste genau, dass Jakob Hinz ihr Selbstgebackenes liebte. Aber würde er sie dafür erpressen? Jeden Tag Kuchen oder Kleingebäck bis ans Ende seines Lebens?

Anneliese tat das als Quatsch ab. Ja, ihre Kuchen und Torten waren wirklich gut – aber dafür würde doch niemand straffällig werden, oder?

Dann blieb also nur eins übrig: SEX!

Diese Erkenntnis fuhr Anneliese derart in die Knie, dass sie sich auf das Telefonbänkchen setzen musste.

Natürlich! Jakob Hinz war ein ewiger Junggeselle, irgendwohin musste er doch mit seinen ... ähm sexuellen Bedürfnissen! Aber dass er ausgerechnet *sie* dafür ausgesucht hatte? Eine verheiratete Frau, die zudem noch einige Jahre älter war als er?

Andererseits war das vielleicht gar nicht so abwegig, überlegte Anneliese, deren Herzschlag sich einfach nicht beruhigen konnte. Immerhin kannte Jakob Hinz sie seit so vielen Jahren. Sie war immer freundlich zu ihm gewesen, hatte ihn gelegentlich mit ihren köstlichen Backwaren verwöhnt ... war sie am Ende zu nett zu ihm gewesen? Hatte sie ihm, natürlich ohne es zu wissen, damit Hoffnungen gemacht?

Anneliese stand auf und betrachtete sich prüfend im Dielenspiegel. Konnte sich dieser stets höfliche und eher langweilig wirkende Mann tatsächlich in sie verliebt haben? Wäre ihm denn sonst aufgefallen, dass sie abgenommen hatte? Ihr unaufmerksamer Heiner hatte jedenfalls nichts von den fehlenden vier Kilos bemerkt.

Anneliese spielte mit der Haarsträhne, die sich schon wieder aus dem Dutt gelöst hatte.

Nun, eine Schönheit war sie nie gewesen, nicht mal als junge Frau. Das hatte sie immer gewusst und auch nie vergessen, weil Heiner es ihr immer und immer wieder gesagt hatte. Aber hässlich war sie auch nicht, eher unscheinbar. Ein liebender Mann würde sicherlich ihre schöne Seele erkennen – so wie Rex. Sie schnupperte erneut an seinem Brief. Er liebte sie so, wie sie war. Warum also sollte sich nicht ein jüngerer Mann wie Jakob Hinz in sie verliebt haben?

Oder ... Mit schreckensweiten Augen starrte ihr Spiegelbild sie an.

Oder war Hinz am Ende ein Triebtäter, ein Serienvergewaltiger, der sich regelmäßig an ältere Frauen heranmachte, weil er keine junge mehr abbekam?

Anneliese musste sich wieder setzen. Wurden diese Sexualtäter nicht immer als unauffällige, nach außen hin überaus nette, charmante Personen beschrieben? Schüchterne, nichtssagende, langweilige Eigenbrötler?

Sie musste unkontrolliert kichern. Dann könnte ihr Heiner auch so ein hinterhältiger Triebtäter sein – obwohl, wirklich nett war er nicht, und charmant schon mal gar nicht.

Auf jeden Fall würde sie Jakob Hinz ab sofort genau beobachten, wenn er in ihre Nähe kommen sollte. Und eins nahm sie sich fest vor: Erstens würde sie nicht mehr nett zu ihm sein, und zweitens würde er ganz sicher keine Leckereien mehr von ihr bekommen!

Schwerfällig stand sie auf. Sie legte die Post in die Schale auf dem Schuhschrank, nur den blauen Brief von Rex drückte sie fest an ihr liebendes Herz und schloss sich damit in ihrem Hauswirtschaftsraum ein. Heiner war zwar nicht da, er würde erst in etwa drei Stunden vom Dienst kommen, aber indem sie den Schlüssel im Schloss drehte, bekam sie das Gefühl, allein mit Rex zu sein. Hastig zog sie die Kittelschürze aus und hängte sie an die Türklinke, denn vor ihrem Rex wollte sie auf gar keinen Fall wie eine Putzfrau aussehen.

Nachdem sie den Korb mit der ungebügelten Wäsche auf den Boden gestellt hatte, setzte sie sich auf den alten Hocker, auf dem schon ihre Mutter die Bügelwäsche abgestellt hatte. Bevor sie den Brief vorsichtig öffnete, sah sie zu Rex hinüber, der sie wie immer von seinem lebensgroßen Poster herab strahlend anlächelte. Seine Zähne blitzen dabei weiß und ebenmäßig zwischen den leicht und verheißungsvoll geöffneten Lippen hervor. »Jacketkronen« hatte Heiner vor Kurzem herablassend gesagt. – Na und, dachte Anneliese trotzig. Was war denn dagegen einzuwenden, wenn ein Mann sich pflegte und auf sein Äußeres achtete? Sie liebte gepflegte Männer – ein Attribut, das man Heiner nun wirklich nicht nachsagen konnte! Natürlich musste er nicht wie Rex immerzu Interviews geben, an Talkshows teilnehmen und stets für die immer und überall lauernden Paparazzi perfekt aussehen. Heiner konnte im Feinrippunterhemd und Jogginghose den Müll zur Mülltonne bringen – er hatte schließlich kein Publikum, keine Fans, denen er gefallen musste. Und ihr wollte Heiner anscheinend schon lange nicht mehr gefallen. Andererseits war es ihr inzwischen egal, wie Heiner daheim herumlief.

Sie betrachtete Rex liebevoll. An ihm konnte sie sich gar nicht sattsehen.

In Zeitlupentempo zog sie den zusammengefalteten Brief – ebenfalls hellblaues Papier – aus dem Umschlag. Sie wollte diesen Moment auskosten, wollte ihn so lange wie möglich hinauszögern. Noch einmal sog sie den Duft ein, dann klappte sie ihn auseinander.

Meine liebste Rose!

Anneliese presste den Brief spontan an ihren Busen. Rose! Rex hatte ihr schon in seinem ersten Brief diesen Namen gegeben, und sie hatte ihn nie gefragt, wie er darauf gekommen war. Ihr gefiel dieser Name, immer wenn sie ihn las, fühlte sie sich genauso: schön und besonders wie eine Rose. Nicht mehr wie Lieschen Müller, das Mauerblümchen von damals. Automatisch setzte sich aufrechter hin und strich erneut die widerspenstige Haarsträhne hinters Ohr.

Meine liebste Rose!

Wie ich mich nach dir sehne! Dein letzter Brief war so wunderschön, so voller Liebe – jeden Tag lese ich ihn, morgens, mittags, abends, um darin einzutauchen und meinem harten, kräftezehrenden Alltag, der unerbittlichen Arbeit im Tonstudio und der Einsamkeit auf Tour für kurze Zeit entfliehen zu können. Er liegt sicher unter meinem Kopfkissen, ich schlafe also jede Nacht mit deinen liebevollen Worten ein. So bist du mir nah, auch wenn uns so vieles trennt. Doch bald, bald mein Liebstes, meine Rose, mein Augenstern, werden wir für immer zusammen sein, dann kann uns nichts mehr trennen. Allein dieser Gedanke lässt mich Tag für Tag, Woche für Woche durchhalten.
In den letzten Stunden war die Sehnsucht nach dir so stark, dass ich aus dieser Sehnsucht heraus ein neues Lied geschrieben habe – nur für dich!

»Und trennen uns auch Welten,
mein Herz schlägt nur für dich!
Und trennen uns auch Welten,
du, Rose, tröstest mich!

Und trennen uns auch Meere,
mein Herz schlägt nur für dich!
Und trennen uns auch Meere,
du, Rose, tröstest mich!

Und trennen uns auch Grenzen,
mein Herz schlägt nur für dich!
Und trennen uns auch Grenzen,
du, Rose, tröstest mich!«

Gerade bin ich noch dabei, die Musik dazu zu komponieren. Es soll die erste Single-Auskopplung von meiner nächsten Platte werden, das habe ich schon mit meinem Produzenten abgeklärt. Dieses Lied wird unsere Verbindung sein, unser geheimer Code. Immer, wenn du es im Radio hörst, wirst du spüren, wie sehr ich dich vermisse, wie sehr ich dich – nur dich! – liebe!
Liebste Rose, ich zähle die Tage bis zu deinem nächsten Brief, lass mich nicht zu lange darauf warten!
In tiefer, unerschütterlicher Liebe für immer
dein Rex

Anneliese las den Brief noch einmal und noch einmal und noch einmal. Die schönen Worte machten sie regelrecht betrunken. Sie konnte kaum glauben, dass ein einzelner Mensch – noch dazu ein Mann – solch wunderbare Zeilen verfassen konnte. Nicht umsonst war Rex Armando ein solch erfolgreicher Schlagerstar!

Das Klappen der Wohnungstür riss sie aus ihren Träumen.

»Anneliese, ich bin wieder da!«

Heiner?! Jetzt schon, wunderte sie sich. Der Blick auf die Uhr im Regal ließ sie zusammenzucken: Volle drei Stunden saß sie nun schon hier, sie hatte völlig die Zeit vergessen!

Wie von der Tarantel gestochen sprang sie auf. Mit fahrigen Bewegungen faltete sie den Brief zusammen und stopfte ihn zurück ins Kuvert. Das Eselsohr, das sie dabei in das zartblaue Papier knickte, tat ihr in der Seele weh, aber sie hatte keine Zeit mehr, um das zu korrigieren. Sie konnte ihn nicht einmal mehr in der Rosenbox verstecken, denn Heiners Schritte näherten sich der Tür zum Hauswirtschaftsraum, hielten einmal kurz inne, weil Heiner wie jeden Abend seinen schrecklich altmodischen und bei der vorherrschenden sommerlichen Wetterlage völlig überflüssigen Trenchcoat an der Garderobe aufhängte. Anneliese sah vor ihrem inneren Auge, wie er seinen Aktenkoffer auf der Telefonbank abstellte, seine Halbschuhe von den Füßen streifte und in seine uralten Lederpantoffeln schlüpfte. Ein Meter trennte ihn noch von der Tür, hinter der sie wie zur Salzsäule erstarrt mit dem verräterischen Brief in der Hand stand. Wenn er merkte, dass sie abgeschlossen hatte, würde es Ärger geben!

»Anneliese?«

Anneliese erwachte endlich aus ihrer Schockstarre. Schnell schob sie den Brief in eine ihrer Schürzentaschen und steckte geistesgegenwärtig den Stecker des Staubsaugers in die Steckdose. Das sofortige laute Aufheulen des Elektrogerätes nutzte sie, um ungehört den Schlüssel im Schloss zu drehen. Keine Zehntelsekunde zu früh, denn da senkte sich schon die Klinke, die Tür öffnete sich und Heiner streckte seinen Kopf ins Zimmer.

»Was treibst du denn da?«, rief er über das Getöse hinweg.

»Saugen«, rief Anneliese zurück.

»Das sehe ich, aber wieso jetzt?«

»Was sagst du?« Anneliese tat geschäftig und schob unberirrt die Staubsaugerdüse über den blitzblanken Boden.

Heiner zog den Stecker.

»Wieso du das jetzt machen musst«, wiederholte er seine Frage. »Du hast doch den ganzen Tag Zeit für so was. Ich habe Hunger!«

»Mir ist vorhin die Waschmittelschachtel umgefallen, ich wollte nur schnell die Reste wegsaugen«, log sie geradezu genial. »Ist es denn schon so spät?«

»Wenn ich da bin, ist es wohl schon so spät«, sagte er übellaunig.

»Ach herrje, ich hab gar nicht auf die Uhr gesehen! Aber dieses Waschmittelpulver war bis in die kleinste Ritze verteilt ...«

»Ja, ja, so genau will ich es gar nicht wissen. Was gibt's zu essen?«

Wenn sie schon mit Rex zusammenleben würde, dann müsste sie sich jetzt keine Gedanken machen, dann hätte nämlich das Personal bereits die nötigen Vorbereitungen getroffen. Oder Rex würde einfach sagen: »Kein Problem, meine Rose, zieh dir was Hübsches an, wir gehen was Schnuckeliges im Restaurant essen.«

Doch im Hier und Jetzt musste sie sich selbst um etwas Essbares für Heiner und sich kümmern. Im Geiste ging sie den Inhalt des Kühlschranks durch. Das geschnetzelte Schweinefleisch, das es eigentlich heute hätte geben sollen, lag dort. Allerdings noch roh. Das würde es also morgen geben.

»Es gibt Vesper, das geht schnell«, sagte sie, während sie per Knopfdruck das lange Kabel im Bauch des Staubsaugers verschwinden ließ. »Ich hab schönes frisches Brot gekauft, und ich dachte, wir machen uns ein feines Rührei und ein paar Radieschen mit Kräutersalz dazu. Rührei isst du doch so gern.«

Heiner nickte beiläufig und schlurfte dann davon.

Als sich Anneliese sicher sein konnte, dass er im Bad war, um die Bürokleidung gegen seinen heißgeliebten blauen Jogginganzug einzutauschen, ließ sie Rex' Brief in ihrem Versteck verschwinden.

Summend ging sie in die Küche und bereitete in Rekordzeit das Abendessen zu.

Einen Tag später

»Ich hab einen neuen Brief bekommen«, flüsterte Anneliese in den Telefonhörer, obwohl es vierzehn Uhr am Nachmittag und Heiner in seinem Amt war. »Kommst du rüber?«

»Ich fliege!«, flötete ihr Elfriede Krause, ihre beste Freundin und Vertraute seit Schultagen, ins Ohr. Dann war das Gespräch schon beendet, mehr Worte bedurfte es nicht.

Anneliese legte den Hörer auf und ging in die Küche. Sie goss ein letztes Mal heißes Wasser in den Filter, und kaum, dass sie den frisch gebackenen Johannisbeerstreuselkuchen angeschnitten hatte, klingelte es schon an der Tür. Elfriede musste tatsächlich geflogen sein, auch wenn der Weg von ihrer Wohnung im dritten Stock im Nachbarhaus, das kleine Stück über den Hof und die Treppe zu Anneliese in die zweite Etage wirklich keine Entfernung war. Aber Elfriede war nun mal nicht die Fitteste.

Dementsprechend keuchend stand sie auch vor Annelieses Wohnungstür, ihr üppiger Busen, nein, ihr gesamter üppiger Körper wogte bedenklich auf und ab, während ihre arme Lunge verzweifelt nach Luft rang. Elfriede wog mit ihrer etwas zu kurz geratenen Körperlänge locker hundert Kilo – wenn nicht gar mehr. Anneliese musste das jedoch schätzen, genaue Zahlen verriet sie nicht einmal ihrer besten Freundin.

Fette Kuh nannte Heiner ihre beste Freundin, die beste Freundin wiederum nannte ihren Mann einen *sterbenslangweiligen Sesselpupser.* Die beiden mochten sich nicht sonderlich, um nicht zu sagen gar nicht.

Elfriede folgte Anneliese in die Küche, wo sie sich ächzend auf Heiners Platz auf der Eckbank niederließ. Ihr Gesicht mit den von der Anstrengung rotglühenden Apfelbäckchen war schweißnass. Mit einer ihrer pummeligen Hände wischte sie sich eine abtrünnige Locke aus dem Gesicht. Erst gestern war Elfriede beim Friseur gewesen, der graue Haaransatz war verschwunden und ihre Dauerwelle war aufgefrischt. Durch den Schweiß hatten sich die liebevoll gewickelten großen Locken in einen fröhlich gekräuselten Wischmopp verwandelt. Bis auf den frisch gefärbten Haaransatz hätte sie sich diesen bestimmt sündhaft teuren Friseurbesuch sparen können. Das fand zumindest Anneliese. Da war sie doch mit ihrer pflegeleichten Hochsteckfrisur bestens bedient: Annelieses glattes Haar – Schnittlauchlocken hatte ihre Mutter früher immer dazu gesagt – benötigte auf diese Weise keine Lockenwickler, keine Haarfärbemittel, keine regelmäßigen und vor allem zeitaufwendigen Besuche im Friseursalon. Und Geld sparte sie dadurch auch jede Menge, ihre Spitzen schnitt sie sich nämlich schon seit Jahren selbst. Natürlich würde sich das alles ändern, wenn sie erst bei Rex wäre. Anneliese wusste auch schon genau, welche Frisur sie wollte: Zopf ade, eine freche Kurzhaarfrisur sollte es sein, und das Mausgrau würde ebenfalls verschwinden, sie träumte von einem kräftigen Mahagoniton, eventuell auch ein sattes Tizianrot.

»Diese Treppen bringen mich noch um! Und dann diese Hitze!« Elfriede tupfte sich mit der roten Papierserviette, die Anneliese neben ihren Teller gelegt hatte, den Schweiß vom Gesicht.

Das Problem mit dem Treppensteigen würde sie mit einer konsequenten Diät in den Griff bekommen, dachte sich Anneliese, sagte es aber nicht. Warum sollte sie die beste Freundin mit einem Thema belästigen, welches diese schon längst abgehakt hatte? Als Tochter des Dorfbäckers war Elfriede schon als Kind zu dick gewesen, und Abmagerungskuren mit Sahne- und Cremetorten waren nun mal nicht sehr wirkungsvoll. Doch Elfriede liebte sich so, wie sie war, und die Männer anscheinend ebenfalls, denn sie hatte letztes Jahr ihren dritten Ehemann zu Grabe getragen. – Also nur den dritten, von den anderen beiden hatte sie sich scheiden lassen.

Die Hitze war allerdings wirklich beinahe unerträglich. Schon seit ein paar Tagen ging das so, und der Sommer hatte gerade erst begonnen. Nicht mal in der Nacht kühlte es mehr auf einigermaßen angenehme Temperaturen ab. Laut Meteorologen würde dieser Sommer der heißeste werden, seit es Wetteraufzeichnungen gab – noch schlimmer als die beiden vergangenen. Doch auch wenn Anneliese mit derartigen Temperaturen weit besser zurechtkam als Elfriede – in den engen Stützstrümpfen war es trotzdem unangenehm. Aber das würde sie vor der Freundin niemals laut sagen.

»Wollen wir erst einmal etwas Kaltes trinken?« Anneliese hatte am Morgen beim Einkaufen heimlich eine Flasche Prosecco gekauft, die jetzt im Gemüsefach unter dem eingewickelten Kopfsalat und den Zucchini vor sich hin kühlte. Heimlich deswegen, weil Heiner solches Schicki-Micki-Blubberwasser, wie er es immer abfällig nannte, nicht mochte und daher auch nicht bezahlen wollte. Was man jedoch nicht weiß, macht einen nicht heiß – frei nach dieser Devise genehmigte sich Anneliese immer mal wieder ein Fläschchen Sekt oder ein Piccolöchen. Das war zwar noch weit entfernt von dem noblen Champagner, den Rex tagtäglich trank, aber zum Üben reichte es. Sie musste die leeren Flaschen nur zum Altglas in den Keller bringen, bevor Heiner nach Hause kam.

Elfriede sagte wie immer nicht Nein: »Der wird meinen Kreislauf sicherlich wieder auf Trab bringen.«

Nach zwei Gläsern Kreislaufmittel und einer Tasse Kaffee hatte sie sich dann so weit erholt, dass sie wieder normal atmen konnte.

»Isst du denn nichts?«, fragte sie zwischen zwei großzügig geschnittenen Stücken Kuchen.

»Ach, ich hab heut irgendwie keinen Appetit, muss an der Hitze liegen.« Anneliese würde einen Teufel tun und sich von diesem Dickmacher von ihrem Weg zu einem attraktiveren Selbst abbringen lassen!

Elfriede musterte sie kritisch. »Du siehst schlecht aus, richtig dünn. Hast du abgenommen? Vielleicht solltest du mal zum Arzt gehen.«

Anneliese strich den Rock glatt, der so angenehm locker auf ihren Hüften saß. »Nein, nein, mir geht es gut.«

»Wenn du meinst. Und jetzt zeig mir endlich den Brief!«

Anneliese räumte den Tisch bis auf die Sektgläser ab und wischte mit einem feuchten Lappen alle Krümel von der

Wachstuchdecke. Nachdem sie den Lappen ausgespült und ausgewrungen hatte, reichte sie ihn zusammen mit einem Handtuch Elfriede hinüber, damit sie sich die Finger damit abwischen und gleich abtrocknen konnte. Schlimm genug, dass der letzte Brief von Rex ein Eselsohr abbekommen hatte – Fettflecke durften auf gar keinen Fall draufkommen.

Dann holte sie die Rosenbox aus dem Bügelzimmer, stellte sie auf den Tisch und setzte sich auf den Stuhl neben die Freundin.

Ehrfurchtsvoll betrachteten beide die Schachtel, als wäre sie der heilige Gral. Schließlich klappte Anneliese den Deckel auf und entnahm den letzten Brief.

»Er hat ein Lied für mich geschrieben«, hauchte sie. Sie war noch immer von dieser Geste gerührt.

»Hat er das gesagt?«

»Er hat mir den Liedtext aufgeschrieben. Er ist« – Anneliese schluckte schwer und zutiefst ergriffen – »wunderschön und unglaublich romantisch!« Sie zog den Brief so vorsichtig aus dem Kuvert, als wäre er etwas sehr Kostbares. Was er ja für sie persönlich auch war. Kurz drückte sie ihn an ihren Busen, dann übergab sie ihn feierlich Elfriede.

»Meine liebste Rose«, las Elfriede laut vor. »O mein Gott, so etwas Schönes hat noch nie jemand zu mir gesagt!«

Und das aus dem Munde einer erfahrenen Frau, die schon drei Ehemänner und zahlreiche Liebhaber verschlissen hatte! Anneliese platzte beinahe vor Stolz.

Elfriede las weiter. Nach der Lektüre sah sie Anneliese mit verklärtem Blick an.

»Und erst das Gedicht! Zum Dahinschmelzen schön! Ich würde was drum geben, wenn ich auch solche wunderschönen Briefe bekäme!«

Das könnte dir so passen, dachte Anneliese eine klitzekleine Spur boshaft. Normalerweise teilte sie alles mit der Freundin, schon immer, aber Rex gehörte ganz allein ihr. Seine Liebe gehörte ganz allein ihr. Außerdem war Elfriede sowieso nicht sein Typ – was sollte er mit so einer fetten Qualle anfangen? Wenn sie hier schon so schrecklich schwitzte, wie würde es dann erst in Cannes oder auf Ibiza sein?

Sie nahm ihr den Brief ab. Sorgfältig legte sie ihn zusammen, strich das Eselsohr liebevoll glatt und schob ihn wieder in den noch immer so wunderbar nach Rex duftenden Umschlag.

»Er schläft mit *deinen* Briefen unter *seinem* Kopfkissen – das ist das Romantischste, was ich je gehört habe!« Seufzend ließ sich Elfriede an die Rückenlehne der Eckbank sinken. »Und du bist hier immer noch bei deinem sterbenslangweiligen Sesselfurzer! Warum hast du nicht schon längst deine Koffer gepackt und bist zu Rex gefahren?«

»Du weißt genau, warum: Weil wir unsere Liebe noch eine Zeitlang geheim halten müssen. Sein Manager und auch die Plattenfirma haben ihm das geraten, weil sonst seine ganzen weiblichen Fans enttäuscht wären und seine Musik nicht mehr kaufen würden. Er hat nun mal Verträge, die er einhalten muss.«

Elfriede legte den Kopf schief und sah sie aus skeptisch zusammengekniffenen Augen an. »Ich will dir ja nicht auf den Schlips treten, aber meinst du nicht auch, dass er dich einfach nur hinhält? Das geht schon so lange so ...«

Ziemlich genau drei Jahre, musste Anneliese zugeben. Drei Jahre inzwischen, in denen sie Heiner betrogen hatte – in Gedanken und Briefen zumindest. Aber dass Rex sie absichtlich hinhielt?

»Niemals!«, sagte sie im Brustton der Überzeugung.

Elfriede verschränkte energisch die Arme vor ihrem Busen. »Also mit mir könnte er das nicht machen, ich wäre schon längst bei ihm! Wäre mir doch vollkommen schnurz, was der Manager oder andere Leute sagen. Schließlich hat Rex in den letzten Jahren so viel verdient – das würde locker bis ans Ende eurer Tage reichen, ihr müsstet ganz bestimmt nicht sparsam sein. Wenn du noch lange wartest, wirst du immer älter und immer grauer, und wenn du Pech hast, dann stirbst du vielleicht noch in diesem Mief.«

Anneliese gab natürlich nicht zu, dass sie derartige trübe Gedanken auch gelegentlich überfielen. Bisher hatte sie diese jedoch immer erfolgreich beiseiteschieben können. »Im Vertrag steht aber, dass er keine feste Bindung eingehen darf – andernfalls müsste er eine dicke Konventionalstrafe bezahlen.« Sie merkte selbst, dass das ein bisschen schwach klang.

»Ich bitte dich, Anneliese! Die große Liebe, die er dir nun schon seit Ewigkeiten schwört, müsste ihm das doch wert sein! Soll ich dir mal was sagen?« Elfriede sah sie angriffslustig an. Ohne auf ein Ja oder Nein von Anneliese zu warten, fuhr sie fort: »Stell ihm in deinem nächsten Brief ein Ultimatum: Entweder er bekennt sich offiziell zu dir und lebt mit dir zusammen ...«

»Oder?«, unterbrach Anneliese sie ängstlich.

»Oder du gibst ihm den Laufpass. So kann das doch nicht weitergehen, Anneliese, du gehst ja kaputt dabei!«

So hatte Anneliese das noch nie gesehen, und irgendwie musste sie der Freundin recht geben: Sie wurde schließlich nicht jünger, sie verschenkte tatsächlich ihre besten Jahre, indem sie bei Heiner blieb und auf Rex wartete. Aber ihm ein Ultimatum stellen? Das wäre dann doch überreagiert, oder? Was nämlich, wenn er nicht darauf einging, wenn er *ihr* den Laufpass gab? Das könnte sie nicht verkraften. Lieber so weiterleben wie bisher als ganz ohne seine Liebe.

»Ich werde darüber nachdenken«, sagte Anneliese matt.

Elfriede setzte sich ruckartig auf. »Kann ich noch ein Stück von dem Kuchen haben?«

Die nächsten Tage

Auch wenn Anneliese im Tiefsten ihres Herzens nicht glauben wollte, was Elfriede beim Kaffeetrinken gesagt hatte – das winzig kleine Saatkorn des Zweifels war dennoch unwiderruflich in die fruchtbare Krume ihrer ungeduldigen Sehnsucht, ihrer unerfüllten Liebe gelegt. Und es keimte.

Schon in der Nacht nach diesem Gespräch machte sie kein Auge zu, während Heiner ahnungslos neben ihr schlief und ganze Wälder niederschnarchte. Je länger sie in diesen schlaflosen, quälenden Stunden über Elfriedes Worte nachdachte, desto mehr kam sie zu dem unangenehmen Schluss, dass die Freundin womöglich doch recht haben könnte.

Die nachfolgenden Nächte waren nicht viel besser, und so stand sie jeden Morgen wie gerädert auf. Sie schleppte sich durch die Tage, schaffte es gerade mal, das Nötigste zu erledigen.

Stundenlang stand sie jetzt bangen Herzens vor Rex' Poster und versuchte aus seinem goldgesprenkelten Blick Falschheit oder Hinterlist herauszulesen. Aber da waren nur diese sanften Augen, die ihr offen entgegenblickten. Nein, diese Augen konnten nicht lügen, da war sich Anneliese drei Tage später vollkommen sicher. Elfriede musste sich irren! Ja, sie musste sich irren oder ... oder war die beste Freundin am Ende nur eifersüchtig? Gönnte sie ihr dieses Glück nicht? Wollte sie einen Keil zwischen sie und Rex treiben? Eine andere Erklärung konnte es doch eigentlich gar nicht geben.

Ihren Kummer schrieb sie in einem langen Brief an Rex aus sich heraus – wem sonst hätte sie von ihren Seelennöten erzählen können? Wer sonst verstand sie so gut? Das von Elfriede geforderte Ultimatum stellte sie ihm allerdings nicht, sie betonte nur unmissverständlich, dass sie nicht viel länger warten könne und dass sie selbstverständlich auch in

Armut mit ihm leben würde, falls seine Plattenfirma ihm tatsächlich den angedrohten Ärger machen sollte.

Mit klopfendem Herzen drückte sie wie immer einen dunkelrosa Kussmund auf das letzte der drei eng beschriebenen Blätter, bevor sie sie zusammenfaltete und in ein hellrosa Kuvert steckte. – Einen Lippenstift hatte sie vierundfünfzig Jahre nicht besessen, ihn hatte sie, genau wie das Briefpapier, extra für Rex gekauft.

Mit klopfendem Herzen brachte sie den Brief zur Post. Ihr Herz fühlte sich leicht an, als sie nach Hause ging, um für Heiner das Abendessen zu kochen.

Jeden Tag wartete sie von da an gespannt auf eine Antwort. Zwei Wochen gingen ins Land, was zwar quälend war, aber nichts Besonderes. Rex hatte schließlich jede Menge zu tun. Gerade hatte seine Sommer-Stadion-Tour begonnen, jeden Tag trat er an einem anderen Ort auf. Nach jedem Auftritt reiste er über Nacht in die nächste Stadt, um dort am Abend aufzutreten. Sie kannte seinen Tourplan wie immer auswendig, an jedem einzelnen Tag wusste sie, wo Rex gerade war. Und jeden Tag wünschte sie sich sehnsüchtig genau in diese Stadt, genau in dieses Stadion, hinter die Bühne dieses Stadions, in die Garderobe hinter dieser Bühne – in Rex' Garderobe ... in Rex' Hotelsuite nach dem Konzert in dieser Stadt. Wahrscheinlich würde sie noch Wochen warten müssen, bis seine heißersehnte Antwort endlich, endlich bei ihr ankäme!

Und während sie wartete, las sie jeden Tag seine Briefe, immer und immer wieder, suchte nach Anzeichen, dass er es nicht ernst mit ihr meinte. Aber sie fand nichts dergleichen. Rex' Liebe zu ihr war rein und echt, und so kam sie zu dem Schluss, dass Elfriede einfach nur eifersüchtig und neidisch war.

Auch jetzt saß sie wieder im Bügelzimmer und war vertieft in Rex' letzten herzerwärmenden Brief. Auf das Klappen einer Tür ganz in ihrer Näher reagierte sie nicht, denn es war noch viel zu früh für Heiner. Erst als sie im Augenwinkel mitbekam, dass sich die Klinke senkte und gleich wieder nach oben schnellte und gleich darauf jemand mit der Faust an die verschlossene Tür hämmerte und wütend »Anneliese, was soll denn der Quatsch?« rief, tauchte sie auf aus dem Meer voller schöner Worte. Hastig klaubte sie die hellblauen Briefe auf, die sie um sich herum ausgebreitet hatte, und stopfte sie achtlos in die Rosenschachtel. Die Schachtel ließ sie in der Trommel des Wäschetrockners verschwinden. Das laute Knallen der Ladeluke ging in Heiners Wüten unter.

»Anneliese, mach auf!«, polterte Heiner jenseits des Türblattes.

Mit zitternden Fingern drehte sie den Schlüssel im Schloss und ging instinktiv zur Seite. Was, wie sich herausstellte, kein Fehler war, denn Heiner stürzte regelrecht mit der sich plötzlich öffnenden Tür in den kleinen Raum. Seine Fäuste waren geballt, sein Gesicht war hochrot angelaufen, sein Kopf schien über der zu eng gebundenen Krawatte anzuschwellen. Er sah aus, als würde er gleich platzen.

Aber er platzte nicht. Wer platzte, war Heiner, und das auch nur verbal. Dafür aber umso heftiger: »Jetzt hab ich aber endgültig die Nase von diesem Unfug voll! Anneliese, das geht so nicht weiter, das ist ja schon krank, was du da treibst!«

Mit einem Schritt war er bei dem Poster mit Rex' lächelndem Antlitz, packte die untere Kante und riss es mit einem lauten Ratsch in der Mitte entzwei und von der Wand. Die Fetzten warf er auf den Boden und trampelte dann wie Rumpelstilzchen darauf herum.

Anneliese sah ihm schockstarr dabei zu, unfähig etwas zu sagen, geschweige denn einzuschreiten.

Die anderen Bilder und Zeitungsausschnitte ereilte das gleiche Schicksal: Allesamt landeten sie zerfetzt auf dem Boden des Bügelzimmers.

Als Nächstes holte er die drei rosa Aktenordner aus dem untersten Regalfach, auf denen zwar in großen Buchstaben *Rezepte* stand, in denen sich aber weitere gesammelte Zeitungsberichte über Rex befanden. So zielstrebig, wie er die Ordner ergriffen hatte, musste er von diesem Geheimversteck gewusst haben. Jetzt riss er die Blätter mit wutverzerrtem Gesicht heraus, zerknüllte sie und pfefferte sie ebenfalls auf den Boden.

Als das erledigt war, rupfte er alles aus dem Regal heraus, auch die dicke Moltondecke, unter der normalerweise immer die Rosenschachtel mit Rex' Briefen versteckt war. Anneliese packte geistesgegenwärtig das teure Dampfbügeleisen, nicht, um Heiner damit zu erschlagen, sondern um es vor der Zerstörung zu retten.

Als es nichts mehr gab, was er auf den Boden werfen konnte, wurde Heiner ruhiger. Mit noch immer geballten Fäusten, noch immer roter Birne und aggressiv hochgezogenen Schultern starrte er sie aus blutunterlaufenen Augen an.

»Ich stelle dich jetzt vor die Wahl, Anneliese: Entweder du hörst endlich auf, diesen Flachwichser Rex anzuhimmeln und seine blöde Fresse überall aufzuhängen, oder wir trennen uns!«

Davon abgesehen, dass Anneliese bis jetzt keinen blassen Schimmer hatte, welche schrecklichen Ausdrücke Heiner in seinem Wortschatz hatte, fiel ihr die Wahl nicht schwer.

Sie stellte das Bügeleisen auf der Fensterbank ab und sah ihrem Mann fest in die Augen.

»Dann entscheide ich mich für Rex«, sagte sie völlig ruhig.

Heiner sah sie eine Zeitlang verunsichert an, dann lachte er lauthals heraus.

»Du bist echt gut, Anneliese. So todernst, wie du das gerade gesagt hast, könnte man dir das beinahe abkaufen. Du solltest zu einer Laienspielgruppe gehen. Ein Besuch beim Psychiater würde dir aber sicherlich auch nicht schaden.

Und jetzt sieh zu, dass du hier Ordnung machst und das Abendessen auf den Tisch bringst.« Im Hinausgehen sagte er noch: »Ich komme übrigens den Rest des Monats auch immer eine Stunde früher – ich muss Überstunden abbauen.«

Anneliese sah ihm mit kaltem Blick nach. Natürlich hatte er nicht ernst genommen, was sie gesagt hatte. Aber schon bald sollte er sehen, dass sie keinen Spaß gemacht hatte: Sie würde ihn verlassen und endlich zu ihrem geliebten Rex gehen. Gleich morgen wollte sie ihm das schreiben, und er würde ganz sicher eine passende Lösung für ihr gemeinsames Leben finden.

Eigentlich musste sie Heiner dankbar sein für diesen Ausraster, denn dadurch war die Entscheidung endgültig gefallen.

Dann bückte sie sich und hob einen Fetzen des großen Posters auf. Rex' linkes goldgesprenkeltes Auge war darauf, und es schien ihr aufmunternd zuzuzwinkern. Leise öffnete sie den Wäschetrockner und legte es sanft zu der Rosenschachtel.

Einen Tag später

Anneliese brütete über dem Brief, den sie an Rex schreiben wollte, aber ihr wollten einfach nicht die passenden Worte einfallen. Immer wieder schrieb sie ein paar Sätze auf, die sie dann aber gleich wieder verwarf. Ein Blatt nach dem anderen riss sie von dem Schreibblock, den sie zum Aufsetzen ihrer Briefe an Rex immer verwendete. Der Eimer für das Altpapier, in dem auch die traurigen Reste ihrer geliebten Rex-Poster gelandet waren, quoll schon über, und der Block wurde immer dünner. Schließlich fing sie an zu bügeln, denn beim Bügeln konnten ihre Gedanken normalerweise wunderbar umherschweifen. Bisher hatte das immer geholfen, nur heute nicht. Als der Wäschekorb leer war, wusste sie noch immer nicht, wie sie es Rex schonend beibringen konnte, dass sie doch schon eher zu ihm kommen würde.

Als die gebügelte Wäsche ordentlich in den Schränken verstaut war, klingelte es.

Jakob Hinz stand augenzwinkernd vor ihr und überreichte ihr mit den Worten »Post von Ihrem Bruder« einen hellblauen Umschlag.

Annelieses Herz schlug daraufhin einen Purzelbaum in ihrer Brust.

Eigentlich hatte sie sich fest vorgenommen, Hinz nach dem Warum zu fragen, wenn er ihr das nächste Mal einen Rex-Brief bis an die Wohnungstür bringen sollte. Jetzt jedoch war sie so aufgeregt, dass sie das vollkommen unwichtig fand und einfach nur das Kuvert entgegennahm. Sie konnte ihn auch noch das nächste Mal fragen – jetzt musste sie so schnell wie möglich lesen, was Rex ihr geschrieben hatte.

Sie hatte schon fast die Tür vor der neugierigen Postbotennase zugeschlagen, als dieser süffisant bemerkte: »Grüßen Sie Ihren Mann recht herzlich von mir! Fragen Sie ihn doch mal, ob er sich das mit dem Gesangsverein inzwischen überlegt hat.«

Anneliese riss die Tür wieder auf. Jakob Hinz war schon ein paar Stufen nach unten gestiegen.

»Was haben Sie gesagt?«, rief sie ihm irritiert nach.

»Ich habe Ihren Mann kürzlich getroffen und ihn gefragt, ob er nicht Lust hätte, im Männerchor mitzusingen. Er wollte darüber nachdenken, und ich wollte nur mal hören, ob er es sich schon überlegt hat. – Tschüss, Frau Musebrinck, ich muss weiter. Einen schönen Tag noch.«

Dann war er aus ihrem Blickfeld verschwunden. Sie hörte seine Schritte, die sich in Richtung Erdgeschoss entfernten und dann ganz verhallten. Es war zu spät, um ihn zur Rede zu stellen. Schließlich fragte sich Anneliese, ob er sich am

Ende nur einen geschmacklosen Scherz mit ihr erlaubt hatte. War das mit dem Männerchor nur eine Erfindung seines kranken, perversen Hirns? Gehörte das eventuell zu seiner perfiden Strategie, sie unter Druck zu setzen? – Was aber, wenn es stimmte? Wenn er Heiner tatsächlich gefragt hatte, ob er in die Singstunde kommen wolle? Und was, wenn Heiner zusagen würde? Dann hätte Jakob Hinz regelmäßig die Möglichkeit, ihrem Mann von ihren heimlichen Briefen zu erzählen! Das konnte doch gar nichts anderes sein als eine versteckte Erpressung! Anneliese nahm sich fest vor, sich dieses Bürschchen bei nächster Gelegenheit vorzuknöpfen.

Aber jetzt wollte sie erst einmal Rex' Brief lesen. Sie schloss die Tür, sperrte doppelt ab und floh ins Bügelzimmer. Dort setzte sie sich auf den alten Hocker und inhalierte den Duft von Rex' Rasierwasser.

Sie seufzte. »Oh, mein Liebster!«

Behutsam öffnete sie den Umschlag, nahm das zusammengelegte blaue Briefpapier heraus und faltete es zärtlich auseinander.

Meine liebste Rose!, las sie und vergaß augenblicklich alles um sich herum.

Wie glücklich mich deine lieben Worte immer machen, ja, ich sehne jeden deiner Briefe herbei – deine Briefe, die den Weg in meine Einsamkeit finden. – Ja, Einsamkeit, du hast richtig gelesen, meine Rose! Denn genau das bin ich, einsam. Mitten im Trubel meiner Arbeit, meiner Touren und der vielen Leute, mit denen ich zusammenarbeite, bin ich wohl der einsamste Mensch auf der Welt! ...

Anneliese seufzte erneut. Seine Worte trafen sie mitten ins Herz. Auch sie war so schrecklich einsam! Trotz Heiner – oder wahrscheinlich sogar wegen Heiner, der seit Jahren nur neben ihr her lebte und der sie nicht wirklich liebte – sie nie wirklich geliebt hatte.

... Jeder deiner Briefe, meine liebe Rose, dringt wie ein Sonnenstrahl in diese düstere Einsamkeit ein, zaubert ein Lächeln auf mein trauriges Gesicht und macht mein Herz so leicht! Doch bald, sehr bald schon werden wir uns nicht mehr schreiben müssen – dann werden wir vereint sein – für immer!
Bis dahin hoffe ich, bald wieder solch einen wunderbaren, zauberhaften Sonnenstrahl von dir zu erhalten. In freudiger Erwartung
dein Rex

Immer wieder las sie diese wundervollen Zeilen, bis sie den Brief schließlich liebevoll zusammenfaltete und in der Rosenbox versteckte. Ihr Herz war so schwer und die Gewissheit, dass Rex' Herz genauso litt wie ihres, machte es nicht besser. Diese Quälerei musste ein Ende haben! Sie musste endlich etwas tun!

Das Einzige, was sie dann aber tat, war Staubsaugen und das Abendessen für Heiner zuzubereiten.

Einen Tag später

Seit Stunden saß Anneliese auf dem Hocker im Bügelzimmer und las Rex' Briefe. Tränen der Rührung brannten in ihren Augen. Tränen der Sehnsucht rannen über ihre Wangen.

Das Klingeln der Türglocke riss sie aus ihren süßen Gedanken. Sie nahm die vom Weinen beschlagene Brille ab. Aus einer ihrer Schürzentaschen zauberte sie ein gebrauchtes Papiertaschentuch hervor, mit dem sie sich erst die Augen trockentupfte, bevor sie kräftig hineinschnäuzte. Nachdem sie mit einem Schürzenzipfel für Klarheit auf ihren Brillengläsern gesorgt hatte, schob sie sich das Nasenfahrrad wieder auf die Nase, schniefte noch einmal herzhaft und ging dann zur Tür.

Elfriede stand vor ihr, als sie öffnete, und sie sah aufgeregt aus.

»Was ist los?«, fragte Anneliese.

Elfriede wedelte mit der neuesten Ausgabe der Zeitschrift Das silberne Blatt vor ihrer Nase herum.

»Hast du das schon gesehen?« Mit diesen Worten rollte Elfriede wie eine Lawine an Anneliese vorbei in die Küche. Dort klatsche sie das Magazin auf den Tisch.

Anneliese betrachtet neugierig das Titelblatt. Ein Mann war da zu sehen, ein Mann mit einer jungen, schlanken Schönheit – höchstwahrscheinlich einem Model – im Arm. Das Model hatte sie noch nie zuvor gesehen, aber den Mann erkannte sie sofort. Die Schlagzeile daneben, die sie in dicken, fetten Lettern zu lesen bekam, riss ihr beinahe den Boden unter den Füßen weg.

Im Juli läuten endlich die Hochzeitsglocken:
Rex Armando segelt in den sicheren Hafen der Ehe!

»Was ... wie ... wer ...« In Annelieses Kopf herrschte absolutes Chaos. »Das kann nicht sein«, kam es endlich über ihre Lippen.

»*Wer* kann ich dir ganz genau sagen: Das ist der Hungerhaken, der sich in dem Werbespot für das Armando-Parfüm in den seidenen Laken räkelt«, sagte Elfriede.

»Das kann nur eine Fehlmeldung sein oder ein Werbetrick, damit sich sein neues Damenparfüm besser verkauft.«

»Vergiss es, Liese, der Typ hat schon länger was mit dieser dürren Ziege. Er hat sie bei den Dreharbeiten zu dem Spot kennengelernt und sich sofort in sie verliebt. Auf Seite zwölf kannst du es nachlesen. Hast du eine Ahnung, wie alt die ist?«

Anneliese hatte sich gesetzt und schüttelte matt den Kopf.

»Gerade mal ZWANZIG!« Elfriede spuckte das Alter des Hungerhakens förmlich aus. »Fast noch ein Kind – in unserer Jugend wäre das noch Verführung Minderjähriger gewesen! Rex ist fast dreimal so alt wie dieses halbe Hähnchen!«

»Aber die Briefe …«, hauchte Anneliese.

»Die kannst du verbrennen! Und die Poster am besten gleich dazu.«

Dass das nicht mehr nötig war, weil Heiner diesbezüglich schon ganze Arbeit geleistet hatte, erwähnte Anneliese nicht. Sie war nicht in der Lage, überhaupt etwas zu sagen, geschweige denn etwas Vernünftiges.

»Ich bringe ihn um!« war das Erste, was ihr schließlich über die Lippen kam. Ob das etwas Vernünftiges war, blieb dahingestellt.

Elfriede ließ sich auf dem Stuhl neben ihr nieder.

»Na, na, Lieschen, versündige dich nicht!« Sie tätschelte der besten Freundin die Hand, was wahrscheinlich tröstend sein sollte.

Für Anneliese fühlte sich das aber keineswegs so an. Nein, ganz im Gegenteil, es fühlte sich aufmunternd an. Sie hielt sich deshalb nicht lange mit dem Gedanken auf, warum ihr Elfriede – ausgerechnet Elfriede! – mit Sünde kam, sie überlegte vielmehr, wie sie das mit dem Umbringen bewerkstelligen könnte. Und wenn sie schon mal dabei war, könnte sie Heiner doch auch gleich aus dem Weg schaffen. Und den überneugierigen Herrn Hinz noch dazu. Das wäre ein Aufwasch.

Ja, ein übermächtiges Rachegelüst hatte sich ihrer bemächtigt. Sie, Anneliese Musebrinck, geborene Müller, würde sich nie wieder herumschubsen und demütigen lassen! Reflexartig setzte sie sich gerade hin, straffte die Schultern und schniefte ein allerletztes Mal. Die eher sanften Züge um ihren Mund verhärteten sich. So musste sich Supermann gefühlt haben, als er seine Kräfte entdeckt hatte, davon war sie überzeugt.

Elfriede musterte sie ängstlich. »Liese, alles in Ordnung mit dir?«

»Alles bestens, Rex Armando ist Vergangenheit. War ja sowieso nur 'ne Schwärmerei.«

Elfriede entspannte sich. »Gut, da bin ich ja beruhigt. Ich hatte ehrlich gesagt befürchtet, du könntest irgendwelche Dummheiten machen.«

»Quatsch, ich mach doch keine Dummheiten!«, sagte die neue Anneliese, die starke Anneliese, die Anneliese, die sich nichts mehr gefallen lassen würde. Eine Dummheit wäre es jedoch, Rex nicht zur Rede zu stellen.

Energisch stand sie auf. »Und jetzt muss ich noch fertigbügeln, bevor Heiner nach Hause kommt.«

»Ich kann dich wirklich alleinlassen?« Elfriede erhob sich zögerlich.

»Aber ja, mir geht es gut.« Anneliese drängte sie mit Nachdruck in die Diele.

Nachdem sich die Tür endlich hinter Elfriede geschlossen hatte, ging sie zurück in die Küche und nahm sich den Artikel über Rex' Hochzeit vor. Jedes einzelne Wort traf sie mitten ins Herz. Besonders die Aussage, er hätte in dieser Cindy endlich seine Seelenverwandte gefunden, tat weh. Den Absatz, in dem die Pläne für die Hochzeit genau beschrieben wurden, las sie mit angehaltenem Atem. Nicht wegen der fünfhundert (FÜNFHUNDERT!) geladenen Gäste, auch nicht wegen der romantischen Kutsche mit den acht schneeweißen Lipizzanern davor. Es war das Brautkleid à la Sissi, dass dieses magersüchtige Model tragen würde!

Da war es vorbei mit ihrer Beherrschung: Wütend schlug sie mit der flachen Hand auf die aufgeschlagenen Seiten. Dieses Märchenkleid hatte Rex *ihr* in einem seiner letzten Briefe versprochen! *... wenn wir in nicht allzu ferner Zukunft endlich vor den Altar treten werden. Wenn du mich dann* *überhaupt noch willst …* – Das hatte er geschrieben, Wort für Wort!

Doch wenn die Angaben in dem Bericht stimmten, hatte er das geschrieben, als er schon längst mit dieser Cindy verbandelt war. Sollte er sie, Anneliese, tatsächlich so gemein belogen haben?

Sie betrachtete das Titelfoto noch einmal genauer. Ja, er hatte darauf diese unterernährt aussehende Model-Cindy, dieses halbe Kind im Arm – aber sah er wirklich glücklich aus?

Anneliese berührte jetzt beinahe mit der Nase das Papier. Nein, musste sie feststellen, er sah kein bisschen glücklich aus! Sein Lächeln wirkte nicht echt, eher verkniffen. Und seine Augen: Dieser Blick war alles andere als vor Liebe und Glück strahlend. Oh, sie kannte ihren Rex seit so vielen Jahren, kannte seine Mimik in- und auswendig: Dieser Blick war ein verzweifelter, ja ein hilfesuchender!

Mit einem Schlag war Anneliese alles klar: Diese Heirat war keine Liebesheirat! Das ganze Theater hatte sich eindeutig irgendein Manager, ein Plattenproduzent, ein PR-Berater oder ein Werbefuzzi ausgedacht. Wahrscheinlich sogar alle zusammen. Und das nur, um den Verkauf des neuen Parfüms oder der neuen Platte anzukurbeln oder um dieses blasse Model ohne jegliche weibliche Rundung in den Werbehimmel zu katapultieren. Eine Scheinehe also!

Und wer musste darunter leiden? – Ihr armer Rex! Und sie natürlich.

Es gab also nur eines zu tun: Sie musste diese Hochzeit verhindern, koste es, was es wolle!

Doch dafür brauchte sie einen Plan. Einen guten Plan. Und es musste schnell gehen, da Rex schon in zwei Wochen vor den Altar gezerrt werden würde.

Auf jeden Fall musste ihr Liebster erfahren, dass sie Bescheid wusste, dass sie für ihn da sein, ihm helfen würde. Doch wie sollte sie das anstellen? Einen Brief an ihn schreiben? – Nein! So etwas konnte man nicht mittels eines Briefes klären. Es blieb also nur eine Option: Sie musste zu ihm!

Vor Aufregung durchrieselte es sie heiß und kalt. Ja, sie würde einfach zu ihm fahren und von Angesicht zu Angesicht mit ihm sprechen. Vielleicht hätte sie das ja schon viel früher machen sollen?

Nein, nicht vielleicht – ganz bestimmt hätte sie das schon viel früher machen sollen, denn dann wäre es gar nicht erst zu diesem Schlamassel gekommen!

Aber noch war es nicht zu spät, noch konnte sie ihre Liebe retten. In so vielen Liebesfilmen klappte es schließlich auch, da kamen die Helden auch immer in allerletzter Sekunde am Flughafen an, um die entschwindende Heldin doch noch zurückzuhalten. Ja, sie stürmten sogar in Kirchen, um gerade stattfindende Trauungen zu unterbrechen. Bis auf den letzten Drücker wollte Anneliese aber lieber nicht warten, das war ihr dann doch zu riskant.

Der Blick auf die Küchenuhr über Heiners Platz sagte ihr jedoch eindringlich, dass für weiteres Planen jetzt keine Zeit mehr war, denn Heiner konnte jeden Augenblick nach Hause kommen.

Schnell versteckte sie die Zeitschrift im Trockner, der sich so wunderbar als sicherer Safe erwiesen hatte.

Kein bisschen zu früh, denn als sie in die Küche zurückkam, hörte sie, wie Heiner von außen den Schlüssel ins Schloss steckte.

Einen weiteren Tag später

Als Anneliese am nächsten Morgen aufstand, um für Heiner das Frühstück zu machen, war für sie alles klar. Sie hatte in der vergangenen Nacht kein Auge zugetan, dafür aber hatte sie jetzt einen perfekten Plan für die nächsten drei Tage.

Was danach geschehen würde, das stand in den Sternen, besser gesagt: das lag allein in Rex' Händen.

Heiner, dieser Morgenmuffel, sprach kein Wort mit ihr, und ihr war es wie immer recht. Das würde ja bald vorbei sein. Morgen noch einmal, dann würde sie Heiner nie wiedersehen. Es war auch das vorletzte Mal, dass sie ihm ein belegtes Brot für die Mittagspause machte. Später würde er das vorletzte Mal ein Abendessen von ihr vorgesetzt bekommen. Nur noch zweimal würde er die Chance haben, etwas daran auszusetzen.

Mit einem wortlosen Kopfnicken verließ Heiner wie jeden Arbeitsmorgen die Wohnung. Anneliese lauschte seinen sich entfernenden Schritten im Treppenhaus nach.

Ja, sie würde ihn verlassen, in ziemlich genau achtundvierzig Stunden. Übermorgen früh würde sie sich in den Bus setzen und in die Stadt fahren. Dort angekommen würde sie am Bahnhof aussteigen, ein Zugticket nach Berlin kaufen und am Abend dann bei Rex sein.

Am liebsten wäre sie ja schon heute gefahren, aber ein guter Plan musste auch gut ausgeführt werden. Erstens weilte Rex mit seiner Tour noch in Russland, zweitens hätte sie gar nicht gewusst, was sie ganz allein in dieser riesengroßen Stadt anstellen sollte, und drittens hatte sie noch einiges zu erledigen. Sie wollte heute noch ein letztes Mal waschen und noch einmal alles durchputzen – sie konnte Heiner schließlich nicht einfach so im Dreck sitzen lassen. Klar wollte sie ihn verlassen, aber auf gar keinen Fall sollte er später schlecht über sie reden können.

Außerdem musste sie sich noch von Professor Meiering verabschieden.

Ihre Verbindung zu ihm war ein ganz besonders gut gehütetes Geheimnis von Anneliese. Nicht einmal Elfriede wusste davon. Heiner natürlich auch nicht, denn er hätte diese Treffen sicherlich verboten.

Nein, Herr Professor Meiering war nicht Annelieses heimlicher Geliebter – sie putzte bei ihm. Dreimal die Woche, montags, mittwochs und freitags, immer von neun bis elf. Und das jetzt schon seit einigen Jahren. Was Anneliese bei ihm verdiente, sammelte sie in einer alten Keksdose aus Blech, in der schon ihre Mutter vom Haushaltsgeld abgezweigte Notgroschen vor ihrem Vater versteckt hatte. Zusammen mit den ihrerseits abgezweigten Notgroschen, hatte sich so ein hübsches kleines Vermögen angesammelt, welches ihr jetzt den Neustart erleichtern würde.

Heute würde sie also ein allerletztes Mal beim Herrn Professor putzen und ihr letztes Monatsgehalt abholen. Bei diesem Gedanken wurde sie ein wenig wehmütig, denn der alte Herr würde ihr sicher fehlen – mehr jedenfalls als ihr nörgeliger Heiner.

Professor Meiering war Professor für Biologie a. D., von ihm hatte Anneliese, die ja leider keinen eigenen Garten hatte, viel gelernt. Seit letztem Jahr hatte er einen Gärtner engagiert, aber davor war sie ihm gelegentlich beim Heckenschneiden und Rasenmähen zur Hand gegangen.

Mit schwerem Herzen betätigte sie Punkt neun Uhr den Klingelknopf.

Vor Freude strahlend wie immer, öffnete ihr der Professor die Tür. Seine weißen, schon wieder mal viel zu langen Haare standen in alle Himmelsrichtungen ab. Sein ebenfalls weißer Spitzbart unterstrich die Bräune seiner Haut, die verriet, dass er die meiste Zeit des Tages in seinem Garten verbrachte. Seine Augen blitzten fröhlich, was ihn trotz seines hohen Alters ungemein jugendlich aussehen ließ.

»Nur herein, meine Liebe!« Auch diesmal machte er einen tiefen Diener vor ihr – vor seiner Putzfrau!

Es roch nach frisch gebrühtem Kaffee, als Anneliese die großzügige Eingangshalle betrat. Nach Kaffee, den sie beide gleich zusammen trinken würden. Jeden Montag, Mittwoch und Freitag begann ihre Arbeit mit einem Tässchen Kaffee und einem netten Plausch mit dem Professor.

Und wie jeden Montag, Mittwoch und Freitag stand eine hübsche Dose mit gekauften Keksen auf dem Tisch. Teuren Keksen, die schmeckten wie selbst gebacken.

Zwischen zwei dieser leckeren Kekse eröffnete Anneliese ihm, dass er sich leider nach einer neuen Putzfee umsehen musste.

Der strahlende Blick des Professors trübte sich. »Ist Ihr Mann etwa hinter unser kleines Geheimnis gekommen?«

»Nein, unser Geheimnis bleibt unser Geheimnis.« Anneliese tätschelte ihm die zerknitterte Hand. »Ich gehe weg von hier.«

»Ich hoffe doch ohne Ihren Heiner!«

Anneliese nickte. Der Professor wusste um ihre nicht sonderlich glückliche Ehe. Von Rex wusste er nichts.

»Das wurde aber auch Zeit! Sie haben sich viel zu lange von ihm plagen lassen. Kindchen, ich wünsche Ihnen alles Glück der Welt. Und falls Sie mal etwas brauchen – sei es guter Rat oder Geld – meine Tür steht jederzeit für Sie offen. Sie waren immer wie eine Tochter für mich.«

Eine Tochter, die er nie gehabt hatte. Seine Ehe war kinderlos geblieben, seine Frau seit zehn Jahren tot. Anneliese bekam ein schlechtes Gewissen, weil sie ihn nun alleinließ.

»Ich werde mich ganz bestimmt bei Ihnen melden«, versprach sie ihm.

Als sie wenig später die große Fensterfront zum Garten hin putzte, kamen ihr Zweifel an dem, was sie vorhatte. Sollte sie Heiner wirklich verlassen? Was, wenn das mit Rex eventuell doch nicht so klappen würde, wie sie es erhoffte? Dann könnte sie nicht mehr zurückkommen. Würde sie aber sagen, dass sie nach Berlin zu einem Konzert führe, gäbe es wahrscheinlich Ärger mit Heiner, aber sie würde nicht ganz die Tür hinter sich zuschlagen. Dann könnte sie im Falle eines Falles zu ihm zurückkehren.

Aber sie wollte ja gar nicht zu ihm zurückkehren! Der Gedanke, ihn nie wiedersehen zu müssen, hatte beim Pläneschmieden in der letzten Nacht solche Glücksgefühle in ihr ausgelöst. Nein, sie würde nicht zu ihm zurückkommen, egal was käme!

Doch was würde sie tun, wenn Rex sie vielleicht doch nicht haben wollte?

Mit diesem Gedanken ging sie hinaus auf die Terrasse, um mit dem Fensterputzwasser die Gartenstühle abzuwischen. Als sie damit fertig war, setzte sie sich auf einen dieser Stühle und sah in den parkähnlich angelegten Garten. Die letzten Tage waren sehr heiß gewesen, eigentlich zu heiß und viel zu trocken für die Jahreszeit. Auch für heute waren Rekordtemperaturen gemeldet, aber hier in Professor Meierings Garten spürte man dank der alten hohen Bäume fast nichts davon. In den Staudenbeeten grünte und gedieh es. Die gelben Blüten des Goldfelberich strahlten mit der Sonne um die Wette, blaue und weiße Glockenblumen wiegten sich im leichten Wind, überall war Bertramsgarbe wild aufgegangen, die jetzt mit Hunderten kleiner weißer Blüten besetzt war. Zwischendrin saßen lila Farbtupfer, unzählige Lavendelbüsche, die in voller Blüte standen und den Garten mit ihrem Duft erfüllten. Dicke Hummeln taumelten von Strauch zu Strauch und tranken den Nektar. Die Hortensien waren noch nicht ganz so weit, aber bald würden auch ihre Blüten aufgehen, genauso wie die des Fingerhuts, der vor allem im Schatten unter den Bäumen wucherte.

Anneliese kannte die Namen jeder Pflanze hier im Garten, Professor Meiering hatte sie ihr beigebracht.

Der Garten würde ihr auch fehlen.

Was sollte sie tun, wenn Rex sie nicht haben wollte?

Sollte sie sich einfach umdrehen und gehen? Einfach die Jahre vergessen, die sie nur für ihn gelebt hatte?

Nein, das würde sie ganz sicher nicht tun! Sie mochte nur eine einfache Hausfrau aus der Provinz sein, aber dennoch hatte sie Gefühle – sehr tiefe Gefühle, die niemand ungestraft verletzten und in den Schmutz treten durfte. Auch ein Rex Armando nicht!

Ihr Blick ruhte noch immer auf den Fingerhutpflanzen. Fingerhut war giftig, alle Teile, aber besonders Stängel und Blätter, das wusste sie vom Professor. Digitalis hieß der Wirkstoff. Richtig dosiert war es ein Heilmittel bei Herzbeschwerden. Falsch dosiert konnte es genau das Gegenteil bewirken: Von Übelkeit, Erbrechen und Durchfall bis hin zu Herzrhythmus- und Sehstörungen, Halluzinationen und Delirium reichten die Symptome. Und natürlich Herzstillstand.

Wie ferngesteuert stand sie auf und ging hinüber zu den Bäumen, wo die Luft feucht und angenehm kühl war. Ein Blatt nach dem anderen zupfte sie mit ihren noch in den Gummihandschuhen steckenden Fingern von den Fingerhutpflanzen ab und steckte sie in ihre Schürzentasche.

Sie war weit davon entfernt, Rex ernsten Schaden zufügen zu wollen – aber falls er sie doch hintergangen haben sollte, falls er doch dieses dürre Ding heiraten wollte …

Sie rupfte sicherheitshalber noch ein paar Blättchen mehr ab. Sie hatte da ein Keksrezept, dass sie schon lange mal ausprobieren wollte.

Wenn sie ihn nicht haben konnte, dann bekam ihn auch dieses Magermodel nicht!

Gegen Mittag und nach einem tränenlastigen Abschied vom Professor kam Anneliese nach Hause. Als Erstes machte sie einen Kassensturz: Mit dem heute ausgezahlten Geld und dem vom Professor spontan gespendeten Bonus kam sie auf eine stolze Summe von etwas über zwanzigtausend Euro. Zufrieden stopfte sie einen Großteil des Geldes in einen ihrer Stützstrümpfe und packte diesen zusammen mit ein paar anderen dieser unbequemen Dinger und ihrer Unterwäsche in eine abgeschabte Reisetasche, die schon seit über zwanzig Jahren nicht mehr als solche benutzt worden war. Als Nächstes legte sie zärtlich die Rosenschachtel mit

Rex' Briefen hinein und darauf zwei ihrer neueren Nachthemden, einen Rock, zwei Blusen und eine Stoffhose. Es war nicht gerade viel, was sie mitnehmen würde, aber es sollte ja nur für die ersten Tage sein. Sobald sie in Berlin wäre, würde sie sich neu und schick einkleiden.

Die Tasche stellte sie in ihren Teil des Schrankes und schob sie weit unter die Stange mit den Röcken und Blusen. Schlichte, mausgraue Röcke und langweilige Blümchenblusen, die sie nie wieder tragen würde. Die restlichen Scheine rollte sie fest zusammen und fixierte sie mit zwei Haushaltsgummis. Die Rolle passte perfekt durch den Riss im Futter ihrer Handtasche. Jetzt war es doch gut, dass sie das alte kaputte Ding behalten hatte, denn beim schnellen Griff eines Taschendiebes in ihre Tasche würde das »Geheimfach« sicherlich unentdeckt bleiben.

Dann ging sie in die Küche und suchte das Rezept für die Kekse aus der unteren Schublade des alten Büffets heraus. Schoko-Plätzchen, die mit leckerer Buttercreme zusammengeklebt wurden. Die Creme im Rezept war mit Orangensaft und daher hellorange – Annelieses Buttercreme würde hellgrün sein.

Der Teig für die Cookies war schnell geknetet. Nach kurzer Kühlzeit rollte sie ihn aus und stach große runde Plätzchen aus. Während das erste Blech backte, pürierte sie die Fingerhutblätter ...

Im Zug

»Hallo? Zopfliesel, kannst du mich hören? Oder hat dich die Hitze schon dahingerafft?«

Die Stimme, die Anneliese aus ihren Gedanken riss und in das überhitzte Zugabteil zurückholte, schien von weither zu kommen. Sie kam aber von dem großen verzottelten Rocker, der ihr diagonal gegenübersaß und sich mit forschendem Blick zu ihr herüberbeugte.

»Alles gut bei dir? Nicht, dass du uns hier abnippelst!« Mit dröhnendem Lachen hob er die Bierdose, die er in der Hand hielt, an die Lippen. Nachdem er getrunken hatte, wischte er sich mit dem linken Unterarm über Mund und Bart.

Anneliese sah in die Runde. Auch die Augen der anderen Mitreisenden ruhten erwartungsvoll auf ihr. Heiße Röte stieg ihr ins Gesicht, selten hatte sie sich so unwohl gefühlt.

»Wie bitte?« Da die beiden Worte nur als leises Krächzen aus ihrem Mund gekommen waren, räusperte sie sich. »Wie bitte?«, wiederholte sie um einiges deutlicher.

»Ob es dir gutgeht? Du hast irgendwie selig weggetreten ausgesehen. Wollte schon fragen, was für Zeug du geraucht hast und ob ich was abhaben kann.« Wieder lachte er und zwinkerte der Schwarzhaarigen ihm gegenüber bedeutungsvoll zu. Als er ausgiebig rülpste, drehte diese den Kopf aber demonstrativ zum Gang.

»Sorry«, sagte der Rocker. »Das kommt von der pisswarmen Brühe.«

Der Mann mit dem strengen Bürstenhaarschnitt atmete tief durch, bevor er nicht sonderlich laut sagte: »Könnten Sie sich bitte etwas zusammenreißen? Schließlich sitzen wir alle im selben Boot …«

»Das ist kein Boot, sondern ein Zug. Ein verdammter, glühend heißer Scheißzug.« Der Rocker klatschte sich auf die Schenkel. Dabei sah er beifallheischend zu der jungen Frau, die ihn aber keines Blickes würdigte.

»Ja, das ist mir bewusst.« Der Bürstenhaarschnitt lächelte schief. »Ich wollte nur anmerken, dass Sie Ihre Mitmenschen mit etwas mehr Respekt behandeln und nicht duzen sollten.«

Die Augen des Rockers funkelten amüsiert. »Ah ja? Und wer sagt das?«

»Ich«, sagte der Bürstenhaarschnitt und sah dabei aus, als würde er sich am liebsten unsichtbar machen.

»Bist du Bulle oder was? – Oh, sorry, Alter: Sind *Sie* Bulle, oder was?« Der Rocker stieß seinen unscheinbaren Sitznachbarn mit der schweißglänzenden Halbglatze an, der seinen schwarzen Nullachtfünfzehn-Aktenkoffer seit dem Durcheinander bei der Bremsung auf seinem Schoß liegen hatte, statt ihn wieder in der Gepäckablage über sich zu verstauen. »Was meinst du, ist der Typ ein Bulle?«

Der Unscheinbare wirkte peinlich berührt. Auch, wenn er versuchte, niemanden anzusehen, blieben seine Augen dann doch prüfend an dem Bürstenhaarschnitt hängen. Wortlos zuckte er mit den Schultern.

Anneliese senkte unsicher den Blick auf ihre Hände, die die Keksdose umklammerten. Bis auf das leise Klicken des Rosenkranzes, der durch die nervösen Finger der Nonne glitt, das Surren der Fliege, die ihren Traum von Freiheit noch immer nicht aufgegeben hatte, und das Hecheln des Dackels, war es totenstill im Abteil.

»Was haben *Sie* denn in *Ihrer* Schatzkiste, *Gnädigste*?« Der Rocker wandte den Blick von Annelieses Keksdose weg und sah den Bürstenhaarschnitt mit fragend hochgezogenen Brauen an. »Besser so, Herr Anstandspolizist?«

Der Bürstenhaarschnitt nickte wortlos.

»Kekse«, sagte Anneliese leise.

»Wollen Sie uns nicht ein paar davon abgeben?«

Anneliese presste die Dose noch fester an sich und starrte ihn aus angstvoll geweiteten Augen an. Ihr wurde schlagartig noch heißer.

»Ich meine, wir sitzen doch alle im selben Zug«, fuhr der Rocker mit einem spöttischen Seitenblick zu dem Bürstenhaarschnitt fort. »Ein Keks käme jetzt doch ziemlich gut. Was meint ihr, Leute?« Auffordernd sah er die Mitreisenden an.

Er bekam aber keine Antwort, nur der Dackel zu seinen Füßen gähnte ausgiebig.

»Ihr wollt also nichts? Gut, dann bleibt mehr für mich. Also, was ist jetzt, Gnädigste? Bekomme ich was davon?«

Anneliese schüttelte ängstlich den Kopf. »Nein, das geht nicht, das ist ein Geschenk.« Einen Moment befürchtete sie, der Rocker würde aufstehen und ihr die Dose einfach entreißen. Aber er sah sie nur eine gefühlte Ewigkeit lang an.

»Na gut, dann eben keine Kekse.« Schmollend verschränkte er die Arme vor der Brust, schob sein Hinterteil bis zur Kante seines Sitzes nach vorne, sodass seine Knie beinahe die Knie der Schwarzhaarigen berührten, und ließ das bärtige Kinn auf seine breite Brust sinken. Sekunden später erfüllte ein sonores Schnarchen das Abteil.

Erleichtert lockerte Anneliese den Griff um die Dose. Da ihre Mitreisenden sich wieder ihren Gedanken und dem Vor-sich-hin-Starren widmeten, drehte sie sich zum Fenster und sah hinaus. Gerade rannte draußen die nette Zugbegleiterin mit dem Pferdeschwanz mit wedelnden Armen vorbei. Sie verschwand aus ihrem Sichtfeld.

Anneliese lehnte sich zurück und betrachtete die Gegend. Auch ihre Gedanken begannen wieder abzudriften … wo war sie gewesen, als dieser unangenehme Biertümpel sie angesprochen hatte? – Ah ja, in ihrer Küche, beim Backen ...

Anneliese Musebrinck, Nur-Hausfrau

Zwei Tage vor der Zugfahrt

... Als sie das letzte von vier Blechen mit duftenden Cookies aus dem Ofen holte, hatte sie gerade das wunderschön grüne Blätterpüree unter die fertige Buttercreme gezogen. Anneliese musste sich beherrschen, nicht davon zu probieren. Sie füllte sie in einen Spritzbeutel mit Sterntülle und spritzte große Tuffs auf die Hälfte der Kekse. Zuletzt setzte sie jeweils einen anderen Keks darauf. Die gefüllten Cookies bestäubte sie mit Puderzucker. Sie sahen zum Anbeißen aus!

Da es so viele Kekse waren, brauchte Anneliese drei Dosen, um sie einzupacken. Als sie gerade die letzte Dose füllte, klingelte es an der Tür.

Anneliese wischte sich die fettigen Finger an der Kittelschürze ab – die sie übrigens auch nicht vorhatte, in ihrem neuen Leben zu tragen – und öffnete.

Jakob Hinz stand lächelnd vor ihr und streckte ihr ein Päckchen entgegen. »Das ist für Reuters, es ist aber niemand da. Wären Sie eventuell so nett?«

Anneliese griff danach, es war schließlich nicht das erste Mal, dass sie ein Päckchen für ihre Nachbarn annahm.

»Bei Ihnen riecht es aber verdammt gut«, sagte Jakob Hinz, als er ihr das Gerät zum Unterschreiben reichte.

Anneliese überlegte kurz. Die Idee kam ihr urplötzlich, als sie darüber nachdachte, dass sie den Postboten wahrscheinlich nie wiedersehen würde. Und wenn sie erst mal weg war und alle Welt sich darüber das Maul zerreißen würde, käme er sicherlich mit seinem Wissen bezüglich der duftenden Briefe daher. Aber auch dann sollte Heiner nichts von diesen Briefen erfahren.

Darum sagte sie: »Ich habe ein neues Rezept getestet: Buttercreme-Cookies. Wollen Sie ein paar haben?«

»Gebäck? Aber immer doch, Frau Musebrinck!«

Anneliese legte das Päckchen für Reuters auf dem Schuhschrank ab und holte eine Keksdose aus der Küche.

»Nehmen Sie am besten alle. Die Dose können Sie behalten, ich brauche sie nicht mehr.«

Jacob Hinz lüpfte den Deckel und betrachtete genussvoll den Inhalt. »Die sehen aber extrem lecker aus! Wenn Sie nicht schon verheiratet wären, würde ich Ihnen glatt einen Heiratsantrag machen.«

Er zwinkerte ihr verschwörerisch zu und machte Anstalten, sich einen Keks herauszunehmen.

»Die können Sie noch nicht essen!«, stieß Anneliese hervor und schloss mit einem blitzschnellen Griff den Deckel. Sie klemmte dabei beinahe einen seiner Finger ein.

Das hätte ihr gerade noch gefehlt, wenn Hinz noch während seiner Arbeit das Zeitliche segnete!

Der Postbote sah sie erschrocken an.

»Die Creme ist noch viel zu weich – Sie müssen die Kekse also noch ein paar Stunden in den Kühlschrank stellen«, erklärte sie extra sanft lächelnd.

»Ach so, schade. Dann sehe ich mal zu, dass ich sie heil nach Hause und in den Kühlschrank bekomme. Danke vielmals, Frau Musebrinck, Sie sind immer so nett zu mir. Ich werde bei jedem Bissen an Sie denken!«

Feierlich, als wäre sie der heilige Gral, trug er die Dose vor sich her und verschwand damit die Treppe hinunter.

Anneliese blieb wie angewurzelt im Treppenhaus stehen. Sie fragte sich, ob er auch an sie denken würde, wenn er demnächst sein Leben aushauchte.

Sie fragte sich aber auch noch etwas anderes, nämlich ob man die tödlichen Kekse zu ihr zurückverfolgen konnte. Spontan entschloss sie sich, ihre Flucht einen Tag früher als geplant anzutreten. Sicher war sicher.

Als die Haustür unter ihr laut ins Schloss fiel, ging sie zurück in die Wohnung. Sie musste schließlich noch den Kartoffelsalat fürs Abendessen machen und die Küche aufräumen.

Nächster Tag und somit der Tag vor der Zugfahrt

Als Heiner morgens kurz nach halb acht die Wohnung verlassen hatte, ging alles ganz schnell: Anneliese spülte das Frühstücksgeschirr, trocknete es aber nicht ab wie üblich, sondern ließ es zum Abtropfen auf der Spüle stehen. Im Badezimmer packte sie alles, was sie für die tägliche Pflege brauchte, in den Kulturbeutel aus hellblauem Kunststoff, den sie mal im Drogeriemarkt als Werbegeschenk bekommen hatte. Kulturbeutel und Hausschuhe verstaute sie in der Reisetasche. Jetzt fehlten nur noch die Kekse.

Anneliese stellte die gepackte Reisetasche auf den Küchentisch. Dann nahm sie die beiden Dosen aus dem untersten Fach des Kühlschrankes, nur um festzustellen, dass sie nicht mehr in die Tasche passten. Eine größere Reisetasche wäre die Lösung gewesen, aber leider gab es die nicht in Heiners und ihrem Haushalt. Reisen – und das dazugehörige Reisegepäck – gehörten einfach nicht zu den Gewohnheiten der Musebrincks.

Anneliese blieb jedoch keine Zeit zum Überlegen. Der Bus würde gleich abfahren, und den musste sie erwischen. Wenn sie ihn verpasste, würde sie ganze zwei Stunden auf den nächsten warten müssen, und in diesen zwei Stunden wäre sie ganz sicher verrückt geworden!

Also zog sie den Reißverschluss der Reisetasche zu und brachte sie hinaus in die Diele. Eine der Dosen stellte sie zurück in den Kühlschrank – mochte Heiner damit machen, was er wollte. Sollte er sie aufessen ... Aber das war jetzt nicht mehr ihr Problem.

Schnell riss sie einen pinkfarbenen Post-it-Zettel vom Block, klebte ihn mitten auf den Tisch und schrieb *Heiner, ich verlasse dich! Leb wohl!* darauf.

Mit der letzten Keksdose in der Hand schlüpfte sie in ihre neuen cremefarbenen Gesundheitsschuhe und öffnete die Wohnungstür. Dann zog sie sich noch eine mittelbraune Strickjacke mit Trachtenmuster über, die sie sich vor Jahren selbst gestrickt hatte und auf die sie noch immer mächtig stolz war. Ein letztes Mal betrachtete sie sich im Dielenspiegel über dem Schuhschrank. Mit der Reisetasche und der Handtasche in der einen und der Keksdose in der anderen Hand sah sie sich ein letztes Mal in der Wohnung um, in der sie fast dreißig Jahre gelebt hatte. Dann wandte sie sich um, trat hinaus ins Treppenhaus und zog die Tür hinter sich zu. Der Schlüssel lag drinnen in der Wohnung, in der kleinen Messingschale auf dem Schuhschränkchen. Jetzt gab es kein Zurück mehr.

Als sie schnellen Schrittes zur Bushaltestelle eilte, schickte sie ein Stoßgebet gen Himmel, dass Elfriede nicht ausgerechnet heute mit genau diesem Bus in die Stadt fahren wollte. Ihr Gebet wurde erhört.

Erst als sie auf das plattgesessene Polster des Linienbusses gesunken war, als die Türen sich mit einem lauten Zischen schlossen und der Bus sich in Bewegung setzte, wurde ihr bewusst, was sie gerade getan hatte: Sie hatte tatsächlich Heiner und ihr sicheres Zuhause verlassen! Ihr Herz klopfte aufgeregt in ihrer Brust, und sie schwitzte aus allen Poren. Ja, es war schon sehr heiß an diesem Morgen, aber dieser Schweiß war kein normaler Schweiß – es war Angstschweiß.

Als sie die letzte Bushaltestelle im Ort hinter sich gelassen hatten und somit niemand mehr einsteigen konnte, der Anneliese kannte und unangenehme Fragen hätte stellen können, entspannte sie sich etwas.

Nach zehn Minuten Fahrt kam das Kloster der barmherzigen Schwestern in Sicht. Fern von allem Weltlichen thronte es auf einem Hügel, das Dach der kleinen Kapelle glänzte einladend im morgendlichen Sonnenlicht.

Spontan fasste Anneliese einen Entschluss. Einen Entschluss, den sie vor vielen, vielen Jahren schon einmal gefasst hatte, den sie dann aber durch Heiners Eintreten in ihr Leben doch verworfen hatte: Wenn das mit Rex nicht klappen sollte, würde sie dort an die schwere Eingangspforte klopfen und um Einlass bitten. Und in diesem Zuge auch gleich um Vergebung, denn wenn sie vor dieser Tür stünde, dann konnte man davon ausgehen, dass sie drei Menschenleben auf dem Gewissen haben würde.

Sie konnte sich noch genau an den Tag erinnern, an dem sie das Kloster zusammen mit ihrer Mutter besucht hatte. Es war ein heißer Tag gewesen, ähnlich dem heutigen, doch davon hatten sie hinter den dicken Mauern nichts gespürt. Eine blutjunge Novizin hatte sie damals durch die kühlen Räume und Gänge geführt. Ihr Name hatte Erentrudis gelautet, Anneliese hatte ihn nie vergessen. Auch nicht die Stille, diese wohltuende Stille. Sie konnte sich auch genau an das Gefühl erinnern, das sie während des Rundgangs verspürt hatte: ein Gefühl von Heiligkeit. Und sie war so neidisch auf Erentrudis gewesen, die schon fast eine richtige Nonne war. So stolz hatte sie ihre Novizinnentracht getragen, ihr Gesicht hatte gestrahlt vor Glück und Erleuchtung. Und dann war da der wundervolle Gesang der Nonnen gewesen, als sie am Ende ihrer Besichtigungsrunde in die kleine Kapelle kamen! Der Duft des Weihrauchs! Der himmlische Klang der Orgel! Die junge Anneliese hätte gerne hier leben wollen!

Doch dann kam eben Heiner in ihr Leben.

Das Kloster hatte sie längst vergessen, aber sie glaubte, noch immer den Geruch des Weihrauchs in der Nase zu haben. Was wohl aus Schwester Erentrudis geworden war?

Mit dem wunderbaren Gefühl, dass alles gut werden würde, stieg sie an der Endstation aus. Sie musste nur ein paar Schritte gehen, dann war sie auf dem Bahnhofsvorplatz mit dem hübschen Springbrunnen und den Bänken, die zum Verweilen einluden. Mittendrin blieb sie stehen und ließ alles auf sich wirken. Irrte sie sich, oder roch es tatsächlich nach Freiheit und Abenteuer?

Zögernd trat sie durch eine der weit geöffneten Doppeltüren aus dem sonnendurchfluteten Tag in eine erschreckend düstere Bahnhofshalle. Hier war nichts mehr mit Duft nach Freiheit und Abenteuer, hier stank es nach Urin, Erbrochenem und dem Schweiß von viel zu vielen Menschen. Das hier war also der Vorhof zur großen weiten Welt!

Anneliese widerstand tapfer einem aufkeimenden Fluchtreflex, mutig reihte sie sich in eine Schlange vor einem der Ticketschalter ein.

»Berlin?«, wiederholte eine hübsch uniformierte Bahnangestellte ihr Reiseziel und tippte munter auf den Tasten ihres Computers herum. »Sie haben Glück: In acht Minuten fährt auf Gleis zwei ein Regionalzug in Ihrer Richtung ab.« Sie schob einen Ausdruck zu Anneliese herüber.

»Sie brauchen nur dreimal umzusteigen und haben immer gut Anschluss. Nur hier«, sie deutete mit dem Finger auf die zweitunterste Zeile, »hier haben Sie dann eine Stunde Aufenthalt, bis Sie mit dem ICE nach Berlin weiterfahren können.«

»Geht von dort aus auch morgen Vormittag noch ein Zug nach Berlin? Ich war noch nie in dieser Stadt« – auch Anneliese deutete auf die zweitunterste Zeile – »und würde sie mir gern ein bisschen genauer ansehen«, sprudelte es ungewohnt abenteuerlustig aus ihr heraus.

»Aber ja, gar kein Problem. Sie wollen sich wohl ins Nachtleben der Großstadt stürzen?« Die hübsche Bahnlerin lächelte sie spitzbübisch an.

Anneliese wurde rot bis unter die Haarwurzeln. Nie im Leben hätte sie es für möglich gehalten, dass sie jemand für derart vergnügungssüchtig halten könnte.

»Mal sehen«, sagte sie verlegen, schob ihre Brille mit nervösen Fingern auf ihrer Nase zurecht. Dem Drang, diesem Vorschlag vehement zu widersprechen, gab sie ganz gegen ihre Natur nicht nach. Sollte ihr das junge Ding nur ein wildes Nachtleben zutrauen – wer wusste es schon, vielleicht lag sie damit gar nicht so falsch? Ein Leben an Rex' Seite würde logischerweise ein Leben in Nachtclubs und Bars beinhalten.

Anneliese zahlte einen stolzen Preis für eine Fahrkarte ohne Wiederkehr – wenn sie bei Rex bleiben konnte, wäre ein Rückfahrticket unnötig rausgeschmissenes Geld. Aufgeregt verstaute sie das Ticket in ihrer Handtasche, nahm ihre Keksdose, verabschiedete sich höflich und marschierte dann Richtung Bahnsteig zwei.

Wenig später fuhr ihr Zug ein, und kaum dass sie einen freien Platz neben einem jungen Mann mit löchrigen Jeans und großen Kopfhörern auf den Ohren gefunden hatte, setzte er sich schon wieder in Bewegung.

Tschüss Provinz, tschüss altes Leben, dachte Anneliese im Stillen. Ein unkontrolliertes Kichern konnte sie gerade noch unterdrücken. Tschüss Heiner, ergänzte sie noch, als sie sich immer weiter von ihrem alten Zuhause entfernten.

Kurz nach elf Uhr kam Anneliese in der großen Stadt an. Mit staunenden Augen durchschritt sie die riesige Bahnhofshalle – so etwas hatte sie noch nie gesehen! Ein Geschäft reihte sich ans nächste, von Blumen über Schmuck bis hin zu Büchern konnte man hier alles kaufen. Es war wie eine kleine Stadt für sich. In der Mitte der Halle war ein großer Verkaufsstand, an dem italienische Spezialitäten angeboten wurden. Sie hatte heute Morgen vor lauter Aufregung beim Frühstück keinen Bissen hinuntergebracht, aber jetzt, beim Anblick der verlockenden Köstlichkeiten, knurrte ihr Magen. Von einem südländisch aussehenden Mann ließ sie sich vier köstlich aussehende Gebäckteilchen mit Cremefüllung einpacken. Angesichts der fünfzehn Euro, die sie dafür bezahlen musste, musste sie schwer schlucken. So teuer war noch nicht mal das Gebäck, das Professor Meininger immer für ihre Kaffeestunden gekauft hatte!

Doch zuvor wollte sie etwas Herzhaftes essen – erst was Richtiges und dann der Nachtisch, das hatte schon ihre Mutter immer gepredigt. Und sie hatte sich seit annähernd sechzig Jahren an diese Regel gehalten.

Das goldene *M* stach Anneliese ins Auge. Bisher kannte sie diese Fastfood-Kette nur aus der Fernsehwerbung, doch heute würde sie sich zum ersten Mal einen dieser immer so lecker aussehenden Hamburger leisten! Mit Pommes frites. Anneliese liebte Pommes frites.

Ihr Vorhaben wäre beinahe schon an der Bestellung gescheitert. Der freie Schalter, zu dem sie ging, stellte sich nämlich als Essensausgabe heraus, wo sie von einem Angestellten freundlich, aber leicht genervt, an einen Automaten verwiesen wurde, der zum Bestellen diente. Anneliese stand minutenlang hilflos vor dem Computer, ohne ergründen zu können, wie er funktionierte. Als sie gerade aufgeben wollte, erbarmte sich ein junger Mann mit rasierter Glatze und ganz viel Metall im Gesicht, um den sie unter normalen Umständen einen großen Bogen gemacht hätte: »Na, junge Frau, soll ich dir helfen? Was hättest du denn gern?«

Abgesehen davon, dass Anneliese es empörend fand, von dem jungen Schnösel geduzt zu werden, nahm sie seine Hilfe dann doch an. Vorsichtshalber klemmte sie sich aber die Reisetasche fest zwischen die Beine. Die Handtasche hielt sie umklammert – der Kerl hätte ihr die Finger brechen müssen, um an das gute Stück zu kommen.

Und siehe da: Wenige Minuten später wurde ihr ein Tablett mit einem Doppeldecker-Burger, einer doppelten Portion Pommes mit reichlich Mayonnaise und Ketchup und einer großen Cola über den Tresen zugeschoben.

Vorsichtig manövrierte sie sich mit Gepäck, Keksdose und dem vollen Tablett zu einem freien Tischchen. Gierig und mit bestem Appetit verspeiste sie alle Pommes frites und den halben Hamburger. Dann kapitulierte sie. Zufrieden lehnte sie sich zurück, wischte sich Finger und Mund mit einer Serviette ab und nuckelte genüsslich am Rest ihrer Cola. Sie verstand nicht, was die Leute an Fastfood auszusetzen hatten – ihr hatte es vorzüglich geschmeckt.

Da es jedoch schade um den restlichen Burger gewesen wäre, wickelte sie ihn wieder ein und schob ihn vorsichtig in ihre Handtasche. Das würde ein feines Abendessen geben.

Zum Abschluss gönnte sie sich zwei der Cremeteilchen und musste zugeben, dass sie ihren Preis tatsächlich wert waren.

Derart gestärkt verließ sie den Laden mit dem goldenen *M*, durchschritt noch einmal die Bahnhofshalle und trat durch die weit geöffneten Türen hinaus auf den überdachten Vorplatz.

Menschen, die es offenbar sehr eilig hatten, wuselten hier durcheinander, sie musste aufpassen, dass sie nicht umgerannt wurde. Zögernd ging sie noch ein paar Schritte weiter und stand gleich darauf in der gnadenlos herunterbrennenden Sonne vor dem Hauptausgang.

Jede Pore ihres Körpers schüttete schlagartig Schweiß aus, und sie bereute sehr, dass sie die Strickjacke angezogen hatte. Erschrocken zuckte sie zusammen, als eine Straßenbahn laut bimmelnd und keine zehn Zentimeter entfernt an ihr vorbeisauste. Nachdem sich ihre Augen an das gleißende Licht gewöhnt hatten, sah sie sich unschlüssig um.

Und was jetzt? Sie musste irgendwie einen halben Tag und eine Nacht in einer wildfremden Stadt herumbringen.

Stadtgarten las sie genau gegenüber. Von diesem Zoo hatte sie schon oft gehört, aber gesehen hatte sie ihn bisher noch nicht. Und schon wusste sie, wie und wo sie den Rest des Tages verbringen würde.

Ihre Augen wanderten ein Stück die Straße hinunter und blieben an großen goldenen Buchstaben an einem nobel aussehenden Gebäude direkt neben dem Stadtgarteneingang hängen: *Schlosshotel.* Sie würde ein Zimmer für die Nacht brauchen, ja – aber in einem Schlosshotel? Anneliese ermahnte sich selbst zur Vernunft: Bestimmt würde ein Zimmer dort wahnsinnig teuer sein. Und bestimmt war es schrecklich vornehm, da würde sie gar nicht hinpassen. Aber ganz sicher war es auch wunderschön und luxuriös, und eigentlich hatte sie schon immer davon geträumt, einmal, nur ein einziges Mal, in einem so vornehmen Hotel schlafen zu dürfen.

Zu teuer, flüsterte eine leise Stimme in dem Teil des Gehirns, der für Vernunft und Sparsamkeit zuständig war.

Na und? Du hast genügend Geld einstecken, kam eine etwas forschere Stimme aus dem Gehirnareal, das die Abteilung Genuss und Verschwendungssucht verwaltete.

Sei vernünftig und teil dir dein Geld gut ein, sagte die leisere Stimme.

Du warst ein Leben lang viel zu vernünftig! Wolltest du nicht ein neues, ein besseres Leben anfangen? – Mensch, Anneliese, dann tu es endlich, wurde die andere Stimme immer lauter.

Mach das nicht – denk an die Zukunft, mahnte die leise Stimme, die immer leiser wurde.

Genau, denk an deine Zukunft! Du hast doch deinen langweiligen, knickrigen Heiner nicht verlassen, um genauso langweilig und knickrig weiterzumachen! Verdammt, fang endlich zu leben an!

Dagegen kam die leisere Stimme anscheinend nicht an, denn sie schwieg.

Und so bewegten sich Annelieses gesundheitsbeschuhte Füße wie magisch angezogen auf den Eingang des Schlosshotels zu, traten durch die einladend offenstehende Glastür und machten erst wieder vor dem Rezeptionstresen Halt.

Eine trotz Hitze in einem elegant aussehenden Kostüm steckende Frau mittleren Alters sah von ihrem Computer auf und lächelte sie strahlend an. »Herzlich willkommen im Schlosshotel! Wie kann ich Ihnen helfen?«

Anneliese blieben vor Verlegenheit die Worte im Halse stecken. Erst nach einem Räuspern konnte sie nach einem Zimmer fragen.

»Hatten Sie reserviert?«

»Ähm, nein.« Wahrscheinlich waren alle Zimmer belegt, befürchtete sie – nein, eigentlich hoffte sie es, denn ganz ausgeschaltet war das Sparsamkeitsareal noch nicht. Dann wäre sie aber zumindest einmal in einer wunderschönen und vornehmen Hotellobby gewesen. Zum Üben quasi, für später, wenn sie mit Rex zusammen in solch tollen Häusern übernachten würde. Sie war schon im Begriff, sich abzuwenden.

»Reisen Sie allein?«

Anneliese sah die Hotelangestellte fragend an.

»Brauchen Sie ein Doppelzimmer oder ein Einzelzimmer?«

»Ein ... ähm ... Einzelzimmer.«

»Für eine oder mehrere Nächte?«

»Eine«, hauchte Anneliese ehrfürchtig.

»Da haben Sie Glück, wir haben noch ein Einzelzimmer mit herrlichem Blick auf den Stadtgarten! Welchen Namen darf ich denn notieren?«

Anneliese nahm ihren ganzen Mut zusammen: »Musebrinck, Anneliese. Mit ck. Also das Musebrinck natürlich.«

»Dann bräuchte ich noch Ihren Personalausweis.«

Anneliese stellte die Keksdose auf dem Tresen ab. Mit vor Aufregung zitternden Fingern kramte sie ihre Geldbörse aus den Tiefen ihrer Handtasche hervor, wobei ihr der verpackte halbe Hamburger herausfiel und durch die halbe Lobby kullerte. Erstaunlich schnell spurtete sie ihm hinterher, hob ihn auf und verstaute ihn wieder in der Tasche.

»Entschuldigung«, sagte sie verlegen lächelnd.

Die Dame am Empfang nahm das mit stoischer Gelassenheit und unverändertem Strahlen hin.

Anneliese schwitzte jetzt noch eine Spur mehr, diesmal vor Aufregung, und schaffte es erst beim dritten Versuch, ihren Ausweis mit den schweißigen Fingern aus dem Mäppchen zu ziehen.

»Einen Moment, den kopiere ich mir nur schnell ...« Schwupps war die nette Angestellte um die Ecke verschwunden, um keine zwei Minuten später mit der Kopie und dem Ausweis zurückzukommen. Den legte sie zusammen mit einer anderen Karte vor Anneliese auf den Tresen. »Das hier ist Ihre Schlüsselkarte. WLAN ist natürlich kostenlos, die Zugangsdaten finden Sie in einer Mappe auf Ihrem Zimmer.«

Anneliese hatte keine Ahnung, was dieses WLAN war, aber sie bedankte sich trotzdem, immerhin war es ja kostenlos. Und wenn sie es erst mal sah, würde sie es schon erkennen.

»Ihnen stehen mehrere Sky-Kanäle zur Verfügung, und den Fitnessraum können Sie selbstverständlich auch ohne zusätzlich Kosten benutzen. Zu Abend essen können Sie später gleich hier nebenan in unserer Schwarzwaldstube – natürlich nur, falls Sie nicht vorhaben, außer Haus zu speisen. Das Frühstück wird in unserem Restaurant Zum Großherzog serviert. Und an der Schlossbar können Sie vor dem Zubettgehen noch diverse exotische Cocktails genießen. Liebe Frau Musebrinck, dann bleibt mir nur noch, Ihnen einen angenehmen Aufenthalt in unserm Hause zu wünschen. Und falls Sie noch irgendwelche Fragen haben sollten, wenden Sie sich gerne an mich oder meine Kollegen.«

»Und wie ist das mit dem Bezahlen?«, erkundigte sich Anneliese kleinlaut.

»Das machen wir, wenn Sie auschecken. Oder möchten Sie lieber gleich zahlen?«

»Nein, nein, wenn ich morgen auschecke«, sagte Anneliese. Sie fand das Wort *Auschecken* so toll, dass sie am nächsten Morgen unbedingt *auschecken* wollte. Anneliese nahm Ausweis und Schlüsselkarte an sich und schnappte sich die Keksdose. Sie hob ihre Reisetasche vom Boden auf und sah sich suchend um.

»Zweiter Stock – dort drüben ist der Aufzug.«

Anneliese bedankte sich erneut und ging in die beschriebene Richtung.

Wie betäubt stieg sie in die bereitstehende Kabine und ließ sich nach oben fahren. Unbekannte, nach großer Welt klingende Wörter wie WLAN, Sky-Kanäle, exotische Cocktails, Fitnessraum, Auschecken und Schlüsselkarte schwirrten ihr durch den Kopf.

Und dann stand sie mit ebendieser Schlüsselkarte vor ihrem Hotelzimmer und hatte keinen blassen Schimmer, wie sie damit hineinkommen sollte. Schließlich entdeckte sie einen Schlitz, der aussah wie der Schlitz beim Kontoauszugsautomaten in ihrer Bank. Dort hinein steckte sie ihre Schlüsselkarte, einmal so herum, dann andersherum – und tatsächlich machte es plötzlich »piep«, und sie konnte die Tür öffnen.

Mit angehaltenem Atem bestaunte sie das wunderschöne Zimmer. Wenn Heiner das sehen könnte!

Nein, es war gut, dass er es nicht sehen konnte, entschied sie und betrat den hellen, wunderschön eingerichteten Raum. Er würde nur schimpfen über ihre Geldverschwendung.

Apropos Geldverschwendung: Sie hatte gar nicht gefragt, was das Zimmer kostete!

Aber darüber wollte sie jetzt nicht nachdenken. Mit ihrem Po schob sie die Tür zu, stellte die Reisetasche auf einem Stuhl und die Keksdose auf dem kleinen Tisch ab. Das war wirklich nobel hier! Wie schön der Teppich war! Dunkelblau mit elfenbeinfarbenen Ornamenten. An den Wänden dezent cremeweiß und hellgrau gestreifte Tapete, die passenden hellgrauen Vorhänge dazu, der Sessel hatte die gleiche Farbe wie die cremeweißen Streifen! Alles sah so unbeschreiblich vornehm aus. Sogar eine Minibar gab es. Und dann erst das Badezimmer! Alles glänzte und funkelte, als wäre es ganz neu gemacht worden.

Das war bestimmt teuer. Wahrscheinlich sogar sehr teuer! Aber für einen Rückzug war es jetzt definitiv zu spät. Also zog Anneliese die Strickjacke aus, warf sie über die Sessellehne und öffnete das Fenster. Da diese Seite des Hauses im Schatten lag, kam ein kühles Lüftchen ins Zimmer. Die Dame an der Rezeption hatte nicht zu viel versprochen: Sie hatte von hier oben einen traumhaft schönen Blick auf den üppig grünen Stadtpark und einen See, auf dem hübsche Boote mit kleinen Sonnendächern ihre Kreise zogen. Sie atmete ein paarmal tief durch, streifte dann die Schuhe ab und legte sich der Länge nach auf das Bett. Allerdings verkehrtherum, mit den Füßen – den durch die Hitze und trotz der Stützstrümpfe stark geschwollenen Füßen – auf dem Kopfkissen. Das war eine Wohltat!

Anneliese schloss die Augen und lauschte dem Vogelgezwitscher und Kinderlachen vor ihrem Fenster. Beinahe wäre sie eingeschlafen.

Dann rappelte sie sich jedoch hoch, sie wollte schließlich etwas von der Stadt sehen. Die Reisetasche mit dem vielen Geld stellte sie in den Schrank und schloss ihn ab. Als sie sich umdrehte, fiel ihr Blick auf ihre Dose. Oh je, wie die Kekse wohl mit der Hitze zurechtgekommen waren? Buttercreme war eigentlich nichts, was man durch einen heißen Sommertag tragen sollte. Vorsichtig und auf das Schlimmste gefasst hob Anneliese den Deckel. Sie war überrascht: Die Cookies sahen unerwartet gut aus. Hier und da musste sie einen Keksdeckel zurechtschieben, aber grundsätzlich hatten sie es ohne größeren Schaden überstanden. Und im kühlen Zimmer waren sie erst einmal ganz gut aufgehoben. Einer Eingebung folgend öffnete Anneliese die Tür der Minibar. Hocherfreut stellte sie fest, dass sich dahinter ein kleiner Kühlschrank befand. Und die Keksdose passte haargenau hinein! Um die Cookies brauchte sie sich also erst einmal keine Sorgen zu machen. Und damit sie sich auch nicht mehr um die letzten beiden Gebäckteilchen von dem überteuerten Italiener sorgen musste, vernaschte sie diese genussvoll.

Nur mit Mühe kam sie in ihre Schuhe, die sich jetzt wie eine Nummer zu klein an ihren Füßen anfühlten. Schließlich klemmte sie sich die Handtasche unter den Arm und ging zur Tür. Dort drehte sie sich aber noch einmal um, ging mit raschen Schritten zum Fenster und schloss es – Gelegenheit macht schließlich Diebe, das hatte ihre Mutter schon immer gesagt. Denn auch wenn ihr Zimmer im zweiten Stock lag, könnte es doch auf den einen oder anderen Einbrecher wie eine Einladung wirken. Im Vorbeigehen zog sie noch den Schrankschlüssel ab und verstaute ihn zusammen mit ihrer Schlüsselkarte in ihrer Handtasche – weil doppelt nun mal einfach besser hält. Dann verließ sie ihr Zimmer und stürzte sich ins Abenteuer.

Bevor sie in den Stadtgarten ging, wollte sie ein bisschen durch die nähere Umgebung streifen. Also folgte sie einer breiten Straße. Was das für ein Verkehr und ein Lärm war! Sie fragte sich, wie die Menschen hier leben konnten. Da sie in der prallen Sonne laufen musste, bog sie nach ein paar hundert Metern nach rechts in eine schmalere und schattigere Straße ab. Gleich war es viel angenehmer. Ihr Blick blieb an einem Friseur hängen, aus dessen geöffneter Tür eine verlockende Duftwolke aus blumigem Shampoo und

Haarspray auf die Straße wehte. Vor dem Schaufenster blieb Anneliese stehen und betrachtete ihr Spiegelbild. Sie trug mal wieder ihren heißgeliebten Dutt. Damit wollte sie Rex natürlich nicht unter die Augen treten, und so beschloss sie spontan, sich für ihn schönmachen zu lassen. Nur ein bisschen färben, das Mausbraungrau verschwinden lassen und dadurch eventuell ein bisschen jünger wirken. Die Frauen, die sich immer um Rex scharten, waren beinahe alle blond, meist sogar sehr blond – genau wie diese Cindy. Aber Rex mochte auch rote Haare, das hatte er mal in einem Interview gesagt. Das mit dem Blond würde wohl nicht mehr klappen, aber ein schöner Mahagoniton müsste wohl machbar sein.

Als sie durch die Tür in den gut riechenden, aber menschenleeren Laden trat, bimmelte es leise über ihr. Genauso hatte früher die Tür vom Bäckerladen von Elfriedes Eltern gebimmelt, und Anneliese fühlte sich gleich ein bisschen zuhause. Leise Schlagermusik spielte im Hintergrund.

Eine Frau in etwa ihrem Alter, mit kleinen blonden Krisellocken und für Annelieses Geschmack viel zu großzügig aufgetragenem Make-up, trat hinter einem ausgeblichenen Vorhang hervor und musterte sie prüfend durch eine Goldrandbrille. »Ja?«

»Ich möchte mir die Haare tönen lassen.«

Der Blick der Friseurin wurde noch prüfender. »Na, mit Tönen ist es da wohl nicht getan, da muss schon was Stärkeres ran.«

Anneliese nickte eifrig. »Dann also färben. Etwas Rötliches, vielleicht Mahagoni?«

»Rot?« So wie die Friseurin das aussprach, hörte es sich wie eine ansteckende Krankheit oder etwas Obszönes an.

»Ja rot, mein Freund mag rot.«

Ein breites Lächeln erhellte die bis jetzt kritische Miene ihres Gegenübers. »Na, wenn er rot mag, soll er rot kriegen. Dann nehmen Sie doch gleich mal hier drüben am Waschbecken Platz.«

Anneliese tat wie geheißen, nahm die Brille ab und legte sie zusammen mit der Handtasche auf ihren Schoß. Nachdem die Friseurin ihren Dutt gelöst und ihr Haar gebürstet hatte, durfte sie endlich den Nacken nach hinten ins Waschbecken legen. Und dann kam das, was Anneliese jedes Mal bei ihren seltenen Friseurbesuchen am meisten genossen hatte: das Haarewaschen. Die Friseurin massierte und knetete mit Inbrunst ihre Kopfhaut. Anneliese hätte vor Wonne laut stöhnen können.

»Ich bin übrigens die Rita«, sagte Rita zwischen erstem Ausspülen und zweitem Einschäumen.

»Ich heiße Anneliese.«

»Meine Mutter hieß Anneliese«, stellte Rita fest und massierte dabei weiter. »Ich hab dich noch nie hier gesehen, bist du neu in der Südstadt?«

Anders als bei dem jungen Schnösel in dem Burgerladen hatte sie jetzt nichts dagegen, dass Rita zum vertraulichen Du übergegangen war. »Ich bin nur auf der Durchreise, ich muss morgen Abend in Berlin sein.«

»Berlin!« Ritas Stimme klang schwärmerisch. »Wohnt dort dein Freund?«

»Ja, auch. Wir treffen uns dort und fahren dann zusammen weiter nach Stockholm«, erzählte Anneliese stolz. Stockholm war nämlich Rex' nächstes Tourneeziel.

»Stockholm, echt? – Glaubst du mir, wenn ich dir sage, dass ich noch nie aus Deutschland raus war?«

Anneliese glaubte ihr das gern – ihr war es ja bisher auch nicht anders ergangen. Zugeben wollte sie das aber nicht. »Ich bin auch noch nicht viel gereist.«

»Was arbeitet dein Freund denn?«

»Er ist ... in der Unterhaltungsbranche tätig und dadurch sehr viel unterwegs.«

»Meiner ist Klempner – Gas-Wasser-Scheiße, du weißt schon. Aber hat zumindest einen Job – mein Exmann hatte es nicht so mit dem Arbeiten.«

»Mein Mann war beim Finanzamt«, sagte Anneliese, und sie wunderte sich dann doch, wie leicht ihr die Vergangenheitsform über die Lippen kam.

»Apropos Finanzamt: Brauchst du später eine Rechnung?«

Anneliese schüttelte den Kopf.

Rita prüfte die Wassertemperatur und spülte dann das Shampoo aus den Haaren.

»Ist er gestorben?«

»Was? Wer?«

»Na, dein Mann.«

»Nein, ich habe mich getrennt.«

»Aber lass dich nicht scheiden. So eine Beamtenrente ist nicht zu verachten«, sagte Rita schwärmerisch,

Rente? – Anneliese musste schlucken. Sie hatte überhaupt keine eigene Rente zu erwarten. Heiners Rente – er war leider nicht verbeamtet – hätte für sie beide reichen müssen. Doch wie sah das nun aus, jetzt, da sie ihn verlassen hatte? Würde sie etwas von Heiners Rente abbekommen? Darüber hatte sie sich noch nie Gedanken gemacht!

Rita schlang ihr das Handtuch um den Kopf und führte sie zu einem Platz vor einem Spiegel.

»Und wie sieht es mit deinem neuen Freund aus? Hat der genug Kohle?«

»Na ja, er verdient schon recht gut ...«

Rita setzte sich auf einen Hocker mit Rädern hinter Anneliese, um sich mit einer Bürste an ihren Haaren zu schaffen zu machen. »Wie heißt er denn überhaupt?«

»Wer?«

»Na, dein Freund.«

»Rex«, sagte Anneliese.

Rita rollte auf ihre linke Seite. »Echt jetzt? Wie dieser Sänger, dieser Armando?«

Bevor Anneliese jedoch stolz verraten konnte, dass es sich bei ihrem Freund genau um diesen *Armando* handelte, sprang Rita mit einem spitzen »Das ist er ja!« vom Hocker hoch und eilte hinter ihre Theke, wo sie das Radio lauter drehte.

Augenblicklich erfüllte Rex Armandos warme Stimme den Laden. Er sang von Sehnsucht, Herzschmerz und endloser Liebe. Anneliese wurde wie immer warm ums Herz.

»Der kann vielleicht singen«, schrie Rita herüber und verdrehte schwärmerisch die Augen. Sie blieb neben dem Radio stehen, bis das Lied verklungen war, stellte dann wieder die normale Lautstärke ein und kam zu Anneliese zurück. »Also, für den würde ich glatt meinen Peter sitzenlassen, wenn du verstehst, was ich meine.«

Und wie Anneliese verstand!

»Ich rühr dann mal die Farbe an – Mahagoni hast du gesagt?«

Anneliese bejahte.

»Mahagoni ist wirklich schön, aber willst du nicht mal was wagen? Wie wäre es mit Tizianrot? Das würde richtig reinhauen. Ich hab gestern eine ganz neue Colorationsserie reinbekommen. Warte, ich zeig dir das Bild auf der Packung.«

Rita verschwand kurz hinter dem Vorhang und kam mit einer Schachtel in der Hand zurück.

»Sieht das nicht toll aus?«

Anneliese war sich da nicht so sicher. An einer jungen Frau, wie es das Model auf der Packung war, sicherlich, aber bei ihr? Sie wollte die nette Rita jedoch nicht vor den Kopf stoßen.

»Ich weiß nicht …«, sagte sie zögerlich.

Rita wiegte den Kopf. »Wahrscheinlich hast du recht, das wird eventuell doch ein wenig zu krass. Dann rühr ich also Mahagoni für dich an.«

Anneliese sah ihr erleichtert hinterher.

Mit leuchtenden Augen und einem Schüsselchen mit Pinsel kam Rita zurück.

»Weißt du, was ich mir gerade überlegt habe? Wir machen dich ganz besonders schön. Du bist mir so richtig sympathisch, echt schade, dass du nicht hier wohnst, dann könnten wir uns öfter treffen. Also: Was hältst du davon, wenn ich dir eine leichte Dauerwelle mache?«

Anneliese sah sie nicht sonderlich begeistert an.

»Du hast zwar tolles kräftiges Haar, aber es ist auch glatt wie gebügelt. Glaub mir, mit der neuen Haarfarbe und schönen großen Locken würdest du aussehen wie ein Filmstar – wie Julia Roberts in *Pretty Woman*, ich schwör's!«

»Meinst du wirklich?« Anneliese betrachtete sich prüfend im Spiegel. Viel sah sie nicht, da sie ihre Brille nicht aufhatte.

»Natürlich meine ich das! Du wirst sehen, dein Freund wird sich gar nicht mehr einkriegen! Also: Was sagst du? Ich mach dir auch ein Superangebot!«

Welche Frau wollte nicht wie Pretty Woman aussehen? – Und deshalb gab Anneliese nach.

Zwei Stunden inklusive diverser Wartezeiten, mehrerer Spülgänge und einmal Föhnen später durfte Anneliese endlich ihre Brille aufsetzen, um sich anzusehen, was Rita mit ihr gemacht hatte. Und sie hätte heulen können!

Ihr Haar, das normalerweise bis zu ihrer Hüfte reichte, endete jetzt in Schulterhöhe. Aber nicht, weil Rita ein Stück abgeschnitten hatte, sondern weil die »leichte« Dauerwelle irgendwie doch nicht so leicht ausgefallen war. Anneliese hatte jetzt die gleichen Krissellocken wie Rita, nur länger und irgendwie aufgeplusterter. Es sah aus, als hätte sie ein aufgeplatztes Sofakissen auf dem Kopf.

Und die Farbe? Von Mahagoni weit entfernt, um nicht zu sagen sehr weit entfernt: Es war eher ein Grau-Rosa, Tendenz zu Rosa. Sie sah aus wie die absolute Lachnummer!

Anneliese war sprachlos. Und schockiert. Und verzweifelt.

»Dein Haar hat wohl die Farbe nicht so gut angenommen. Aber das wächst ja wieder raus. Die Locken sind noch ein wenig zu stark, aber mit der Zeit werden sie sich etwas aushängen. Na, was sagst du, Julia Roberts?«

Anneliese war noch immer sprachlos.

»Das macht dann hundertzwanzig Euro.«

Davon abgesehen, dass Anneliese sich und ihren blöden Entschluss, sich für Rex schön machen zu wollen, verfluchte, hätte sie Rita umbringen können. Auf eine Leiche mehr oder weniger am Wegesrand käme es schließlich auch nicht mehr an. Doch als ob Rita etwas Derartiges befürchtete, hatte sie sich schon hinter ihrem schützenden Ladentresen verschanzt.

Anneliese zahlte also nur und verließ ohne weitere Worte und ohne Gruß den Friseurladen.

»Tschüss, Anneliese, war wirklich sehr nett mit dir. Komm auf jeden Fall vorbei, wenn du mal wieder in der Stadt bist«, rief ihr Rita hinterher.

Ganz sicher nicht, schwor sich Anneliese. Und wenn doch, dann nur mit einem großen Messer oder einer geladenen Waffe!

Mit eingezogenem Kopf hastete sie durch die Straßen, sie wollte nur eines: zurück ins Hotel.

Als sie gerade die Option durchdachte, sich dort in dem eleganten Badezimmer die Haare mit ihrer Nagelschere einfach abzuschneiden, kam sie an einem Damenbekleidungsgeschäft vorbei. Dort fand sie ein braunes Kopftuch mit hellblauen Blümchen, das farblich ganz wunderbar mit dem Braun ihres wadenlangen Wollrocks harmonierte. Sie kaufte es und band es sich noch im Laden um. Derart getarnt schaffte sie es ohne aufzufallen in ihr Hotelzimmer.

Als sie dort vor dem Spiegel stand, vergoss sie erst einmal die Tränen, die sie bei Rita zurückgehalten hatte, und wahrscheinlich noch ein paar mehr. Wäre sie doch bloß gleich in den Stadtgarten gegangen, dachte sie verzweifelt. Sie hielt auch schon die Nagelschere einsatzbereit in der Hand, brachte es dann aber doch nicht übers Herz. Dafür steckte sie den Kopf unter den Wasserhahn und wusch sich zweimal mit dem Hotelshampoo das Haar. Als sie es danach durchbürstete, schöpfte sie ein wenig Hoffnung: Im nassen Zustand war das Haar so lang wir zuvor, und das Rosa sah man auch nicht. Schnell flocht sie den üblichen Zopf, in der Hoffnung, die fiesen kleinen Löckchen damit austricksen zu können.

Sie begutachtete das Ergebnis im Spiegel und kam zu dem Schluss, dass das dann doch gar nicht mehr so ganz arg schlimm aussah.

Um auf andere, schönere Gedanken zu kommen, beschloss sie, jetzt endlich den Stadtpark zu besuchen.

Wenig später löste sie eine Eintrittskarte, zu einem Preis, den Heiner niemals kommentarlos hingenommen hätte. Heiners Knickrigkeit zum Trotz kaufte sie auch noch ein Ticket für eines dieser kleinen Schiffe, die Gondolettas hießen und die sie schon aus ihrem Hotelfenster gesehen hatte, und machte eine Fahrt über den See. Entspannt lehnte sie sich dabei zurück, sie musste ja weder rudern noch treten, denn die kleinen Boote wurden wie von Geisterhand unter Wasser in einer festen Umlaufbahn bewegt. Es war angenehm kühl hier, das begrünte Ufer glitt träge an ihr vorbei, genauso wie ein paar Schwäne und Enten. Anneliese schloss die Augen und genoss den Moment. So oder so ähnlich würde es auf Rex' Yacht sein, allerdings glitt man damit natürlich durch die Wellen des Ozeans.

Am anderen Ende des Sees stieg sie aus, spazierte ein Stück am Ufer entlang und gönnte sich an einem Kiosk eine Tasse Cappuccino, bevor sie weiterschlenderte. Ganz in der Nähe eines Spielplatzes machte sie eine Pause und sah dem fröhlichen Treiben der Kinder zu. Die waren ja so süß! Besonders die ganz kleinen. Ach, ich hätte so gern Kinder gehabt, dachte sie wehmütig. Sie beobachtete eine Frau, die etwas älter als sie sein mochte und sicherlich die Oma des kleinen Mädchens war, dessen Schaukel sie anschubste. Tja, Enkel würde sie auch keine bekommen.

Etwas stupste sie am Bein, genauer gesagt am Schienbein. Anneliese riss ihren Blick von der glücklichen Großmutter los und sah geradewegs in zwei tiefbraune Hundeaugen, die sie von unter herauf anstarrten. Die Bezeichnung Dackelblick war hier in jeder Hinsicht zutreffend, da es sich bei dem Tier um einen Rauhaardackel handelte. Erneut berührte die feuchte Hundenase ihr Bein.

»Ja, wer bist denn du?«, sagte Anneliese.

Die Lefzen des Hundes zogen sich weit nach hinten, es sah beinahe so aus, als würde er sie anlächeln. Zeitgleich begann sein Schwanz wild zu wackeln.

»Du bist aber ein freundliches Kerlchen«, säuselte Anneliese angetan von dem niedlichen Vierbeiner.

Der Dackel schien das als Einladung verstanden zu haben, denn er stellte sich auf die Hinterbeine und stemmte sich mit den Vorderpfoten an ihren Oberschenkel.

Von seiner Zutraulichkeit entzückt, kraulte ihm Anneliese den struppigen Bart.

»Ja, so ein feiner Hund!« Ihre Hand wanderte nun zum Hals und zum Rücken.

Der Dackel machte daraufhin Anstalten, sich an ihrem Bein zu reiben.

Anneliese hatte Angst um ihre Stützstrümpfe, und es war ihr dann doch peinlich, also schob sie ihn liebevoll, aber nachdrücklich beiseite.

Der Dackel setzte sich nun brav vor sie hin, ließ sie aber nicht aus seinen treu dreinblickenden Dackelaugen, und schleckte sich über den Bart, ohne dabei das Lächeln einzustellen.

»Braver kleiner Hund «, lobte Anneliese und tätschelte ihm den Kopf.

So saßen sie ein paar Minuten, sahen sich tief in die Augen, der Dackel lächelte, Anneliese kraulte.

Immer wieder schleckte sich der Dackel mit seiner hellrosa Zunge über Nase und Bart. Immer wieder stupste er sie auffordernd an.

Anneliese kraulte daraufhin intensiver.

Erneut stand der krummbeinige kleine Kerl auf und stellte sich an ihr hoch. Er legte sogar den Kopf auf ihren Schoß, rieb die Nase an der Handtasche, die dort lag. Erst als er leise zu winseln anfing, kapierte Anneliese: Das Interesse galt gar nicht ihrer Person, sondern dem halben Hamburger, der noch immer in ihrer Tasche steckte!

»Daher weht also der Wind – gaukelst mir hier die große Liebe vor, hast es aber einzig und allein auf mein Essen abgesehen«, sagte Anneliese tadelnd.

»Wuff«, machte der Dackel und lachte sie frech an.

Schmunzelnd nahm Anneliese ihr geplantes Abendessen aus der Tasche, langsam wickelte sie es aus.

»Wuffwuff«, sagte der Dackel. Artig machte er Sitz und sah sie abwartend an.

Anneliese brach einen Bissen nach dem anderen von dem Burger ab und sah vergnügt zu, wie der Dackel sie verschlang.

»Das war's!« Als der letzte Brösel nebst Gurkenscheibe und Salatblatt im Bauch des Hundes verschwunden war, zuckte Anneliese bedauernd die Schultern.

»Gib's zu, du kleiner Schuft: Gleich machst du dich aus dem Staub, weil ich jetzt vollkommen uninteressant für dich geworden bin!«

Der Dackel drehte sich tatsächlich von ihr weg, aber nur um sich hinzusetzen und sich mit seinem warmen Rücken an ihre Beine zu lehnen. Zusammen sahen sie jetzt den Kindern auf dem Spielplatz zu.

»Wem gehörst du eigentlich?«

Kaum hatte Anneliese das gefragt, legte sich der Dackel besitzergreifend auf ihren rechten Fuß.

»Wollen wir nicht noch ein Stück gehen?« Sie machte Anstalten aufzustehen, woraufhin der Dackel sofort aufsprang und sie fröhlich anwuffte.

Anneliese setzte sich in Bewegung, fest davon überzeugt, dass der Dackel sich verdünnisieren würde. Das tat er jedoch nicht. Er lief neben ihr her durch die Platanenallee und tat so, als gehörten sie zusammen.

»Ist das Ihr Hund?«, blaffte eine wütend klingende Männerstimme hinter Anneliese.

Der Dackel legte sofort die Ohren an und klemmte den Schwanz ein. Anneliese fuhr herum und sah sich einem Parkwächter gegenüber.

»Nein, er gehört mir nicht, er war plötzlich da und verfolgt mich jetzt«, sagte Anneliese kleinlaut.

»Hier drin sind Hunde verboten – wegen der freilaufenden Vögel. Sind Sie sicher, dass das nicht Ihr Hund ist? Falls doch, gibt es ein Bußgeld.«

Bei dem Wort »Bußgeld« gab der Dackel Fersengeld: So schnell ihn seine krummen Beine tragen konnten, jagte er mit fliegenden Ohren den Fußweg entlang, riss dabei beinahe einen alten Herrn um und ward gleich darauf nicht mehr gesehen.

Anneliese sah ihm traurig nach. Ein Leben lang hatte sie sich einen Hund gewünscht, was zuerst ihre Mutter, später dann Heiner nicht gewollt hatten. – Okay, in einer Mietwohnung war es eher nicht so toll mit Hund, das musste sie sich eingestehen. Aber Rex lebte in Villen, da wäre genügend Platz für so einen kleinen süßen Dackel! Und Rex liebte Tiere, das wusste sie. Sie wusste sogar, dass er regelmäßig verschiedenen Tierschutzorganisationen größere Summen Geld spendete.

»Dann muss er sich wohl irgendwo reingemogelt haben«, sagte der Wächter eine Spur versöhnlicher. »So was kommt öfter mal vor. Ich hoffe nur, dass er nicht gejagt hat.« Damit drehte er sich um und verschwand in die andere Richtung.

Anneliese trottete trübsinnig weiter. Sie hatte jetzt keine Augen mehr für die Schönheit des Stadtgartens, nicht für den Streichelzoo, das Exoten- oder Raubtierhaus. Die herumtollenden Kinder, die händchenhaltenden jungen Leute, den ernst dreinschauenden Mann mit der spiegelnden Halbglatze im schwarzen Rolli – das alles bekam sie nur am Rande mit. Anneliese fühlt sich, seit sie von Heiner weggegangen war, zum ersten Mal allein und abgrundtief verlassen.

Ohne es recht wahrzunehmen, verließ sie den Park durch den Eingang, durch den sie auch hereingekommen war. Automatisch schlugen ihre inzwischen sehr schwer gewordenen Beine den Weg zum Hotel ein, führten sie ein zweites Mal an diesem Tag direkt zur Rezeption.

»Hat die Bar schon geöffnet?«, fragte sie ohne Einleitung. Sie brauchte jetzt etwas zu trinken, etwas Starkes!

Die Dame, die ihr ein paar Stunden zuvor das Zimmer vermietet hatte, sah sie aus großen Augen an. Dann erkannte sie die rosahaarige Frau: »Frau Musebrinck! Ja, die Bar hat seit siebzehn Uhr geöffnet.«

Anneliese überlegte kurz, ob sie nicht erst einmal etwas essen sollte, entschied sich dann aber dagegen. Zielsicher strebte sie der Bar zu, kletterte umständlich auf einen der hohen Hocker und studierte die Getränkekarte. Alles, was da stand, sagte ihr jedoch nichts, nur die Preise dahinter waren gesalzen. Aber das war ihr jetzt egal – wer hundertzwanzig Euro für eine beschissen aussehende Dauerwelle mit Rosastich hinblätterte, sollte sich auch einen teuren Cocktail leisten dürfen!

»Etwas Süßes mit viel Bums!«, sagte sie entschlossen, als der Barkeeper sie nach ihren Wünschen fragte.

»Wie wäre es mit einem Sex on the Beach?«

Sex hatte Anneliese schon ewig nicht mehr gehabt, auf einem Strand schon mal gar nicht – aber das würde sich ja hoffentlich bald ändern.

»Den nehm' ich«, sagte sie deshalb.

Interessiert sah sie zu, wie der Barkeeper Wodka und mehrere verschiedene Säfte in einen Schüttelbecher gab, den Deckel daraufsetzte und das Ganze kräftig durchschüttelte. Er ließ Eiswürfel in ein hohes Glas hineinklirren und goss den Inhalt aus dem Shaker darüber. Dann steckte er einen Strohhalm hinein, klemmte noch ein Stück frische Ananas ans Glas, krönte Annelieses ersten Cocktail in ihrem Leben zuletzt mit einer Kirsche und schob ihn ihr über den Tresen zu.

»Zum Wohl!«

»Das sieht aber hübsch aus!«, lobte Anneliese sein Werk.

Der erste Schluck haute sie fast vom Hocker – nicht weil er so stark war, sondern weil er so gut war.

»Wie lecker!« Anneliese würde ab sofort öfter mal »Sex on the Beach« haben, das stand für sie fest.

Nach dem zweiten Cocktail, wusste sie, dass der Barkeeper Pierre hieß, aus dem nahen Elsass kam und in zwei Monaten heiraten würde.

Nach dem dritten wusste Anneliese nicht nur, dass der Schüttelbecher eigentlich Shaker hieß, sondern auch, dass Pierre einen Zwillingsbruder hatte, der genauso aussah wie er, aber in Straßburg Biologie studierte.

Nach dem vierten bekam Anneliese auf ihrem Barhocker Höhenangst.

Nach dem fünften Sex on the Beach war ihr schließlich klar, dass sie mindestens einmal zu viel Sex am Strand gehabt hatte, woraufhin sie vorsichtig vom Hocker krabbelte.

»Schreiben Sie es bitte auf die Rechnung, lieber Pierre!«, sagte sie mit schwerer Zunge, aber, wie sie fand, sehr weltmännisch. Schon immer hatte sie diesen Satz sagen wollen! Dann kramte sie aus dem Riss in ihrem Handtaschenfutter einen Geldschein heraus und klatsche ihn auf den Tresen. »Das ist für Sie!«

Sie würde nie erfahren, dass es sich dabei um einen Hunderteuroschein gehandelt hatte.

Schwankenden Schrittes verließ sie die Bar, die bis auf einen einzelnen Herrn mit Halbglatze in einer schummrigen Ecke noch immer leer war. Annelieses Herzschlag kam aus dem Takt, als ihr alkoholisiertes Hirn glaubte, in diesen Mann im langweiligen grauen Anzug, mit der Halbglatze und dem ernsten Blick ihren Heiner zu erkennen. Heiner, der ihr gefolgt war, der sie zurückholen wollte! Doch zum Glück war dieser Mann nicht Heiner, er war viel jünger und ein wenig schlanker. Und er trug auch keine Brille. Aber in nicht allzu ferner Zukunft würde er wohl wie Heiner aussehen, darauf hätte Anneliese wetten können.

Auf diesen Schreck hin brauchte sie erst einmal frische Luft. Also nahm sie all ihre Beherrschung zusammen und schritt stolz erhobenen Hauptes an der Rezeption vorbei zum Ausgang hin.

Sie schaffte es tatsächlich, ohne zu stolpern. Der süße Saft stieß ihr aber unangenehm auf – oder war es der Wodka? Egal, wahrscheinlich hätte sie doch vorher etwas essen sollen!

Allzu weit wollte sie nicht gehen, nur ein paar Schritte, um wieder einen klaren Kopf zu bekommen. Sie wandte sich daher nach links.

Ein kurzes helles »Wuff« ließ sie jedoch innehalten. Und da stand der Dackel, genau vor ihren Füßen, und wedelte mit seinem Schwanz, als wäre er ein Propeller.

Annelieses Herz wurde von warmer Liebe durchflutet. Schwerfällig kniete sie sich zu dem Hund hinunter und drückte ihn überschwänglich an ihre Brust.

»Du Schlawiner«, sagte sie überglücklich, mehr fiel ihr momentan nicht ein. »Und was machen wir jetzt?«

Der Dackel sah sie mit schiefgelegtem Kopf an.

»Ich weiß was! Wir besorgen uns etwas Leckeres zu essen und machen dann Picknick auf meinem Zimmer.«

Der Dackel leckte ihr stürmisch über das Gesicht.

Anneliese wertete das als Zustimmung und rappelte sich hoch. Mit erhobenem Zeigefinger sah sie auf den Dackel herab. »Du bleibst hier schön sitzen, und ich gehe rüber in den Laden mit dem goldenen *M* und hole uns was.« Sie schwankte leicht, konnte aber letztendlich das Gleichgewicht halten.

Der Dackel setzte sich folgsam auf seine Hinterläufe und sah sie aufmerksam an.

»Okay, bin gleich wieder da.« Im Stechschritt und nicht immer ganz gerade überquerte Anneliese die Straßenbahngleise und den Bahnhofsvorplatz. Jetzt am Abend war weit weniger los als noch am Mittag, Anneliese klemmte sich trotzdem vorsichtshalber ihre Handtasche fest unter den Arm. Im Laden mit dem goldenen *M* versuchte sie erst gar nicht, mit dem Automaten zurechtzukommen – sie steuerte einfach auf eine Gruppe halbwüchsiger Mädchen zu und bat um ihre Hilfe. Die bekam sie, auch wenn ihr Auftritt zur allgemeinen Belustigung der jungen Dinger beitrug. Wenig später verließ sie mit einer prallvollen Handtasche das Fastfoodlokal.

Als sie durch die Halle des Bahnhofs dem Ausgang zustrebte, überlegte sie kurz, was sie mit den vier frisch erstandenen doppelten Hamburgern anstellen würde, falls der Dackel nicht mehr da sein sollte.

Aber er war da, er hatte sich keinen Zentimeter von der Stelle gerührt. Und als er sie entdeckte, führte er einen Freudentanz auf, als hätten sie sich wochenlang nicht gesehen.

Wenn Anneliese ihr Herz nicht schon längst an diesen krummbeinigen Kerl verloren hätte, dann spätestens jetzt.

Anneliese hielt sich nicht mit Streicheln auf, sondern marschierte energischen Schrittes auf den Hoteleingang zu. Dort blieb sie stehen – der Dackel auch – und lugte vorsichtig durch das Foyer zum Empfangstresen. Zu ihrer Freude war der nicht besetzt. Sie beugte sich zu dem Dackel hinunter und sagte mit eindringlicher Stimme: »So mein Lieber, jetzt kommt der schwierige Teil. Du musst ganz still sein, damit sie uns nicht erwischen.« Zur Bestärkung legte sie den Zeigerfinger ihrer rechten Hand an ihre Lippen.

Der Dackel kräuselte die Augenbrauen, machte aber keinen Mucks.

Anneliese spähte noch einmal Richtung Empfang. »Du musst dicht an mir dranbleiben«, befahl sie und setzte sich in Bewegung. Zielstrebig schritt sie durch das Foyer und zum Aufzug. Sie wagte dabei nicht, nach unten zu sehen. Alles war still – bis auf das Klicken der Hundekrallen auf dem blankpolierten Steinboden.

Anneliese drückte auf den Knopf, um den Aufzug zu holen. Irgendwo über ihnen schloss sich mit leisem Quietschen die Schiebetür, und sie hörte, wie sich der Lift in Bewegung setzte. Anneliese hörte auch Stimmen, die sich von der Bar her näherten. Ihr wurde flau im Magen. Die Stimmen kamen näher. Sie brachte es nicht fertig, sich umzusehen – sie starrte einfach konzentriert auf die Metalltür, als wollte sie sie hypnotisieren. Und tatsächlich schoben sich gleich darauf deren drei Elemente zur Seite, machten den Weg frei in eine zum Glück leere Kabine.

Anneliese sprang förmlich hinein. Der Dackel tat es ihr gleich, schien das aber sehr lustig zu finden, denn er kläffte fröhlich drauflos.

Zum Glück schloss sich die Tür genau in dem Moment, in dem ein Hotelangestellter wie aus dem Nichts heraus an den Empfangstresen trat.

»Pscht«, zischte Anneliese, was der Dackel jedoch anscheinend als noch lustiger empfand, denn er drehte sich zusätzlich zu dem Kläffen mehrmals um sich selbst herum.

Schweißgebadet kam Anneliese auf ihrer Etage an. Sie hatten es fast geschafft! Fast ...

Beim Aussteigen stolperte sie über den Dackel, fiel der Länge nach hin, genau auf die Handtasche mit den Hamburgern und verlor dabei die Schlüsselkarte, die sie vorsorglich schon in der Hand gehalten hatte. Auch das amüsierte den Dackel ganz enorm, denn er schnappte sich die Karte und rannte damit schwanzwedelnd nach links und somit in die vollkommen falsche Richtung, blieb dann aber vor einer Zimmertür stehen und sah sich, immer noch mit dem Schwanz wedelnd, nach Anneliese um. Dann legte er die Schlüsselkarte vor sich auf den Boden, kam zu Anneliese zurück und stupste sie auffordernd mit der Nase an.

»Du verrückter Kerl«, stöhnte sie und rappelte sich mühsam und mit schmerzendem Knie hoch, setzte ihre Brille zurecht und machte sich auf den Weg in Richtung Schlüsselkarte, fest davon überzeugt, dass sie jeden Moment erwischt würden. Aber auch der Dackel rannte los, schnappte sich die Karte, kurz bevor Anneliese bei ihr angekommen war, und sprintete damit in die genau entgegengesetzte Richtung davon.

Anneliese drehte um und folgte Hund und Karte.

Um es abzukürzen: Dieses Spiel ging einige Mal hin und her – bis Anneliese schließlich aufgab und sich erschöpft vor ihre Zimmertür setzte.

Tja, und da kam der Dackel auf seinen kurzen Beinen angewackelt, setzte sich neben sie und legte ihr – einfach so – die Schlüsselkarte in den Schoß. Dabei sah er Anneliese an, als erwarte er ein dickes Lob dafür.

Sie hätte ihn erwürgen können. Das tat sie aber nicht, sondern mobilisierte ihre letzte Energie und stand auf. Als sie endlich sicher in ihrem Zimmer war, warf sie sich erleichtert aufs Bett, das sich sofort unangenehm zu drehen begann. Fünf Cocktails und ein Dackel – das war definitiv zu viel für sie!

Der Dackel war ebenfalls aufs Bett gesprungen und machte sich jetzt an der Handtasche zu schaffen, die noch immer an Annelieses Arm hing.

Sie stand seufzend wieder auf,

breitete das große weiße Badehandtuch auf dem Bett aus und setzte den Dackel mittendrauf. Dann zog sie ihren Rock aus und hockte sich im Schneidersitz dem Dackel gegenüber, der sie die ganze Zeit nicht aus den Augen gelassen hatte.

»Schau mich nicht so an«, sagte Anneliese tadelnd. »Ich weiß selbst, dass die Stützstrümpfe nicht besonders schön aussehen. Wenn ich mal viel Geld haben sollte, lass ich mir auf eigene Kosten die Krampfadern wegmachen – unsere Krankenkasse hält das nämlich nicht für nötig. Klar, die jungen Dinger, die die Anträge bearbeiten, haben ja noch keine Probleme mit ihren Venen.«

Der Dackel saß ganz still da und sah sie mit ernstem Blick an.

Anneliese strich ihm zärtlich über den Kopf. »Ja, du verstehst mich, deine Beine sind ja auch nicht so dolle!«

Sie holte die Schachteln mit den Hamburgern aus der Handtasche, die durch ihren Sturz vorhin plattgedrückt waren. Ebenfalls platt waren auch die Burger darin, aber ganz Matsch waren sie zum Glück nicht. Abwechselnd riss Anneliese ein Stück für sich und ein Stück für den Hund ab. Gierig schlang das Tier jeden Brocken ohne zu Kauen hinunter und verschmähte dabei weder Tomatenscheiben noch Zwiebeln.

»Du isst ja wie mein Heiner«, stellte sie amüsiert fest. Gleichzeitig stellte sie aber auch fest, dass der ja nun gar nicht mehr *ihr* Heiner war.

Als der letzte Krümel vom Handtuch aufgeleckt war – der Dackel war da ausgesprochen gründlich – und die Verpackungen im Mülleimer entsorgt waren, lagen beide satt und zufrieden auf dem Bett, welches sich zum Glück nicht mehr drehte. Beide lagen auf dem Rücken, Anneliese streckte die

Füße hoch an die Wand, der Dackel streckte sein prallgefülltes Bäuchlein in die Höhe.

»Das Leben ist doch eigentlich gar nicht so schlecht«, murmelte Anneliese und kraulte ebenjenes pralle Bäuchlein, was sich der Dackel gern gefallen ließ. Es dauerte nicht lange, und er schnarchte entspannt neben ihr.

Anneliese kicherte leise. »Auch wie Heiner« – *mein* ließ sie diesmal weg.

Als Anneliese mitten in der Nacht aufwachte, weil ihr die Beine vom stundenlangen Hochliegen mangels Blutzufuhr kribbelten, lag der Dackel zusammengerollt neben ihr auf dem Handtuch.

Sie schaffte es irgendwie, sowohl das Handtuch als auch den Bettüberwurf und die Bettdecke unter ihm hervorzuziehen, ohne dass er aufwachte. Nur einmal öffnete er, und das auch nur ganz kurz, ein Auge, schloss es aber gleich wieder.

Anneliese zog sich aus und schlüpfte in ihr Nachthemd. Beim Zähneputzen sah sie in den Spiegel und hätte erneut losheulen können: Im hellen Licht des Badezimmerspiegels sah das Haar wie ein rosa Heiligenschein aus! Sie war heilfroh, dass Heiner sie jetzt nicht sehen konnte. Er hätte für sie und ihren Wunsch, schöner zu werden, bestimmt nur Häme übriggehabt. Schnell nahm sie die Brille ab und legte sie auf die Ablage unter dem Spiegel. Dann schaltete sie das Licht aus und schlüpfte unter die Bettdecke.

Etwas fiel ihr siedend heiß ein: »Musst du nicht noch mal raus?«

Der Dackel grummelte etwas in seinen Bart und rollte sich noch enger zusammen.

»Na hoffentlich geht das gut«, sagte Anneliese abschließend und schaltete auch das Licht neben ihrem Bett aus.

Der Morgen danach und somit Tag X

Es ging nicht gut.

Anneliese wurde Punkt sieben Uhr und mit einem fiesen Brummschädel von einem Plumps (als der Dackel vom Bett sprang) geweckt. Es folgten das Klickern von Hundekrallen (als der Dackel ins Badezimmer marschierte) und kurz darauf ein beißender Geruch, der aus ebendiesem Badezimmer zu ihr herüberwehte.

Wie vom Blitz getroffen setzte sie sich im Bett auf, was ihrem Kopf nicht sonderlich guttat.

Da kam der Dackel auch schon wieder mit äußerst zufriedenem Gesichtsausdruck ins Zimmer zurück, nahm vor dem Bett Aufstellung und wedelte mit dem Schwanz.

»Du Ferkel!« Anneliese hechtete aus dem Bett. Vor der Badezimmertür machte sie aber vorsichtshalber langsam, denn sie wollte keinesfalls in einen noch warmen Hundehaufen treten.

Mit ausgestrecktem Arm griff sie um die Ecke und machte das Licht im Bad an. Da sie ihre Brille nicht aufhatte, nahm sie ihre Umgebung nur sehr verschwommen wahr. Allerdings glaubte sie, in der Duschwanne etwas Dunkles liegen zu sehen. Der Gestank war bestialisch.

Mit einem großen Schritt und angehaltenem Atem trat sie vor das Waschbecken, griff sich die Brille und setzte sie auf.

Tatsächlich, in der Dusche häufte sich die Hinterlassenschaft des Dackels inmitten eines gelben Sees und miefte vor sich hin. Der Haufen war geradezu gigantisch, Anneliese konnte es kaum glauben, dass das aus einem einzigen kleinen Dackel herausgekommen sein sollte! Instinktiv hielt sie sich die Nase zu.

Der Dackel stand jetzt in der Tür und lächelte sie schwanzwedelnd an.

»Dafür bekommen wir garantiert Hausverbot«, prophezeite Anneliese, rollte einen guten Meter Klopapier ab und entsorgte damit die Hundewurst in der Toilette. Dann schaltete sie die Dusche ein, stellte auf heiß und ließ das Wasser bestimmt zehn Minuten laufen.

Als alle Spuren restlos beseitigt waren, stand trotzdem für sie fest: Duschen würde sie hier ganz bestimmt nicht!

Anneliese ließ sich eine flüchtige Katzenwäsche angedeihen. Im Zimmer schlüpfte sie dann in frische Unterwäsche und Bluse und in den Rock vom Vortag.

Nachdem sie erfreulich leicht in die Gesundheitsschuhe gekommen war, schnappte sie sich ihre Handtasche und ging zur Tür.

Der Dackel hob fragend den Kopf.

»Ich gehe frühstücken, und wenn du Glück hast, bring ich dir was mit.«

Endlich war sie draußen und schloss die Tür hinter sich.

Nach der dritten Tasse köstlichsten Cappuccinos ging es ihrem Kopf endlich besser. Anneliese ging mehrmals zum reichhaltig ausgestatteten Buffet und langte kräftig zu. Müsli, Obstsalat, nach Butter duftende Croissants – hier gab es einfach alles, was das Herz begehrte. Anneliese wusste auf Anhieb, dass sie das Leben in Hotels, wie Rex es den größten Teil des Jahres leben musste, lieben würde. Und nach jedem Gang zum Buffet landeten ein paar Scheiben Wurst in einer Serviette in ihrer Handtasche.

Nach einem Blick auf die Uhr musste sie feststellen, dass es Zeit wurde, denn ihr Zug würde demnächst abfahren.

Schweren Herzens verließ sie ihren Tisch mit dem Blick in den Stadtgarten und ging zur Rezeption.

»Ich möchte gerne auschecken«, sagte sie, und ihr gefiel dieses Wort immer mehr.

»Aber ja, Frau Musebrinck. Hatten sie einen angenehmen Aufenthalt in unserem Hause?« Die nette Angestellte vom Vortag drückte auf ein paar Tasten ihres Computers herum, gleich darauf ratterte ein Drucker, und schon lag die Rechnung auf dem Tresen.

Anneliese war überrascht, wie schnell *Auschecken* ging.

»Das macht dann einhundertfünfundachtzig Euro, Frau Musebrinck. Zahlen Sie mit Karte oder bar?«

Anneliese schluckte, sie musste sich verhört haben!

Irritiert schob sie Brille auf der Nase zurecht, um die Rechnung zu kontrollieren.

Eine Übernachtung und fünf Cocktails kosteten tatsächlich hundertfünfundachtzig Euro! Heiner würde sich im Grabe umdrehen – falls er denn schon tot wäre.

Anneliese zählte vier Fünfzigeuroscheine auf den Tresen, sagte »Stimmt so«, nahm ihre Rechnung und ging zum Aufzug.

Sie machte allerdings kehrt und ging noch einmal zur Rezeption. »Hätten Sie eventuell eine Plastiktüte für mich?«

Die nette Angestellte öffnete ein paar Fächer und Schubladen, bis sie endlich fündig wurde und ihr eine vornehm aussehende Papiertasche mit der Aufschrift *Gucci* reichte. *Gucci* klang sehr exklusiv, aber die Tasche war immerhin kostenlos.

Das waren sehr teure vierundzwanzig Stunden in der Großstadt gewesen, resümierte Anneliese auf dem Weg nach oben. Wenn sie so weitermachte, würde sie schnell am Ende ihrer Ersparnisse ankommen!

Der Dackel empfing sie überschwänglich, als sie die Tür öffnete. Sie hatte das Gefühl, dass es immer noch nach Hundehaufen roch, aber das war ihr jetzt egal. Sie machte sich viel mehr Sorgen, wie sie den Dackel unbemerkt aus dem Hotel bringen konnte.

Während der Hund laut schmatzend die mitgebrachte Wurst verspeiste, leerte Anneliese die Reisetasche komplett. Ihre Klamotten packte sie in die Gucci-Tasche, Rosenbox, Schmutzwäsche und Kulturbeutel kamen wieder in die Reisetasche, in der jetzt genug Platz für den Dackel war.

Als der fertig gefressen hatte, nahm sie ihn und setzte ihn zu dem Kulturbeutel. Er wirkte nicht sonderlich angetan von diesem komischen Spiel, ließ es aber kampflos über sich ergehen. Da Anneliese sich nicht traute, den Reißverschluss zuzuziehen, legte sie als Sichtschutz ihre zusammengefaltete Strickjacke über den Dackel, woraufhin er sich nun doch heftig zu wehren begann und die Jacke abschüttelte.

Als er Anstalten machte, aus der Tasche zu hüpfen, drückte sie ihn sanft, aber mit gewissem Nachdruck wieder hinein.

»Hör zu, mein Lieber, das muss sein, und es dauert auch gar nicht lang, nur ein paar Minuten.« Anneliese sah ihn ernst an. Dass sie vorhatte, ihn auch im Zug in der Tasche zu transportieren, verschwieg sie ihm wohlweislich.

Unter ihrem sanften Druck knickten seine Beine ein, er lag nun platt auf ihrer Schmutzwäsche.

»So ist's brav«, lobte Anneliese das verängstigt wirkende Tier und legte erneut ihre Jacke über ihn. Damit er nicht entwischen konnte, zog sie den Reißverschluss ein Stückweit zu.

Sie schnappte sich Gucci-, Hand- und Reisetasche und verließ fluchtartig das Zimmer.

Kaum war das Schloss eingeschnappt, fielen ihr jedoch die Kekse ein, die ja noch immer im Kühlschrank standen.

Während sich der Dackel in ihrer Reisetasche zu bewegen begann, nestelte sie die Schlüsselkarte wieder in den Schlitz. Mit zwei großen Schritten war sie bei der Minibar, entriss ihr die Keksdose und war schon wieder aus dem Zimmer hinaus.

So schnell ihre Füße sie tragen konnten, eilte Anneliese zum Fahrstuhl und in die glücklicherweise bereitstehende Kabine. Mit dem Ellenbogen drückte sie auf E, der Lift setzte sich in Bewegung. Aber leider nicht nach unten, sondern nach oben. Der Dackel rumorte derweil in der Reisetasche. Sie fuhren ein Stockwerk nach oben, wo die Schiebetür mit einem Ping zur Seite glitt. Ein älteres Ehepaar begrüßte Anneliese freundlich lächelnd und stieg dann zu ihr in die Kabine.

Erneut setzte sich der Aufzug in Bewegung, diesmal endlich abwärts. Gleichzeitig erklang aus der Reisetasche ein herzzerreißendes Fiepen. Annelieses armes Herz setzte ein paar Schläge aus.

Die beiden Alten sahen erst die Tasche, dann sie fragend an.

»Ach herrje, der Reisewecker!«, log Anneliese geistesgegenwärtig. »Ich habe mal wieder vergessen, ihn auszuschalten.«

Das Paar nickte verständnisvoll. Ihnen passierte das anscheinend auch gelegentlich.

Zum Glück kamen sie gleich darauf im Erdgeschoss an, und so blieb Anneliese erspart, den beiden erklären zu müssen, warum sich jetzt auch noch die Tasche ausbeulte.

Ohne Gruß floh sie ins Foyer, knallte die Schlüsselkarte auf den Empfangstresen und rannte »Ich verpasse meinen Zug« rufend mit wehendem Zopf aus dem Hotel hinaus. Erst kurz vor dem Eingang zum Stadtgarten machte sie Halt, wo sie ihr Gepäck abstellte und nach Atem rang. Zuletzt gerannt war sie bei den Bundesjugendspielen vor etwa sechsundvierzig Jahren.

Die Reisetasche kippte um, so tobte jetzt der darin eingesperrte Dackel herum. Sein herzzerreißendes Fiepen war in wütendes Knurren übergegangen.

Anneliese öffnete den Reißverschluss, woraufhin der Dackel einem gezündeten Torpedo gleich aus der Tasche schoss und, so schnell ihn seine krummen Beine tragen konnten, davonjagte, als wären wilde Furien hinter ihm her.

Anneliese sah ihm hilflos nach, bis sie ihn nicht mehr sehen konnte. Als sie sicher war, dass der Dackel nicht zurückkommen würde, packte sie seufzend an seiner statt die Gucci-Tüte in die Reisetasche, schloss den Reißverschluss und machte sich tieftraurig auf den Weg über die Straße zum Bahnhof. Gerade hatte sie ihren einzigen Freund verloren!

Bevor sie die düstere Halle betrat, sah sich noch einmal um, in der Hoffnung, der Dackel hätte es sich doch noch anders überlegt. Aber von dem Hund war nichts zu sehen.

Ohne nach links oder rechts zu blicken, ging sie zur Abfahrtstafel. Nach kurzem Suchen fand sie ihren Zug und das Gleis, auf dem er in Kürze abfahren würde. Mit ihrem Gepäck, das gefühlt immer schwerer wurde, marschierte sie entschlossen zum richtigen Gleisaufgang und mühte sich die steile Treppe hinauf. Ihr Zug stand schon da. Anneliese ging daran entlang, bis sie bei dem Wagen mit der Nummer neun ankam. Mit letzter Kraft bugsierte sie die Reisetasche hinein und dann sich selbst. Auf Anhieb fand sie ihren reservierten Platz in einem Sechserabteil, in dem die restlichen Plätze schon besetzt waren. Grüßend nickte sie ihren Mitreisenden zu, die das aber geflissentlich übersahen. Um an ihren Sitzplatz am Fenster zu gelangen, musste sie sich mit der ausladenden Reisetasche ihren Weg dorthin durch die zur Mitte hin ausgestreckten Beine bahnen. Als sie das geschafft hatte, half ihr zum Glück der junge Mann, dessen Sitz genau neben ihrem war, die Reisetasche in die Gepäckablage über ihr zu verfrachten. Er wollte ihr auch die Keksdose abnehmen, aber das lehnte Anneliese dankend ab: Sie wollte die gefährlichen Kekse ganz nah bei sich haben, nicht dass sie die Dose am Ende ihrer Reise dort oben vergaß!

Da dies Annelieses erste Fahrt mit einem ICE war – und das auch noch ohne Heiner –, wagte sie es kaum, ihre Mitreisenden anzusehen. Sprechen wollte von denen keiner, alle waren anscheinend mit sich und ihren Gedanken beschäftigt.

Minuten später setzte sich der Zug in Bewegung. Zum Glück hatte sie einen Fensterplatz, sie konnte also nach draußen schauen und von Rex träumen. Immer wieder versuchte sie sich vorzustellen, wie er wohl reagieren würde, wenn sie in ein paar Stunden endlich vor ihm stand.

Zig unterschiedliche, wunderbar romantische, liebesfilmreife Szenen hatte sie durchträumt, als es zu dem abrupten Stopp des Zuges gekommen war, bei dem sie alle ordentlich durchgeschüttelt worden waren.

Im Zug

Verstohlen musterte Anneliese die Leute. Die Tracht der Nonne ihr gegenüber war grau von Staub. Zwischen ihren Füßen, halb unter ihrem Habit versteckt, stand ein schmaler schwarzer Koffer. Ein Rosenkranz glitt unentwegt durch ihre feingliedrigen Finger. Mit verkniffenem Mund Gebetsformeln murmelnd, sah sie Anneliese mit stechendem Blick alles andere als freundlich an – von wegen Milde und Nächstenliebe, dachte Anneliese höhnisch. Schon wieder musste sie an ihren Besuch im Kloster der Barmherzigen Schwestern denken und an Erentrudis, die Novizin, die ihr damals alles gezeigt hatte. Blutjung war sie gewesen, liebreizend und bildhübsch. Anneliese war sich sicher, dass aus ihr keine so vergrämte unfreundliche alte Nonne geworden war.

Der unauffällige Mann mit Halbglatze neben der Nonne war wahrscheinlich etwas jünger als ihr Heiner. Mit seinem hellgrauen Anzug war er genauso farblos wie ihr Gatte, aber um einiges schlanker. Unter dem Jackett trug er trotz der brütenden Hitze einen schwarzen Rolli – der arme Kerl musste doch zerfließen! Auf seinem Schoß lag sein schwarzer Aktenkoffer, der bei dem Nothalt durch das ganze Abteil gepurzelt war und den er jetzt ähnlich umklammert hielt wie Anneliese ihre Handtasche und die Keksdose. Der Mann sah einfach vor sich hin und nahm keinerlei Notiz von ihr.

Neben ihm fläzte dieser unappetitliche Typ mit speckigen Haaren und jeder Menge hässlicher Tätowierungen auf seinen muskulösen Armen, der sich ein Bier nach dem anderen hinter die Binde kippte. Und dieser Rocker hatte von ihr verlangt, dass sie mit ihm Kekse teilte!

Es roch nicht sonderlich gut im Abteil, was Anneliese diesem schwitzenden Kerl anlastete. Nicht mal mit der Kneifzange würde sie so einen anfassen!

Ihr direkter Nachbar war der Mann, der ihr mit der Tasche geholfen hatte. Er sah ganz nett aus ... und vor allem gepflegt.

Die junge Frau, vorn an der Tür, sah auch ziemlich verwahrlost aus. Eines wusste sie ganz genau: Wenn sie und Heiner mit einer Tochter gesegnet gewesen wären, *ihr* Kind hätte ganz bestimmt nicht so herumlaufen dürfen!

Eine Durchsage drang aus den Lautsprechern: »Liebe Fahrgäste, befindet sich zufällig ein Großwildjäger im Zug? Wenn ja, dann melden Sie sich bitte umgehend beim Zugpersonal.«

»Oh Gott, doch hoffentlich kein wilder Tiger!«, entfuhr es Anneliese.

Keiner reagierte. Nicht einmal der Dackel, der jetzt auf den Stiefeln des Rockers hockte. Er würdigte sie keines Blickes, obwohl sie sich sicher war, dass er es war, mit dem sie die letzte Nacht verbracht hatte. Eine Tatsache, die sie ihm sehr übelnahm.

Die Nonne setzte ungerührt das monotone Gebetsgemurmel fort, das Anneliese inzwischen mächtig auf die Nerven ging. Unweigerlich stellte sie sich die Frage, warum sich eine Ordensfrau bei diesem Wetter eine derart strapaziöse Reise antat. Beten konnte sie doch auch hinter kühlen Klostermauern. Was sie wohl in diesen überhitzen Zug gelockt hatte?

»Wie spät es wohl ist?«, fragte Anneliese in die Runde.

»Dem Glücklichen schlägt keine Stunde«, grunzte der Rocker, bevor er herzhaft gähnte, ohne sich die Hand vor den Mund zu halten.

Der Unscheinbare tat, als ob er sie nicht gehört hätte. Dabei konnte Anneliese eine goldene Uhr unter seinem rechten Jackettärmel hervorblitzen sehen.

»Gleich drei.« Wenigstens der nette Sitznachbar gab ihr eine Antwort.

»Ob das wohl noch lange dauert?« So langsam wurde Anneliese nervös. Die Zeit verstrich, und sie kamen Berlin keinen Zentimeter näher. Sie wollte – nein, sie durfte auf gar keinen Fall zu spät kommen!

»Ich habe nämlich einen sehr wichtigen Termin, müssen Sie wissen.« Aufgeregt schob sie ihre Brille auf der Nase zurecht.

»Wir haben wohl alle etwas vor«, sagte der Nette und lächelte sie freundlich an.

Der Rocker zog die Augenbrauen gen fettigen Haaransatz. »Also, ich bin auch nicht zum Spaß hier, Gnädigste.« Den Blick, den er der Schwarzhaarigen zuwarf, hätte man gut und gern ganz anders deuten können.

»Meine Zukunft hängt von diesem Termin ab.« Anneliese errötete ob dieses Anfluges von Mitteilsamkeit.

»*Meine Zukunft hängt von dem Termin ab, schallalallala* …«, trällerte der Rocker laut und nicht mal schlecht. »Das gäbe einen coolen Refrain für einen Song ab!«

Anneliese wurde eine Nuance röter. Nervös knetete sie den abgewetzten Tragebügel ihrer Handtasche, in die sie sich am liebsten verkrochen hätte.

»Vielleicht kann ja die Schwester bei ihrem Herrn ein gutes Wort für uns einlegen, damit der Zug endlich weiterfährt?«, schlug die Schwarzhaarige spöttisch und mit Schweizer Akzent vor.

»Klasse Idee!« Der Rocker grinste sie anerkennend an. Zur Nonne gewandt sagte er: »Schließlich *telefonieren* Sie, seit wir hier stehen, mit Ihrem Boss. Wäre doch gelacht, wenn Sie das nicht hinkriegen, Eure Heiligkeit.«

Die Nonne sah ihn angewidert an. »Sie glauben doch wohl nicht im Ernst, dass sich der Herr in seiner unendlichen Weisheit von einer sündigen Seele wie mir beeinflussen lässt?«

»Ich glaube ehrlich gesagt an gar nichts, aber einen Versuch wäre es doch allemal wert, oder?«

Der Blick der Nonne wurde noch eine Spur kälter, dann konzentrierte sie sich wieder auf ihren Rosenkranz und ihr Gebet.

Ob sie dabei den Herrn eventuell doch um seine Mithilfe bei der Weiterreise bat, wird wohl nie jemand erfahren.

Schwester Erentrudis

Drei Monate vor der Zugfahrt

Das Eichenholz war hart wie Stein. Dunkel schimmerte es im matten Kerzenschein der Kapelle. Generationen von Benediktinerinnen hatten es mit ihrem Habit blankpoliert.

Nach wenigen Minuten auf dieser Kniebank meldete sich bei den meisten Gläubigen der Meniskus, leise zunächst, wie eine vorsichtige Mahnung: *Vergiss nicht, Schwester, dass wir nicht mehr die Jüngsten sind!* Nach weiteren fünf Minuten wurde der Protest des Kniegelenks deutlicher: *Warum malträtierst du mich so? Was hab ich dir getan?* Spätestens nach einer Viertelstunde – die exakte Dauer hing von Alter und Konstitution der Nonne ab – zog das Knie die Hilfe von Hüfte und Ischias hinzu: *Wir werden ja sehen, wer schneller klein beigibt, Schwester!*

So lange hielten es allerdings die wenigsten aus, höchstens ein paar junge Novizinnen, von denen es aber kaum noch welche gab.

Schwester Erentrudis kniete bereits eine geschlagene Stunde. Den Schmerz ertrug sie stoisch, denn sie hatte ihn verdient. Sie sprach auch nicht mit ihrer Kniescheibe, sondern mit Gott.

»Vater, ich habe gesündigt. Und das nicht nur in Gedanken. Du hast mich ja gesehen …« Die Schamröte stieg ihr ins Gesicht, als sie an jenen Abend dachte. Es wunderte sie nicht im Geringsten, dass der Herr die Antwort schuldig blieb. Normalerweise unterhielt er sich gern mit ihr, aber seit einigen Tagen schwieg er. Er zürnte ihr, und das zu Recht.

»Herr, ich werde alles tun, was du von mir verlangst, um meinen Fehler wiedergutzumachen. Gib mir nur ein Zeichen, und dein Wille geschehe!«

Ein leises Hüsteln drang aus dem Beichtstuhl. Es kam nicht von Gott. Pater Ildefons besuchte einmal pro Woche das Kloster Zur frommen Andacht, um den Benediktinerinnen die Beichte abzunehmen.

Die Nonne schreckte hoch. Sie hatte nicht bemerkt, dass die Reihe schon an ihr war. Aber sie war die Letzte, es gab keinen plausiblen Grund mehr, die Sache hinauszuzögern. Schwerfällig erhob sie sich. Ihr Meniskus dankte es ihr mit einem freudigen Aufatmen, doch als er kurz darauf beim Niederknien im Beichtstuhl erneut als Puffer hinhalten musste, stöhnte er mit einem lauten Knacken auf. *Das werde ich dir noch heimzahlen, Schwester! Wart's nur ab!*

Die Nonne achtete nicht auf sein Jammern. Ihre Stimme zitterte, als sie sprach: »Voller Demut und Reue will ich meine Sünde bekennen.«

Pater Ildefons seufzte leise. Die Vergehen der Nonnen waren meist banal und kaum der Buße wert. Hier ein wenig Hoffahrt, dort ein unreiner Gedanke, ein Funken Neid oder ein Hauch von Völlerei.

»Ich habe mich der Fleischeslust hingegeben«, wisperte Schwester Erentrudis durch das Gitter, das sie vom Ohr des Paters trennte. Sie konnte hören, wie dieser leise nach Luft schnappte.

In der Tat wäre Pater Ildefons beinahe von seinem Hocker gekippt. Hätte Erentrudis, die hinter ihrem Rücken von den anderen dreizehn Benediktinerinnen auch »die eiserne Nonne« genannt wurde, einen Mord gestanden, wäre seine Verwunderung kaum größer gewesen. Er beugte den Kopf näher zum Gitter, um nur ja kein Wort zu verpassen.

Brachte diese letzte Beichte endlich ein wenig Pfeffer in seinen eintönigen Tag?

Schwester Erentrudis zögerte. Es fiel ihr schwer, über die Angelegenheit zu sprechen. Sie war froh, dass der Pfarrer ihr rotes Gesicht nicht sehen konnte.

»Nun«, er half ihr auf die Sprünge, »womit genau hast du den Herrn erzürnt?«

»Sie wissen ja, Pater, dass ich am Mädchenlyzeum unterrichte«, begann die Schwester zögernd. Sie hörte den Pfarrer leise seufzen. Er wollte nach Hause, das verstand sie, aber sie musste ein wenig ausholen.

»Religion und Musik«, bestätigte er und unterdrückte ein Gähnen. Der verheißungsvolle Anfang schien ins Leere zu laufen. Hoffentlich hatte sich die Nonne nicht an einer der Schülerinnen vergriffen! So etwas kam gelegentlich vor und musste hernach aufwendig vertuscht werden, besonders, wenn das Mädchen minderjährig war.

»Musik«, wiederholte die Benediktinerin nachdenklich. »Ist sie nicht etwas Göttliches? Haben Sie jemals den Zustand geistiger Verzückung durch gregorianische Gesänge erlebt, Pater?«

»Natürlich«, erwiderte dieser leicht ungeduldig. »Aber wolltest du nicht über deine Verfehlung sprechen, Schwester?«

»Ich bin schon dabei. Im Musikunterricht am Lyzeum habe ich mich an Lehrplänen zu orientieren, wie Sie wissen. Dort werden alle Formen von Musik behandelt, auch die modernen: Musical, Jazz, Pop und Rockmusik. Dafür können sich meine Schülerinnen weitaus mehr begeistern als für Kirchenmusik. Leider! Aber ich gebe mir stets die größte Mühe, ihre Ohren auch für die reinen, gottgefälligen Klänge zu öffnen.«

Pater Ildefons scharrte ungeduldig mit den Füßen. Ein Vortrag über die Freuden der wahren Musik war das Letzte, was er jetzt hören wollte. Er selbst gab sich gelegentlich den

Liedern von Marlene Wischer oder Rex Armando hin und schwang zur Schlagermusik sogar das Tanzbein. Bislang war es ihm nicht in den Sinn gekommen, dieses harmlose Vergnügen zu beichten.

»Ich war deshalb sehr gerührt«, fuhr Schwester Erentrudis indes fort, »als meine Mädchen mir vor Ostern eine Karte für Dies Irae, die Totenmesse, schenkten. Das Konzert fand zwar nicht in einer Kirche statt, doch das trübte meine Freude nicht im Geringsten. Also war mein Unterricht doch nicht ganz spurlos an ihnen vorbeigegangen.«

Sie legte eine kurze Pause ein und schluckte hart.

»Nie hätte ich den Mädchen eine solche Hinterhältigkeit und Arglist zugetraut, Pater! Ich hielt sie für lebhafte, aber redliche Mädchen. Sie jedoch ... nun, sie haben mich hintergangen!«

»Das ist bedauerlich, Schwester«, unternahm der Beichtvater einen erneuten Versuch, zum Punkt zu kommen. »Aber wolltest du nicht von deinem sündigen Verhalten berichten?«

»Ich fand mich etwa eine halbe Stunde vor Beginn des Konzerts am Veranstaltungsort ein. Wohl wunderte ich mich über die vielen jungen, meist dunkel gekleideten Gäste, aber es erfreute mein Herz, dass die Totenmesse offenbar auch Menschen ansprach, denen ich das nicht zugetraut hätte.«

Ihre Stimme nahm einen dunklen, fast tonlosen Klang an, als sie nach einer kurzen Pause fortfuhr. »Als der Chor die Bühne betrat, traf mich beinahe der Schlag.«

Sie rang nach Luft. »Es war nämlich gar kein Chor, sondern eine wilde Meute kahlgeschorener Kerle mit Bärten, die bis auf die Brust reichten! Sie waren schwarz gekleidet, und kaum, dass sie die Bühne betreten hatten, tobte der ganze Saal, Mädchen kreischten, junge Männer grölten, und das Geschiebe und Gedränge wurde so groß, dass sich ein enger

Körperkontakt zu den Nachbarn unmöglich vermeiden ließ.«

Sie keuchte bei der Erinnerung daran. »Dann setzte die Musik ein. Laut, hart und gewaltig.«

Pater Ildefons konnte im Beichtstuhl ein Grinsen nicht unterdrücken und war froh, dass die Nonne es nicht sehen konnte. »Deine Schülerinnen haben dir einen Streich gespielt«, sagte er milde und bemühte sich, seine Stimme angemessen ernst klingen zu lassen. »Sie haben dir Karten zu einem Rockkonzert untergejubelt.«

»Heavy Metal«, berichtigte Schwester Erentrudis tonlos.

»Das ist kein Vergehen, das gebeichtet werden muss, meine Tochter. Man hat dich überlistet, du bist gänzlich unschuldig.«

»Bis hierhin natürlich.« Schwester Erentrudis schüttelte unwillig den Kopf. Sie hatte dem Priester mehr Verstand und Einfühlungsvermögen zugetraut. »Es ist nur so ... Ich ...« Sie schluckte noch einmal. »Ich ... habe es genossen, Pater.«

Sie brauchte eine Weile, bis sie erneut das Wort ergreifen konnte.

»Die wogenden Leiber, die menschliche Nähe, die tanzenden Körper, der Geruch nach Schweiß und ... Lust ... Oh Herr, vergib mir! Ich konnte mich dem nicht entziehen! Dazu die Musik, so ganz anders als jene, die ich bevorzuge. Die hämmernden Bässe, die schrille Säge der Gitarren, der wilde Gesang, unterbrochen von einem tiefen Brummen, das direkt meinen Bauch erreichte, Herr, das alles hat mich gegen meinen Willen in die Höhe erhoben! Ganz ohne mein Zutun begann mein Leib sich im Rhythmus mit den anderen Leibern zu wiegen, und ehe ich's mich versah, verspürte ich, wie mein Schleier mir um die Nase wehte, und ich stellte verwundert fest, dass ich den Kopf schleuderte. Um ein Haar hätte ich den Schleier ganz verloren und die grauen Locken geschüttelt!« Sie atmete schwer.

»Die jungen Leute um mich herum lachten, sie knufften mich in die Seite, und ich knuffte zurück, ich konnte nicht anders. Selbst, als ich eine Hand, eine männliche Hand auf meinen ... oh, ich will alles bekennen, Pater, auch die tiefsten Abgründe, selbst als sich ebendiese Hand auf die Blüten meines weiblichen Kelches verirrte, als diese Hand meine zarten Knospen liebkoste, welche noch nie ein Mann berührt hat, da durchzuckte mich ...«

Ihre Stimme versagte, und Pater Ildefons presste sein Ohr ans Gitter, in der Hoffnung, sie würde den Rest der Beichte auch noch mit ihm teilen.

»Da durchrieselte mich ein derart wohliger Schauer, dass er nur vom Satan selbst stammen konnte, denn niemand sonst ist in der Lage, eine Sünderin in dieser Weise zu versuchen, so wahr mir Gott helfe.«

Gespannt wartete der Pater, ob noch etwas kam.

»Zwei Stunden hielt das böse Gefühl an, zwei Stunden wie in Trance, wie unter dem Einfluss einer Droge. Das Dröhnen im Ohr, das warme Ziehen in allen Gliedern, das merkwürdige Pochen im Bauch. Erst später kam die Ernüchterung, und mit ihr die Scham.«

Pater Ildefons stieß die Luft aus, die er unwillkürlich angehalten hatte. »Nun«, sagte er zögernd. »Freilich ist dein Verhalten tadelnswert, mein Kind, jedoch sehe ich den Tatbestand der Fleischeslust noch nicht gänzlich erfüllt. Die unbekannten Klänge scheinen dich in einen Zustand versetzt zu haben, den wir auch mit *göttliche Verzückung* umschreiben können. Genau genommen wissen wir ja nicht, welche Musikrichtung unser Herr bevorzugt. Vielleicht findet auch diese spezielle Art Gnade vor seinem Ohr?«

»Nein, Pater. Diese nicht.«

Schwester Erentrudis setzte zum Endspurt an. »Als ich wieder zu mir gekommen war, schlich ich mich ins Büro des Klosters, fuhr den Computer hoch und gab den Namen der

Gruppe in eine Suchmaschine ein. Es war niederschmetternd. *Death Metal,* Pater. *Death Metal.*«

Vom Grauen geschüttelt senkte sie den Kopf und erwartete demütig die Reaktion des Pfarrers. Die jedoch ausblieb.

Erentrudis warf einen vorsichtigen Blick auf das Gitter, das sie von Pater Ildefons' Ohr trennte. Wusste der fromme Mann am Ende gar nicht, was Death Metal bedeutete?

»Das ist freilich schlimm«, sagte der Pfarrer schließlich, doch seine Stimme klang unbekümmert. »Bete zur Buße drei Rosenkränze.«

»Ist das alles?«, fragte Schwester Erentrudis fassungslos. »Ich habe mich zu Liedern gewiegt, die den Leibhaftigen verehren!«

»Hast du das bewusst getan, meine Tochter? Hast du die Texte überhaupt verstanden?«

»Nein, das nicht. Sie gingen in den harten Klängen von Schlagzeug und Bass gänzlich unter.«

»Siehst du. Der Herr wird das berücksichtigen. Enthalte dich zur weiteren Buße eine Woche lang jeglicher Musik.«

»Ja«, antwortete sie eifrig. »Was noch?«

Pater Ildefons runzelte die Stirn. Hatte sie immer noch nicht genug? Fieberhaft überlegte er, was er der armen Sünderin auferlegen könnte. Schließlich kam ihm der rettende Gedanke. »Um deine Schuld vor dem Herrn zu begleichen, trage ich dir auf, eine sündige Seele zu bekehren und Gott zuzuführen. Das ist eine ehrenvolle und zugleich schwierige Aufgabe. Fühlst du dich ihr gewachsen, Erentrudis?«

»Ich werde mein Bestes geben, Pater«, versprach die Nonne. »Haben Sie eine Idee, wer diese Seele sein könnte?«

»Nicht die geringste, Schwester. Aber der Herr wird dir zur rechten Zeit ein Zeichen geben.«

»Amen.« Schwester Erentrudis senkt den Kopf.

»So spreche ich dich los von deinen Sünden ...«, murmelte Pater Ildefons die rituellen Worte und war froh, endlich nach Hause zu kommen. Er hatte die Situation perfekt gemeistert, wie er fand.

Kurze Zeit später

In ihrem Zimmer – von einer Zelle sprach heute kaum noch jemand – atmete Schwester Erentrudis tief durch und horchte in ihr Inneres. Was war dort zu spüren? Erleichterung? Erlösung?

Nein, nichts dergleichen. Noch immer nagte die Scham an ihr, und sie begriff: Erst wenn die Aufgabe erfüllt, die Buße getan war, konnte sie die Vergebung des Herrn annehmen.

Schwester Erentrudis war zutiefst verunsichert. Ihr ganzes Leben hatte sie der Kirche geweiht, schon als Kind davon geträumt, eine Braut Christi zu werden. Sie hatte sich gegen den Willen der Eltern durchgesetzt, gegen den Spott des verhassten Zwillingsbruders, und war ihrer Berufung gefolgt. Eine Versuchung wie das Dies-Irae-Konzert hatte sie nie zuvor erlebt.

Einen Sünder bekehren! Am liebsten hätte sie sofort damit begonnen. Doch wo anfangen? Wie ging so eine Bekehrung vonstatten?

Eine verderbte Seele fiel ihr freilich auf Anhieb ein.

Sie griff nach dem Album mit den rotstichigen Familienfotos, das auf ihrem Bücherregal über dem Bett stand. Gleich ganz vorn: Sie und ihr Zwillingsbruder Konrad friedlich schlummernd im Kinderbettchen. Damals war die Welt noch in Ordnung gewesen. Bis zu ihrem ersten Lebensjahr waren sie beide nur normale Säuglinge gewesen – obwohl die Mutter später erzählte, Konrad hätte ihr beim Stillen immer wieder in die Brust gebissen, während sie, Kirsten, wie sie damals noch hieß, stets sanft genuckelt hatte. Waren das erste Anzeichen?

Schon im Kindergartenalter zeigte sich Konrads wahrer Charakter: Er entwickelte eine tyrannische Neigung, war immer auf seinen Vorteil aus. Er log, betrog und manipulierte – und meistens kam er damit durch. Selbst bei den Eltern, die in blinder Liebe die Augen vor dem wahren Wesen des Sohnes verschlossen.

Später, im Jugendalter, zeigte sich der böse Geist ihres Zwillingsbruders noch deutlicher. Moral war für ihn ein Fremdwort – was ihm nicht nützte, schadete ihm und wurde beseitigt. Er kannte nur eine einzige Leidenschaft: die Musik. Aber nicht etwa die erbauliche, christliche, sondern die seichte Schlagermusik. Für diese Leidenschaft ging Konrad über Leichen. So hatte er beispielsweise eines Tages dem Kanarienvogel, der ihn bei seinen Gesangsproben störte, kurzerhand den Hals umgedreht. Seine Schwester war entsetzt. Zwar mochte auch sie den ständig quengelnden Piepmatz nicht, aber Konrads Methode ließ ihr das Blut gefrieren.

Während Kirsten ihr Abitur mit Bravour meisterte und ein Theologie- und Musikstudium anschloss, ging Konrad vorzeitig und ohne Abschluss von der Schule, tingelte jahrelang durch die Welt. Dann zog er ins Sündenbabel Mallorca und wurde dort zum skandalumwitterten Ballermannstar.

Erentrudis seufzte abgrundtief.

Letztendlich hatten Konrads sündiges Leben und seine Liebe zu unkeuscher Musik den letzten Ausschlag für ihren Entschluss gegeben, in das Benediktinerinnenkloster der Barmherzigen Schwestern einzutreten. Im Haus Zur Heiligen Andacht betete sie täglich für ihn.

Vergeblich allerdings. Seit Konrad als Schlagerstar Karriere gemacht hatte, war er noch weiter im lasterhaften Sumpf versunken.

Sicher, er wäre das rechte Bekehrungsopfer. Aber war sie überhaupt tugendhafter als er? Hatte sie beim Dies-Irae-Konzert nicht genau wie er schamlos alle Hemmungen fallen lassen? Lag ihr die Verderbtheit am Ende auch im Blut?

Sie fröstelte.

Konrad tourte derzeit durch die halbe Welt und war selten länger als ein paar Tage am selben Ort. Und er hatte jeglichen Kontakt zu ihr abgebrochen. Sie kam gar nicht an ihn heran. Außerdem musste sie erst einmal herausfinden, wie man eine sündige Seele überhaupt auf den rechten Weg zurückführte. Beten allein reichte da ja offenkundig nicht aus.

Pater Ildefons hatte ihr ein göttliches Zeichen versprochen, aber die Welt war voll von solchen Zeichen, und es lag im Auge des Betrachters, das richtige zu finden und es zu deuten. Manchmal war die Stimme des Herrn verzerrt und nur schwer zu verstehen!

Sie griff noch einmal in ihr Bücherregal. Dort stand neben der Bibel, die sie zur Kommunion geschenkt bekommen hatte, ein Bändchen mit Losungen und erbaulichen Sprüchen. Sie schlug unter *B* nach. Es konnte ja nicht schaden, sich zunächst einmal mit der Theorie der Bekehrung zu beschäftigen.

Tut Buße und bekehrt euch, dass eure Sünden getilgt werden. Apostelgeschichte 3,19

Ja, so hatte Jesus gepredigt. Aber sie musste schon ein wenig genauer wissen, wie das Ganze vonstatten gehen sollte!

So tötet nun die Glieder, die auf Erden sind Unzucht, Unreinheit, schändliche Leidenschaft, böse Begierde und die Habsucht, die Götzendienst ist. Kolosser 3,15

Sie schauderte. Fast konnte man meinen, der Verfasser dieser Zeilen hätte sie und ihre Sünde vor Augen gehabt!

Aber töten? Das war doch hoffentlich nur metaphorisch gemeint?

Wenn sich aber der Gottlose bekehrt von all seinen Sünden, die er getan hat, und hält alle meine Gesetze und übt Recht und Gerechtigkeit, so soll er am Leben bleiben und nicht sterben. Hesekiel 18,21

Sie atmete auf. Zumindest fürs Erste schien das Thema Töten vom Tisch.

Ein lauter Schlag ließ sie auffahren.

Das Kloster Zur heiligen Andacht lag abseits der Hauptstraßen, und die Mauern, hinter denen sich die Wohngebäude und die Kapelle versteckten, schirmten es vom Lärm der Stadt ab. Doch jetzt drang lautes Stimmengewirr ans Ohr der Nonne. Außerdem das Geschnatter der Mitschwestern, die sich auf dem Flur versammelten. Sogar die Stimme der Äbtissin war dabei.

Normalerweise herrschte während der Einkehrstunde disziplinierte Stille im Kloster, es musste also etwas Besonderes passiert sein, wenn Mutter Lioba die meditative Ruhe unterbrach.

Schwester Erentrudis streckte die Nase zur Tür hinaus.

»Erst den Rettungsdienst, dann die Polizei«, gab die Äbtissin gerade Anweisung. »Schwester Benedicta, du holst den Feuerlöscher. Vielleicht brauchen wir ihn.« Ihr Blick fiel auf Erentrudis. »Du hast doch fürs Lyceum gerade einen Erste-Hilfe-Kurs absolviert! Kümmere du dich um den armen Kerl, bis die Sanitäter da sind.«

Sie deutete zum Flurfenster hinaus.

Das Tor, das das Klostergelände von der Straße abtrennte, hing schief in den Angeln. Irgendetwas musste es mit voller Wucht getroffen und verbogen haben. Schwester Erentrudis schlug sich entsetzt die Hand vor den Mund. Im Hof lag ein schweres Motorrad, an dem sich noch immer das hintere Rad drehte. Daneben, reglos und mit unschön verrenkten Gliedern, ein Mensch.

Hastig stolperte die Nonne die Treppe hinunter. »Lieber Gott«, betete sie leise. »Mach, dass er bei Bewusstsein ist.«

Der fromme Wunsch entsprang nicht allein ihrer christlichen Nächstenliebe, sondern auch dem Widerwillen, den sie gegen eine Mund-zu-Mund-Beatmung verspürte. Bei ihrem Erste-Hilfe-Kurs war ihr diese Übung selbst an der Gummipuppe schwergefallen. Sie hatte auch nicht damit gerechnet, das Erlernte jemals zu benötigen. Schließlich nahm sie selbst gar nicht aktiv am Straßenverkehr teil.

Im Unterbewusstsein schien aber doch etwas hängengeblieben zu sein. *Der Helm muss runter,* erinnerte sie sich. Zwar hielt sich hartnäckig das Gerücht, das Abnehmen des Helms könne mitunter schädlich für das Unfallopfer sein, aber der Johanniter im Kurs hatte keine Zweifel gelassen: Die Gefahr, im Helm zu ersticken, war ungleich größer.

Der Verunglückte rührte sich nicht. »Lieber Gott«, betete Schwester Erentrudis weiter, »lass ihn mir nicht unter der Hand wegsterben.«

Sogleich biss sie sich auf die Zunge. Wer war sie, um solche Forderungen zu stellen? Wenn der Herr in seiner Güte beschlossen hatte, den Fremden zu sich zu nehmen, so ging sie das nichts an, denn der Herr wusste immer, was er tat.

Vorsichtig hob sie den Kopf des Motorradfahrers und löste den Verschluss. Dann stützte sie den Oberkörper mit der linken Hand, während sie mit der rechten an dem Helm zerrte. Selbst wenn der Herr anderes mit dem Verunglückten vorhatte, war es ihre Pflicht, alles Menschenmögliche für ihn zu tun.

Der Kerl regte sich nicht, und Schwester Erentrudis konnte auch keine Atmung feststellen. Sie kam wohl um eine Beatmung und eine Herzmassage nicht herum!

Der Helm saß fest wie ein Schraubstock. Vorsichtig legte sie den Oberkörper zurück auf den Boden. Dann zerrte sie mit geballter Kraft an dem widerspenstigen Kopfschutz, und ganz plötzlich löste er sich. Schwester Erentrudis kippte nach hinten, und der Kopf des Verunglückten schlug mit einem dumpfen Geräusch auf den Pflastersteinen auf. Schwester Benedicta, die gerade mit dem Feuerlöscher herbeieilte, stieß einen spitzen Schrei aus.

Einige bange Augenblicke lang geschah nichts, dann begann der Motorradfahrer zu husten, zu stöhnen, und schließlich schlug er die Augen auf. Sein Blick fiel auf

Schwester Erentrudis, die sich mit leicht gerötetem Gesicht und verrutschtem Schleier über ihn beugte.

»Heilige Schweinebacke!«, keuchte er. »Bin ich etwa schon in der Hölle?«

Vor lauter Erleichterung lächelte Erentrudis ihn an und überhörte den Fluch.

»Nein, im Kloster Zur heiligen Andacht«, erklärte sie milde. »Sie haben Glück. Der Herr hat Sie noch nicht an seine Seite bestellt.«

»Im Kloster?«, röchelte der Mann. »Das ist wirklich gut, Lady!« Er versuchte sich an einem heiseren Gelächter, aber sofort schüttelte ihn ein Hustenanfall.

»Sie müssen ruhig liegen bleiben, bis der Notarzt kommt. Ist Ihnen schlecht? Ich kann Sie in die stabile Seitenlage ...«

Sie stockte. Erst jetzt, da sich die Anspannung etwas löste, betrachtete sie den Mann genauer. Unter dem Helm war eine Glatze zum Vorschein gekommen. Anstelle von Haaren schmückten seinen Kopf eine Reihe von Tattoos, auch der Hals war davon übersät. Schwester Erentrudis erkannte einen Totenschädel und mehrere Knochen. Sie widerstand dem Impuls, sich zu bekreuzigen.

Der Kerl stieß ein raues Lachen aus, als er den betroffenen Blick der Nonne wahrnahm. Dann stutzte er. »Sag mal, kenne ich dich nicht irgendwoher, Schwester?«, fragte er.

Und da sah sie es. Sah es direkt vor sich. Das göttliche Zeichen, das Pater Ildefons ihr versprochen hatte!

Auf der Jeansweste, die der Motorradfahrer über dem Lederzeug trug und die über und über mit Stickern aller Art versehen war, prangte ein Namenszug, der ihr einen Schauer über den Rücken jagte. Dies Irae! Die Satansband!

Der Mann, der zu ihren Füßen lag, musste folglich ein Anhänger der Death-Metal-Gruppe sein, zu deren Rhythmen sie sich gewiegt hatte, als der Teufel sein böses Spiel mit ihr getrieben hatte! Hatte nicht ein Glatzkopf mit Tattoos neben ihr getanzt, an jenem rabenschwarzen Abend?

»Ich wüsste nicht, woher!«, erwiderte sie mit halb erstickter Stimme. Noch leiser murmelte sie: »Lieber Gott, verzeih mir diese Lüge, sie ist nur ein kleines Vergehen gegen das große, das ich begangen habe.«

Sie ballte die linke Hand zur Faust und wusste, woran sie war. Das Zeichen des Herrn war eindeutig. Nicht ihr Bruder Konrad sollte bekehrt werden, sondern dieser beklagenswerte Mann, den ihr die Vorsehung direkt vor die Tür gelegt hatte.

Am nächsten Tag

Gleich nach der Morgenandacht machte sie sich ans Werk. Den ganzen Abend hatte sie sich vorbereitet.

Brüder und Schwestern, wenn ein Mensch etwa von einer Verfehlung ereilt wird, so helft ihm wieder zurück mit sanftmütigem Geist, ihr, die ihr geistlich seid. Und sieh auf dich selbst, dass du nicht auch versucht werdest. Galater, 61

Mit sanftmütigem Geist! Endlich ein echter Hinweis, mit dem Schwester Erentrudis etwas anfangen konnte!

Vom Notarzt wusste sie, dass der Verunglückte ins St. Josefskrankenhaus gebracht worden war.

Sie machte sich mit einem schwarzen Köfferchen in der Hand auf den Weg. Darin befanden sich ihre Waffen: Heiligenbildchen, eine Bibel, ein Kruzifix und ein Fläschchen Weihwasser, das sie in Lourdes abgefüllt hatte und das sie nur für besondere Anlässe verwendete.

Ihr Herz klopfte bis zum Hals, als sie in der Klinik nach dem Verunglückten vom Vortag fragte.

»Na, Sie sind vielleicht witzig, Schwester! Welchen der fünfzehn meinen Sie denn?«

»Er ... hat eine tätowierte Glatze«, stammelte die Nonne.

»Ach so. Gottlieb Baierlein. Sagen Sie das doch gleich.« Die junge Frau an der Information lächelte. »Zimmer zweihundertsechzehn, zweiter Stock.«

Gottlieb Baierlein. Schwester Erentrudis entspannte sich ein wenig. Der Name klang doch gar nicht so schlimm. Trotzdem zitterte sie, als sie an die Tür klopfte.

Von drinnen drang lautes Gelächter auf den Flur. Das Unfallopfer war nicht allein.

Vergeblich wartete die Schwester auf ein »Herein«, und am liebsten wäre sie umgekehrt.

Hilf ihm zurück, mit sanftmütigem Geist, hörte sie die leise Stimme des Herrn in ihrem Kopf. Er sprach wieder mit ihr! Endlich! Sie durfte ihn nicht enttäuschen!

Beherzt drückte sie die Türklinke herunter und trat ein.

Es dauerte ein paar Sekunden, bis die Kerle im Krankenzimmer sie bemerkten. Fünf Männer waren es, allesamt Rocker im Lederzeug mit diesen Jeanswesten darüber. Auf jeder prangte das Logo von Dies Irae.

Gottlieb Baierlein saß aufrecht im Bett, sein linker Arm war eingegipst, er trug eine Halskrause und hing am Tropf. Das alles hinderte ihn jedoch nicht daran, gemeinsam mit seinen Kumpanen einen Sixpack Bier niederzumachen, den diese mitgebracht hatten.

Jetzt starrten alle auf Schwester Erentrudis, die sich mutig einen weiteren Schritt ins Zimmer hineinwagte.

»Gott sei mit euch«, grüßte sie, um eine feste Stimme bemüht. Sie hörte allerdings selbst, wie unnatürlich sie klang.

»Wer, zum Henker, ist denn das?«, fragte schließlich einer der Rocker und rülpste laut.

Ein anderer lachte rau und wies auf die Kleidung der Nonne. »Eine Kuttenträgerin«, lallte er und zupfte an seiner Jeansweste. »Sie ist eine von uns!«

Die Kerle fielen in sein dröhnendes Gelächter ein, klopften sich auf die Schenkel und konnten sich gar nicht mehr beruhigen. Einer hielt ihr seine Dose Bier hin: »Schluck gefällig, Schwester?«

Gottlieb Baierlein erholte sich als Erster. »Hey«, sagte er zu seinen Komplizen. »Lasst sie in Ruhe! Sie hat mich gerettet und ins Reich der Lebenden zurückbefördert, als ich schon fast dem Teufel ins Gesicht spucken konnte.«

Einer der Männer stand auf und schlug Schwester Erentrudis anerkennend auf die Schulter. »Gut gemacht, altes Mädchen! Unser Gollum hier«, er wies auf den Verunglückten, »ist nämlich noch zu jung, um ins Gras zu beißen. Wir brauchen ihn noch ein Weilchen.«

»Setz dich zu uns, Schwester«, nickte ein anderer. »Gollums Freunde sind auch unsere Freunde.«

Ein dritter wiegte nachdenklich den Kopf. »Kenne ich dich nicht von irgendwoher?«

Entschlossen öffnete Erentrudis ihr Köfferchen, holte das Weihwasser aus Lourdes heraus und besprengte den Verunglückten damit. »Der Herr sei deiner Seele gnädig«, murmelte sie. »Ich bin gekommen, um für dich zu beten, mein Sohn.«

Einen kurzen Moment lang herrschte Schweigen im Zimmer. Schwester Erentrudis erwartete neues Gelächter und wappnete sich innerlich dagegen. Stattdessen sagte Gottlieb Baierlein mit leicht vibrierender Stimme: »Verflucht, das ist aber hochanständig von dir! Also ... von Ihnen, Schwester. Das hat verdammt noch mal noch keiner für mich getan!«

Er wischte sich mit dem Handrücken über das Auge, in dem es verdächtig glänzte.

Erentrudis war verunsichert. Trieb er seine Scherze mit ihr?

Sei nicht so misstrauisch, flüsterte der Herr ihr ins Ohr. *Du bist auf einem guten Weg.*

Sie nahm einen kleinen Stapel Heiligenbilder aus ihrem Koffer und drückte jedem der Rocker eines in die Hand. »Der heilige Dionysos«, erklärte sie. »Nothelfer gegen Kopfschmerz, Tollwut, Gewissensunruhe und Seelenleiden. Vielleicht hatte er seine Hände im Spiel bei der Rettung von ... äh, Gollum. Denn wer im Herzen gerecht ist, dem wird geholfen. Nur wer im Innern verfault ist, von dem wendet der Herr sich ab.«

Einer der Rocker bekreuzigte sich und öffnete den Mund, um etwas zu sagen. Als er die verwunderten Blicke der anderen sah, grinste er verlegen und schloss den Mund wieder.

Schwester Erentrudis wurde ein wenig mutiger. »Ihr könnt das apostolische Glaubensbekenntnis ruhig mitsprechen. Es ist auf der Rückseite des Bildes abgedruckt. Es wird euch helfen, stets den rechten Weg zu finden.«

Die sechs Männer drehten gehorsam das Bild um. Einer rülpste erneut, doch die anderen stießen ihm unsanft in die Seite.

»Ich glaube an Gott, den Vater, den Allmächtigen ...«, begann Erentrudis. Niemand fiel ein, doch davon ließ sie sich nicht abhalten, immer lauter und verzückter erhob sich ihre Stimme, sie verfiel in einen hohen Gesang und als sie endete, erscholl aus sechs heiseren Kehlen ein euphorisches »Amen!«

»Krasse Vorstellung«, sagte einer der Kerle und nickte anerkennend. »Echt abgefahrenes Ritual. Woher hast du das, Schwester?«

»Nun, wenn ihr wollt, könnt ihr das jeden Sonntag bei uns in der Kirche miterleben.«

»Echt jetzt? Mitsamt diesem Gesang, der Gänsehaut und allem?«

Erentrudis musterte den Mann skeptisch, doch sie konnte keine Falschheit in seinem Blick feststellen. »Die Gänsehaut kommt vom wahren Glauben«, sagte sie deshalb. »Den wohligen Schauer am Rücken gewährt der Herr all jenen, die sich das Himmelreich verdienen.« Zur Bekräftigung nickte sie mit dem Kopf, bis der Schleier wippte.

»Verdammt, Alte! Ich wusste doch, dass ich dich kenne!«, schrie einer der Rocker. Er lispelte ein wenig, weil ihm einer der Schneidezähne fehlte. Sein Teint war sehr blass, die Augen lagen tief in den Höhlen. »Du bist die Nonnenschnecke vom Dies-Irae-Konzert! Das war vielleicht eine fette Show! Wir haben dich nach dem Konzert noch gesucht, aber du warst wie vom Erdboden verschluckt. Alte, wir hätten dich gern zu unserer Sause mitgenommen, auch wenn du nicht mehr ganz taufrisch bist. Und jetzt hast du *uns* gefunden!« Vor Begeisterung schlug er so lange auf Gollums Bett, bis dieser leise aufstöhnte.

»Du hast's wirklich voll drauf, Schleier-Bitch! Der Kram da eben. Beinahe hätte ich ihn dir abgekauft. Fast hätte ich geglaubt, du bist echt!«

Jetzt fielen auch die anderen wieder ins Gelächter ein. Nur in Gollums Blick blieben ein paar Zweifel zurück.

Schwester Erentrudis spürte, wie ihr der kalte Schweiß ausbrach. Die Situation entglitt ihr. Die Bekehrung nahm nicht ganz den gewünschten Verlauf.

Ich habe die Welt auch nicht in einem Tag erschaffen, hauchte der Herr ihr ins Ohr. *Hab Geduld.*

»Ihr dürft die Bilder behalten«, stammelte sie. »Aber jetzt muss ich gehen.« Blitzschnell schloss sie ihren Koffer und stürmte Richtung Tür.

»Komm mich ruhig wieder besuchen, Schwester«, hörte sie Gollums Stimme, und fast hätte sie sich umgedreht. Doch dann ertönte erneut das Lispeln des Hohläugigen: »Warte! Wie heißt du eigentlich, Schleier-Bitch? Bleib doch noch, wir könnten zusammen ...«

Den Rest verstand sie nicht mehr, denn sie hatte die Tür hinter sich zugeschmissen und eilte mit wehendem Habit die Treppe hinunter und zur Klinik hinaus, als wäre der Leibhaftige hinter ihr her.

Zwei Tage später

Beim nächsten Besuch war Gottlieb Baierlein allein.

Schwester Erentrudis atmete auf, als sie den Verunglückten ganz still im Bett sitzen sah, die Rückenlehne aufgestellt. Wieder lief aus einem Tropf eine schwefelgelbe Flüssigkeit in die Blutbahn des Mannes. Er hielt die Augen geschlossen, und es sah aus, als schliefe er.

Zwei Tage hatte sie nach ihrem hastigen Abgang benötigt, um sich zu erholen und einen neuen Versuch zu wagen. Mehrmals war sie drauf und dran gewesen, ihre Mission aufzugeben oder sich zumindest ein neues Opfer zu suchen. Vor allem, wenn sie an den Hohläugigen dachte. Hätte der Herr ihr nicht unentwegt *Du schuldest mir eine Seele* ins Ohr geflüstert, sie hätte den Weg in die Klinik wohl kein zweites Mal gewagt.

Vorsichtig zog sie einen Stuhl zum Bett und ließ sich neben dem Rocker nieder. Er war blass und sah in diesem Zustand recht friedlich aus. Ich sollte ihn auf keinen Fall wecken, dachte sie sich, und Erleichterung machte sich breit. Schließlich ist er krank, braucht seine Ruhe und …

Weck ihn, forderte der Herr sie auf.

Gehorsam räusperte sich Schwester Erentrudis. Allerdings leise genug, um keinesfalls gehört zu werden.

Gottlieb Baierlein regte sich nicht.

»Siehst du?«, antwortete sie dem Herrn. »Wahrscheinlich haben sie ihm ein Schlafmittel gegeben.«

Ein leises Plätschern unter der Bettdecke ließ ihr stilles Zwiegespräch verstummen. Das Geräusch war eindeutig, und Erentrudis spürte, wie ihr Gesicht rot anlief.

»Fertig«, sagte der Rocker, ohne die Augen zu öffnen. »Heute nur kleine Geschäfte, Püppi. Von diesem Krankenhausfraß bekommt man Verstopfung. Nur das Bier läuft ungehindert durch.«

Offenbar hielt er sie für die Krankenschwester.

Nun mach schon, raunte der Herr ihr zu. *Du musst sein Vertrauen gewinnen.*

Seufzend ließ Erentrudis ihre Hand unter die Decke gleiten und ertastete alsbald die Bettpfanne.

»Willst du ihn anfassen, Püppi? Er pocht schon vor lauter Aufregung ...« Gottlieb Baierlein stieß ein kehliges Gelächter aus und Erentrudis zog ihre Hand zurück, als habe sie sich verbrannt. Selbst der Herr schwieg.

Der Rocker schlug die Augen auf. »Oh, shit! Sie sind das! Ich dachte, es wäre Edda, meine Pflegerin ...« Er verhaspelte sich, und Schwester Erentrudis bemerkte, dass auch er errötete. »Sorry, Schwester. War nicht so gemeint.«

»Schon gut«, stotterte die Nonne. »Ich habe Ihnen etwas mitgebracht, Herr Baierlein. Es könnte Ihnen auf den rechten Weg zurückhelfen.«

Sie zog einen Satz Karten aus ihrem Missionskoffer. »Eine Losung für jeden Tag des Jahres. Zum Nachdenken, Beten, in sich Gehen. Zur Erbauung und ...«

»Eine Losung?«, unterbrach der Rocker. »Ist das nicht die Scheiße vom Hirsch? Soll das ein Scherz sein, Schwester?«

Erentrudis schluckte hart. »So nennt man Bibelsprüche und Aphorismen zur Andacht und Meditation.«

Der Verunglückte wurde nachdenklich. »Sie sind wirklich echt, Schwester, nicht wahr? Sie sind eine leibhaftige Nonne! Warum hätten Sie auch sonst im Kloster abhängen sollen! Ich hab's Voldemort gleich gesagt, aber der schwört Stein und Bein, Sie wären eine abgefahrene Bitch, die diesen Religionskram nur zur Show durchzieht. Na ja, weil wir Sie doch auf dem Dies-Irae-Konzert gesehen haben!«

»Voldemort?«, fragte Schwester Erentrudis nach, weil ihr nichts Besseres einfiel. Nervös rutschte sie auf ihrem Stuhl herum.

»Wir haben in unserer Gang alle Namen aus Filmen. Voldemort ist der mit der Zahnlücke. Harald, der mit der Narbe am Arm, heißt Bluthund, aus *Game of Thrones* und Martin, der Große mit ...« Er stockte. »Verdammt noch mal, was hat eine Nonne eigentlich auf einem Dies-Irae-Konzert zu suchen?«

»Nun, die Wege des Herrn sind unergründlich«, stammelte Erentrudis.

Ein leises Kichern erklang in ihrem Ohr. *Wohl wahr, mein Kind.*

»Sie sollten nicht dort hingehen, Schwester! Das ist nichts für eine Frau wie Sie. Damit bringen Sie Typen wie Voldemort nur auf dumme Gedanken. Wissen Sie denn nicht, dass Dies Irae eine Death-Metal-Band ist? Satanische Verse, Schwester! Das ist doch keine Musik für eine Nonne!«

»Nun, ich ...« Schwester Erentrudis spürte ihr Blut heiß ins Gesicht steigen.

Was sollte das werden? Wer missionierte hier eigentlich wen? »Ich begebe mich oft an den Ort der Sünde«, behauptete sie. »Dorthin, wo sich die gefallenen Seelen tummeln. Dort finde ich die bedauernswerten Geschöpfe, die ich in den Schoß des wahren Glaubens zurückführen möchte. Nicht der Satan verspricht ewiges Leben und Erlösung, sondern ausschließlich Gott. Und wenn es mir nur bei einer einzigen gefallenen Seele gelingt, sie zu erretten, hat sich mein Einsatz gelohnt.«

Ja, jetzt war sie wieder auf der richtigen Spur. Sie nickte bekräftigend und ließ den Schleier wippen. »Sie sind eine solche Seele, Herr Baierlein. Aber der Herr hat Sie noch nicht aufgegeben. Er hat Ihr Leben verschont und uns zusammengeführt, zu unser beider Wohl.«

Bevor der Rocker antworten konnte, wurde die Tür zum Krankenzimmer geöffnet. Eine hübsche braunhaarige Pflegerin mit lustigen Grübchen auf den Wangen trat ein. Die Augen des Verunglückten begannen zu strahlen.

»Püppi, na endlich!«, rief er. »Ich bin schon ewig fertig. Und mein kleiner Freund ... Oh lala, mein *großer* Freund platzt gleich vor Vorfreude!«

Edda lachte. Auch ihre Augen funkelten. »Du hast Besuch aus dem Kloster? Wie nett.« Sie setzte sich auf die Bettkante und führte ihre Hand ungeniert unter die Decke. »Vielleicht können Sie draußen warten, Schwester, bis ich das Bett des ... Patienten gerichtet habe?«

»Ich wollte sowieso gerade gehen«, beeilte sich Schwester Erentrudis zu sagen.

»War schön, Sie zu sehen!«, verabschiedete sie der Rocker. Seine Stimme klang ein wenig rauer als zuvor. »Diese Hirschkacke, also diese Losung, die können Sie ruhig dalassen, Schwester. Ich schau mal rein. Besuchen Sie mich doch, wenn ich wieder zu Hause bin!«

Erentrudis hatte die Türklinke schon in der Hand.

»Verdammt, das tut gut«, hörte sie den Verunglückten sagen. »Ach, Schwester! Nennen Sie mich doch bitte nicht Herr Baierlein. Ich heiße Gollum.«

Eine Woche später

Mit einem Blumenstrauß und ihrem schwarzen Koffer bewaffnet, stand Schwester Erentrudis vor der Tür eines hübschen kleinen Reihenhäuschens in einer schmucken Wohngegend. Im Vorgarten blühten bunte Tulpen, eine Forsythie war über und über mit gelben Blüten bedeckt. Der Rasen: akkurat wie aus dem Gartenprospekt. An der Haustür hing ein Kranz aus Trockenblumen.

So hatte sie sich das Zuhause von Gottlieb »Gollum« Baierlein nicht vorgestellt. Die Adresse stammte von der Pflegerin Edda. »Da wird er sich aber freuen«, hatte sie behauptet.

Es war eine Woche voller Zweifel für Erentrudis gewesen. War sie auf einem guten Weg? Immerhin hatte Baierlein die Losungen angenommen. Aber vielleicht liefen ihre Bemühungen auch völlig ins Leere und der Rocker verhöhnte sie nur? Wie sollte sie weiter vorgehen?

Wenn sie ihr Bekehrungsopfer zu oft besuchte, konnte es auch das Gegenteil bewirken, konnte dazu führen, dass das zarte Pflänzchen der Einsicht welkte, wie eine Blume, die man zu oft gießt. Aber gleichzeitig durfte sie nicht lockerlassen, musste den Keim hegen und ihm über die gefährlichen Anfänge hinweghelfen, bis er groß und stark genug war, um den Stürmen des Lebens auch ohne ihre Hilfe zu trotzen.

Wann war der rechte Zeitpunkt für einen dritten Besuch?

Dummerweise hatte der Herr gerade wieder eine schweigsame Phase und half ihr in dieser Angelegenheit nicht weiter.

Schwester Erentrudis läutete. Kurz darauf wurde die Tür einen Spaltbreit geöffnet, hinter einer Sicherheitskette erschien das Gesicht einer alten Dame, die bestimmt schon die Achtzig überschritten hatte.

»Ja, bitte?«

»Wohnt hier Gottlieb Baierlein?«

»Gollum ist unterwegs. Aber kommen Sie ruhig rein, Schwester. Mein Enkel wird sicher in einer halben Stunde zurück sein. Er ist nur eben ein paar Lebensmittel für mich einkaufen. Sie können gern warten.«

Die Kette wurde zurückgeschoben, die Tür öffnete sich. Das Gesicht gehörte zu einer zierlichen Gestalt, die in einem bequemen Hosenanzug steckte. Ihr weißes Haar war dauergewellt, und um den Hals trug sie ein goldenes Kreuz, wie Erentrudis wohlwollend feststellte. Ein herzliches Lächeln zierte das Gesicht der alten Dame. »Sie müssen die Nonne aus dem Kloster Zur heiligen Andacht sein. Gollum hat schon viel von Ihnen erzählt.«

»Oh, das freut mich.«

»Wollen Sie eine Tasse Kaffee, Schwester?«

Erentrudis lehnte dankend ab. Etwas irritiert sah sie sich in der Wohnstube um, in welche die Dame sie geführt hatte. Auf dem Tisch lagen gehäkelte Zierdeckchen, auf dem Sofa bunte Schonbezüge. Die Möbel: Eiche rustikal. Genau wie man sich die Wohnung einer Frau ihres Alters vorstellte. Auf der Kommode standen gerahmte Bilder der Familie: ein Junge mit einer übergroßen Schultüte, ein Ministrant, ein Schulabgänger.

Hier sollte der Rocker Gollum wohnen?

Die Dame war ihrem Blick gefolgt. »Ja, das ist mein Enkel«, nickte sie und wies auf die Fotos. »Er lebt bei mir. Ohne ihn wäre ich vermutlich schon längst im Heim – man sieht es mir nicht auf Anhieb an, aber die Beine wollen nicht mehr, und das Herz macht Ärger. Gollum sorgt für mich. Seine Wohnung ist oben, im ersten Stock.«

In Schwester Erentrudis' Kopf schrillten sämtliche Alarmglocken. Ein Erbschleicher? Wollte der Rocker seiner Großmutter vielleicht sogar etwas antun?

»Das Haus gehört ihm«, fuhr die Dame unbeirrt fort. »Er lässt mich umsonst hier wohnen.«

Du bist zu misstrauisch, meldete sich der Herr nach tagelanger Abwesenheit zu Wort. *Vergiss nicht, dies bei der nächsten Beichte zu erwähnen.*

Schwester Erentrudis holte tief Luft. Sie widersprach dem Herrn nur ungern, aber sie musste die arme Frau warnen! Sie konnte sie doch nicht in Unwissenheit belassen, musste sie informieren, was für ein Mensch ihr Enkel wirklich war.

»Er betet den Satan an!«, hauchte sie, und es brach ihr fast das Herz, die blinde Liebe der Großmutter so zu enttäuschen.

»Mein Gollum?« Die Alte riss die Augen auf.

»Er besucht Konzerte der Death Metal Band Dies Irae. Sie wissen natürlich nicht, was das bedeutet, aber ...«

»Oh, natürlich weiß ich das, Schwester. Nur weil ich alt bin, lebe ich ja nicht gleich hinterm Mond. Außerdem proben die Jungs von der Band gelegentlich hier im Haus.« Großmutter Baierlein lächelte gütig. »Wir haben einen schalldichten Keller.«

Jetzt war es an Erentrudis, die Augen aufzureißen. Die Alte wusste von den Umtrieben ihres Enkels?

»Ja«, nickte diese. »Die Texte sind abscheulich. Aber Gollum sagt immer, die versteht sowieso keiner, weil sie in den Bässen und Riffs untergehen. Und der Sound ist nun mal erste Sahne. Haben sie Dies Irae schon einmal gehört, Schwester? Das fährt ganz tief rein, bis ins Herz und alle Glieder. Das ist echte Dröhnung, wie Gollum es nennt. Ich wünschte, so etwas hätte es in meiner Jugend schon gegeben! Mit diesem Schlagerkram konnte ich nämlich noch nie etwas anfangen. Marlene Wischer! Hubsi Vorderlader! Rex Armando! Pfui Teufel, das ist nichts für mich.«

Sprachlos öffnete die Nonne den Mund, schloss ihn wieder, öffnete ihn erneut – wie ein Fisch ohne Wasser.

Hatte die alte Dame vielleicht sogar recht? War Death Metal nicht irgendwie ehrlicher als die seichte und verlogene Schlagermusik, die letztendlich auch nur die Verlockungen der Sünde pries – allerdings auf eine süßliche und hinter zweideutigen Worten verpackte Art und Weise?

Großmutter Baierlein lächelte nachsichtig. »Sie machen sich Sorgen um Gollums Seelenheil? Das ist aber lieb von Ihnen, Schwester! Mein Enkel hat schon so etwas angedeutet. Ich weiß ja, dass er ein wilder Kerl ist, mit seinen Tätowierungen, der ungehobelten Sprache und den lockeren Sitten. Aber die jungen Leute haben eben ihre eigene Kultur! Sein Aussehen und sein Motorrad, die Musik, das alles hilft ihm bei seiner Arbeit. Er wird respektiert. Und, im Vertrauen, ich finde, ein Mensch sollte nach seinen Taten beurteilt werden, nicht nach seinem Äußeren oder seinem Musikgeschmack, oder etwa nicht?«

»Natürlich«, stimmte Erentrudis zu. »Was arbeitet Gottlieb ... Gollum denn?«

»Er ist als Sozialarbeiter bei der Caritas angestellt. Er kümmert sich um Straßenkinder. Und wenn einer mit Leib und Seele bei seiner Arbeit ist, dann ist es mein Gollum!«

Wortlos legte Schwester Erentrudis den Blumenstrauß, den sie noch immer in der Hand hielt, auf den Tisch und verließ ohne Abschied, aber mit wippendem Schleier das hübsche Reihenhaus. Sie wusste, wann es an der Zeit war, aufzugeben.

Zwei Stunden später

Der Meniskus ächzte. Seit eineinhalb Stunden wurde er auf der Bank in der Kapelle Zur heiligen Andacht malträtiert. Die »eiserne Nonne« wartete auf eine Antwort des Herrn – und die Kniescheibe wünschte nichts sehnlicher, als dass dieser endlich spräche. *Ich spring gleich raus*, sagte sie, aber wie immer verhallte die Mahnung ungehört im Äther.

»Warum, Herr?«, betete die Nonne zum wiederholten Male. »Warum hast du mich so in die Irre laufen lassen? Gottlieb Baierlein ist ein guter Mensch, der Satan wird seine Seele nicht bekommen. Habe ich dein Zeichen falsch gedeutet?«

Ein höchst unangenehmer Gedanke überkam sie. Hatte sie sich nur so eifrig auf Gollum gestürzt, weil seine Bekehrung ihr einfacher erschienen war als die ihres eigenen Zwillingsbruders? Weil sie davor zurückschreckte, zu Konrad Kontakt aufzunehmen? Weil sie sich letztendlich davor fürchtete, etwas von seiner Verderbtheit bei sich selbst zu entdecken?

Nun lass mal die Kirche im Dorf, mein Kind, meldete sich endlich der Herr. *Du übertreibst.*

»Aber Vater, warum hast mir den Rocker vor die Tür gelegt? Er bedurfte meiner Hilfe nicht!«

Erinnerst du dich an Psalm 32,8?

»Natürlich. Er lautet: *Ich will dich unterweisen und dir den Weg zeigen, den du gehen sollst; ich will dich mit meinen Augen leiten.*«

Siehst du? Was hast du unter meiner Weisung gelernt?

»Nun, dass die Dinge nicht immer so sind, wie sie scheinen. Dass man hinter die Kulissen blicken muss, um sich ein Urteil bilden zu können. Dass man sich nicht von falschen Vorstellungen blenden lassen soll.«

Sehr gut, Erentrudis.

»Dann ist meine Mission also erfüllt?«

Wie lautete dein Auftrag?

»Eine verlorene Seele sollte ich auf den rechten Weg zurückführen, einen Sünder bekehren.«

Und, hast du das getan?

»Nun, ich ...«

Du schuldest mir noch immer eine Seele, Tochter.

»Aber Herr, wo soll ich sie finden? Wie erkenne ich einen Sünder, wenn nicht an seinem Äußeren und seinem Auftreten?«

Schnell verdrängte sie den aufkeimenden Gedanken an Konrad. Der tingelte noch immer von Party zu Party, von Konzert zu Konzert, trieb sich auf Mallorca, an der Costa Brava und am Goldstrand von Bulgarien herum, wie man hörte. Er entzog sich ihrem Zugriff.

Achte auf meine Zeichen, Erentrudis. Und nun geh, die anderen warten schon mit dem Abendbrot auf dich.

Schwerfällig und von Zweifeln erfüllt, erhob sich die Nonne. Das Gespräch mit dem Herrn hatte nicht die erhoffte Erlösung gebracht. Ein Zeichen? Sie stand also wieder ganz am Anfang.

Beinahe knickten ihr die Beine weg, als sie den ersten Schritt tat. *Das war knapp*, zischte der Meniskus und sprang zurück in seine vorgesehen Position.

Einige Tage später

Pater Ildefons schmatzte beim Essen. Manchmal lud die Äbtissin ihn nach der Beichtstunde ein, und der Priester sagte selten ab. Die Kochkunst von Schwester Benedicta war legendär und hatte sich längst bis ins benachbarte Männerkloster herumgesprochen.

»Ah!«, lobte der Pater die Knödel und den Wildschweinsauerbraten. »Der Herr hat dir ein kostbares Talent geschenkt, Benedicta.«

»Schmeicheln Sie mir nicht zu sehr, Pater!«, kicherte die beleibte Nonne. »Sonst muss ich mich nächste Woche bei der Beichte des Hochmuts schuldig bekennen!«

Dreizehn fromme Schwestern lachten leise, und auch die Äbtissin fiel ein. Es herrschte eine fröhliche Stimmung im Kloster. Das Leben nahm seinen gewohnten Gang, nichts Nennenswertes trübte den Alltag der Nonnen.

Nur Schwester Erentrudis saß mit verkniffenem Gesichtsausdruck über ihren Teller gebeugt. Geduld gehörte nicht zu ihren Stärken, das wusste sie. Warum ließ das versprochene Zeichen des Herrn so lange auf sich warten? Ihre Laune verschlechterte sich mit jedem Tag. Nicht einmal Schwester Benedictas köstliche Knödel konnten sie aufheitern.

»Und wie laufen die Geschäfte im Männerkloster?«, erkundigte sich die Äbtissin gerade bei Pater Ildefons.

Dieser seufzte abgrundtief. »Schlecht«, bekannte er. »Ganz schlecht. Seit Bruder Thomas bettlägerig ist, wissen wir kaum noch, wie wir unsere Aufgaben bewältigen sollen. Wir bräuchten dringend frisches Blut.«

Dreizehn Nonnen und die Äbtissin nickten. Das Problem kannten sie zur Genüge.

»Wenn uns nicht bald eine Lösung einfällt, müssen wir einen Teil unserer Missionen abgeben«, gestand der Priester betrübt. »Den Stuhlkreis in der Justizvollzugsanstalt zum Beispiel.«

Resigniertes Schweigen folgte auf seine Klage. Nachwuchsprobleme und die damit einhergehenden Kürzungen seelsorgerischer Dienstleistungen gehörten zu den größten Problemen in allen Klöstern und Pfarrgemeinden.

Platsch!

Ein lautes, fast schon obszönes Geräusch durchbrach die Stille im Refektorium. Ein Kloß, der auf Schwester Erentrudis' Gabel gesteckt und minutenlang geduldig darauf gewartet hatte, seiner Aufgabe gerecht und in den Mund der Nonne geführt zu werden, hatte schließlich klein beigegeben, die Balance verloren und war vornüber gekippt. Mit jenem Platsch landete er auf dem Teller, verdrängte dort die würzige Sauerbratensoße und beförderte sie auf den Habit der Ordensfrau.

Fünfzehn Augenpaare wendeten sich ihr zu.

Erentrudis' Herz schlug bis zum Hals. War dies etwa ...? Konnte es möglich sein?

War ein herabfallender Knödel tatsächlich als göttliches Zeichen zu verstehen?

Ja, dachte sie. Die Wege des Herrn waren nicht immer geradlinig.

»*Ich* könnte für Bruder Thomas einspringen«, hörte sie sich sagen.

Auf einmal war ihr froh ums Herz. Warum war sie nicht selbst längst auf diese Idee gekommen?

»Du, Schwester Erentrudis?«, fragte Pater Ildefons erstaunt.

»Ich bin mit dem Unterricht am Mädchenlyceum nicht ausgelastet«, versicherte sie. »Und in den Ferien habe ich noch mehr Zeit. Es ist mir ein großes Anliegen, Ihnen behilflich zu sein, Pater!«

Nachdenklich nickte der Priester. Warum nicht? Einen Versuch war es wert. »Sofern die Äbtissin nichts dagegen hat«, sagte er und blickte diese hoffnungsfroh an.

Mit einer knappen Handbewegung gab diese ihre Zustimmung. Insgeheim war sie froh, die schlechtgelaunte Nonne gelegentlich aus dem Haus zu haben.

»Dann sehen wir uns am Sonntag nach der Frühmesse«, verkündete Pater Ildefons zufrieden.

»Amen«, schlossen die Schwestern.

Drei Tage später

Etwa dreißig Männer starrten sie an.

»So viele waren es noch nie!«, freute sich Pater Ildefons. »Das muss an dir liegen, Schwester.«

Das befürchtete Schwester Erentrudis allerdings auch. Ungeschminkt, verschleiert, blass und immerhin schon fünfzig Jahre alt, war sie für die Insassen der JVA doch vor allem eines: eine Frau. Und damit besaß sie absoluten Seltenheitswert.

Einige der Männer gaben sich nicht einmal Mühe, ihr Interesse zu verbergen.

Ein schlaksiger Kerl in ihrem Alter leckte sich anzüglich über die Lippen und zwinkerte ihr zu. Schnell wandte sich Schwester Erentrudis ab. Sie war sich schon längst nicht mehr sicher, ob ihre Idee gut war. Vielleicht hatte sie gar zu eifrig nach einem göttlichen Zeichen gesucht?

Ein leises Kichern streifte ihr Ohr. Sie hoffte, dass es nicht vom Herrn stammte.

»Heute teilen wir unsere Gesprächsrunde auf«, erklärte Pater Ildefons den Insassen. »Die eine Hälfte spricht mit mir, die andere mit Schwester Erentrudis.«

Neunundzwanzig Männer meldeten sich für die Nonne, einer für den Priester.

»Bernie ist schwul!«, feixte der Schlaksige.

Nach längeren Diskussionen und lautstarkem Protest saß Erentrudis schließlich mit siebzehn Männern, die allesamt das längere Streichholz gezogen hatten, in einem stickigen Raum ohne Fenster. An der Decke surrte eine Kamera, die der Nonne ein gewisses Sicherheitsgefühl vermittelte. Sie wusste, dass im Kontrollraum jemand saß, der neben diversen anderen Monitoren auch diesen im Blick behielt. Sie wusste allerdings nicht, wie lange es im Ernstfall dauern würde, bis ihr jemand zu Hilfe eilte. Wie genau ein solcher Ernstfall aussehen könnte, wollte sie sich lieber gar nicht vorstellen.

Die Männer saßen im Halbkreis um sie herum, und ihre Blicke glitten unter ihren Habit. Der Schlaksige war auch dabei.

Schwester Erentrudis räusperte sich einen Frosch aus dem Hals und begann mutig zu sprechen. »Ihr alle seid hier, weil ihr gesündigt habt. Weil ihr gegen die Gesetze der Menschen verstoßen habt, was übel ist, und gegen die Gebote Gottes, was noch viel schlimmer ist. Doch darum soll es heute nicht gehen. Ihr sitzt hier, weil ihr bereit seid, eure Taten zu bereuen, euch zu bessern und den Weg zurück in den Schoß des Gerechten zu finden.«

»Bist du so eine Gerechte, Alte?«, fragte ein vierschrötiger Mann, dem am Hals eine dicke Schlagader hervortrat. »Dein Schoß könnte mir schon gefallen!«

Die Männer grölten. Erentrudis räusperte sich mehrmals, doch sie kam nicht gegen den Lärm an. Es war der Schlaksige, der endlich ein Machtwort sprach. »Ruhe, ihr Wichser! Habt ihr keinen Anstand? Seht ihr nicht, dass die Alte etwas sagen möchte?«

»Ich bin hier, um euch den rechten Weg zu weisen«, piepste die Ordensfrau. »Wenn ihr jedoch nicht die Ruhe bewahrt, muss ich den Stuhlkreis abbrechen.«

Die Drohung wirkte schneller und nachhaltiger als erhofft. Augenblicklich verhallte das Geschrei, und die Männer fläzten sich hin, ihre Blicke auf die Nonne gerichtet. Der Schlaksige spielte wieder aufreizend mit der Zunge. Erentrudis bemühte sich, in eine andere Richtung zu blicken, aber es wollte nicht recht gelingen.

Schnell öffnete sie ihren schwarzen Koffer und förderte die Bibel zutage.

»*Ich bin nicht gekommen, Gerechte zu rufen, sondern Sünder zur Buße.* Lukas 5,32.«

Weil die Häftlinge noch immer schwiegen, wurde Erentrudis mutiger. »Was lösen diese Worte bei euch aus? Wer möchte sich dazu äußern?«

Wie in der Schule schnellte der Arm des Schlaksigen in die Höhe. »Die Sünder, das sind wir«, sagte er. »Und du bist gekommen, um Gerechte aus uns zu machen.«

Erfreut nickte Erentrudis. Vielleicht war der Mann gar nicht so hoffnungslos? Hatte sie ihm Unrecht getan, wie dem Rocker Gollum? Möglicherweise waren die zuckenden Bewegungen seiner Zunge nur ein nervöser Tick!

Wieder glaubte sie ein Kichern am Ohr zu hören, obwohl die Männer kein Gesicht verzogen.

»Ich habe schlimme Dinge getan, Schwester«, fuhr der Schlaksige fort. »Aber ich will mich ändern. Ich bin nicht verloren, das weiß ich nun. Ich will erfahren, was ich tun muss, um erlöst zu werden. Vielleicht könnten wir darüber in einem Einzelgespräch ... Es fällt mir schwer, vor so vielen Ohren, äh ...«

»Verdammt, Pascha! Das könnte dir so passen!« Der Vierschrötige erhob sich drohend. Zwei schmächtigere Häftlinge taten es ihm gleich.

»Bist du wirklich noch Jungfrau, Alte?«, fragte einer mit stahlharten grauen Augen. »Ich hatte schon so ziemlich alles, was an Weibern rumläuft. Sogar 'ne Muslima mit Burka. Aber 'ne jungfräuliche Nonne fehlt noch in meiner Sammlung.«

Jetzt sprang auch der Schlaksige auf. »Wenn du die Schwester noch mal so beleidigst, schlag ich dir die Fresse ein, Ali.«

»Spiel dich nicht so auf, Pascha! Einzelgespräch! Das könnte dir so passen, du Mösenlutscher!«

Schwester Erentrudis stieß einen Schrei aus und presste sich die Hände auf die Ohren. Keiner nahm Notiz von ihr.

Hinterher konnte auch niemand sagen, von wem der erste Schlag gekommen war. Nicht einmal die Aufzeichnungen der Überwachungskamera ergaben etwas Brauchbares. Fest stand nur, dass binnen weniger Sekunden jeder auf jeden eindrosch. Stühle flogen durch die Luft und zerschellten am Boden, Fäuste krachten gegen Schläfen, Köpfe donnerten an Wände, Knie zerquetschten Weichteile, Magengruben wurden mit Fußtritten bearbeitet. Es war letztendlich nur der Kampferfahrung der Männer und ihrer Geschicklichkeit im Ausweichen zu verdanken, dass nichts Schlimmeres als blaue Flecken, Gehirnerschütterungen und gebrochene Nasenbeine bei der Massenkeilerei herauskam.

Schwester Erentrudis hatte sich hinter ihrem Stuhl in einer Ecke verschanzt und alles mit entsetztem Blick beobachtet.

»Mindestens eine Viertelstunde«, erklärte sie später der Äbtissin. Dabei waren weniger als dreieinhalb Minuten vergangen, bis die Wärter mit Gummiknüppeln und Trillerpfeifen bewaffnet den Raum stürmten. Weitere zwei Minuten dauerte es, Ordnung zu schaffen und die siebzehn Häftlinge abzuführen.

»Ich will mit Ihnen über meine innere Umkehr reden!«, rief der Schlaksige Erentrudis noch zu. »Ehrlich, Schwester!« Seine Zunge vollführte lockende Bewegungen zwischen den geöffneten Lippen.

Ein Wärter ließ seinen Schlagstock auf dem Hinterkopf des Mannes tanzen und die Zunge verschwand.

Ein weiterer Mitarbeiter der JVA half Erentrudis auf die Beine. »Das tut mir leid«, sagte er bedauernd.

Der Direktor hatte weniger milde Worte parat: »Was für eine Schnapsidee!«, fuhr er Pater Ildefons an, der mit gesenktem Kopf neben der Ordensfrau stand. »Eine Nonne! Wenn Bruder Thomas nicht mehr aufstehen kann, muss der Stuhlkreis eben in Zukunft entfallen! Die Männer gehen doch sowieso nur der Abwechslung wegen hin. Veranstalten

Sie so etwas nie wieder, ohne vorher mit mir Rücksprache zu halten, verstanden?«

Der Pfarrer nickte, und Erentrudis murmelte ein leises »Amen«. Ihre Tätigkeit im Knast war damit beendet.

Wenige Stunden später

»Herr, es war eine harte Prüfung, die du mir da auferlegt hast!«

Sie war allein in der Kapelle Zur Heiligen Andacht. Ihre Stimme hatte die normale Tonhöhe wiedergefunden, und es schwang ein Hauch von Selbstgerechtigkeit mit, als sie fortfuhr: »Aber ich habe es nicht besser verdient, das weiß ich. Es war nur recht und billig, dass du mich in die Abgründe irregeleiteter männlicher Fantasien hast blicken lassen.«

Na, na, Erentrudis, antwortete der Herr. *Du musst nicht alles mir in die Schuhe schieben!*

»Was soll das heißen?«, hauchte sie. »War es denn nicht dein Wille, dass ich dir eine sündige Seele zuführe?«

Natürlich, meine Tochter. Ich warte noch immer darauf.

»Aber ... der Schlaksige, den sie Pascha nennen! Er ist geläutert! Er will dein Wort hören, Herr! Er hat um ein Gespräch mit mir gebeten, ein Bußgespräch. Er will ein Leben in Einklang mit dir beginnen!«

So naiv bist du doch gar nicht, Erentrudis! Pascha will etwas ganz anderes von dir als meinen Segen. Hast du seine Zunge nicht gesehen?

»Dann ... war mein Aufenthalt im Gefängnis ganz umsonst?«

Du hast einen netten Aufruhr verursacht, Schwester.

»Deshalb hast du mich jedoch sicher nicht hingeschickt.«

Niemand hat dich hingeschickt. Es war deine Idee.

»Aber ... dein Zeichen, Herr!«

Ein Knödel! Ich bitte dich, Erentrudis!

Plötzlich fröstelte die Nonne. Sie fühlte sich schrecklich müde. Der Meniskus schmerzte, und fast kam es ihr vor, als raune er ihr eine Warnung zu. Aber das war natürlich Unfug – hatte man je von einem sprechenden Kniegelenk gehört?

»Ich habe alles falsch gemacht«, flüsterte sie. »Ich habe eine Massenschlägerei ausgelöst! Herr, vergib mir. Ich bin nicht würdig, deine Braut zu sein.«

Sei nicht so streng mit dir, Erentrudis. Natürlich hast du gefehlt. Du bist ein Mensch, und ich habe euch nicht als vollkommene Wesen erschaffen, sondern als sündige Kreaturen, die sich das Himmelreich erst verdienen müssen. Sieh zu, dass dein Eifer dich nicht blind macht. Vergiss nicht, dass die Lösung eines Problems oft näher liegt, als du glaubst. Und achte in Zukunft besser auf meine Zeichen.

Ein Knödel, also wirklich!

Einige Wochen später

Der Sommer löste den Frühling ab. Er war heiß, ein Rekordsommer, der dritte in Folge, noch trockener, noch brütender als die vorherigen.

Die Nonnen schwitzten in ihrer Ordenstracht, sie ächzten unter dem Sonnenterror und verließen das kühle Kloster so selten wie möglich. Man ließ das Leben gemächlicher angehen, vermied allzu schnelle Bewegungen oder körperliche Anstrengung und zog sich gern zum stillen Gebet in die Kapelle zurück, deren dicke Mauern die Hitze am besten abhielten.

Im Mädchenlyceum waren die großen Ferien angebrochen, und auch Schwester Erentrudis hatte keinen nennenswerten Grund mehr, die Stadt zu besuchen.

Sie tat es dennoch. Die Qual der Hitze verschaffte ihr ein vages Gefühl der Befriedigung, sie litt in ihrem schwarzen Habit, doch sie litt gern, sie hatte es verdient.

»Verzeih mir, Herr. Ich habe meine Mission noch immer nicht erfüllt.«

Sie saß im Stadtgarten, in der prallen Sonne, und ihr Gesicht glänzte vor Schweiß.

Natürlich antwortete er nicht. Er machte sich rar seit der Sache im Knast. Nur gelegentlich räusperte er sich, als wolle er sie an etwas erinnern.

Ein Obdachloser schlurfte vorüber und grüßte die Nonne freundlich. »Na, wieder am Beten, Schwester?« Er schwenkte eine Flasche mit billigem Schnaps. »Schlückchen gefällig?«

Sie lehnte dankend ab, wie immer. Man kannte sie inzwischen im Park. Hinter ihrem Rücken nannte man sie »die traurige Nonne«, weil sie niemals lachte und nur das Nötigste sprach.

Auch ohne weitere Zeichen ahnte Erentrudis inzwischen, was der Herr von ihr erwartete. Im Grunde hatte sie es ja von Anfang an gewusst. *Vergiss nicht, dass die Lösung eines Problems oft näher liegt, als du glaubst.* Damit konnte er nur Konrad gemeint haben.

Und doch zauderte sie. Noch fühlte sie sich dem Wiedersehen nicht gewachsen. Noch war sie nicht so weit.

Ein kleiner Hund näherte sich ihrer Bank. Es war ein Dackel, glaubte sie, aber so genau kannte sie sich damit nicht aus. Das Vieh blieb vor ihr stehen und winselte leise.

Verärgert sah sie sich nach dem Besitzer um. Im Park herrschte Leinenpflicht, und sie mochte es nicht, wenn sich gewissenlose Hundehalter nicht an die Regeln hielten. Es war jedoch weit und breit niemand zu sehen, der sich für das Tier verantwortlich zeigte. Der Dackel trug auch kein Halsband, wie Erentrudis jetzt feststellte.

»Verschwinde«, sagte sie rau und unterdrückte den Impuls, dem Tier einen Fußtritt zu verpassen. Freilich, auch Hunde waren Geschöpfe Gottes, aber sie standen ihrer Meinung nach in der Hierarchie doch ziemlich weit unten.

Der Dackel dachte nicht daran, ihrer Aufforderung Folge zu leisten. Er wedelte mit dem Schwanz und kam vorsichtig einen Schritt näher. Sein Hecheln klang in der Hitze des Tages irgendwie anzüglich.

»Hau endlich ab!«, zischte sie. Doch das Hecheln des Dackels wurde immer lauter, und Erentrudis' Fuß zuckte erneut.

Der Hund schien dies eher als Aufforderung zu interpretieren und rückte noch näher an die Bank heran. Etwas Kleines, Warmes drückte sich an ihr Bein und begann merkwürdig zu schaben. Was war das?

Der Dackel hatte sich auf die Hinterbeine gestellt, mit den Vorderpfoten ihr Knie umklammert und rieb sich nun an ihrem Unterschenkel, langsam zuerst, dann immer schneller. Dabei stieß er ein hektisches Keuchen aus. Was, beim Teufel, tat er da?

Es dauerte ein paar Sekunden, bis Schwester Erentrudis es begriff.

Die Farbe wich aus ihrem Gesicht. Ihr wurde schlecht. Der Satan! Das musste der Leibhaftige sein, der in einen Hund gefahren war! War er nicht schon häufiger in Form eines Ziegenbocks oder eines Esels gesichtet worden? Warum also nicht als Rauhaardackel?

Mit aller Kraft schleuderte die Nonne Luzifer von sich. Der Hund fiel ins Gras und jaulte leise. Doch schon nach kurzer Zeit bewegte er sich wieder in eindeutiger Absicht auf sie zu. Schwester Erentrudis suchte in wilder Panik das Weite. Die Hitze, die drückende Luft und die Übelkeit hielten sie nicht davon ab, mit wehendem Schleier aus dem Park zu rennen. Wie von Furien gehetzt eilte sie ziellos durch die Stadt, nur weg von Satan, nur weg!

Sie wagte nicht, sich umzudrehen, und erst als ihr die Luft ausging und der Meniskus schmerzte, blieb sie stehen.

Vorsichtig sah sie sich nach allen Seiten um. Das Leben in der Stadt pulsierte, sie befand sich an einer der Hauptstraßen, Menschen eilten an ihr vorbei, ohne Notiz zu nehmen. Vom Leibhaftigen keine Spur. Sie hatte ihn irgendwo in Bahnhofsnähe abgehängt.

Schwer atmend lehnte sich die Ordensfrau an eine Wand und schnappte nach Luft. Das war knapp! Ihr Herz klopfte hart, und der Schweiß floss in Strömen.

Sieh dich um, flüsterte eine Stimme so leise, dass Erentrudis sie beinahe überhört hätte. Sie war sich nicht sicher, ob sie vom Herrn stammte.

Die Wand, an der sie lehnte, war über und über mit Plakaten beklebt, neue über alten und ganz neue über fast neuen. Und dann sah sie es.

Große Schlagerwoche in Berlin. Natürlich mit *ihm*.

Trotz der Hitze fröstelte sie. Hatte der Herr sie in Form des satanischen Dackels zu diesem Plakat geführt?

Möglich war es. Mitunter pflegte der Herr einen durchaus schwarzen Humor. Wenn dem so war, musste sie es endlich in Angriff nehmen. Ob es ihr gefiel oder nicht.

Am nächsten Morgen

»Es wird dir guttun«, sagte die Äbtissin, als Erentrudis sie um Urlaub bat. »Du wirkst seit ein paar Wochen ziemlich angespannt. Im Schoße der Familie wirst du bestens aufgehoben sein!«

Erentrudis erwiderte nichts, sondern packte schweigend ihren schwarzen Missionskoffer mit Bibel, Kruzifix, Heiligenbildern und dem Weihwasser aus Lourdes, außerdem eine kleine Tasche mit Zahnbürste, Seife und Wäsche zum Wechseln.

Zu Fuß. Sie würde die Reise zu Fuß antreten. Dann konnte sie sich unterwegs einen Schlachtplan zurechtlegen und die Zeit nutzen, um ihr eigenes Gemüt zu reinigen, konnte beten und sich innerlich rüsten. Schließlich war es ein Bußgang, das Wandern in der drückenden Hitze würde keine Wohltat sein.

Nach den ersten paar Kilometern schien ihr der Gang dennoch zu leicht. Sie zog ihre festen Schuhe aus und streute ein paar Kieselsteine hinein, die sich bei jedem Schritt in ihre Fußsohlen bohrten. Ja, so musste es sein. Es musste schmerzen. Früher hatte man Sünderinnen barfuß auf eine Wallfahrt geschickt. Außerdem lenkte der Schmerz sie von den Gedanken an Konrad ab.

Würde er sie auslachen, wie früher? Sie verhöhnen? Würde er sie überhaupt empfangen?

Am besten war es sicher, ihn direkt vor dem Konzert aufzusuchen. Dann konnte er ihr nicht ausweichen.

»Wirst du mir ein Zeichen geben, Herr?«, betete Erentrudis lautlos. »Mir aufzeigen, was zu tun ist?« In der unerträglichen Mittagshitze glaubte sie ein leises *Aber natürlich, meine Tochter* zu vernehmen.

Am Abend dieses ersten Tages bluteten ihre Füße. Sie fand Obdach im Pfarrhaus einer nahen Kirchengemeinde, die enge Kontakte zum Kloster unterhielt. Erentrudis nahm ein Bad und fühlte sich danach so erfrischt, dass sie die Kirche besuchte, um niederzuknien. Der Herr sprach am liebsten mit ihr, wenn sie die Knie vor ihm beugte. Doch an diesem Abend schwieg er. Stattdessen glaubte die Nonne eine andere, ungewohnte Stimme zu hören: *Wenn du so weitermachst, Schwester, sind wir in Kürze geschiedene Leute, du und ich.*

Sie konnte sich beim besten Willen keinen Reim darauf machen, woher diese Stimme kam.

Am nächsten Morgen brannten die Füße wie Feuer. Sie waren angeschwollen und passten kaum noch in die klobigen schwarzen Schuhe. Erentrudis biss die Zähne zusammen. Sie nahm die Hälfte der Kieselsteine heraus, beließ den Rest jedoch an Ort und Stelle.

Weit kam sie nicht. Schon nach wenigen Metern verschob sich irgendetwas in ihrem linken Knie, ein wilder Schmerz durchzuckte sie, das Bein knickte weg, und sie wäre zu Boden gestürzt, hätte sie nicht auf einem Mauervorsprung Zuflucht gefunden.

Ha, ertönte eine triumphierende Stimme in ihrem Kopf, die gar nicht nach dem Herrn klang.

Schwer atmend blieb Erentrudis sitzen. Ihr wurde klar, dass sie sich übernommen hatte.

Vorsichtig zog sie die Schuhe aus und entfernte die Kieselsteine. Dann holte sie aus ihrem Gepäck ein Unterhemd und eine Schere. Sie schnitt das Hemd in schmale Streifen, tränkte sie in dem Weihwasser aus Lourdes und bandagierte damit ihr Knie. Vorsichtig versuchte sie, das Bein zu belasten. Wieder knickte sie beinahe um.

Es war unmöglich weiterzulaufen. Resigniert kehrte sie ins Pfarrhaus zurück und bat um einen weiteren Tag Obdach. Er wurde ihr gewährt, ebenso ein zweiter und dritter.

Tag X

Der vierte Tag brach an. Es war der Tag, an dem Konrad in Berlin auftrat.

»Herr, es geht einfach nicht«, betete sie. »Selbst wenn ich wieder normal laufen könnte, würde ich es jetzt nicht mehr schaffen.«

Schon mal was von Zügen gehört, meine Tochter?

Erentrudis seufzte. Wie hatte sie hoffen können, den Herrn zu überlisten?

Mit zusammengebissenen Zähnen packte sie ihre Habseligkeiten und humpelte langsam zum nächsten Bahnhof. Dort angekommen, tropfte ihr bereits der Schweiß von der Stirn.

»Sie haben Glück«, sagte der Mann am Ticketschalter. »Fahren Sie mit der nächsten Regionalbahn. In der Stadt erwischen Sie dann einen ICE. Er ist zwar hoch ausgelastet, aber ich kann ihnen noch einen Sitzplatz in einem Sechserabteil reservieren.«

Erentrudis war versucht »Ich stehe lieber« zu sagen, doch dann nickte sie. »Das wäre wunderbar.«

Eine knappe Stunde später presste sie ihr Missionsköfferchen an sich und stieg mit klopfendem Herzen in den Wagen mit der Nummer neun, in dem sich ihr Abteil befand.

Sicherlich hätte sich ihre angespannte Stimmung augenblicklich in helles Entsetzen verwandelt, wenn sie geahnt hätte, dass just in diesem Moment der Satan in den Zug sprang. Er war klein, rauhaarig, bellte leise und wedelte mit dem Schwanz.

Im Zug

Die Nonne schreckte auf. Sie musste eingenickt sein, denn die Luft im Sechserabteil war noch stickiger geworden.

Der Zug hatte sich keinen Millimeter weiterbewegt. Auf der Böschung und dem Acker neben den Gleisen tummelten sich noch immer Dutzende von Schweinen. Eines der Tiere reckte gerade seinen Kopf und sah ihr genau in die Augen. Das Grunzen war auch im Abteil deutlich zu vernehmen. Es klang irgendwie schadenfroh.

»Den armen Tieren ist zu heiß!«, durchbrach die junge Frau mit den schwarzen Haaren die Stille. Sie klang besorgt. »Das ist gar nicht gut für sie. Zudem können sie Sonnenbrand kriegen.«

Erentrudis runzelte die Stirn. »Uns ist auch heiß, meine Tochter«, sagte sie milde. »Wie lange stehen wir schon hier?«

»Eine geschlagene Stunde.« Die Schwarzhaarige wirkte nervös. »Verdammt, ich habe es eilig!«

Erentrudis unterdrückte ein Seufzen. Die Jugend war immer schrecklich ungeduldig.

Nur die Jugend, meldete sich der Herr zu Wort. Er klang amüsiert.

Verstohlen blickte sich Erentrudis um, ob auch jemand anders seine Stimme gehört hatte. Das schien jedoch nicht der Fall zu sein. Nur der Dackel jaulte kurz auf.

»Hast du mir den Hund geschickt, Vater?«, fragte die Nonne leise, wobei sie den Rosenkranz durch die Finger gleiten ließ. Sollten die anderen ruhig denken, dass sie andächtig betete!

Der Herr schwieg. Immer wenn sie seine Antwort am nötigsten brauchte, zog er sich zurück. Natürlich wusste sie, warum er das tat. Jeder Mensch musste seinen Weg allein finden, die Religion gab nur eine grobe Richtung an.

Vor dem Erlebnis auf dem Dies-Irae-Konzert war sich Erentrudis ziemlich sicher gewesen, den rechten Weg zu kennen. Inzwischen zweifelte sie an ihrer Urteilskraft. Und seit dem Irrtum mit dem Knödel konnte sie sich nicht einmal mehr auf die göttlichen Zeichen verlassen!

Hatte der Herr den Hund ins Zugabteil geschickt, um sie zu mahnen? Damit sie den Auftrag nicht aus den Augen verlor? Dagegen sprach jedoch die Tatsache, dass sich der Dackel (glücklicherweise!) mehr für die Stiefel des Rockers als für Erentrudis' Beine interessierte.

Aber …

Was hatten die Schweine zu bedeuten? Wie kamen sie auf die Strecke? Ihre Anwesenheit konnte kein Zufall sein, schließlich geschah nichts ohne den Willen des Herrn.

Sollte am Ende doch nicht Konrad das Ziel ihrer Bekehrung sein? Hatte die Vorsehung sie aus gutem Grund in dieses Abteil geführt? Oder war das nur Wunschdenken, weil sie die Konfrontation mit ihrem Zwillingsbruder scheute?

Noch einmal betrachtete Erentrudis verstohlen ihre Mitreisenden.

Die biedere Frau ihr gegenüber sah nun wirklich nicht nach einer verderbten Seele aus. Auch der Mann mit der Halbglatze und dem stoischen Gesichtsausdruck wirkte harmlos. Der Kerl mit dem Bürstenhaarschnitt hatte sogar ein ausgesprochen freundliches Lächeln und eine angenehme Stimme. Freilich konnte sie nicht in die Menschen hineinsehen.

Erentrudis' Blick wanderte zu dem Rocker mit den Perlen im Bart. »Herr«, betete sie fast lautlos. »Ich habe meine Lektion gelernt. Ich soll die Menschen nicht nach ihrem Äußeren beurteilen. Dieser hier erinnert mich stark an Gollum. Und er hat sich trotz seiner ungehobelten Sprache doch recht ordentlich der Frau mit dem Zopf gegenüber benommen.«

Also blieb wohl nur die Schwarzhaarige.

Fieberhaft überlegte Erentrudis, was sie tun sollte.

Abwarten war vermutlich das Beste. Wenn der Zug Berlin rechtzeitig erreichte, war Konrad fällig. Wenn nicht, nun, dann musste wohl das Mädchen dran glauben.

Aufmerksam betrachtete die Nonne die junge Frau, die ständig ihre Umhängetasche betastete, als wolle sie sich vergewissern, dass der Inhalt noch drin war. Nervös wirkte sie dabei. Als ob sie etwas zu verbergen hätte!

Was mochte die junge Frau wohl so Wichtiges vorhaben, dass es nicht auch noch am nächsten Tag erledigt werden konnte?

Doro Belatti, 19, Aktivistin

Tag X, im ICE

Doro wurde es allmählich unbehaglich. Diese Nonne, die ihr im Sechserabteil diagonal gegenübersaß, schien sie ständig anzuschauen. Was die wohl wollte? Vielleicht wusste sie was? So von Gott eingehaucht oder so – keine Ahnung. Undeutlich erinnerte sie sich daran, wie ihr früher diese Geschichten erzählt worden waren: dass Gott direkt ins Herz sehen könne und alles wisse, und dass es zwecklos sei, ihm etwas vorzumachen. So Zeug halt, voll die Psychoschiene, wenn man sich das heute so überlegte. In der Sonntagsschule war das gewesen, wo sie mit ihrem Bruder und anderen Kindern hingegangen war – freiwillig am Anfang, weil es so tolle Spielsachen und Buntstifte gab im Unterrichtsraum der Kirchgemeinde. Aber die Geschichten, die die angestaubte Frau Stäubli ihnen aufgetischt hatte, hatten sie oft geängstigt. Da war von armen Sündern die Rede gewesen und von gefallenen Engeln, die irgendwann für ihre Untaten büßen mussten. So was erzählte man doch nicht kleinen Kindern!

Heute würde Doro dieses ganze Rache- und Schuldzeugs wohl eher Karma nennen. Mit Nonnen und Gott und so kannte sie sich längst nicht mehr aus. Aber dieser schwarzen Tante hier in diesem höllisch heißen Zugsabteil traute sie irgendwie trotzdem zu, dass sie durch sie hindurchblicken konnte – oder ihr ihr Vorhaben zumindest von der Nasenspitze ablesen.

Vielleicht blieb nur die Flucht im Gegenangriff mit einem bewährten Trick: Zuerst unauffällig tun und dann plötzlich mit bohrendem Blick das Gegenüber fixieren, um unangenehme Blicke sofort zu entlarven. Normalerweise wandten die ätzenden Gaffer den Blick dann sofort ab und trauten sich nicht mehr, derart blöd zu schauen. Schon in der Schule hatte Doro sich auf diese Weise die verklemmt-pubertären Jungs nachhaltig vom Leib halten können, deren gieriger Blick sie rasend gemacht hatte.

Bei der Nonne klappte das allerdings nicht. Die starrte ja auch nicht gierig, mehr so bohrend, und sie guckte immer so schnell weg und senkte ihre Augen auf den Rosenkranz in ihrer Rechten, dass Doros Killerblick ins Leere traf.

Der Schweiß, der sich zuerst nur zögerlich auf Doros Kopfhaut gesammelt hatte, vermehrte sich zunehmend. Es würde nicht mehr lange dauern, bis er ihr in Strömen vom Haaransatz, wo sich ihre natürliche dunkelblonde Haarfarbe allmählich unter dem Nachtschwarz zurückmeldete, über die Stirn laufen würde. Eklig. Die Nonne bewegte wieder ihre Lippen in einem unhörbaren Gespräch. Betete die, oder war sie einfach nur psycho?

Nervös betastete Doro immer wieder ihre olivgrüne Umhängetasche aus starkem Lodenstoff. Erleichtert fühlte sie: Das Gerät war noch da. Natürlich war es noch da, konnte ja gar nicht anders sein. Der Reißverschluss der Umhängetasche hielt selbstverständlich, und auch kein Erdbeben und kein Vulkanausbruch konnte ihm etwas anhaben, so solide war er. Die Tasche war ein Geschenk von Laurin gewesen, als sie in die WG eingezogen war. Inklusive Aufnäher, der darauf prangte: Eine Hand mit zum Victory-Zeichen geformten Fingern. V wie Victory, V wie Vegan.

Kurz schweiften Doros Gedanken ab, aus dem stickigen Zugsabteil hinaus zu Laurin. Sie sah sein Gesicht vor ihrem inneren Auge, sein hübsches, männliches Antlitz, und sie ertappte sich dabei, wie sie zärtlich mit dem Daumen über den

Aufnäher streichelte, als sei es seine Hand. Obwohl sie nicht so genau wusste, was sie von ihrem Mitbewohner aus der WG halten sollte. Also: Von ihrem Exmitbewohner. Die Zeit in jener Stadt war ja vorbei, ein für allemal.

Als ihr Sitznachbar, ein Typ mit Bürstenschnitt und dem Gesichtsausdruck eines verkrampften Warzenschweins, etwas unbeholfen ein Salamibrot aus seinem Rucksack klaubte, war sie mental aber schnell wieder zurück in diesem verdammten Zug, der schon seit Ewigkeiten auf offener Strecke stand. Die Kunststoffverpackung knisterte laut, und der ätzende Geruch nach fettigem Fleischerzeugnis erfüllte das Abteil. Doro rümpfte die Nase, und ein schleichender Ekel machte sich in ihr breit. Wäk, wie das stank! Sollte sie den Typen ansprechen? Viele Fleischfresser waren an sich ja keine bösartigen Menschen, sondern oft einfach nur ignorant. Vielleicht hatte der Kerl sich schlicht noch nie Gedanken darüber gemacht, welch klägliches Leben die Lieferanten der Salami in seinem Brot hatten fristen müssen, bevor sie niedergemetzelt worden waren. Wobei, wie bescheuert musste jemand sein, dies in der heutigen Zeit, da man sich im Internet problemlos über die Zustände in der Massentierhaltung informieren konnte, nicht zu wissen?

Sie überlegte sich schon einen guten Einstieg in die Diskussion über die Ethik des Fleischkonsums – und natürlich auch die gesundheitlichen Komponenten für Mensch und Umwelt – pfiff sich aber doch innerlich zurück. Nein, Doro, diesmal lieber still bleiben. Es war besser, den Mund zu halten. Nicht aufzufallen, denn immerhin war sie erstens auf der Flucht und hatte zweitens eine Mission. Und ein Gerät in ihrer olivgrünen Umhängetasche, von dessen Existenz niemand hier drin etwas zu wissen brauchte, weder der Salamifresser noch der Rocker, der ihr gegenüber vor sich hin müffelte, noch die verschwitzte Nonne, die verhuschte alte Tante am anderen Fensterplatz oder dieser eigenartige, irgendwie gesichts- und profillose Mann, der, seit der Zug stehen geblieben war, mit starrem Blick auf die Abteilwand hinter ihr und dem Salamifresser seinen Aktenkoffer umklammerte.

Doros Schweiß schien einer nicht versiegenden Quelle zu entspringen. Mittlerweile lief er ihr in kleinen Bächen den Hals hinunter und zwischen den Brüsten bis zum Bauchnabel. Shit, das kitzelte. Aber sie konnte sich ja nicht einfach in aller Öffentlichkeit an den Busen fassen.

Endlich öffnete der Rocker die Tür des Sechserabteils, doch auch auf dem Gang war die Luft heiß und stickig. Der Dackel, der jetzt zwischen Doros Beinen auf dem Boden saß, hechelte. Sie goss ein wenig Wasser aus ihrer Trinkflasche in eine Tupperdose, in der bis kurz zuvor Gurkenstücke und Möhrenstäbchen gewesen waren. Doch der Hund schnaubte nach anfänglich freudiger Erwartung nur entrüstet in das Gefäß. Offensichtlich mochte er keine kohlesäurehaltigen Getränke. Klar, Tiere hielten solches Wasser wahrscheinlich für vergiftet, von Verwesung oder vulkanischen Gasen durchsetzt oder so. Tiere besaßen halt noch mehr Instinkt als die abgestumpften Menschen, die sich kollektiv in einem Zugsabteil niedergaren ließen, ohne sich zu wehren.

Unauffällig blickte Doro von einem zum anderen. Wem von ihren Mitpassagieren dieser Hund wohl gehörte? Keiner tat so, als sei er dessen Besitzer, aber das Tier konnte ja wohl kaum allein unterwegs sein.

Sie holte ein abgegriffenes Buch, das sie heute Morgen noch eingepackt hatte, aus dem Rucksack und versuchte sich mit Lesen abzulenken, aber es war zwecklos. Die Hitze, die Enge, der Salamigestank, ihre Nervosität wegen der bevorstehenden Aufgabe: All dies setzte ihr zu. Doch sie riss sich zusammen. Auch ein mitten auf der Strecke stehen gebliebener ICE konnte sie nicht mehr aufhalten. Sie war gleichzeitig auf der Flucht und im Angriffsmodus. Erneut betastete sie ihre Umhängetasche. Unter dem V-Aufnäher spürte sie den harten Stahl. Das Gerät war da, und es würde sie bei jener

Aktion begleiten, für die sie schlussendlich überhaupt in diesen Zug gestiegen war. Nun gab es kein Zurück. Doro war bereit, das Böse in die Knie zu zwingen. Und das Bolzenschussgerät in ihrer Tasche war es auch.

Zehn Tage vor der Zugfahrt

Shit! Wie konnte das nur passieren? So war es nicht gedacht gewesen! Doro hätte sich in den Hintern beißen können. Ging allerdings nicht. Und schon gar nicht durfte sie sich anmerken lassen, wie nervös sie war. Nicht jetzt! Musste es denn sein, dass sie ausgerechnet jetzt in eine Polizeikontrolle geriet? Bloß keine Schwäche zeigen!

»Dorothee Belatti …«, las der Bulle laut und deutlich, sah von ihrem Personalausweis auf und musterte sie, als müsse er das Foto darauf mit ihrem Gesicht vergleichen. Dazu blendete er sie mit seiner Taschenlampe, sodass sie die Augen zukneifen musste. Sie war nicht vom Rad gestiegen, als die Beamten sie an der Kreuzung Richtung Stadt ausgebremst hatten, sondern hatte nur angehalten, weil sie die beiden ansonsten hätte über den Haufen fahren müssen.

»Dorothee Belatti …«, wiederholte der Bulle prüfend. Erwartete der Typ nun eine Antwort von ihr oder was? Oder ein Lob, dass er des Lesens mächtig war?

Sicherheitshalber stellte Doro auf brav und nickte. Dabei breitete sich jedes Mal, wenn sie jemand mit ihrem Taufnamen ansprach, ein aggressives Kribbeln in ihrem Körper aus, dagegen konnte sie gar nix machen. Schon immer hatte sie den Namen gehasst. Dorothee. So gestelzt, fast so bescheuert wie Makramee oder Kamillentee. Aber das war typisch für ihre Eltern. Bereits mit der Auswahl ihres Namens – bevor sie überhaupt das Licht der Welt erblickt hatte! – hatten sie es geschafft, ihr Steine in den Weg zu legen.

Doro gab sich einen Ruck und nickte nochmals, aber ihre Gesichtszüge waren so hart wie Gotthardgranit. Auf der Straße neben ihnen fuhr ein Auto vorbei, hupte und ließ den Motor aufheulen. Sicher so ein Arsch, der sich darüber freute, wenn die Radfahrer von den Bullen abgegriffen wurden und die Motorenfreaks tun durften, was sie wollten! So ein kleiner Hanswurst mit winzigem Schwanz und dafür umso größerem Auspuff, mit dem er glaubte, Frauen beeindrucken zu können. Ha!

»Neunzehn Jahre alt«, lenkte der Bulle die Aufmerksamkeit wieder auf sich und Doros Ausweis.

»Toll gerechnet!«, entfuhr es ihr, bevor sie sich eine Antwort erfolgreich verkneifen konnte. Vielleicht wäre es doch besser, wenn sie einen auf folgsam machte, schließlich trug sie in ihrer Umhängetasche eine Spraydose mit sich. Und an der Metzgerei ein paar hundert Meter weiter stand genau im selben Rot über die Fassade geschrieben: *Metzger = Mörder.*

Leider war das Folgsam-Gen Doro spätestens in der Pubertät irgendwie abhandengekommen, und seither brauchte keiner mehr was von ihr zu verlangen, was sie nicht nachvollziehen konnte.

Selbstverständlich stand Doro voll hinter der Aussage, die dort ganz frisch an der Hausmauer prangte, aber es gab da zwei Probleme: Erstens war sie seit dem Verlust ihres Jobs an der Supermarktkasse total pleite. Die Arbeit hatte sie verloren, weil sie sich geweigert hatte, Fleischwaren übers Band zu ziehen. »Ich fass dieses Zeug nicht an, auch nicht, wenn es vakuumverpackt ist«, hatte sie gesagt. Genau bei drei Kunden. Dann war der Chef wie ein wutschnaubender Kaffernbüffel hinter ihr aufgetaucht, hatte sie nicht eben sanft zur Seite geschoben und ihren Platz eingenommen. Sogar entschuldigt hatte er sich bei dem ignoranten Fleischfresser-Kunden noch!

Der arbeitsrechtliche Streit, ob die fristlose Kündigung rechtens war, war noch nicht geklärt, aber da Doro sich keinen Anwalt leisten konnte, waren ihre Chancen auf Erfolg eher gering. Grundsätzlich liebte Doro ihre neue Freiheit, so war's ja nicht, aber eben: Das Geld fehlte.

Und zweitens: Die Metzgerei, die sie mit dem Slogan verziert hatte, war nicht einfach irgendeine Metzgerei in der Agglomerationsgemeinde, in der sie ihre Jugend zu verbringen gezwungen gewesen war. Sondern es war die Metzgerei ihres eigenen Stiefvaters.

So geil. War mal Zeit geworden, öffentlich auf seine blutigen Hände aufmerksam zu machen!

»Frau Dorothee Belatti, was tun Sie um diese Uhrzeit hier?«, drang die Frage des Polizisten in ihr Bewusstsein und katapultierte sie zurück in die äußerst unangenehme Situation, in der sie sich momentan befand: morgens um halb zwei, nach getaner Aktion und etliche Kilometer von ihrer neuen WG entfernt an der Straße und zwei Bullen gegenüber.

»Ich fahr nach Hause, wenn Sie es erlauben.«

»Aha. Und wo wohnen Sie?«

»Das können Sie Ihren Computer fragen, der weiß das bestimmt.« Doro unterdrückte ein fieses Grinsen. Gemeldet war sie immer noch bei ihren Eltern, aber dort lebte sie nicht mehr. Keine zehn Pferde würden sie dorthin zurückbringen. Sie wohnte mittlerweile in der WG, wo sie frei war und wo auch die Polizei sie nicht finden würde.

»Darf ich mal einen Blick in Ihre Tasche werfen?«, fragte der Bulle.

Das war der Moment. »Achtung!«, schrie Doro und zeigte mit ausgestrecktem Zeigefinger und schreckgeweiteten Augen hinter die Polizisten. Diese drehten sich reflexartig um. Und Doro trat in die Pedale. Bis die beiden merkten, dass sie sie übertölpelt hatte, um die Flucht zu ergreifen, hatte sie sich bereits so weit entfernt, dass sie sie auch mit einem Sprint nicht mehr vom Rad zerren konnten.

»Hey, Mädchen, stehenbleiben!«, brüllte einer der Typen.

Denkste! Und das »Mädchen« kannst du dir sonst wohin stecken! Adrenalin und Glückshormone vermischten sich in Doros Blut zu einem Cocktail, der sie wie eine Wilde in die Pedale treten ließ. Bis die Bullen ihr Auto erreicht hatten, das gute zwanzig Meter weiter vorn am Rand des Fahrradwegs geparkt war, schaffte es Doro bereits in die erste Seitenstraße. Hier musste sie durch. Ein paar Ecken, ein paar Winkel, dann drückte sie sich in den dunklen Hauseingang eines Gewerbegebäudes und lauschte schwer atmend, ob die Bullen sie noch verfolgten. Doch die kamen nicht, die waren bei der Tankstelle geradeaus gefahren. Sie hatte sie abgehängt.

Als Doro in dieser Nacht, sechs Kilometer vom Tatort entfernt und in einem alten engen Stadthaus, in ihrem WG-Zimmer lag, dauerte es lange, bis ihr Puls sich wieder beruhigte. Sie starrte an die Gipsdecke und dachte an das Erlebte. Das war eine Zäsur, da war sie sich sicher. Ein Zeichen. Fertig, Agglo! Die Bullen hatten es so gewollt. Nun gab es nur noch den Weg vorwärts.

Bevor Doro in der WG, in der bereits Zoé, Matthias und Laurin wohnten, ihr Zimmer bezog, hatte sie durch die Hölle gehen müssen. Und das fast neunzehn Jahre lang. Na ja, während gut der ersten Hälfte ihres bisherigen Lebens hatte sie nicht allzu stark darunter gelitten, aber als sie irgendwann damit begonnen hatte, selbst zu denken, wurde ihr immer mehr bewusst, wie sehr das alles der Horror war. Die zerstrittenen Eltern. Der streberhafte und überangepasste Bruder, der zu Mama schon immer einen viel engeren Draht gehabt hatte. Die dröge Schule. Die stereotypen Vorgärten mit bemalten Figuren in Steinwüsten: bunte Vögel aus Metall, glänzende Igel aus Keramik mit lachenden Gesichtern, während echte Vögel und richtige Igel in diesen künstlich angelegten Geröllhalden nicht überleben konnten. Und das Schlimmste: Gartenzwerge, der Inbegriff von Spießertum! In dieser Umgebung gab es keine Entfaltung für Doro, noch nicht einmal Seelenverwandte. Denn auch die anderen Mädchen waren haarsträubend. Sie gaben sich mit Puppen, Feenstaub und Zauber-Einhörnern zufrieden und hatten keine Wünsche ans Leben, außer Zahnarztgehilfin oder Coiffeuse zu werden und möglichst bald zu heiraten und Kinder zu kriegen.

Doros ganz persönliche Hölle lag in einer Mehrfamilienhaussiedlung in der Agglomeration der größten Stadt in der Schweiz. Es war ihr Schicksal, da aufzuwachsen. Zu weit weg von der City, um so richtig vom Urban Life profitieren zu können, aber auch zu weit weg von der Natur, um wenigstens ungezwungen durch Wälder zu toben oder in Bächlein zu planschen. Weder Fisch noch Vogel. In der anonymen Wohnmasse halt. Voll doof und schrecklich spießig.

Eigentlich hätte Doro ihrer Mutter und dem Stiefvater schon längst den Rücken gekehrt, wenn es denn endlich mal geklappt hätte mit dem Selbständigwerden. Aber immer war etwas dazwischengekommen. Abwechselnd hatten fehlende Alternativen, fehlendes Geld und fehlender Mut – oder alles zusammen – ihr einen Stock zwischen die Beine geworfen auf dem Weg in die Unabhängigkeit. Das Weggehen hatte ihr Bruder Simon besser hingekriegt. Der war zwei Jahre älter und studierte in Bern, was ihm neue Möglichkeiten eröffnet hatte. Aber der Streber nutzte die Chance, endlich wild und frei zu sein, nicht mal aus, sondern ließ sich von der Uni einpferchen, folgte einem engen Lernstundenplan und hatte sich – das war das Schlimmste und voll peinlich für Doro – einer Studentenverbindung angeschlossen. Er war auf dem besten Weg, voll der peinliche Bünzli zu werden.

Doro hatte nie den Ehrgeiz gehabt, an die Uni zu gehen. Das war für sie nichts, was ihr erstrebenswert vorkam. Entgegen den Bitten und Drohungen ihrer Mutter hatte sie mit Siebzehn die Schule geschmissen und ihren Tagesablauf mehr nach Lust und Laune denn nach Zukunftsplanung gestaltet. Nicht, dass es ihr an Intelligenz gefehlt hätte. Ihr Berufsberater hatte ihr einen überdurchschnittlich hohen IQ attestiert, aber auch einen völligen Mangel an Ehrgeiz, was eine berufliche Laufbahn anging. Das war keine gute Ausgangslage für einen Start ins Erwerbsleben. Wobei diese Vollhonks alle nicht begriffen, dass Doro eh keinen Bock hatte auf berufliche Laufbahn – sie wollte das Leben lieber in vollen Zügen auskosten, wild und frei und vor allem jetzt.

Es war auch keine gute Voraussetzung für den innerfamiliären Frieden, dass für ihren Stiefvater nur Leistung und Wertschöpfung zählten. Er war ein Unternehmer durch und durch und wiederholte bei jeder Gelegenheit, wie er es vom mittellosen Lehrling zum Patron über zwölf Angestellte geschafft hatte, und das alles aus eigener Kraft.

Er führte nun seine eigene Metzgerei an der Ausfallstraße zum Nachbardorf, das ebenfalls längst zur Stadt angewachsen und ansonsten genauso gesichtslos war wie Doros Wohnort.

Als sie am Seeufer in der Stadt dann zufällig Zoé begegnet war und sich mit ihr anfreundete, ging es relativ schnell. Zoé war wild und frei und besaß zwei riesige Mischlingshunde, die sie aus einer Tötungsstation in Spanien gerettet hatte und die Doro sofort ins Herz schloss. Tiere fand Doro sowieso besser als Menschen. Und das war auch so eine Tatsache, die ihr zu Hause je länger desto mehr den Brechreiz auslöste: Während sie sich seit Jahren vegetarisch ernährte, war ihr Stiefvater Metzgermeister! Voll die Faust aufs Auge. Allein der Gedanke, dass er Woche für Woche unschuldige Geschöpfe in seinem eigenen kleinen Schlachthof gleich hinter der Metzgerei umbrachte, bereitete ihr Übelkeit. Und diese buchstäblich mit Blut bekleckerten Mörderhände fassten alles in jener Wohnung an, in der auch sie leben musste: Geschirr, WC-Deckel, Fernbedienung. Und begrabschten ihre Mutter.

Doro schüttelte sich beim Gedanken an ihr Martyrium, dem sie erst entfliehen konnte, nachdem sie Zoé kennengelernt hatte und diese ihr erzählte, dass in ihrer veganen WG soeben ein Zimmer frei geworden sei.

Das Haus an der Fabrikstraße entsprach, na ja, nicht gerade einer Traumliegenschaft. Aus jenen vergangenen Epochen stammend, als die Arbeiter in der Stadt noch mit kleinen Zimmern, niederen Decken und dem Klo auf der Zwischenetage im Treppenhaus auskamen, hatte das Haus seine besten Zeiten seit Jahrzehnten hinter sich gelassen. Der Verputz an der Fassade bröckelte, die Treppenstufen waren abgewetzt, und der Warmwasserboiler gab beunruhigende Geräusche von sich. Für Doro aber war es das Paradies, als sie schließlich mit ein paar Habseligkeiten, die sie in ihren Wanderrucksack und eine alte Sporttasche aus der Schulzeit gestopft hatte, ihre kleine Kammer bezog. Die Aussicht aus dem Fenster führte auf die gegenüberliegende Mauer eines leerstehenden Industriegebäudes. Ihre Vormieterin hatte ihr einen schiefen Ikea-Schrank und eine Matratze hinterlassen, sodass Doro sich nicht einmal um Möbel kümmern musste. Sie brauchte auch gar nichts, sie brauchte nur zwei Dinge: Gleichgesinnte und Freiheit.

Der erste Besuch bei der Mutter nach Doros Auszug war eine spannungsgeladene Angelegenheit. Doro musste noch einige Dinge holen und hatte extra eine Zeit ausgewählt, zu der ihre Mutter eigentlich weg war. Normalerweise. Doch als sie die Tür aufschloss, stand sie unversehens Martina Belatti und deren Freundin Amaryllis gegenüber. Sie hatten es sich am Wohnzimmertisch gemütlich gemacht und schauten sie an, als hätten sie eher mit dem Erscheinen eines Marsmenschen oder Prinz Charles persönlich gerechnet als mit dem Auftauchen von Doro.

»Hallo Mama, hallo Amaryllis.«

Doro wollte rasch an den beiden vorbei in ihr ehemaliges Zimmer huschen, welches immer noch eine Art Oase in Feindesland für sie darstellte – wo zumindest ihr Stiefvater nichts anfassen durfte. Doch dieses Vorhaben durchkreuzte die Mutter gezielt. Sie brach eine ihrer Diskussionen vom Zaun, bei denen Doro stets Mühe hatte, den Sätzen zu folgen, weil sie mit der Geschwindigkeit eines Maschinengewehrfeuers auf ihre wehrlosen »Gesprächspartner« niederprasselten. »Wieso kommst du unangemeldet was willst du hier aha dafür sind wir dann wieder gut genug bist du immer noch bei diesen arbeitslosen Drögelern im Haus wann denkst du endlich an die Zukunft nein das sind keine Vorwürfe das ist mein gutes Recht als Mutter das zu wissen ich mach mir doch nur Sorgen um dich wie gedenkst du denn eigentlich deinen Alltag zu bestreiten wo liegt dieses Haus in das du vor der Realität geflohen bist denn überhaupt in der Stadt ist noch niemand glücklich geworden da ist die Luft schlecht und zwielichtige Gestalten lungern herum und viele Ausländer und Kriminelle nimm dich in Acht vor falschen Freunden warum bist du denn nur so undankbar?«

»Mama!!« Mit dem Schrei und gleichzeitigem Aufstampfen schaffte Doro es, den Redeschwall zu unterbrechen. Wenigstens ganz kurz.

»Wieso ist sie denn ausgezogen?«, mischte sich nun auch noch Amaryllis ein, die bisher mit offenem Mund dagesessen und ihre dicken, beringten Finger um die Kaffeetasse gekrallt hatte. Doro hatte sie noch nie gemocht. Und die Tatsache, dass sie nicht einmal sie persönlich danach fragte, wenn sie denn unbedingt etwas über ihr Leben wissen wollte, sondern sich an die Mutter wandte, brachte sie zur Weißglut. So verhielt sich doch nur ein Assi.

»Ach, das Kind weiß nicht, was es bei uns hat.«

Dieser Satz reichte bereits aus, um Doro zum Kochen zu bringen.

»Hör doch auf zu schwurbeln, Mama!«

»Ich schwurble nicht, Doro. Ich hab einfach mehr Lebenserfahrung als du.«

»Dann sieh mal an, was du mit diesem Leben gemacht hast. Hockst in einer beschissenen Eigentumsblockwohnung und bügelst Hemden für einen Massenmörder.«

Die halbe Sekunde, während der es Doros Mutter die Sprache verschlug – was selten genug vorkam –, nutzte Doro, um in ihrem ehemaligen Kinderzimmer zu verschwinden. Solche Diskussionen brauchte echt kein Mensch! Hastig begann sie, einige Dinge bereitzulegen, die sie in ihrem neuen Lebensabschnitt benötigen würde. Ihre Windjacke. Wäsche. Das alte Igluzelt mit den krummen Heringen. Den Ersatzakku ihrer kleinen Kompaktkamera, die sie einmal von ihrem leiblichen Vater zum Geburtstag bekommen hatte. Die Dose mit den Zartbitterschokoladeneiern.

Mit Genugtuung stellte sie fest, dass es im Wohnzimmer eine ganze Weile lang ruhig war. Erst allmählich schwollen die durch die geschlossene Zimmertür gedämpften Stimmen von ihrer Mutter und deren Freundin wieder an. Mama schien sich bereits wieder abgeregt zu haben – offenbar wollte sie ihre Energie nicht länger in Streitereien mit ihrer Tochter stecken. Nicht einmal in dieser Hinsicht schien Doro ihr etwas wert zu sein!

Und dann diese eigenartige Freundin, die sie vor sechs oder sieben Jahren im Pilateskurs kennen gelernt hatte und die eigentlich überhaupt nicht zu ihr passte! Amaryllis hieß eigentlich Gertrud. Aber sie benannte sich lieber nach einer Blume als nach der Vertrauten eines Speers, was ihr germanischer Taufname bedeutete, wie sie Doro mal erklärt hatte (obwohl diese es eigentlich gar nicht hatte wissen wollen).

Es hatte eine Zeit gegeben, da hatte Doro Amaryllis gemocht, so mit vierzehn oder fünfzehn. Damals hatte ihr unkonventionelles Wesen sie fasziniert. Beeindruckt war sie auch von ihrem Schmuck aus bunten Holzkugeln gewesen und von den langen, wallenden Gewändern, die ihre füllige Figur recht gut zu kaschieren vermochten. Auch hatte die Tatsache ihre Neugierde geweckt, dass Amaryllis sich als hochsensibel bezeichnete und von sich sagte, sie sei eine »Lauschende«. Sie sei nämlich anders als der normale Durchschnitt, habe viel feinere Antennen und könne darum sowohl Gefühle als auch die positiven und negativen Schwingungen viel besser empfangen und in Bahnen lenken, was zu mehr Ausgeglichenheit, Versöhnung mit dem Selbst und einem Gleichgewicht zwischen den inneren und äußeren Kräften führe. Doro hatte diese Fähigkeiten, von denen Amaryllis ihr mit einem verschwörerischen Unterton in der Stimme berichtet hatte, bewundert, auch wenn sie die verheißungsvollen Resultate nicht wirklich verstanden hatte. Aber es hatte nach Zufriedenheit geklungen. Eine Zeitlang hatte sie sich erhofft, in der Freundin der Mutter vielleicht endlich einen erwachsenen Menschen gefunden zu haben, der sie verstand.

Ja, ein paar Monate lang hatte Doro sogar genauso werden wollen wie Amaryllis. Doch dann waren ihr immer mehr Ungereimtheiten aufgefallen, und allmählich hatte sie gemerkt, dass das Ganze nichts weiter war als eine große Inszenierung, der wohl die Schauspielerin selbst am meisten Glauben schenkte. Das süffisante Lächeln der Mutter, das Doro zuerst als die naive Abwehrhaltung einer Unwissenden interpretiert hatte, erkannte sie langsam als ein großzügiges »Na red mal nur weiter, damit unterhältst du mich bestens, aber ich glaub dir kein Wort«.

Schon oft hatte Doro sich gefragt, wieso die beiden so grundverschiedenen Frauen überhaupt befreundet sein konnten. Die extrovertierte Eso-Tante und die steife Spießerin – aber offenbar fanden sie trotz allem immer wieder Gemeinsamkeiten, auch wenn sie sich oft ankeiften und auf eine Meinungsverschiedenheit regelmäßig eine Kontaktpause kam, bevor sie sich wieder zusammenrauften. Wie ein altes zerstrittenes Ehepaar, das nicht miteinander konnte, aber auch nicht ohneeinander, dachte Doro.

Dieses Spannungsfeld ging Doro mit der Zeit allerdings am Arsch vorbei, und sie fand Amaryllis in ihren bunten Gewändern genauso lächerlich wie die eigene Mutter mit ihrem todlangweiligen Nullachtfünfzehnleben.

Nachdem Doro ihren Rucksack gepackt hatte, wäre sie eigentlich gern wieder gegangen. Sie konnte es kaum erwarten, zurück in ihrer freigeistigen WG zu sein, bei Zoé, Matthias, Laurin und den beiden Hunden, doch sie mochte sich nicht nochmals im Wohnzimmer der Diskussion stellen. Vielleicht war es daher besser zu warten, bis Amaryllis weg war und ihre Mutter in der Küche verschwand, um das Abendessen für den Gatten vorzubereiten.

Doro chillte auf dem Bett und zog sich via Youtube ein paar Songs rein.

Als es zwischen zwei Liedern mal kurz ruhig war in ihren Earphones, drang ein spitzer Schrei an ihr Ohr. Sie schreckte auf. Mann, was ging da ab?

Alarmiert zog Doro die Stöpsel aus den Ohren und lauschte. Die Stimme ihrer Mutter, die durch die Zimmertür drang, war ganz hoch und schrill geworden, und es dauerte einen Moment, bis Doro die ersten Worte heraushören konnte. Sie atmete auf: Es war nichts Schlimmes, sondern Martina Belatti quietschte offenbar vor Entzückung.

»Seit wann kommt er denn regelmäßig zu dir? – Und du hast mir nie etwas davon erzählt!«

»Ich wusste nicht, dass du seine Musik so magst. Ansonsten hätte ich es dir selbstverständlich längst gesagt.« Die Worte »selbstverständlich« und »längst« dehnte Amaryllis so stark, dass man Angst um sie hätte haben müssen, wenn sie Lebewesen gewesen wären. Und sie schob mit wichtigem Unterton nach: »Auch wenn er eigentlich großen Wert auf Diskretion legt.«

Es dauerte eine Weile, bis Doro begriff, worüber die beiden Freundinnen sprachen. Dass Amaryllis in ihrer eigenen blumenbehangenen Praxis irgendwelche esoterischen Therapien anbot, hatte sie mal aufgeschnappt – aber dass sie sogar ernsthaft Kundschaft fand für diesen Hokuspokus, erstaunte Doro dann doch irgendwie. Schien aber der Fall zu sein.

Ebenfalls war sie verwundert, wie ehrlich begeistert ihre Mutter klang. Die beiden Frauen redeten nicht wie gewöhnlich fleißig aneinander vorbei, sondern Martina schien – soweit Doro dies aufgrund rein akustischer Signale beurteilen konnte – geradezu an Amaryllis' Lippen zu hängen und in aufrichtiger Ehrfurcht für deren Erzähltes zu erstarren.

»Und er kommt regelmäßig zu dir zu Séancen?«, wollte die Mutter wissen.

»Ja.«

»Er scheut den weiten Weg hierher nicht? Unglaublich! Kannst du mir nicht ein Autogramm verschaffen?«

»Selbstverständlich. Mit persönlicher Widmung, wenn du willst.« In Amaryllis' Stimme schwappte die Großzügigkeit fast über, übertünchte ihre Selbstzufriedenheit, in der sie sich gerade suhlte, aber trotzdem nur schlecht.

Doro platzte hinter der Tür fast vor Neugierde. Nicht dass sie ihr Interesse daran zeigen wollte, wer ihre Mutter so aus dem Häuschen brachte, aber wissen wollte sie es natürlich trotzdem. Vielleicht war der Typ, von dem sie sprachen, ja auch für sie interessant? Es gab da immerhin eine minimale Schnittmenge von Menschen auf dieser Erde, die sie beide bewundernswert fanden. Den – allerdings vor sechs Jahren verstorbenen – Großvater zum Beispiel. Oder Roger Federer. Oder Jane Goodall, die Schimpansenforscherin. Damit war's allerdings schon wieder vorbei mit den Gemeinsamkeiten. Von Jane Goodall konnten sie nicht reden, weil es eine männliche Person sein musste, Großvater war längst tot – und dass Roger Federer bei der durchgeknallten Eso-Amaryllis irgendwelche Séancen besuchte – welche auch immer – das war eine definitiv abwegige Vorstellung.

Die Mutter freute sich in den höchsten Tönen, dass ihre Freundin Kontakt zu »einer solchen Berühmtheit, hach, wer hätte das gedacht, dass du deine Hände regelmäßig an seinen Kopf legen darfst und ihm den Nacken ... ach, allein die Vorstellung macht mich ja so was von hibbelig!«

Währenddessen wuchs Doros Ohr an der Tür gefühlt zur Größe eines Elefantenohrs afrikanischer Ausprägung.

»Mensch, Amaryllis, seit dem Hinschied von Karl Lagerfeld ist er doch der hellste Stern auf dem Modemarkt! Finde jedenfalls ich!«

Also doch nicht Roger Federer. War ja klar. Aber seit wann hatten die beiden alten Weiber im Wohnzimmer was mit Mode am Hut?

»Weißt du, das mit der Mode ist mir nicht so wichtig. Genial finde ich ihn wegen seiner Stimme und den tollen Liedern, die er singt. Aber trotzdem – ich habe Freundinnen, die schwören total auf sein Label ZWDB. Echt lässig. Das macht so jugendlich!«

Doro erstarrte. ZWDB – das stand für »Zeig wer du bist« und war damit eine Art Befehl zum Coolsein – war ihr als Modelabel sehr wohl bekannt. Obwohl sie selbst sich lieber ausschließlich in Schwarz kleidete. Eben erst hatte sie mit ihren WG-Kumpels ein paar Stunden auf dem abgewetzten Sofa im Wohnzimmer verbracht und darüber diskutiert, wie man diese kapitalistischen Ärsche stoppen konnte.

Bevor sie an ihre eigene Zurückhaltung appellieren konnte und sich der Gedanke bis in ihr Großhirn begeben hatte, vielleicht besser noch ein wenig zu horchen, um mehr zu erfahren, riss sie schon die Tür auf und fixierte die Freundin ihrer Mutter mit weit aufgerissenen Augen. »Du kennst den Chef von ZWDB persönlich?«

Nach dem ersten Schreck über die abrupte Störung antwortete Amaryllis: »Ja, ich ordne regelmäßig seine Energiestränge. Wegen seiner anspruchsvollen Arbeit geraten seine Schwingungen manchmal durcheinander. Er schwört auf die

Kraft meiner Hände, wenn es darum geht, ihm wieder innere Balance zu verschaffen.«

Der Stolz in ihrer Stimme war unüberhörbar.

»Der Typ ist ein ganz mieser Dreckskerl! ZWDB arbeiten mit Echtpelz!« Doro schleuderte diese Tatsache den beiden Frauen förmlich an den Kopf. »Seine Fuchsfarmen sind Todesfabriken!«

»Wieso sollte er Fuchsfarmen haben?«

»Weil Pelz nicht auf den Bäumen wächst, Mann. Und die ZWDB-Lumpen sind voller Pelz, das gehört doch bei denen zum Konzept. Protzerei ohne Ende. An den Kragen, an den Ärmeln – überall an diesen Kleidern ist Pelz, und dafür müssen Tiere sterben. Der Typ ist ein – ein – ein«, Doro suchte nach einem fürchterlichen Wort, »ein Massenmörder.«

Dann machte sie den Abgang.

Auf dem Rückweg dachte sie an die schrecklichen Bilder einer Filmdokumentation, welche die Leiden auf Tierfarmen aufgedeckt hatte. Weil die Tierschutzbestimmungen in Europa zu strikt waren, betrieben europäische Firmen ihre Farmen vornehmlich in Asien. Dort darbten die bemitleidenswerten Tiere unter erbärmlichen Bedingungen in viel zu kleinen Käfigen, bis sie der Mode und dem menschlichen Drang nach Schönheit geopfert wurden. Sie hatten wunde Füße vom Maschendraht, auf dem sie tagein tagaus stehen mussten, ein vom eigenen Kot verklebtes Fell und wurden wahnsinnig vor Platznot und Angst. Doro dachte an die schwarzen Augen der Füchse in der Dokumentation und deren verängstigten Blick. Wie unmenschlich war der Mensch, dass er aus dem Leiden anderer Lebewesen Profit schlagen konnte?

Noch Stunden später, nachdem Doro längst zurück in ihr Zimmer in der WG geschlüpft war, hämmerte ihr das Herz bis zum Hals. Doch es war nur noch zur Hälfte die Entrüstung darüber, dass die Freundin ihrer Mutter die Energiestränge eines Dreckskerls ordnete. Denn mittlerweile war

Doro auf eine Idee gekommen, die sie noch viel aufregender fand. Diese esoterische Liaison zwischen Amaryllis und dem CEO von ZWDB war vielleicht eine Möglichkeit, an den sonst bestens von der Öffentlichkeit abgeschirmten Modearsch heranzukommen. Sie wusste nur noch nicht, was sie mit dieser Möglichkeit anfangen sollte, aber sie war überzeugt, dass ihr ihre Freunde beim Finden einer Lösung behilflich sein würden.

Als Doro einiges an Radau und Gekläff hörte, verließ sie ihr Refugium und betrat das Wohnzimmer. Zoé chillte auf dem abgewetzten Sofa, das sie kürzlich am Straßenrand – versehen mit einem Gratis-zum-Mitnehmen-Zettel – gefunden und mit vereinten Kräften die enge Treppe bis hoch in ihre Wohnung im vierten Stock bugsiert hatten. Sie wurde von ihren beiden Hunden wie von zwei Palastlöwen flankiert, während auf dem Sofa und einer ebenfalls nicht mehr sehr neuen Matratze fünf weitere Vierbeiner umherschnüffelten. Doros Herz machte einen Hüpfer vor Freude.

»Wow, wo ist denn die Rasselbande her?« fragte sie und deutete mit der Hand auf die fremden Fellnasen. Alle sahen aus wie reinrassige Straßenmischlinge, nur der Kleinste von ihnen hatte alle Charakteristika eines Dackels. Wobei, in Hunderassen kannte Doro sich ehrlich gesagt nicht aus. Sie machte sich auch nichts aus Stammbäumen und diesem ganzen Zeug, das eh nur aus kapitalistischen Gründen erfunden worden war: Sie liebte alle Hunde so, wie sie waren.

»Aus Ungarn, Bosnien und Rumänien«, erklärte Zoé cool. »Gleich kommt eine Freundin vorbei und holt sie ab, dann kommen sie auf eine Pflegestelle, bis sie adoptiert werden.«

»Aha«; machte Doro und kam sich dabei reichlich bescheuert vor. Nur mit Mühe konnte sie die Enttäuschung darüber, dass die fünf neuen Hunde nicht einfach alle bei ihnen blieben, unterdrücken. Deshalb wechselte sie schnell das Thema und begann, von ihrem Plan zu erzählen. Zoé fand die Sache megawichtig und rief deswegen Matthias und Laurin hinzu. Sie diskutierten zu viert, derweil die Hunde sich offensichtlich nur füreinander, nicht aber für die Menschen interessierten.

»Man sollte diesen Tierquäler mit Elektroschocks malträtieren«, schlug Matthias vor und zwirbelte dabei seinen Bart, dessen Wuchs zu seinem Leidwesen noch immer nicht so voll war, wie es sich für einen echten Kerl gehörte. An den Seiten dräuten lichte Stellen und sogar noch etwas Flaum, was Matthias mit der richtigen Rasiertechnik allerdings fast perfekt kaschieren konnte.

Laurins Bart dagegen war so voll, als stammte er direkt von Sankt Nikolaus ab – und auch fast so lang. Sah recht cool aus, fand Doro. Und männlich. Laurins Blick aus seinen dunklen, braunen Augen verhieß etwas Geheimnisvolles.

Doro konnte ihre Mutter nicht verstehen, die lange Bärte bei jungen Männern für deplatziert hielt. Aber ihre Mutter war eh uralt und hatte keine Ahnung. Sie glaubte auch immer noch, dass die Träger dieser Bärte Hippies seien und nicht Hipster – fing ja gleich an, das Wort, aber immerhin lag fast ein halbes Jahrhundert Weltenlauf dazwischen.

Zoé lehnte Gewalt eigentlich ab, aber beim »ZWDB-Oberarsch«, wie sie sagte, war sie durchaus bereit, über eine Ausnahme nachzudenken.

Nach langen Diskussionen – und nachdem die fünf Hunde leider abgeholt worden waren, was nicht ohne erneut viel Radau und Gekläff vonstatten ging – bekam Doro schließlich den Auftrag, an Amaryllis »dranzubleiben«, wie Laurin es nannte. Sie sollte in Erfahrung bringen, wann der Modearsch das nächste Mal inkognito in die Agglo kommen würde. Doro war stolz, dass sie in so kurzer Zeit ein wichtiger Teil der »Aktionsgruppe für die Rechte der Tiere« geworden war, als welche sich die vier neben ihrem Zusammenwohnen auch noch verstanden.

Doch zuerst hatte sie noch eine eigene Rechnung offen. Um mit ihrer Vergangenheit als Stieftochter eines Metzgermeisters – quasi das Worst-Case-Szenario einer überzeugten Veganerin, als welche sie seit dem Umzug in die WG auch endlich leben konnte – abzuschließen, plante sie ganz allein für sich eine Art Reinigungsritual der besonderen Art. Nur so würde sie frei sein von dieser Altlast, die ihre Mutter der Tochter mit ihrer neuen Partnerwahl aufgebürdet hatte. Sie wollte ein für alle Mal ihr Karma ins Lot bringen, und das schaffte sie nur durch eine klare Distanzierung von ihrem Stiefvater. Eine öffentliche Anprangerung war das Beste. Und weil niemand auf eine junge Frau wie Doro hören würde, musste sie es halt mit Spraydosen sagen.

Der »Farbanschlag« – sie war sicher, dass sowohl die Bullen als auch ihr Stiefvater ihre Abnabelung als einen solchen bezeichneten – glückte, aber die Heimfahrt hätte um ein Haar im Desaster geendet. Als die Bullen sie anhielten und kontrollierten, konnte sie nur dank ihrer guten Ortskenntnisse fliehen. Sie kannte die Schleichwege, im Gegensatz zu den Bullen. Und darum blieb ihre Spraydose unentdeckt.

Aber zu unangenehmen Fragen würde es wohl trotzdem kommen, früher oder später, das wusste Doro. Ein gesprühter Schriftzug quer über dem Schaufenster der Metzgerei und eine bekennende Veganerin, die nur Minuten später in die Fänge der Bullen lief – wer da keinen Zusammenhang herstellte, war wirklich bescheuert. Dazu kam das unfreiwillige verwandtschaftliche Verhältnis zwischen Opfer und Täterin. »Opfer« und »Täterin« – boah, das waren ja Begriffe! Doro hätte zwar eher »Täter« und »Rächerin« verwendet, wenn es nach ihrer Sichtweise gegangen wäre, aber sie war realistisch genug, um zu wissen, dass die Justiz dies anders sehen würde. Das war schon mal klar. Auch wenn sie im Recht war und gewissermaßen in Notwehr gehandelt hatte.

Jetzt war es wohl mehr oder weniger nur eine Frage der Zeit, bis die Bullen bei ihr aufkreuzten und sie in die Mangel nahmen. Sie war zwar noch in der elterlichen Wohnung gemeldet, aber auch wenn sie ihrer Mutter die Adresse ihres jetzigen Wohnorts nicht verraten hatte, so war doch davon auszugehen, dass die Polizei sie herausfinden konnte.

Das hieß für Doro, dass sie von nun an aufpassen musste. Mit einem Bein war sie quasi schon in der Illegalität. Ob sie wohl zur Fahndung ausgeschrieben wurde wie eine echte Verbrecherin? Wie lange würde es dauern, bis ihre Alten die Verbindung zwischen dem Schriftzug und ihr herstellen würden, oder wussten sie bereits alles?

Ach, eigentlich war es ja voll scheißegal. Sie hatte eh schon länger keinen Bock mehr gehabt auf dieses kleinbürgerliche Leben. In der WG fühlte sie sich vorerst sicher, und wenn es sein musste, dann würde sie halt türmen. Nach Berlin zum Beispiel, die Stadt der großen Anonymität, unbegrenzten Möglichkeiten und massenhaft veganen Kneipen.

Doch bevor es so weit war, hatte sie hier noch etwas zu tun. Nicht nur das mit Amaryllis, sondern es gab da noch ein anderes Vorhaben. Doro merkte, dass der Kampf für eine bessere Welt ganz schön stressig sein konnte. Ihre drei Mitbewohner weihten sie nämlich in einen weiteren Plan ein, den Doro ebenso voll krass wie bewundernswert fand: Die Aktionsgruppe »Free the Pigs«, die sich im Internet zusammengefunden hatte und der sich scheinbar Aktivisten aus mehreren europäischen Ländern angeschlossen hatten, heckte eine dezentrale, aber konzertierte Tat aus. Dabei ging es, wie Laurin in etwas geschwollenen Worten kundgab und wie der Name schon sagte, um die Befreiung von Schweinen. Am selben Tag zur selben Zeit sollten an vielen verschiedenen Orten über ganz Europa verteilt Mastschweine aus ihren Kerkern befreit werden. Es war der AG zwar klar, dass viele dieser bemitleidenswerten Tiere ihre Freiheit, die frische Luft und das grüne Gras wohl nur für ganz kurze Zeit würden genießen können, bevor sie von ihren Peinigern wieder eingefangen oder sogar von der Polizei erschossen wurden wie Schwerkriminelle oder wilde Bestien, vor denen die Menschheit beschützt werden musste. Aber es ging um die symbolische Kraft: Niemand sollte ungestraft sensible Lebewesen in Dunkelhaft halten und daraus kaltblütig Profit schlagen dürfen, ohne dass man ihn an den Pranger stellte. Laurin las, sein Notebook vor sich, vor, was unter anderem geplant war. Die Aktionsorte blieben äußerst geheim, und wie es sich für einen koordinierten, aber voll dezentralen Schlag gehörte, brauchte es natürlich überall Leute, die mitmachten.

»Ich nehme an, ihr seid auch alle dabei, oder?«, fragte Laurin, der sich immer als Oberboss aufspielte, auffordernd in die Runde und sah dabei vor allem Doro an. Von Matthias und Zoé kannte er die Antwort offenbar schon.

»Klar.« Doro nickte.

»Kennst du einen Betrieb, wo du die Aktion gern ausführen würdest?«

»Öhm, nö«, sagte sie zögerlich. Sie hatte einen Metzger zum Stiefvater, und das war schon schlimm genug, da brauchte sie nicht auch noch einen Mäster zum Onkel!

Drei Stunden Diskussion später hatte Doro also drei neue Aufgaben. Erstens: Rausfinden, wann der Modearsch seinen nächsten Termin bei Amaryllis hatte, und versuchen, einen Plan auszuhecken, wie man ihn da zu fassen kriegen könnte. Zweitens: Gemeinsam mit Matthias als Teil der bevorstehenden Aktion »Free the pigs« einen Mastbetrieb irgendwo in der Agrarwüste im Schweizer Mittelland auskundschaften – dort, wo die Natur schon lange keinen Platz mehr hatte und wo die Einfamilienhäuschen bis an die Waldränder vorgedrungen waren. Doro hätte sich lieber zu Laurin einteilen lassen, aber der konnte leider genau wie sie nicht Autofahren und hatte sich deshalb mit Zoé, die wie Matthias den Führerschein bereits hatte, zu einem Aktionskommando zusammengeschlossen. Und drittens: ihren Kumpels – vor allem Laurin – beweisen, dass sie was draufhatte und sowohl das mit den befreiten Schweinen als auch die Sache gegen den Pelz von ZWDB wirklich durchziehen würde.

Zuerst stand Recherche bei Amaryllis auf dem Programm. Eins war allerdings schon klar: Auf die Liebe-Tochter-der-Freundin-Tour konnte Doro es nicht mehr versuchen, dafür waren ihre Worte für den Modearsch zu klar gewesen. Amaryllis würde ihr wohl kaum Details zu ihrem Klienten verraten, nachdem sie ihre Meinung über den Typen unverhohlen kundgetan hatte. Auch ihre eigene Mutter würde ihr kaum mehr was über ihn sagen, auch nicht, wann sie ihn dank ihrer esoterischen Kumpanin persönlich zu Gesicht bekäme.

Mama war schon lange Fan, sogar als der Typ nur als Sänger von schnulzigen Liebesliedern für frustrierte Hausfrauen bekannt gewesen war und noch nicht in die Modebranche eingestiegen war. Es hatte sogar mal eine Zeit gegeben – Doro hatte sie bereits fast erfolgreich verdrängt –, da hatte sie selbst den Typen toll gefunden. So mit elf oder zwölf, da hatte auch sie die grenzbescheuerten Texte von Liebe und Blumen und Treueschwur romantisch gefunden. Zum Glück war diese Phase nur kurz gewesen, und Doro dachte nicht gern daran zurück.

Welch peinliche Vergangenheit – auch wenn der Typ damals, das musste sie zu ihrer Verteidigung sagen, sich noch nicht die Hände an Echtpelz schmutzig gemacht hatte und auch wenn sie in dieser Phase so hoffnungslos in Beni, den großen Bruder ihrer Sitznachbarin im Klassenzimmer, verknallt gewesen war. Der war damals vierzehn gewesen und hatte die verwegensten Kunststücke auf seinem getunten Mofa gezeigt, voll der Rebell. Mit aufheulendem Motor und dem Vorderrad in der Luft hatte er Runden um die Spielgeräte des Primarschul-Pausenplatzes gedreht, im Tanktop und mit im Wind flatterndem Haar, Helm war natürlich uncool und spießig, also trug man keinen. Eigentlich hatten die Herzschmerz-Schmalzlieder total nicht zu Beni gepasst, und dennoch hatte Doro sie geliebt, um sich an die Seite des rebellischen Prinzen zu träumen, den sie nie gekriegt hatte, aber egal. Kurz nach dieser peinlichen Schnulzenphase fand

Doro dann gemeinsam mit ihrer damaligen Schulkollegin Mia die uralten Schallplatten von deren Vater auf dem Dachboden und schaffte es sogar, die Dinger zum Drehen zu bringen. Die alten Scheiben aus Vinyl, die damals verschwunden waren aus dem kollektiven Gedächtnis und heute eine Art cooles Revival erlebten, waren eine Offenbarung. Das war Musik! Sex Pistols, Ramones, The Clash. So Zeug aus den Siebzigern des letzten Jahrtausends, als sogar ihre Eltern noch jung gewesen waren. Analog, dreckig, schnell, pur.

Doro zwang sich, von den abgeschweiften Gedanken zurückzukehren ins Hier und Jetzt, wo eine ganz andere Aufgabe auf sie wartete. Wo sie nicht mehr im Geheimen von Beni träumte, sondern lieber ungehemmt an Laurin dachte, ihren Mitbewohner, von dem sie gern etwas mehr Aufmerksamkeit erhalten hätte. Sie musste also in Erfahrung bringen, wann der Modearsch das nächste Mal bei Amaryllis aufkreuzen würde. Noch immer kam ihr diese Vorstellung so abgedreht vor, dass sie eigentlich damit rechnete, demnächst aus einem wirren Traum zu erwachen: Ein international bekannter und höchst erfolgreicher Mensch, der schnulzige Schlager sang und sich in den letzten Jahren von seiner Villa in Berlin aus ein hippes Modelabel aufgebaut hatte, das Echtpelz wieder salonfähig machen wollte, reiste regelmäßig inkognito hierher in den grauen helvetischen Agglomerations-Einheitsbrei irgendwo unter der Anflugschneise des Flughafens, um sich von einer esoterischen Schrulle die Energiestränge neu bündeln zu lassen? Also Doro brauchte wirklich nicht zu kiffen – ihr Leben war auch so schon abgefahren genug!

Vier Tage vor der Zugfahrt

Während sie noch darüber nachdachte, wie sie vielleicht an Amaryllis' Terminkalender herankommen könnte – sie hatte bestimmt ein altmodisches Büchlein – wurde sie unvermittelt in einem dieser Gratisblätter fündig, die man überall in der Tram und an den Bahnhöfen mitnehmen konnte. Der Modearsch kam in die Stadt, und das schon am folgenden Tag! Zwar nicht wie Mutter Martina Belatti es sich erhofft hatte, für ein Konzert mit fädenziehendem Keyboardsound und Partykugel-Armada als Sahnehäubchen der Bühnenshow, sondern er hatte als Oberhaupt des aufstrebenden Labels ZWDB einen Überraschungsbesuch angekündigt. Er wollte irgendeine hippe Modeschau im Club Bellezza beehren, einem der angesagtesten Clubs der Stadt, wo Hipster und Designstudentinnen ein und aus gingen.

Nun war der Club Bellezza ein Ort, an den sich Doro nie im Leben freiwillig begeben hätte. Da gingen nämlich nur versnobte Leute hin oder solche, die dem Profit und dem Mainstream hinterherhechelten und sich trotzdem vorkamen, als seien sie etwas Besseres als die breite Masse. Aber wenn ihr Kampf für die gute Sache Opfer erforderte, war sie bereit, diese auf sich zu nehmen.

Doch wie sollte sie es anstellen? Die Geschichte mit der Metzgerei des Stiefvaters war dagegen ein Kinderspaziergang gewesen, denn entgegen ihren Befürchtungen schienen ihre Alten sie nicht zu verdächtigen, diese Schandtat begangen zu haben. Jedenfalls hatten sie sie nicht angerufen und enterbt. Und auch die Bullen waren nie in der WG aufgekreuzt, um sie zu verhaften. Offenbar schienen diese Versager es gewohnt zu sein, dass Menschen bei ihren Kontrollen abhauten, da lohnte es sich nicht mal, Nachforschungen anzustellen.

Doch nun stand eine weit größere Prüfung bevor, und Doro war klar, dass sie diese nicht allein meistern wollte. Sie wusste, wen sie mit ins Vertrauen ziehen musste, denn jede Minute, die sie mit ihm verbrachte, war schön. Laurin. Das war ihr vorhin nochmals ein Stück klarer geworden, als sie gemeinsam gekocht hatten. Sie war so nervös gewesen, und jeder Blick von Laurin hatte sie mitten ins Herz getroffen und sie in Wallungen versetzt. Einmal hätte sie die Chiasamen fast in den Komposteimer gestreut anstatt über das Quinoa-Kale-Gratin, weil sich aus Versehen ihre Ellbogen berührt hatten und dieser Typ sie einfach wahnsinnig machte!

Nun stand sie auf der kleinen Terrasse im vierten Stock des schmalen alten Stadthauses und blickte hinunter auf den Feierabendverkehr, der sich durch die enge Straße quetschte. In ihrem Innern tobte ein wilder Mix aus frisch entfachter Liebe und der Entschlossenheit, die Welt vom Bösen zu befreien.

Laurin versus der Modearsch. Oder besser: Gemeinsam mit Laurin gegen den Modearsch!

Was würde sie denn eigentlich tun, wenn sie ihm – also dem Arsch – gegenüberstand? Die erste Idee, die Doro kam, war eine Attacke mit faulen Eiern. Doch die hatte einen Haken: In ihrem Veganerhaushalt gab es natürlich keine Eier, und niemand von ihnen würde bereit sein, welche zu kaufen. Zumal Eier nicht so schnell faul wurden, um sie bereits am übernächsten Nachmittag in eine fremde Fresse schmeißen zu können. Und sowieso: Die armen Hühner, die diese Eier »geliefert« hatten!

Tomaten? Schade ums Gemüse. Der Typ hatte viel Krasseres verdient. Eine Demütigung vor laufender Kamera war das Mindeste, was sie für die armen Füchse tun konnte, die für die Geldsucht des Arschs leiden und sterben mussten. Oder zumindest zeigen, dass sein Business zum Himmel stank.

Stinken? Das war es, Mann! Warum war ihr das nicht schon vorher in den Sinn gekommen. Buttersäure! Die war voll easy herzustellen und stank bestialisch. Bereits für eine frühere Aktion – aus der allerdings nichts geworden war – hatte Doro sich mal schlau gemacht, was es zur Herstellung von Buttersäure brauchte. Brennspiritus war kein Problem, auch die beiden benötigten chemischen Substanzen hatte sie damals schon beschafft gehabt und bei ihrem Umzug in die Stadt glücklicherweise sogar mitgenommen. Die einzige Zutat, die fehlte, war Butter. So was gab's in ihrer Veganer-WG selbstredend genauso wenig wie Eier. Und mit pflanzlicher Margarine klappte es wohl nicht.

Zum Glück hatte sie morgen noch Zeit für den Supermarkt.

Ach, ach.

Und Laurin. Der musste ihr helfen. Als ehemaliger Chemiestudent, der zwar der Uni mittlerweile den Rücken gekehrt hatte, um sich wichtigeren Dingen, wie zum Beispiel dem Kampf gegen das Böse, zu widmen, konnte er sie bei ihrem Vorhaben bestimmt professionell unterstützen.

Doch leider hing Laurin bekifft in den Seilen respektive im alten Sofa und fand es witziger, eine bescheuerte Serie auf Netflix zu gucken und dazu albern zu kichern, als ihr bei der Rettung der Welt zu helfen.

Vielleicht waren die intensiven Blicke vorhin beim Kochen doch nicht ein Wink des Himmels gewesen, und das Karma hatte nicht beschlossen, dass sie beide zusammengehörten. Vielleicht waren es nur ihre Hormone gewesen, die mit ihr durchgegangen waren.

Zwei Tage vor der Zugfahrt

Ihr altes Fahrrad ließ Doro zwei Häuser weiter stehen, denn sonst wäre sie von Anfang an aufgefallen. Die anderen Gäste des Clubs Bellezza kamen, wenn schon auf zwei Rädern, dann mit dem E-Scooter oder mindestens einem hippen Bike angeflitzt. Auch sonst waren sie recht up to date und dynamisch.

Doro trug schwarze Jeans und einen schwarzen Umhang. Ihr wildes Haar hatte sie unter einem schwarzen Baseballcap versteckt. Mit diesem Outfit sah sie zwar nicht halb so hip aus wie die anderen, aber immerhin diskret. Über dem Eingang zum Club prangte der Schriftzug *Fashion Sensation* und als Subline etwas kleiner *IFFN – International Fashion Fair Night.* Kunststoffbanner mit sturmsicheren Ösen. Von irgendwo wummerte ein Bass aus den Innereien des schlichten Gebäudes aus der Mitte des letzten Jahrhunderts, in dem während des Wirtschaftswunders einmal irgendeine mittlerweile untergegangene Industrie floriert hatte.

Fashion Sensation. Doro hätte kotzen können. Wegen der Fashion, aber noch mehr wegen ihrer eigenen Aufregung.

Nun war sie da, drückte sich unauffällig an einem breitschultrigen Gorilla vorbei, der das Volk an der Tür mit scharfem Blick scannte, und betrat eine fremde Welt. Eine feindliche Welt.

Sie fühlte sich nicht wohl in ihrer Kleidung, vermisste instinktiv ihren Kapuzenpulli mit der zur Faust geballten Hundepfote auf der Brust und wusste doch, dass der Gorilla sie in diesem Outfit definitiv nicht reingelassen hätte.

Von einer langen Bartheke, auf der von Zahnstochern durchbohrte Oliven und Salzgebäck in flachen Schalen bereitstanden, nahm sie das bunt gedruckte Detailprogramm der bevorstehenden Veranstaltung, auf dem jeweils ein QR-Code noch auf detailliertere Informationen verwies. Zwar hatte sie die Sache im Internet schon mehr als ein Dutzend Mal rauf und runter recherchiert, aber dennoch kontrollierte sie die Zeiten noch einmal.

Fashion Sensation, we connect people. Boah, wie gestelzt und wichtigtuerisch! Es war die lange Nacht der kurzen Modeschauen, mit welcher der Club Bellezza nach eigenen Angaben eine Brücke zwischen Kunst und Kunde schlagen wollte, um Angebot und Nachfrage zusammenzubringen und der Kreativität zu Flügeln zu verhelfen.

Recht vollmundiges Programm, fand Doro. Es standen verschiedene Labels am Start, und als absolutes Highlight waren einige Designer oder sonstige Modefuzzis persönlich anwesend und sprachen zum Publikum. Hatte es jedenfalls überall in der Werbung geheißen. Wahrscheinlich, um noch mehr dumme Leute anzulocken und sie zu unüberlegten Klamottenkäufen zu völlig überrissenen Preisen zu animieren.

Das alles interessierte Doro überhaupt nicht. Noch immer hätte sie kotzen können.

Sie interessierte sich nur für halb neun. Auf dem Programm stand, dass um *20.30 Uhr* die neueste Kollektion von *Zeig wer du bist (ZWDB)* gezeigt würde. Und der CEO dieses *aufstrebenden Labels, das die Modewelt verändern und Tradition mit Zukunft vermählen will,* würde persönlich anwesend sein und zu seinen Fans sprechen. Ha, Echtpelz als Tradition zu bezeichnen: welcher Hohn!

Zwei junge Frauen in High Heels, für deren Absätze wohl ein Waffenschein nötig war, stöckelten an Doro vorbei. Die Parfumwolke, die sie umwaberte, nahm ihr einen Moment lang fast die Luft zum Atmen.

Mist, an diese Komponente der Tarnung hatte sie nicht gedacht: Wie sie wohl roch? Konnte es sein, dass allein ihr unverfälschter, von keinem Deo übertünchter Körpergeruch sie als Alien enttarnte? Doro hätte sich nicht gewundert, wenn im nächsten Augenblick jemand naserümpfend bei ihr stehen geblieben wäre und wie ein Waschbär Witterung aufgenommen hätte.

Doch sie hatte Glück. Die Parfums der anderen Anwesenden reichten für sie mit aus und hätten auch das Hallenstadion mit Blütenduft auszufüllen vermocht. Sie stellte sich in den hinteren Teil des langgezogenen Raums, in dem die Leute in kleinen Grüppchen um Bartische standen und sich in dem Gewirr aus Sprachfetzen, Gelächter und Discobass zu unterhalten versuchten.

Am einfachsten wäre nun, wenn der Modearsch hier durchs Bild latschen würde. Dann könnte sie ihre Aufgabe erfüllen und wäre schneller wieder weg, als sie gekommen war.

Aber so bequem war der Kampf um Gerechtigkeit leider nicht zu gewinnen.

Unauffällig ließ Doro ihre Hand in die Umhängetasche gleiten. Als ihre schweißnassen Finger die Petflasche umfassten, schlug ihr das Herz bis zum Hals. Halb vor Erleichterung, halb vor Nervosität. Da war sie, die Buttersäure – die schlussendlich nicht Laurin hergestellt, sondern die sie im Internet erworben hatte. Ganz bequem: Heute bestellt, morgen versandt. Zu wissen, dass Anschlagsmaterial so problemlos und völlig legal online gekauft werden konnte, vereinfachte das Leben massiv. Auch wenn es dadurch etwas von seiner verruchten Abenteuerlichkeit einbüßte ... Alles, was sie noch hatte tun müssen, war, die Flüssigkeit von dem Apothekerfläschchen in die unverdächtige Petflasche umfüllen, denn so würde sie sogar durch eine Taschenkontrolle kommen. Zwei farblose Flüssigkeiten in zwei Petflaschen. Auf der einen stand Mineralwasser ohne Kohlensäure, und da war Mineralwasser ohne Kohlensäure drin. Auf der anderen stand Mineralwasser mit Kohlensäure (*prickelnd*) und da war eben andere Säure drin. So einfach war das, und auch ziemlich genial.

Ihr Plan war fast schon simpel. Sie würde sich einen Platz ganz nah am Geschehen ergattern, oder mindestens in Wurfdistanz zu dem aufgestellten Mikrofonständer neben dem Catwalk, von wo die Wichtigen und Schönen ihre Worte ans Publikum richten würden. Wenn der Arsch seinen großen Auftritt hatte und vor seinen Jüngern erschien, brauchte sie nur den Deckel zu öffnen, ihm das Fläschchen an seine bescheuerten, pelzbesetzten ZWDB-Markenklamotten zu pfeffern und die allgemeine Aufregung zu nutzen, um sofort in der Menge zu verschwinden. Das hatten schon viele namhafte Anarchisten so gemacht, und wenn es erst so richtig krass nach ranziger Butter und Erbrochenem riechen würde und die ganzen Tussis kreischend vor dem Gestank zu flüchten versuchten, floh sie eben mit. Eine schlanke Statur und die Körpergröße von eins sechzig hatten eben durchaus auch ihre Vorteile.

Zuerst defilierten aber noch etliche aufgetakelte und völlig unnatürlich hergerichtete Models in Klamotten von anderen Labels über den Laufsteg. Zum Teil sah das Publikum aufmerksam zu, zum Teil wurde auch bewusst laut weitergeredet und den Kollektionen der Rücken gekehrt. Phoa, so viel Arroganz war echt schlecht zu ertragen, fand Doro. Und diese Models, die sich wie zu einer Fleischschau präsentierten und dabei ein verkniffenes Gesicht machten, als würden sie unter Todesandrohung dazu gezwungen!

Innerlich schüttelte Doro den Kopf. Sie stand relativ eingeklemmt zwischen einem hageren Typen, dessen Lederjacke derart penetrant roch, dass ihr fast übel wurde, und einer Wuchtbrumme mit zeltartigem Kleid, in das fünf dieser dünnen Models auf dem Laufsteg gleichzeitig reingepasst hätten.

Die Bässe der Musik, die wohl die Stimmung anheizen sollte, wummerten so stark, dass Doro leider keinerlei Konversationen verfolgen konnte. Gern hätte sie die anderen Gäste belauscht – schon, um rauszukriegen, wie sie zum Label ZWDB und zu dessen Pelzverwendung standen. Denn wenn sie Glück hatte, war sie nicht die Einzige hier, die das zum Kotzen fand, sondern hatte unerwarteterweise Verbündete.

Als ihr jemand die Hand auf die Schulter legte, wäre sie vor Schreck fast in Ohnmacht gefallen.

»Doro!«

Es klang wie ein Befehl oder wie eine Verurteilung, und bevor sie sich in ihrer eingeengten Position umdrehen konnte, wusste sie, was es geschlagen hatte. Die Stimme ihrer Mutter. Aufgebrezelt wie eine Schießbudenfigur stand sie hinter ihr und gestikulierte wild vor sich hin. Knapp dahinter lugte Amaryllis' rundes Gesicht zwischen zwei Tussis hindurch, welche gut und gerne ihre Enkeltöchter hätten sein können.

Shit! Doro hatte mit vielerlei Unbill gerechnet: mit wildgewordenen Fans, entfesselter Security oder Massenpanik nach ihrem Anschlag. Aber nicht mit ihrer Mutter!

»Was machst du denn hier?« Martina Belattis Stimme schlug vor Aufregung fast einen Purzelbaum.

Das wiederum fragte sich Doro genau in diesem Moment auch. Denn mit dem Auftauchen der Mutter war ihr Plan augenblicklich gelaufen. Dass diese doofe Energiestrangbündlerin Amaryllis aber auch überall dabei sein musste! Doro hatte gedacht, sie würde ihrer Alten eine Privataudienz mit dem Arsch organisieren und sie nicht einfach zu irgendeiner bescheuerten Fashion-Kackveranstaltung mitschleppen.

Doro blieb die Antwort schuldig. »Und du?«, fragte sie stattdessen zurück und überlegte fieberhaft, was sie wohl als Nächstes sagen würde.

»Natürlich will ich die neue Kollektion von ZWDB sehen, was denn sonst!«

»Du auch?«

»Hä?«

»Du auch?«

Dann entschuldigte Doro sich und tauchte hastig unter dem Ellbogen des stinkenden Lederjackenträgers hindurch weg. Fluchtartig verließ sie den Raum und rettete sich in die Damentoilette. Ihr Herz hämmerte. Erschöpft lehnte sie sich an die Innenseite der Tür und schloss die Augen.

Cool bleiben, Doro! Versuch zu retten, was noch zu retten ist! Vor Schreck war ihr Hals ganz ausgetrocknet. Einen Schluck Wasser konnte sie nun vertragen. Sie griff in ihre Umhängetasche, öffnete ihre Trinkflasche – und schleuderte sie reflexartig von sich. Der bestialische Gestank der Buttersäure breitete sich in Sekundenbruchteilen in der Kabine aus. Es roch so stark nach Erbrochenem, dass sie augenblicklich würgen musste.

Scheiße. Wie hatte ihr das bloß passieren können? Alles wegen Mama!

»Hey, was geht ab?«, tönte eine alarmierte Stimme aus der Nachbarkabine, und gleich darauf kreischte es panisch: »Was soll das? Das pestet wie Sau hier!«

Während Doro mit der Hand vor dem Mund aus den Toiletten stürzte, sah sie gerade noch, wie eine ältere Dame die Nachbarkabine verließ. In der Hast hatte sie ihr aufwändiges Kleid offenbar nicht korrekt wieder schließen können, zog es aber trotzdem vor, den Ort des unsäglichen Gestanks zu verlassen. Eine Jüngere, die soeben die Toilettenanlage betreten wollte – in der Hand schon ihr Schminktäschchen – stieß einen spitzen Schrei aus und machte auf dem Absatz kehrt.

Panisch schlüpfte Doro zwischen den Menschen hindurch, deren Aufmerksamkeit immer noch auf einer jungen Göre lag, welche mit kurzen Schritten und schwingender Hüfte, gekleidet in einen Fummel aus Zeitungspapier – Doro kam es in der Hast zumindest so vor – über den Laufsteg mäanderte. Wie der Gestank aus der Damentoilette sich in der ganzen Halle ausbreitete und unter den Anwesenden Entsetzen streute, bekam sie nur am Rand mit. Momentan galt ihre ganze Aufmerksamkeit der Flucht. Und als Panik im Raum ausbrach und alle zum Ausgang eilten, war sie schon draußen an der Luft, in der es nach frisch gefallenem Regen roch.

Buttersäure-Anschlag bei Fashion Sensation*!*

Die Schlagzeile auf dem Cover der Gratiszeitung, die in ihrer Box den hastigen Händen der Pendlerschaft harrte, schrie es in den jungen Tag hinaus. Viele verwackelte Fotos und Videos von sogenannten Leser-Reportern hatten bereits das Internet geflutet und die Kunde über den unverschämten Anschlag weit über die Stadtgrenzen hinausgetragen.

Laurin brachte die Zeitung mit der reißerischen Headline, ohne anzuklopfen, zu Doro ins Zimmer, wo diese auf dem Bett lag und Musik hörte. Sie war im lähmenden Zwiespalt gefangen, ob sie sich mit dem Gedanken anfreunden sollte, dass nichts mehr sein würde wie bisher, oder ob ihr Leben eben erst so richtig begonnen hatte, und hörte Laurins Eintreten darum erst im zweiten Augenblick.

»Hey, Doro, krass!«, rief Laurin, und sie wusste nicht, ob es anerkennend oder verurteilend war. Anerkennend, weil sie ihren Plan umgesetzt und wirklich mit Buttersäure bewaffnet zur Fashion Sensation gegangen war, auch ganz ohne seine Hilfe. Oder verurteilend, weil sie die Damentoilette außer Gefecht gesetzt hatte, anstatt das Ziel ihres Anschlags mit der stinkenden Flüssigkeit – und damit mit Schmach – zu übergießen. Laurin schien es dann aber doch anerkennend zu meinen und umarmte sie, wobei Doro augenblicklich das Gefühl wallender Hitze in ihre Agonie schoss.

»Du bist cool«, sagte er. Doch plötzlich war da etwas Eigenartiges in seiner Stimme, das sie stutzig machte. Das klang nun doch nach Zweifel und nicht nach Anerkennung.

»Was ist?«, fragte sie darum etwas aggressiver, als sie eigentlich beabsichtigt hatte. Laurin setzte sich auf die Bettkante, legte den Kopf schief, strich sich durch den Bart und seufzte, als würde er sich eben auf ein großes Opfer einlassen. So eine scheiß Ich-spür-dich-Geste, die Doros Blut gleich nochmals um ein paar Grad erhitzte. Aber nicht mehr aus freudiger Aufregung.

»Wegen ›Free the pigs‹. Bist du sicher, dass du da mitmachen willst? Ist das nicht etwas viel auf einmal für dich? Das ist nichts für ... ähm, Anfängerinnen.«

»Warum soll ich eine Anfängerin sein?«

Laurin hielt den Kopf noch etwas schiefer, und seine dunkelbraunen Augen musterten sie von oben bis unten.

»Weil: Das mit dem Modearsch hat ja nicht so richtig geklappt, nicht?«

»Verdammt, das waren äußere Umstände. Eben sagtest du noch, ich sei cool.«

»Ja, klar, cool bist du schon.« Er hob mit theatralischer Geste die Hände.

»Aber bei der internationalen Aktion darf nichts schiefgehen. Das wäre ein Desaster, und du könntest sogar ins Gefängnis kommen. Ich möchte einfach, dass du dir der Tragweite und Verantwortung dieser Sache bewusst bist.«

Mann, was blies Laurin sich so auf? Glaubte der, er sei ihr Vater, oder was? Nur weil er zwei, drei Jahre älter war, brauchte er doch nicht so zu tun, als sei er der Widerstandskämpfer vom Dienst und sie das dumme Nesthäkchen! Zumal sie die Fashion Sensation auf spektakuläre Weise beendet hatte, während er nur bekifft und debil kichernd in die Röhre geguckt hatte!

Doro sagte nichts.

»Die Sache ist morgen«, hob Laurin wieder an.

»Ich weiß. Willst du denn, dass ich nicht dabei bin?«

»Doch. Aber ...« Laurin stand auf und ging im Zimmer auf und ab. Fast wäre er dabei über Doros Boxenkabel gestolpert, das sich über den alten Billigparkettboden schlängelte.

»Was aber?« Doro wollte es endlich wissen. Das Herumgedruckse dieses Typen, den sie eigentlich für einen tollen Hecht gehalten hatte, nervte nur noch.

»Es ist ... Ich möchte nicht, dass dir etwas zustößt.« Dramaturgisch perfekt ließ Laurin den Blick zum Fenster hinausschweifen. Und machte im nächsten Augenblick einen hastigen Schritt zurück, als sei ihm unmittelbar hinter der Scheibe die Fratze des Leibhaftigen erschienen.

»Scheiße!«

»Was ist?«, fragte Doro alarmiert.

Laurin deutete durchs Fenster nach unten. »Die Bullen!«

Sie sprang auf. Mist! Sie hatte es befürchtet. Die kamen, um sie zu holen. Wäre sie doch bloß gestern nicht ihrer Mutter begegnet, bevor sie aus Versehen die Damentoilette des Club Bellezza zum Sanierungsfall gemacht hatte.

»Doro, du musst weg!« Laurins Ausdruck hatte sich völlig verändert. Die theatralische Überheblichkeit war zusammen mit sämtlicher Farbe aus seinem Gesicht gewichen. Er hauchte den Satz beinahe. Mann, war das ein Weichei. Wenn er ein Kerl gewesen wäre, hätte er sich nun vor sie gestellt und den Bullen die Stirn geboten. Aber nein, er flüsterte »du musst weg« und garnierte das Ganze mit einem schicksalsergebenen Augenaufschlag.

Doro brauchte nur ungefähr drei Sekunden, um ein paar Habseligkeiten in ihren alten Rucksack zu stopfen und nach der Umhängetasche zu greifen. Sie hatte nur Zeit für das Allerwichtigste: Ihr Portemonnaie mit Bankkarte und Ausweis. Ihren Laptop und das Handy. Etwas Ersatzwäsche. Und das Bolzenschussgerät, das sie als Trophäe im an die Metzgerei ihres Stiefvaters angeschlossenen kleinen Schlachthof hatte mitgehen lassen, damals vor etwa einem halben Jahr, als sie beschlossen hatte, in Zukunft für die Rechte der Tiere zu kämpfen.

In der Zwischenzeit schien Laurin aus seiner larmoyanten Phase aufgewacht zu sein und stand plötzlich wieder so cool und selbstsicher vor ihr, dass Doros Herz ihr sofort einen Strich durch die Rechnung machte. Gegen ihren Willen begann es nämlich wie verrückt zu schlagen, und sie wusste: Das war nicht die Angst vor der drohenden Verhaftung, sondern das war, weil Laurins Anwesenheit sie verrückt machte. Scheißhormone!

Das Schrillen der Türglocke riss Doro aus ihren romantischen Anwandlungen. Als sie an Laurin vorbeihuschte, um via Terrasse das Dach des Nachbarhauses zu erreichen, zögerte sie kurz. Einen Moment lang sah sie in Laurins dunkle

Augen, und diese drohten sie augenblicklich zu verschlucken.

»Meld dich, wenn du in Sicherheit bist, Doro, ja?«, sagte Laurin. Den zweiten Satz, den er zu sagen versuchte, verhinderte Doro, indem sie ihm einen Kuss auf die Lippen drückte. Voll mitten auf den Mund. Krass. Das hätte sie von sich selbst nie erwartet.

Laurin wohl auch nicht. Er blieb verdattert stehen und sah ihr nach, als sie in die Küche hastete und dort die Terrassentür öffnete. Erst das zweite Klingeln – länger, fordernder – holte Laurin aus seiner Starre.

»Polizei! Öffnen Sie die Tür!«, rief eine Stimme von draußen.

»Ich komme ja! Kann man denn nicht einmal mehr in Ruhe kacken?«, schrie Laurin zurück und schloss geschwind die Terrassentür.

Währenddessen war Doro vom kleinen Küchenbalkon bereits aufs Dach des Nachbarhauses gestiegen. Zum Glück tat sie dies nicht zum ersten Mal, sondern das war quasi die offizielle Abkürzung zur Dachterrasse zwei Häuser weiter, wo Kumpels der WG wohnten. Von dort gelangte sie durchs Treppenhaus und die Hintertür auf die Parallelstraße und sah sich um. Keine Polizei weit und breit. Die Deppen schienen sich aber so was von nicht auszukennen!

Nun war Doro also vogelfrei. Verfolgt von der Staatsmacht, gesucht von der Polizei. Voll krass. Das war wohl wirklich der Moment, ein neues Leben zu beginnen.

Da ihr Fahrrad am Gartenzaun vor der WG abgestellt war und dort wohl immer noch die Bullen auf sie lauerten, machte sie sich zu Fuß auf den Weg und ging in Gedanken alle Möglichkeiten durch, die sie nun hatte. Es waren nicht sonderlich viele, aber dennoch musste sie sich entscheiden.

Am selben Abend saß sie auf einem kleinen, mit alten Stühlen und Küchenmöbeln vollgestellten Balkon in einer anderen Stadt und trank einen Himbeersaft. Sie hatte bei einer ehemaligen Freundin aus der Schule Unterschlupf gefunden, mit der der Kontakt nie abgebrochen war. Zwischenzeitlich studierte Katja Geisteswissenschaften an der Uni und war irgendwie recht eigenartig drauf. So mit Büchern von komischen Philosophen im Regal und den Kühlschrank mit Milchprodukten fast überquellend, aber Doro war dennoch froh, dass sie ihr spontan Obdach gewährt hatte. Natürlich hatte sie Katja nichts von ihrer wahren Situation erzählt, sondern bloß etwas von einer Reise nach Berlin gesagt, und dass der Zug sehr frühmorgens losfahren würde, sodass sie lieber nicht zu Hause in der Agglo übernachtete. Nicht, dass sie den Zug noch verpasste, wo sie doch Zugbindung hatte und so.

Das wiederum stimmte sogar, denn Doro hatte sich, noch bevor sie den Hauptbahnhof ihres bisherigen Lebensmittelpunkts mit einem Interregio verlassen hatte, via App ein Sparpreisticket nach Berlin gelöst. Laurin hatte ihr eine WhatsApp mit der Adresse eines Kumpels geschickt, wo sie unterkommen konnte. Eine ganze Hausgemeinschaft mit lauter tollen Leuten, die cool drauf waren und wo es weder Milchprodukte wie bei Katja noch selbstgemachte Würste wie bei ihren Eltern im Kühlschrank geben würde!

Als Doro im Gästezimmer lag, spielten ihre Gedanken Karussell. Wie würde es wohl weitergehen? Würde sie problemlos nach Berlin kommen, in die Stadt der großen Anonymität, der unbegrenzten Möglichkeiten und der massenhaft veganen Kneipen? Einerseits freute sie sich auf ihre Existenz jenseits enger Grenzen und beklemmender Spießigkeit, andererseits versuchte auch die Angst, Oberhand über ihre Gedanken zu erringen.

Da half wohl nur Ablenkung. Und schlafen. Als sie noch ein wenig kreuz und quer im Internet rumsurfte und anhand von Stichworten wie *Berlin, was tun in* und *Freiheit* einen Hauch von Vorstellung zu bekommen versuchte, wie ihr neues Leben in der Weltmetropole wohl aussehen mochte, stolperte sie über einen Konzerthinweis.

Das war es! Unglaublich! Das Ziel ihres missglückten Anschlags, der Modearsch von ZWDB, trat in seiner anderen Existenz als Interpret schrecklicher Musik in Berlin auf! Morgen war das Konzert, und es gab noch Resttickets.

Doro durchfuhr es heiß und kalt, und vor lauter Begeisterung sprang sie wieder von ihrer Gastmatratze auf. Das konnte kein Zufall sein! Das war Karma! Der Tag der Abrechnung kam doch noch!

Im Zug

Erneut befühlte Doro unauffällig das Bolzenschussgerät in ihrer Tasche. Wie gut, dass sie es gestern vor ihrer Flucht noch eingepackt hatte. Ursprünglich hatte sie es ihrem Stiefvater einfach geklaut, um ihn zu ärgern und um zu verhindern, dass er damit weiterhin Tiere morden konnte. Nun war es ihr Segen. Damit würde sie den Modearsch effizient bedrohen können. Wenn sie ihm gegenübertrat und das Ding an seinen Kopf setzte, würde er ihr sofort gehorchen. Sollte er nur Blut und Wasser schwitzen, mit seinem Leben abschließen und um Gnade winseln: Doro, die Rächerin, würde sich nicht erweichen lassen, bis er ihr hoch und heilig versprach, dass das Morden von Pelztieren für sein scheußliches Modelabel per sofort ein Ende hatte!

Die Hitze im Abteil wurde immer unerträglicher. Die Nonne murmelte schon die ganze Zeit unverständliches Zeug in ihren nicht vorhandenen Bart und fingerte nervös an ihrem Rosenkranz rum. Das machte Doro kribbelig.

Was war nur mit diesem Scheißzug los? Konnte die Bahn denn nicht einfach pünktlich sein?

Der Schweißgeruch der Nonne erfüllte die Luft, die eh schon zum Schneiden dick war. Dieser andere komische Typ, der aussah wie ein Auftragskiller aus einem billigen Fernsehfilm, schien bald kotzen zu müssen, so bleich war er. Und der dritte Mann, der mit dem stinkenden Salamibrot, wusste nichts Gescheiteres, als seine fettigen Finger an seiner Hose abzuwischen. Was den Dackel, von dem sie nicht wusste, zu wem er gehörte, dazu veranlasste, an ihm hochzusteigen und seine spitze Nase zwischen die Schenkel des Typen zu pressen.

Doro wollte nichts wie raus. Draußen flirrte die Sommerluft. Plötzlich tauchten Typen in Uniform auf der Böschung auf. Es durchfuhr sie siedend heiß, also noch heißer als ohnehin. Hatte man den Zug hier angehalten, um sie zu verhaften? Hatte man in Erfahrung bringen können, dass sie genau mit diesem ICE auf der Flucht war und auf dem Weg in ihr neues Leben? Dabei war sie doch problemlos über die Grenze gekommen, und die deutschen Grenzwächter waren nur gelangweilt durch den Zug geschlendert und hatten keinerlei Notiz von ihr genommen.

Nervös blickte Doro sich nach einem Fluchtweg aus dem vollen Abteil um, aber da war nichts. Im nächsten Augenblick sah sie, wie ein kleines Rudel Schweine am Zugfenster vorbeirannte.

Verklärt sah sie den Tieren nach. Sie wusste, dass sie keine Halluzination kurz vor dem Hitzekollaps waren, keine Fata Morgana eines überforderten Hirns. Da rannten die Schweine im Gleisbett hin und her. Ihr Quietschen war sogar gedämpft durch die Scheibe zu hören. Sie waren zwar gestresst, aber sie waren frei. Das konnte kein Zufall sein: »Free the pigs«! Hier auf freier Strecke irgendwo in Deutschland – wo auch immer sie sich im Moment befand – war die dezentrale, aber konzertierte internationale Aktion wohl erfolgreich verlaufen.

Doro warf einen Blick auf ihr Handy. Von der Zeit her konnte es stimmen. Vor gut einer Stunde hätte sie zusammen mit Matthias ebenfalls Schweine befreit, wenn sie am Tag zuvor nicht zur Flucht gezwungen worden wäre. Ob Matthias einen anderen Mitstreiter für die Aktion gefunden hatte oder ob er es alleine durchzog? Und Laurin – ob er wohl an sie dachte? Wieder ertappte Doro sich dabei, wie ihre Fingerspitzen fast zärtlich über den Aufnäher auf ihrer Umhängetasche strichen. Die alte Frau mit den rosa Haaren, die sich ständig nervös eine Strähne aus der Stirn strich, seufzte laut. Als hätten ihre Mitreisenden keine Augen im Kopf, lachte sie plötzlich spitz auf: »Haben Sie gesehen? Da draußen rennen immer noch diese Schweine rum! Wo die wohl alle herkommen?«

»Als Schinken sind sie mir lieber«, brummte der Rocker witzlos. Doro hätte ihn am liebsten geohrfeigt, weil er so respektlos über die Tiere sprach, und doch – irgendetwas faszinierte sie an ihrem Gegenüber. Auch wenn sie sich, so sie denn noch ein letztes Fitzelchen Vernunft in ihrem überhitzten Kopf hatte, überhaupt nicht vorstellen konnte, woher diese unerklärliche Anziehung kam.

Zudem wusste sie nicht, ob sie sich darüber freuen sollte, dass die Schweine da draußen ihre kurze Freiheit am Bahndamm genießen durften, oder ob sie sich über den unplanmäßigen Halt ärgern sollte.

Jedenfalls, dieser langhaarige Rocker mit den dummen Sprüchen, der nervte! Und doch konnte sie sich nicht dagegen wehren, ihn aus den Augenwinkeln zu beobachten, während sie so tat, als würde sie nur Augen für die Schweine vor dem Fenster haben.

Dirk Lämmle, Musiker und Motorradfreak

Das Wochenende vor der Zugfahrt

Später sollte Dirk Lämmle die Woche vor jenen denkwürdigen Ereignissen, die im liegengebliebenen Zug nach Berlin ihren Lauf nahmen, als *Das große Delirium* im Gedächtnis behalten. Es begann mit einem Vollrausch, endete mit einem solchen, und dazwischen war der Rocker, den seine Freunde Schinki nannten, auch nur selten nüchtern. Alle Geschehnisse vermengten sich deshalb zu einem bunten Cocktail aus Erinnerungsfetzen, von denen er im Nachhinein nicht wusste, ob sie der Wahrheit entsprachen oder dem Alkoholdunst entströmt waren. Aliens kamen darin vor, Hunde und Schweine.

Manches ließ sich rekonstruieren, anderes würde wohl für immer ein Rätsel und in den Tiefen des Universums verschollen bleiben. Der letzte halbwegs nüchterne Moment, an den sich Schinki erinnern konnte, war alles andere als erfreulich. Polizeiautos mit Blaulicht und Martinshorn enterten den Stadtpark. Er selbst stand mit seiner Band auf der Bühne und begleitete die Massenschlägerei im Publikum mit wilden Gitarrenriffs: *Highway to Hell, Come on feel the Noise* und *Whole Lotta Love*, das heizte die Stimmung auf. Keiner verstand so recht, warum die Polizei den Spaß unbedingt beenden wollte. Eine gepflegte Keilerei gehörte zu einem Bloody-Buletten-Auftritt einfach dazu.

Das Konzert war sogar behördlich genehmigt worden. Dabei konnte es sich freilich um ein Versehen gehandelt haben, denn das Ordnungsamt war unterbesetzt, seit ein bösartiges Virus den Großteil der Belegschaft lahmgelegt hatte und nur noch eine Praktikantin die Stellung hielt. Aber vermutlich waren es mal wieder gestresste Anwohner gewesen, welche die Bullen herbeigepfiffen hatten.

Schinki und seine Bandmitglieder begleiteten die anschließende Drogenrazzia und die Festnahmen im Publikum noch mit *Fuck the Pack*, einer Eigenkomposition, halb Ballade, halb Punkrock, bis ihnen einer der Ordnungshüter den Saft abdrehte. Das Open-Air-Sommernachtskonzert war damit beendet, und Schinki machte sich schon auf einen Ausflug aufs nächste Polizeirevier gefasst, als die Bullen zu seinem Erstaunen davonfuhren, ohne die Band weiter zu belästigen.

Mettwurst (Bass), Leberkäs (Schlagzeug) und Mortadella (Keyboard) machten sich an den Abbau, und Schinki kam ihnen seufzend zu Hilfe. Es war gerade mal Mitternacht, als das Equipment im Bandbus verstaut war. Was sollte man, um Himmels willen, mit einem angebrochenen Samstagabend wie diesem anfangen?

»Ich hau mich aufs Ohr«, verkündete Mettwurst und gähnte demonstrativ. »War 'ne harte Woche.«

Leberkäs, dessen Hände auch ohne Schlagzeug ständig in Bewegung waren, nickte und hämmerte ein Stakkato in die Luft. »Yeah, Mann. Nice Idea. Ich will morgen ein bisschen an der Maschine rumschrauben. Gute Nacht, Jungs.« Und weg war er.

Erwartungsvoll blickte Schinki hinüber zu Mortadella. Der Keyboarder kannte immer eine Party oder einen Club, wo der Punk abging. Doch jetzt zuckte auch er bedauernd die Schultern. »Scheiße, Mann. Ich glaub, ich habe mir dieses Virus vom Ordnungsamt eingefangen. Hätte wohl nicht mit der süßen Praktikantin rumknutschen sollen.« Er zwinkerte Schinki zu. »Aber anders hätten wir die Genehmigung für heute Abend ja nie bekommen!« Dann schüttelte er sich und stöhnte. »Mein Hals brennt wie Feuer. Ich habe bestimmt Fieber. Fühl mal meine Stirn.«

»Hau bloß ab!« Schinki gab seinem Kumpel einen Stoß. »Sonst steckst du mich noch an.«

Kurze Zeit später saß er allein mit den spärlichen Resten des Publikums im Stadtgarten. Sein Hals war trocken, die Stimme rau. Sein Verstand flüsterte ihm zu, dass es kein Fehler wäre, dem Vorbild seiner Kumpels zu folgen und einfach nach Hause zu gehen. Aber sein Bauch und der Knabe weiter unten sprachen eine ganz andere Sprache. Sie waren noch nicht auf ihre Kosten gekommen und begannen zu murren. Der Bauch verlangte nach Sprit, und der Knabe darunter wollte sich sportlich betätigen. Vor allem, seit Schinki diese pinkhaarige Schönheit entdeckt hatte, die dem Bloody-Buletten-Sänger nun schon mehrfach zugezwinkert hatte. Die Augen signalisierten Schinkis einsatzbereitem Freund, dass da ein gewisses Einverständnis herrschte. Den Umweg über das Hirn sparten sie sich dabei.

»Wodka?«, fragte die Schöne und hielt Schinki eine halbvolle Flasche hin.

Der Rocker war gerührt, weil das hübsche Sahnetörtchen nicht nur an seinen Freund dachte, sondern auch an den Bauch, der sein Recht einforderte. Er nahm einen besonders großen Schluck, obwohl er ein kühles Bier vorgezogen hätte, vor allem, weil davon einfach mehr reinpasste.

Der Wodka schmeckte merkwürdig scharf und knallte wie ein Silvesterfeuerwerk. »Wow«, hörte Schinki sich noch sagen. »Was hast du denn da reingemixt?«

Danach verschwamm der Abend in den Weiten des Kosmos und das *Große Delirium* nahm seinen Anfang.

Als Schinki zu sich kam, graute gerade der Morgen. Er hatte einen fürchterlichen Kater. Seine Hose war nass vom Tau, und der Kopf ruhte auf einem Beet mit Katzenminze.

Sein verschwommener Blick streifte einen Rauhaardackel, der sich neben ihm zusammengerollt hatte. Schinki glaubte zu träumen. Woher kam das Vieh?

Er schüttelte das bedröhnte Haupt, was er sofort bereute. Ein atemraubender Schmerz durchzuckte seinen Schädel, ihm wurde schwindlig und speiübel. Er übergab sich, doch das brachte keinerlei Erleichterung. Der Dackel sprang erschrocken zur Seite, nur um kurz darauf anklagend zu winseln.

Ratlos fuhr sich der lädierte Rocker über seinen Kinnbart. Wo, zum Henker, war er gelandet?

Seine Erinnerung war vage bis gar nicht vorhanden. Er musste im Freien geschlafen haben, so viel stand schon einmal fest. In seiner Wohnung gab es keine Katzenminze.

Ein Hauch von Patschuli umwehte seine Nase und erzeugte einen neuen Würgereiz. Der Geruch entströmte seinem T-Shirt und der Lederjacke, die ihm jemand wie eine Bettdecke übergelegt hatte.

Das Bild eines Mädchens mit streichholzkurzen pinkfarbenen Haaren schoss wie ein kurzer greller Blitz durch sein benebeltes Hirn und verschwand sofort wieder im Nirvana. Schinki sank entkräftet zurück aufs Beet und schlief erneut ein.

Als er zum zweiten Mal erwachte, war er nicht mehr allein. Lautes Stimmengewirr, Gelächter und Kindergeschrei ergossen sich über ihn. Er sah etwa zwanzig Meter entfernt eine Gruppe junger Leute eine Picknickdecke ausbreiten. Ein Mädchen packte eine Gitarre aus, es duftete nach Kaffee und Schokocroissants. Ein kleiner Junge kam näher, während die Erwachsenen Abstand wahrten. Er bückte sich zu Schinki hinunter und pikste ihm den Finger in die Seite.

»Aua«, sagte Schinki, nicht weil es wehtat, sondern um zu testen, ob er tatsächlich wach war.

Der Junge kicherte und pikste noch einmal. Dann wurde er von seiner Mutter zur Seite gerissen. »Lass den Obdachlosen in Ruhe, Lennart!« Ihre Stimme klang schrill. »Der hat ganz viele Krankheiten, mit denen du dich anstecken kannst! Obdachlose sind ständig betrunken und waschen sich nie.«

Schinki zwinkerte dem Jungen zu und nickte bekräftigend. Der Kleine wirkte verunsichert, aber dann lächelte er zurück und winkte dem Rocker zum Abschied zu. »Ich will auch ein Obdachloser werden und mich nie waschen«, hörte Schinki ihn noch sagen.

Vorsichtig setzte er sich auf. Sein Kopf dröhnte beachtlich, der Magen rumorte.

Der Dackel war immer noch da. Er hatte sich neben Schinki eingerollt und begann sofort wieder zu fiepen, als dieser sich bewegte.

Ganz dunkel erinnerte sich Schinki an das Bloody-Buletten-Konzert, das am Vorabend so abrupt geendet hatte. Folglich befand er sich wohl noch immer im Stadtgarten. Das erklärte auch die Picknickgruppe und die Spaziergänger. Es musste bald Mittag sein, dem Sonnenstand nach zu urteilen.

Schinki beschloss, das Nachdenken auf später zu verschieben. Seine Blase drückte. Mühsam erhob er sich und sah sich nach dem nächsten Baum um. Da er keinen fand, zuckte er die Schultern und pinkelte mit geschlossenen Augen auf die Katzenminze.

Als er fertig war und seinen kleinen Freund beim Einpacken in die Hose betrachtete, prallte er entsetzt zurück. Was war seinem besten Stück widerfahren? Es leuchtete in der Sonne wie ein Hustenbonbon! Sein Zauberstab hatte die Farbe eines pinkfarbenen Flamingos angenommen. Verflucht, war das dieses merkwürdige Virus aus dem Ordnungsamt? Hatte Mortadella ihn angesteckt?

Panisch verstaute er seinen Freund in der Hose und sah sich verstohlen nach allen Seiten um. Nein, niemand hatte ihn beobachtet.

Konzentrier dich, befahl er sich. Was war los gestern Nacht?

Sein Kopfweh und das leise Fiepen des Dackels machten das Nachdenken nicht gerade leichter. Plötzlich schoss wieder das Bild eines pinkhaarigen Mädchens durch seine Erinnerung. Eine Flasche Wodka, die sie ihm gereicht hatte. Der merkwürdig scharfe Geschmack des Gesöffs.

Schinki entspannte sich ein wenig. Kein fremdartiges Virus. Schon eher eine fremdartige Droge. Mannomann, das Zeug hatte wirklich reingehauen! Er musste wilde Dinge mit der Mieze getrieben haben! Nur schade, dass die Erinnerung daran ebenso weggepustet war, wie an den Rest der Nacht. Was nützte schon ein abgefahrenes Abenteuer, wenn man es am nächsten Tag komplett vergessen hatte?

Immerhin erklärte sich damit die ungesunde Farbe seines Prachtkerls. Lippenstift – genauso pink wie die Haare des Mädchens! Sie musste ihm ein Vergnügen der besonderen Art beschert haben.

Schinki gähnte und streckte sich. Der Dackel tat es ihm gleich.

Vorsichtig hielt der Rocker dem Hund die Hand hin. Er starrte sie mit ausdruckslosen Augen an und ließ sich ohne sichtbare Regung kraulen, zeigte dabei weder Abneigung noch Vergnügen. Die Welt um Schinki wirkte reichlich verschwommen. Gut möglich, dass er sich noch immer in einem seltsamen Traum befand.

Das laute Knurren seines Magens überzeugte ihn schließlich vom Gegenteil. Er brauchte dringend einen Kaffee und zwei oder drei Schinkenbrötchen – das beste Mittel, das er gegen einen Dackel kannte. Und natürlich ein Bierchen, um in die Gänge zu kommen. Eine Dusche wäre auch nicht schlecht, nicht nur, um den Lippenstift abzuwaschen.

Schinki zog seine Jacke an und tastete nach dem Haustürschlüssel. Vergeblich. Der Schlüssel war weg. Ebenso die Brieftasche.

Verfluchter Mist! Die Göre musste ihn beklaut haben! In der Brieftasche hatten sich nur ein paar Euro und der Perso befunden. Aber das war ziemlich bescheuert, denn auf dem Ausweis stand seine Adresse, und die Pinkfarbene hatte seinen Wohnungsschlüssel.

»Wenn ich wenigstens eine warme Erinnerung an die Nacht hätte«, brummte er in Richtung Dackel. »Dann hätte sich der ganze Mist immerhin gelohnt.«

Das Tier kratzte sich ausgiebig und erwiderte nichts.

Hektisch kramte Schinki in der Hosentasche. Gottlob! Der Schlüssel für seine Honda Shadow war noch da! Alles andere war irgendwie zu verschmerzen, aber wenn das Törtchen sein Motorrad gestohlen hätte, wäre der Spaß vorbei gewesen! Dann hätte er ... Ja, was eigentlich? Er kannte weder Namen noch Aufenthaltsort des Mädchens. Sollte er etwa die Polizei rufen?

»Lieber nicht«, teilte er dem Dackel mit. »Man soll keine schlafenden Bullen wecken. Wenn das Biest meine Wohnung leergeräumt hat, ist es jetzt sowieso zu spät.«

Ohne Geld und ohne Schlüssel gab es eigentlich nur eine echte Alternative: das Bettchen. Bettina Karmutzke, seine langjährige Freundin und Lebensgefährtin, mit der er schon jede Menge Höhen und Tiefen durchlebt hatte. Mehr Tiefen allerdings, wenn er ehrlich war, vor allem in letzter Zeit.

»Wirst du denn nie erwachsen, Schinki?«, hatte sie ihn erst kürzlich gefragt. »Ich habe langsam keinen Bock mehr auf deinen selbstsüchtigen Lebensstil. Hast du noch nie daran gedacht, Kinder zu haben? Eine Familie zu gründen?«

Das hatte nach ernsthafter Beziehungskrise geklungen, und Schinki hatte sich danach bei Bettchen rar gemacht. Er hatte tatsächlich noch nie über eigene Kinder nachgedacht. Die Vorstellung erschreckte ihn zutiefst.

Seine eigenen Träume waren ganz anderer Natur. Den ungeliebten Job als Vertreter loswerden zum Beispiel. Endlich den Durchbruch als Rockmusiker schaffen. Auf den großen

Bühnen der Welt stehen, umjubelt von süßen Miezen. Bierchen und Schinkenbrot zum Frühstück, geile Musik am Abend. Eine Braut, die das alles mitmachte. Und, natürlich, eine zweite Maschine, eine Harley fürs Wochenende. Yeah.

Schinki seufzte. Das alles würde er irgendwann haben, ganz sicher. Noch war es nicht zu spät. Er musste nur genau jetzt durchstarten, dann konnte aus dem Traum noch Wirklichkeit werden.

Aber bis es so weit war, musste er sein Geld noch in seinem bürgerlichen Beruf verdienen. Und so lange war eine Frau wie das Bettchen eigentlich ganz bequem. In einer Notsituation wie dieser konnte sie ihn unmöglich im Stich lassen!

Der Dackel folgte ihm zum Motorrad, als sei dies die selbstverständlichste Sache der Welt.

»Geh nach Hause!«, herrschte Schinki ihn an, aber der Hund warf ihm einen merkwürdigen Blick zu, als wolle es sagen: *Ich bin doch gerade dabei!*

Seine Shadow stand unversehrt auf dem Parkplatz vor dem Stadtgarten und glänzte in der Sonne. Liebevoll streichelte Schinki über den roten Lack. Das hier war neben der Mucke seine ganz große Leidenschaft und vielleicht, vielleicht, wenn Bettchen diese Liebe nur ein bisschen teilen könnte, ein kleines bisschen nur, vielleicht hätte ihre Beziehung dann doch noch eine Chance.

Der Dackel hingegen stellte sich gar nicht so dumm an. Er umschmeichelte die schwere Maschine, wuffte leise, umgarnte zunächst die Auspuffrohre, danach Schinkis Beine und erreichte damit, dass der Rocker seufzte, den Hund vorn in seine Lederjacke stopfte, was er ohne Protest über sich ergehen ließ, sich dann auf die Maschine schwang und davonbrauste.

»Das Bettchen wird dir gefallen«, versprach er. In Gedanken fügte er hinzu: *Und du ihr!* Seine Freundin stand auf

Hunde, und es war sicher keine schlechte Idee, mit einem Versöhnungsgeschenk bei ihr aufzutauchen.

Sie öffnete erst nach dem dritten Klingeln und machte keine Anstalten, ihn hereinzubitten. Ihre Stirn war gerunzelt, die Augen schossen Gewehrkugeln ab. Alle Anzeichen standen auf Sturm.

»Hey, Bettchen«, versuchte Schinki ein Lächeln. »Hab dich vermisst.«

»Ach ja?« Ihre Stimme klang wie eine Ladung Schrapnelle. »Das hast du aber gut vor mir verborgen! Hast dich seit siebenundzwanzig Tagen nicht bei mir gemeldet!«

Mist. Sie hatte mitgezählt.

»Logisch. Du ... wolltest doch Zeit zum Nachdenken«, probierte er die verständnisvolle Tour. »Das hat meine Sehnsucht nur noch größer gemacht.«

»Tja. Ich *habe* die Zeit genutzt. Ich *habe* nachgedacht. Und deshalb ...«

Sie war drauf und dran, ihm die Tür vor der Nase zuzuschlagen. Im letzten Moment schob Schinki seinen schweren Motorradstiefel dazwischen. Es tat weh, als die Tür ihn mit voller Wucht erwischte. Mit schmerzverzerrtem Gesicht widerstand er der Versuchung, den Fuß zurückzuziehen. Sollte sie ruhig eine kleine Genugtuung haben, das besänftigte vielleicht ihr Gemüt.

»Sorry«, knirschte er. »Ich hätte mich früher melden sollen. Aber ich dachte, eine kleine Pause tut uns beiden gut.«

Sie seufzte, und ihre Stirn glättete sich ein wenig. Entschuldigungen hatten sie schon immer angetörnt.

Ihre Stimme klang allerdings noch nicht sonderlich überzeugt. »Und was für einen Mist hast du diesmal gebaut? Was willst du von mir?«

»Hab ich doch schon gesagt, Bettchen! Reine Sehnsucht! Ich vermisse dich.«

»Red keinen Unsinn, Schinki. Du bist nach einem Streit noch nie ohne triftigen Grund zu mir zurückgekommen.«

Verdammt. Nach all den Beziehungsjahren kannte sie ihn eindeutig zu gut!

Unter seiner Lederjacke bewegte sich etwas. Der Dackel machte sich genau im richtigen Moment bemerkbar. Jetzt oder nie! Es würde wohl kein besserer Moment kommen, um den Trumpf auszuspielen.

»Ehrlich, Bettchen, ich bin gekommen, um mich zu entschuldigen. Und ich hab dir etwas mitgebracht!«

Der Dackel wehrte sich heftig und strampelte wie ein Tiger, als Schinki ihn hervorzog und seiner Freundin mit einem strahlenden Lächeln hinhielt.

Die Rechnung ging auf. Ein weicher Schimmer trat in Bettchens Augen, ihre Lippen verloren den verkniffenen Zug, ihre angespannte Haltung lockerte sich. »Oooch!«, rief sie aus. »Ist der hübsch! Wie heißt er denn?«

»Ähm ... Dackel«, antwortete Schinki und fügte schnell hinzu: »Den Namen sollst natürlich du aussuchen.«

Bettchen streckte den Arm aus, aber das Vieh strampelte noch ärger und knurrte laut. Dann bohrte es seine Zähne in Bettchens Handrücken. Rote Abdrücke wurden sichtbar, zwei davon bluteten.

Die Situation drohte einen Augenblick lang zu kippen. Dann lachte Bettchen und sagte gutmütig: »Du hast wohl noch Angst vor deinem neuen Zuhause! Wir müssen uns eben erst aneinander gewöhnen.«

Sie öffnete die Tür, um Schinki und den Dackel einzulassen. »Hast du Hunger?«, fragte sie ihren Freund.

»Wie ein Scheunendrescher. Und ein Bierchen könnte ich auch vertragen.« Schinki steuerte das Wohnzimmer an.

Sie zog kurz die Stirn kraus, sagte aber nichts, sondern brachte ihm das Gewünschte. »Woher hast du den Hund?«, wollte sie wissen, während Schinki genüsslich schmatzte und das Glas stehen ließ, das Bettchen ihm gebracht hatte, weil ein Bier seiner Meinung nach nur aus der Flasche richtig schmeckte. So langsam kam seine Welt wieder ins Lot, und er rülpste behaglich, was ein erneutes Stirnrunzeln seiner Freundin nach sich zog.

»Aus dem Tierheim«, log er, weil er genau wusste, was sie hören wollte. Ein zugelaufener Hund hätte außerdem unangenehme Fragen aufgeworfen.

Der Dackel saß derweil in Habachtstellung auf dem Sofa, wohin Schinki ihn platziert hatte, und schmiegte sich an sein Bein. Sobald Bettchen ihm zu nahe kam, knurrte er gefährlich.

»Vielleicht hat er schlechte Erfahrungen mit Frauen gemacht«, sinnierte sie. »Obwohl ich mir das kaum vorstellen kann.«

Schinkis Fantasie reichte in dieser Hinsicht weiter, er schwieg jedoch wohlweislich.

Nach dem Essen und dem Frühschoppen wagte er einen ersten Annäherungsversuch und strich Bettchen die langen Haare aus dem Gesicht. Er rutschte näher an sie heran, was der Dackel mit einem warnenden Bellen quittierte.

»Du riechst nach Patschuli«, bemerkte Bettchen und rückte von ihm ab. Neues Misstrauen schlich in ihren Blick.

»Yes, Baby«, beeilte sich Schinki zu erwidern. »Hab ich extra für dich besorgt. Ich weiß doch, dass du drauf stehst.«

In dem Moment fiel ihm sein pinkfarbener Prachtkerl wieder ein, und er räusperte sich.

»Ich hab 'ne prima Idee«, sagte er. »Ich nehme jetzt eine Dusche, und danach feiern wir beide ausgiebig unsere Versöhnung. Was hältst du davon?« Er küsste sie hinters Ohr, wo sie es am liebsten hatte, und spürte, wie ihr letzter Widerstand erlosch.

»Na schön«, seufzte sie. »Ich hab dich ja auch vermisst, Dicker!«

Unter der Dusche schmetterte er *Kill the Dog*, eine Eigenkomposition der Buletten, und fühlte sich, abgesehen von den anhaltenden Kopfschmerzen, die er unbedingt mit einem weiteren Bier bekämpfen musste, rundum wohl. Auch wenn ihn mit Bettchen schon seit einiger Zeit nicht mehr die ganz große Liebe verband, so war es doch recht angenehm, jemanden zu haben, der im Ernstfall für einen da war. Ja, sie löste ein warmes Gefühl in ihm aus, sie schmeckte nach Geborgenheit und Zuckerguss. Ein bisschen Tristesse konnte man dafür schon in Kauf nehmen.

Der rosa Lippenstift entpuppte sich als unangenehm hartnäckig. Wasser und Seife allein genügten nicht, um ihn abzubekommen. Schinki rubbelte so lange mit einem Waschhandschuh daran herum, bis sein Freund deutlich angewachsen war. Zufrieden stellte er fest, dass keine verräterischen Pinktöne mehr übrig waren.

»Wo bleibst du denn, Dicker?«

Bettchen schnurrte leise, als sie das Bad betrat. Sie war nackt und betrachtete mit unverhohlenem Interesse Schinkis blankpolierten Lustmolch, der seinerseits seine Absichten nicht länger versteckte.

Lächelnd öffnete sie die Glastür zu ihrer Dusche. »Nach siebenundzwanzig Tagen solltest du mich nicht so lange warten lassen!«, gurrte sie.

Die Versöhnungsfeier nahm ihren Lauf, und Schinkis Hirn war längst ein paar Etagen tiefer gerutscht, als seine Freundin plötzlich innehielt und laut japste. Sie hatte sich gerade seiner Heckseite zugewandt, doch jetzt stieß sie die Glastür auf und sprang aus der Dusche, als sei ihr dort der Leibhaftige begegnet.

»Hey!«, rief Schinki irritiert. »Was ist los? Du kannst mich doch jetzt nicht einfach ...«

»Hau ab!«, keuchte sie mit einer Stimme so eisig wie hundert Kilo Antarktis.

Schinki konnte sich keinen Reim auf ihr Verhalten machen. »Bettchen«, stotterte er.

»Nenn mich nie wieder so!«, fuhr sie ihn an. Jetzt klang sie geradezu hysterisch. »Es ist aus und vorbei mit uns, hörst du? Endgültig!«

Sie schmetterte seine Klamotten vom Klodeckel auf den Boden.

»Raus hier! Wenn ich dich in fünf Minuten noch in meiner Wohnung antreffe, hole ich die Polizei!« Sie spuckte Galle.

Schinki zuckte die Schultern. Er hatte Frauen noch nie verstanden. War das ein Spiel? Oder waren es die Hormone? In jedem Fall war es wohl besser, sie nicht weiter zu reizen. Er zog sich an und spürte, wie auch sein kleiner Freund vor der veränderten Situation kapitulierte.

Bettchen stand an der offenen Wohnungstür und wies mit versteinertem Gesichtsausdruck nach draußen.

»Baby«, versuchte Schinki es ein letztes Mal. »Was immer ich falsch gemacht habe, es tut mir leid. Ich bin sicher, es kann nur ein Missverständnis ...«

»Du hältst mich wohl für komplett unterbelichtet, was?«, unterbrach sie ihn. »Was soll das denn für ein Missverständnis sein? Erzähl mir jetzt nicht, du hättest dir eigenhändig mit pinkfarbenem Lippenstift den Hintern abgeknutscht und *Geiler Arsch* daraufgeschrieben! Hau endlich ab, du blöder Wichser!«

Schinki wusste, dass es Momente gab, in denen Schweigen und ein gepflegter Rückzug die besten Alternativen darstellten. Jetzt war ein solcher Moment eingetreten. Ohne ein weiteres Wort verließ er Bettchens Wohnung. Mit einem dumpfen Aufprall landete kurz darauf ein braunschwarzes Fellknäuel neben ihm auf der Treppe. »Deinen gemeingefährlichen Dackel nimmst du am besten auch wieder mit!«

Es waren die letzten Worte, die er von seiner Exfreundin hörte, bevor die Tür für immer ins Schloss fiel.

Auf der Straße duftete die Luft nach Lindenblüten, die Sonne lachte von einem wolkenlosen azurblauen Himmel, ein warmer Wind umschmeichelte Haut und Haar und sorgte für die nötige Abkühlung, die dem Sommertag einen ganz besonderen Liebreiz verlieh. Es war einer jener seltenen Tage, an denen alles perfekt zusammenpasste: Luftdruck, Feuchtigkeit, Farbintensität, Temperatur und Windstärke, einer jener Tage, an die man sich noch Jahre später mit einer gewissen Wehmut erinnerte, ohne genau zu wissen warum. Schinki stopfte sich den Dackel unter die Jacke und schwang sich auf seine Maschine. Trotz Bettchens Rauswurf hatte er ein Lied auf den Lippen und fühlte sich irgendwie wohl. Der Frühschoppen hatte sein Kopfweh schließlich doch noch gemildert. Die Welt war in Watte gepackt und federte Unheil elegant ab. Vielleicht lag sein Wohlbehagen aber auch an dem Dackel, der auf seiner Brust genüsslich wuffte.

Fast ohne sein Zutun fand die Honda Shadow den Weg nach Hause, und erst als Schinki sie neben der Garage abstellte, fiel ihm wieder ein, dass er gar nicht in seine Wohnung reinkam. Den Zweitschlüssel hatte Bettchen, aber ein begründeter Verdacht sagte ihm, dass er dort lieber nicht noch einmal auftauchte.

Sein Blick wanderte zum Balkon im zweiten Stock. Die Tür war gekippt. Kein Problem, sie aufzustemmen, wenn man erst mal oben war. Und das wiederum sollte kein Problem für einen starken Kerl mit zwei Eiern in der Hose sein, wenn man sich jeweils von der Balustrade des unteren Stockwerks hochhangelte.

»Kleine Kletterpartie gefällig?«, fragte er den Dackel, der ihn mit einem konsternierten Blick bedachte.

Schinki seufzte und gab sein Bestes. Elegant sah es jedoch nicht aus. Bereits am Übergang vom ersten in den zweiten Stock blieb er an einem hervorstehenden Nagel hängen und riss sich mit einem lauten Ratsch an ungünstiger Position ein Stück Stoff aus der Hose. Die Boxershorts mit den Micky-Mäusen drauf wurde sichtbar, ein Weihnachtsgeschenk von Bettchen.

Im zweiten Stock war dann Sense. Der Frühschoppen und der Restalkohol vom Vorabend machten sich bemerkbar. Schinki wunderte sich noch über die merkwürdigen kreisenden Bewegungen, die der Balkon vollführte, fast als hielte er sich für ein Karussell, dann landete er auch schon unsanft auf der Erde, genauer gesagt in den Rosenbüschen von Frau Steingruber aus dem Erdgeschoss.

Benommen erhob er sich und sortierte seine Extremitäten. Eine Schürfwunde an der Handinnenfläche war alles, was er sich an Verletzungen zugezogen hatte.

»Kinder und Betrunkene haben einen Schutzengel«, teilte er dem Dackel mit, der leise winselte, als wolle er sagen: *Na bitte, ich hab's doch gleich gewusst.*

Von einem zweiten Versuch sah Schinki ab, da sich mittlerweile nicht nur der Balkon über ihm drehte, sondern auch der Vorgarten mit den Rosenbüschen, was keine guten Voraussetzungen für eine Fassadenkletterei waren.

»Wir könnten meinen Kumpel Gollum besuchen«, schlug er dem Dackel vor, der mit dem Schwanz wedelte und schwieg. Schinki interpretierte das als Zustimmung.

Unerklärlich gut gelaunt schwang er sich erneut auf das Motorrad und war gerade erst ein paar hundert Meter gefahren, als hinter ihm Martinshörner erklangen. Er dachte sich nichts dabei, fuhr sogar zur Seite, um die Bullen vorbeizulassen, aber als der Polizeiwagen ihn überholte, mit quietschenden Bremsen vor ihm einscherte und die Shadow damit filmreif zum Stehen brachte, verspürte er doch ein leichtes Unbehagen. Was wollten sie von ihm?

Der Uniformierte, der aus dem Wagen stieg, hielt sich offenbar für einen amerikanischen Cop, denn er trug eine verspiegelte Sonnenbrille und schob einen Kaugummi lässig von einem Mundwinkel in den anderen. Seine postpubertären Pickel standen dazu in krassem Kontrast.

»Ausweiskontrolle«, nuschelte er und bemühte sich, seine Piepsstimme bedrohlich klingen zu lassen.

»Geklaut«, bekannte Schinki.

»Coole Ausrede«, nickte der Polizist. »Hab ich noch nie gehört.«

Diese erste Runde ging eindeutig an ihn, wie Schinki neidlos anerkennen musste.

»Okay, dokay«, fuhr der Bulle siegessicher fort. »Dann werden wir die Personalien eben auf der nächsten Polizeiwache feststellen.«

»Ist das nicht ein bisschen übertrieben?«, protestierte Schinki. »Ich heiße Dirk Lämmle, ist ja kein Geheimnis. Können Sie nicht einfach in Ihrem, äh ... Smartphone nachsehen?«

»Schnauze, Freundchen! Erst am helllichten Tag einen Einbruch über den Balkon versuchen und dann noch eine kesse Lippe riskieren!«

»Das ist ein Missverständnis. Ich wollte ...«

»Klar doch, ein Missverständnis. Und ich heiße eigentlich Rex Armando und hab mich nur als Polizist verkleidet.«

Ein Scherzkeks. Auch das noch! Schinki wusste aus Erfahrung, dass mit Bullen, die sich cool und witzig fanden, definitiv nicht zu spaßen war. Ohne weiteren Protest fuhr er dem Pickligen hinterher.

Fünfzig Minuten später sah sich Schinki ernsthaften Problemen gegenüber.

Die Einbruchsache war schnell geklärt – Name und Anschrift machten die Anzeige einer besorgten Nachbarin null und nichtig. Der Dackel verhielt sich vorn in der Lederjacke so still, dass er den Bullen gar nicht auffiel. Außerdem war es ja nicht verboten, sein Haustier auf dem Motorrad spazieren zu fahren.

Fahren unter Alkoholeinfluss hingegen *war* verboten.

»Einmal kräftig pusten, Freundchen«, sagte der Picklige zum Abschluss ihres kleinen Rendezvous. Er war sichtlich verärgert, als die Sache für Schinki glimpflich auszugehen drohte.

Jetzt machte sich der Dackel doch bemerkbar. Kräftig trat er Schinki gegen die Brust. *Tu was,* schien er zu sagen. *Na los, Boss, lass dir was einfallen!*

»Ähm. Ich ... bin Epileptiker ... Starkes Pusten kann ... einen Anfall auslösen«, stammelte der Rocker. »Dasselbe gilt für Blutentnahmen ...«

Der Versuch scheiterte kläglich. Wortlos, mit einem fiesen und zunehmend siegessicheren Grinsen hielt der Polizist ihm die Tüte hin.

»Donnerwetter! Eins komma sechs Promille!« Es schwang fast so etwas wie Bewunderung in der Stimme des Bullen mit, als er das Ergebnis des Tests ablas. »Das bekommen wir auch nicht alle Tage!«

Schinki rülpste leise.

»Dann mal her mit dem Führerschein, aber dalli!«

»Geklaut«, erinnerte Schinki ihn trübselig.

»Na schön, dann nehmen wir eben vorerst deine Maschine in Gewahrsam, damit du auf keine dummen Gedanken kommst, Freundchen!« Der Picklige rieb sich über seinen nicht vorhandenen Bart und dachte kurz nach. Schinki beobachtete, wie sich auf einem der Pickel ein gelber Eiterbollen bildete. Schnell wandte er den Blick ab, denn sein Magen drohte sich unangenehm zusammenzuziehen. Der Frühschoppen war verdaut, und ein kleines Mittagsbierchen hätte ihm gutgetan.

»Ausnüchterungszelle?«, fragte der Bulle, und seine Lippen verzogen sich zu einem gehässigen Lächeln.

»Nein!«, protestierte Schinki. »Hab ich nicht einen Anruf frei? Mein Kumpel Gollum holt mich ab.«

»Hast wohl zu viele amerikanische Filme gesehen, was? Ein freier Anruf! Blödsinn!«

Wenn einer zu viele amerikanische Filme gesehen hatte, dann war es eindeutig der Möchtegern-Cop, dachte Schinki, aber er hielt wohlweislich den Mund. Seufzend reichte der Bulle ihm einen altmodischen Telefonhörer. Also gab es dieses ominöse Gesetz wohl doch.

Geh ran, beschwor der Rocker den Apparat, und nach dem fünften Klingeln wurde er erhört. Die verschlafene Stimme seines Freundes meldete sich.

»Alter!«, sagte Gollum mitfühlend, nachdem Schinki ihm in wenigen Worten die Lage geschildert hatte. »Bin gleich da.«

Die Sonne strahlte noch immer, die Luft wirbelte Glückshormone auf, die Vögel trillerten, Bienen, Hummeln und Libellen bildeten einen beachtlichen Backgroundchor, und auf den Wiesen tanzten Grashüpfer das ein oder andere Tschaikowski-Ballett. Während Schinki vor dem Polizeirevier auf seinen Kumpel wartete, begattete der Rauhaardackel vier Hundedamen und ebenso viele Beine von genervten Spaziergängern, die ihm versehentlich in die Quere kamen. Schinki beobachtete ihn beeindruckt und fragte sich, wem dieses Vieh eigentlich gehörte.

Dann kam endlich Gollum angebraust. »Üble Sache.« Er grinste. »Na los, steig auf.«

Der Dackel ließ von der weißen Königspudelin ab, die er gerade erspäht hatte, und forderte seinen Platz unter Schinkis Lederjacke ein.

Kurze Zeit später saßen alle drei in der Wohnstube von Gollums Großmutter – Häkeldeckchen, so weit das Auge reichte – und Schinki stierte missmutig in sein Bier.

»Was soll ich nur tun?«, murrte er. »Ohne sie bin ich doch völlig aufgeschmissen! Mein Leben hat keinen Sinn mehr!«

»Na, na«, versuchte Gollum zu trösten. »So schlimm wird es schon nicht sein. Sicher kommt sie zu dir zurück.«

»Das will ich doch hoffen! Der Bulle kann sie ja nicht einfach behalten. Das wäre glatter Diebstahl!« Erst an dem etwas verdatterten Gesichtsausdruck seines Kumpels erkannte

Schinki, dass dieser wohl nicht von der Shadow, sondern von Bettchen gesprochen hatte.

»Na, komm schon!«, beschwichtigte Gollum. »Du hast immerhin noch die Musik und einen Job, der dich ernährt. Andere haben nicht mal das.«

»Klopapiervertreter!«, höhnte Schinki. »Ja, ich hab's wirklich toll erwischt.«

»Doch nicht nur Klopapier«, widersprach Gollum halbherzig. »Auch Seifenproben, Shampoo und Duschhauben ...« So langsam gingen ihm wirklich die Argumente aus. Schinki verdiente seine Brötchen als Außendienstler in Hotels, seine Aufgabe bestand darin, den Managern des Hauses Hygienesets anzudrehen: Schuhputztücher, Duschlotionen und all diesen Kram. Gollum wusste, wie sehr sein Kumpel den Job hasste. Ihm selbst wäre es sicher nicht anders ergangen. Trotzdem wagte er einen letzten Aufmunterungsversuch: »Was ist mit deinem Nebenjob als Songtexter? Ist das etwa nichts?«

Wütend schlug Schinki die Faust auf den Tisch. »Liebesschnulzen!«, brüllte er in seine Bierflasche und brachte den Gerstensaft derart in Wallung, dass er überschäumte. »Schlagertexte für Conny, meinen einzigen Auftraggeber! Und das mir, einem waschechten Hardrocker! Wehe, du erzählst das irgendjemandem, Gollum, dann sind wir geschiedene Leute, verstanden?«

»Schon gut, Kumpel. Natürlich erzähl ich keinem davon. Obwohl es eine schräge Geschichte wäre ... Nein, stell die Flasche hin, du Vollidiot! Ich erzähl's wirklich keinem, ich schwöre!«

Die beiden schwiegen sich eine Weile missmutig an, dann holte Gollum zwei frische Biere aus dem Kühlschrank und kippte nach kurzem Zögern einen ordentlichen Schuss Schnaps hinein, in der Hoffnung, dieser möge Schinkis Laune ein wenig heben.

Von diesem Zeitpunkt an verschwammen die Gespräche der beiden Männer im Dunst des Universums, Worte wurden ausgetauscht, deren Bedeutung keinem der beiden mehr klar war, Worte, die in die Tiefen des Weltalls rauschten und für immer ungehört Raum und Zeit überwanden. Das *Große Delirium* ging in die nächste Runde.

Der Montag vor der Zugfahrt

Schon am frühen Morgen war es drückend schwül, die Luft roch nach Autoabgasen, und die Temperaturen trieben Mensch und Tier den Schweiß auf die Stirnen und unter die Achselhöhlen.

Schinki erwachte mit einem dicken Kopf. Desorientiert blickte er sich um, und es dauerte eine Weile, bis ihm wieder einfiel, dass er sich im Probenraum bei Gollum befand, weil ihm die eigene Wohnung verwehrt war.

Mühsam erhob er sich. Die Zunge klebte am Gaumen, ein merkwürdiger Pelz schien über Nacht darauf gewachsen zu sein. Der Dackel schüttelte sich und malträtierte mit den Pfoten Schinkis Bauch, was diesem gar nicht bekam. Der Rocker wankte zur Toilette, reinigte seinen Magen und schaffte Platz für ein Frühstück.

»Bedien dich«, hatte Gollum auf einen Zettel am Kühlschrank geschrieben. Offenbar hatte er es geschafft, rechtzeitig aufzustehen, um zur Arbeit zu gehen.

Der Gedanke an die Arbeit ernüchterte Schinki schlagartig. Es war Montag! Und wenn ihn nicht alle Sinne trogen, hatte er in weniger als drei Stunden einen Termin im Hotel und Spa *Rosengarten* im zwanzig Kilometer entfernten Dinkelschwaden.

Der Dackel kläffte schadenfroh.

Angestrengt überlegte Schinki, was zu tun war. Plötzlich kam ihm eine geniale Idee: Der Schlüsseldienst! Wenn der schnell genug anrückte, konnte Schinki es noch rechtzeitig in die Wohnung schaffen, seinen Vertreterkoffer schnappen, sich auf die Shadow schwingen ...

Ein dumpfer Schmerz durchzuckte ihn, als die Erinnerung an seine Maschine ihn überwältigte. Tapfer schob er den Gedanken beiseite. Er konnte es auch mit dem Regionalzug noch schaffen!

Mit einem Mettbrötchen und einer Bierflasche bewaffnet, klopfte er an die Tür von Gollums Großmutter. »Darf ich Ihr Telefon benutzen?«, bat er.

Die alte Dame nickte milde. »Aber Sie sollten sich gesünder ernähren, junger Mann!«

Wo sie recht hatte, hatte sie recht.

Im Zug nach Dinkelschwaden floss Schinki der Schweiß aus allen Poren. Obwohl der Schlüsseldienst erstaunlich schnell angerückt war, hatte die Zeit nicht mehr für eine Dusche ausgereicht. Er hatte nur die Lederjacke gegen ein Jackett getauscht, die Jeans gegen eine leichte Stoffhose, die Stiefel gegen Sneakers. Mit dem Kamm fuhr er sich ein paarmal durch die Mähne, ein bisschen kaltes Wasser sollte gegen die Augenringe helfen. Doch ein Blick in den Spiegel überzeugte ihn von der Sinnlosigkeit dieser Aktionen.

Der Dackel bellte lautstark, als Schinki ihn in der Wohnung einsperren wollte. Seufzend klemmte er ihn sich also unter den Arm und nahm ihn mit. Im Zug platzierte er ihn in den Koffer mit den Warenproben. Den Deckel ließ er einen Spaltbreit auf, damit das Vieh Luft bekam. Dann öffnete er mit lautem Knall den Kronkorken einer Bierflasche. Den kleinen Umtrunk hatte er sich redlich verdient!

Bei seiner Ankunft im *Rosengarten* war seine Stimmung beträchtlich gestiegen. Mit einem kleinen Lied auf den Lippen – der Meat-Wurst-Song der Buletten – betrat er das Büro der Hotelchefin. Eine strenge Mittfünfzigerin im stahlblauen Businesskostüm saß hinter einem überdimensionierten Schreibtisch. Sie trug eine Betonfrisur und eine schmale

Brille ohne Fassung. Obwohl der Raum nicht klimatisiert war, schwitzte sie nicht im Geringsten. Vielleicht, dachte Schinki durch die Nebelschleier hindurch, die sein Hirn seit dem vierten Bierchen durchwaberten, vielleicht war sie die einzige Person, die an diesem speziellen schwülen Tag nicht schwitzte. Vielleicht kam sie gar nicht von diesem Planeten, sondern war ein Alien aus einer anderen Galaxis, wo das Schwitzen noch unbekannt war – und vielleicht machte sie genau deshalb ein so unfreundliches, verkniffenes und ärgerliches Gesicht, weil sie gerne schwitzen würde und eigentlich nur deshalb zur Erde gereist war, um es zu lernen. Erfolglos, wie sich bislang erwiesen hatte.

Die Idee gefiel Schinki, und er beschloss, einen Song darüber zu schreiben, doch bis zum Ende des Tages hatte er Text und Melodie, die ihn kurz überkommen hatten, wieder vergessen, und so schwirrte das angedachte Lied unvollendet durch den Äther.

»Sie sind spät dran«, begrüßte ihn die Schweißlose mürrisch. »Ich habe nicht den ganzen Tag Zeit, mir Ihr Toilettenpapier anzusehen.«

Schinki versuchte ein Lächeln und unterdrückte den Brechreiz, den das süßliche Parfum der Frau in ihm auslöste. Wozu hatte sie es aufgetragen, wenn sie doch gar nicht schwitzte?

»Sie werden sehen, das Warten hat sich gelohnt!«, versicherte er und setzte sein einstudiertes Vertretergesicht auf. Die Frau wich vor ihm zurück, rümpfte die Nase und betrachtete mit kraus gezogener Stirn den gelben Bierfleck, der sich auf seinem weißen Hemd abzeichnete.

Das Verkaufsgespräch begann suboptimal.

»Smart im Klo und weich am Po«, spulte er seinen Standardspruch herunter. Den Slogan hatte er selbst gedichtet und war mächtig stolz darauf. Normalerweise entlockte er seinen Handelspartnern damit wenigstens den Hauch eines Lächelns.

Nicht so dem transpirationsresistenten Alien.

»Nun zeigen Sie schon her«, fauchte es. »Ihre Sprüche können Sie sich sparen.«

Schwungvoll öffnete Schinki seinen Vertreterkoffer. Dass er darin den Dackel vom Bahnhof ins nahe Hotel transportiert hatte, fiel ihm erst wieder ein, als das Vieh mit einem geradezu mordlüsternen Knurren aus seinem Gefängnis entwich und direkt auf den Schreibtisch der Hotelchefin sprang. Seine Pfoten hatten sich in einer Klopapierrolle verfangen, die er mit sich riss und im Büro verteilte, als er vom Schreibtisch sprang, um die Gardinen zu bearbeiten, bis sie in traurigen Fetzen auf den Boden hingen. Von dort ging die wilde Jagd weiter auf einen Polstersessel, den er offenbar mit einer Hundedame verwechselte und so lange begattete, bis die Füllung herausquoll und in Flocken durch die Luft segelte. Zufrieden setzte er eine Duftmarke auf das Werk. Auch in Schinkis Koffer mit den Warenproben hatte er seine Spuren hinterlassen: Shampooflaschen und Tuben mit Duschlotion waren zerbissen, sodass ihnen ein intensiver Geruch entströmte, der bei Schinki erneut Brechreiz auslöste.

Das Alien betrachtete die Show sprachlos und mit weit aufgerissenen Augen. Seine rot lackierten Fingernägel krallten sich ins Mousepad, das vor ihm lag, und in seinen Mundwinkeln sammelte sich weißer Speichel.

Der Dackel setzte zum finalen Akt an. Vom Polstersessel aus und noch immer mit der Klopapierrolle im Schlepptau, nahm er Kurs auf die Hotelchefin. Als er sich genüsslich an ihrem Bein rieb und mit den Pfoten ihre Oberschenkel zerkratzte, kam es Schinki so vor, als lächle er.

Um die Fassung der Managerin war es geschehen. Sie stieß einen Schrei aus, so schrill, dass er unmöglich von dieser Welt stammen konnte und Schinkis Alien-Theorie erhärtete. Der Schrei fuhr ihm direkt in den Magen, kitzelte sensibelste Nerven und stülpte das Organ schließlich um.

Schinki kotzte auf den Schreibtisch.

Merkwürdig, dachte er, als er kurz darauf den Rückzug antrat und zur Tür hinauswankte, *die Alte schwitzt noch immer nicht.*

Die Kündigung war schneller zu Hause als Schinki selbst. Sie kam per Telefon, per E-Mail und vermutlich auch per SMS, aber das Smartphone hatte ja die Pinkhaarige mitgehen lassen.

Müde und unschön ernüchtert ließ sich Schinki auf seinen Fernsehsessel fallen. Plötzlich und ohne jede Vorwarnung erkannte er, dass ein mieser Job tatsächlich um Längen besser war als gar kein Job. Wovon sollte er in Zukunft seine Miete zahlen? Das Bier?

Er hätte gerne jemanden angerufen, von seinem Kummer erzählt. Aber Gollum war bei der Arbeit. Gollum liebte seinen Job als Sozialarbeiter. Dasselbe galt für seine Kumpels von der Band. Mettwurst (Bass) arbeitete in einem Motorradladen, Leberkäs (Schlagzeug) war Tontechniker und Mortadella (Keyboard) unterrichtete an einer Berufsschule Englisch und Mathe. Alle verlegten sie ihre wilden Stunden aufs Wochenende, waren an allen anderen Tagen brave Bürger, tranken von Montag bis Donnerstag kaum Alkohol, selbst bei den Bandproben ging es gesittet zu. Auch Schinki hatte es bislang so gehalten. Bettchen, sein Job, sein Motorrad – dieser Dreiklang hatte ihm Halt gegeben. Und natürlich die Musik.

Bis auf die Mucke war all das nun weg. Schinki seufzte abgrundtief. Wie sollte es mit ihm weitergehen? Ersparnisse hatte er keine. Berufsausbildung – Fehlanzeige. Er hatte irgendwann die Schule geschmissen, war eine Zeitlang über Jahrmärkte getingelt und hatte als Marktschreier Gemüseraspeln angepriesen. Dort hatte er auch Conny, den Schlagerfuzzi kennengelernt. Während dieser jedoch im Showbusiness seinen Weg fand, blieb Schinki beim Vertreterdasein hängen. Er hatte lediglich die Raspeln gegen Klopapier und Duschhauben eingetauscht.

Er konnte Conny natürlich um einen Vorschuss bitten. Vielleicht standen mal wieder ein paar Schnulzentexte an. Aber, verdammt noch mal, man hatte als Rockmusiker schließlich auch Ehre und Stolz in den Knochen! Der Job war Schinki sowieso hochgradig peinlich, und außer Gollum, dem er im Suff einmal davon erzählt hatte, wusste keiner darüber Bescheid. Nicht mal Bettchen hatte etwas geahnt.

Schinki seufzte erneut und schlurfte zum Kühlschrank. Der war noch prall gefüllt. Die Pinkhaarige hatte zum Glück von einem Wohnungseinbruch abgesehen. Er öffnete das fünfte Bier des Tages, und sobald der erste kalte Schluck durch seine Kehle rann, fühlte er sich gleich ein bisschen besser.

Manchmal musste man den Dingen ein wenig Zeit geben, überlegte er. Gelegentlich lösten sich Probleme von allein, wenn man ihnen nur den nötigen Raum dafür ließ. Hatte nicht schon Heraklit gesagt: *Alles fließt*?

Schinki beschloss, Raum, Zeit, Probleme, Kummer und vor allem Gerstensaft fließen zu lassen und jegliches Nachdenken und Philosophieren auf einen anderen Tag zu verschieben. Es war schwül, es war heiß, und im Gegensatz zu dem Alien im *Rosengarten* schwitzte er. Da half nur eins: die Flüssigkeitszufuhr sicherstellen.

Schinki begutachtete seine Plattensammlung, die er sich vor einigen Jahren auf einem Trödelmarkt zugelegt hatte. Schließlich wählte er Iron Butterfly und drehte die Siebzehn-Minuten-Version von *In-a-gadda-da-vida* auf volle Lautstärke.

Yeah. Normalerweise trank er ja nicht allein – aber besondere Tage erforderten besondere Maßnahmen. Das *Große Delirium* erreichte den nächsten Level.

Dienstag vor der Zugfahrt

Schinki lag angezogen auf dem Fußboden seines Wohnzimmers. Die Decke über ihm drehte sich, und der Boden schwankte. Die Luft knisterte, als sei sie elektrisch geladen.

Am Himmel hingen dunkle Wolken mit schwefelgelben Rändern. Es sah nach Gewitter aus, und tatsächlich versuchte gelegentlich ein kleiner Blitz sein Glück und ein fernes Donnergrollen probte den Aufstand. Doch der Kampf der Wolken und Ladungen war unentschieden, noch war völlig ungewiss, ob es zu einem reinigenden Platzregen kommen würde oder ob die Hitze den Sieg davontragen und noch erbarmungsloser das Leben lahmlegen würde als in der vergangenen Woche.

Verdammt, der Dackel war weg!

Mühsam schlug Schinki die Augen auf. Er war noch immer betrunken, und konnte sich nicht erinnern, wann er das Tier zum letzten Mal gesehen hatte. Am wahrscheinlichsten war es, dass er den Dackel im *Rosengarten* vergessen hatte. Sein Rückzug von dort war schnell, präzise und ohne langes Nachdenken erfolgt. Schinki konnte sich nicht erinnern, den Dackel mitgenommen zu haben.

Im ersten Moment machte sich Erleichterung in ihm breit. Er mochte Tiere sowieso am liebsten gut durchgebraten mit Pommes oder Brötchen – und dafür taugten Hunde nun mal nicht. Irgendjemand würde sich schon erbarmen und das Tier versorgen. Außerdem war er nicht für den Dackel zuständig, der ihm selbst nur zugelaufen war und sich vorher im Stadtgarten vermutlich von Abfällen und Mäusen ernährt hatte. So ein Streuner konnte sich gut allein durchschlagen.

Je länger sich Schinki auf diese Weise gut zuredete, desto klarer wurde ihm: Er konnte das arme Tier nicht einfach bei dem schweißresistenten Alien zurücklassen! Der Dackel hatte bereits zwei Nächte und einen ganzen Tag mit ihm verbracht – da trug man doch Verantwortung! Ganz davon abgesehen fühlte er sich an jenem Dienstagmorgen einsam. Keine Arbeit. Kein Motorrad. Kein Bettchen. Da war so ein Dackel gar nicht das Schlechteste.

Schinki duschte ausgiebig, frühstückte eine Handvoll Kartoffelchips und zwei Fläschchen Bier, zog sich seine Angus-Young-Shorts an, das schwarze *Fuck-the-Puck*-T-Shirt und flocht sich zwei silberne Perlen in den Kinnbart. Was ihn aus dem Spiegel anstarrte, gefiel ihm. Es entsprach genau dem, was er fühlte.

Draußen war es so schwül, dass selbst bei beharrlichem Nichtstun der Schweiß in Strömen floss. Warum hatte er keine Wegzehrung mitgenommen? Das Frühstücksbier war vermutlich gar nicht erst im Magen angekommen, sondern schon auf dem Weg dorthin verdunstet. Doch da war nichts zu machen, der Zug nach Dinkelschwaden fuhr bereits ein.

Wie ausgestorben lag das Hotel und Spa *Rosengarten* vor ihm, als er dort eintraf. *Aufgrund einer privaten Tragödie bleibt unser Hotel ab sofort geschlossen*, las er auf einem handgeschriebenen Zettel. *Bitte checken Sie so schnell wie möglich aus.*

Unentdeckt erreichte Schinki das Treppenhaus, keine Menschenseele war zu sehen.

»Miez, miez, miez«, versuchte er sein Glück. Wie man Hunde lockte, wusste er schlicht und ergreifend nicht. Die Worte echoten durch die Flure. Nichts geschah.

Mist! Wo sollte er das Vieh suchen?

Dort, wo es Mäuse und Vorräte gibt, erklärte ihm eine unbekannte Stimme, und er brauchte einige Zeit, bis ihm klar wurde, dass es seine eigene war, die innere, die manchmal ganz brauchbare Ratschläge erteilte.

Keller oder Dachboden! Da er inzwischen im dritten Stock angekommen war, war es sinnvoll, oben anzufangen. Auf seine Lockrufe rührte sich jedoch noch immer nichts. Der staubige Dachboden war so heiß, dass jeder Atemzug zur Qual wurde. Kein Tier der Welt wäre so blöd, sich hier freiwillig aufzuhalten, außer es war ein Alien, das nicht schwitzte. Eine Luke führte auf das Flachdach des Gebäudes, und von dort meinte Schinki nun das leise Trappeln von Pfoten zu vernehmen.

»Dackel?«, fragte er in die düsteren Wolken hinauf.

Ein harter Schlag traf ihn. Sein neuer Freund riss ihn beinahe zu Boden, als er mit einem Riesensatz direkt in seine Arme sprang. Dabei stieß er ein aufgeregtes Geplauder aus, wie es nur Hunde fertigbringen, die einiges erlebt haben.

Schinki nahm das Tier auf den Arm und verspürte eine unerwartete Seelenwärme, ein Gefühl wie bei Bettchen in den ersten Wochen nach dem Kennenlernen. Er lächelte.

Für den Rückweg nahm er den Aufzug. Mit ihm stieg ein Mann ein, den er schon einmal irgendwo gesehen hatte. Sein Herzschlag beschleunigte sich.

Konnte es möglich sein? Ja, das war eindeutig Franz Holzerding! *Der* Rockproduzent schlechthin! Der Mann, der schon jede Menge Bands ganz groß gemacht hatte! Wer von Holzerding produziert wurde, hatte es geschafft, das wusste jeder in der Branche.

Der Dackel gab ein lautes Geräusch von sich, und ausnahmsweise verstand Schinki, was er meinte.

Er hatte etwa eineinhalb Minuten Zeit.

Man nannte diese Situation in Fachkreisen den *Elevator-Pitch.* Stell dir vor, du bist Schauspieler oder Drehbuchautor und triffst im Aufzug Steven Spielberg. Was tust du, um ihn in dieser kurzen Zeit von deinem Können, von deiner Idee zu überzeugen? Was sagst du? Was bietest du dar?

Stell dir vor, du bist ein Hardrocker und triffst im Aufzug Franz Holzerding. Was tust du, Schinki? Na los, du hast nicht viel Zeit!

Schinki klemmte den Dackel fester unter den Arm und schleuderte den Kopf nach hinten. Dann holte er tief Luft und sang um sein Leben. *Kill the Dog* war der naheliegendste Song. *Kill the Dog* schmetterte er, als ginge es um

Leben und Tod. Und in gewissem Sinn tat es das ja auch. Es ging um seine Zukunft.

Der Starproduzent betrachtete den Hardrocker interessiert. Wo jeder normale Aufzuginsasse sein Smartphone gezückt und den ärztlichen Notdienst alarmiert hätte, reagierte Franz Holzerding mit zunehmendem Wohlwollen.

»Wir sollten uns kennenlernen.« Er lächelte, als sich die Aufzugstür im Erdgeschoss öffnete. »Oder haben Sie gerade etwas anderes vor?«

Zwei Stunden später

Schinki saß in einem schäbigen Café in Dinkelschwaden und hielt ein Papier in den Händen, das mehr wert war als jede Arzneimittelaktie während der Coronakrise. *Optionsvertrag* stand darauf geschrieben. Und darunter sein Name: Dirk Lämmle, Bandleader der Bloody Buletten.

»Den Namen müssen wir eventuell ändern«, sagte Franz Holzerding nachdenklich. »Ich schlafe mal drüber. Auch Schinki ist vielleicht nicht zu halten. Wir wollen ja die Veganer nicht vor den Kopf stoßen. Das ist heute alles nicht mehr so einfach wie vor zwanzig Jahren.« Er seufzte, während er sich an die guten, alten Zeiten erinnerte.

Schinki hörte nur mit halbem Ohr zu. Wenn es sein musste, würde er sich auch in Miezekatze, Barbiepuppe oder Zuckerschnecke umbenennen. Holzerding war der Gott der Hardrockszene, und einem Gott widersprach man nicht.

Sie hatten sich eine Stunde lang über Musik unterhalten, prächtig unterhalten, ganz hervorragend unterhalten, um genau zu sein. Der Dackel nutzte die Zeit, um sechs schlanke Birkenstämme zu begatten, dann legte er sich faul auf den dritten Stuhl und kläffte leise. Sein Gesichtsausdruck spiegelte ein zufriedenes *Na bitte* wider, aber weder der Produzent noch der angehende Rockstar nahmen es wahr.

Zum Abschluss schoss Holzerding eine ganze Reihe Handyfotos von Schinki: mit Dackel, ohne Dackel, mit Bierflasche und ohne.

»Deine Authentizität gefällt mir am besten«, versicherte Franz, nachdem sie auf Du und Du angestoßen hatten. »Das findet man heute nur noch ganz selten. Aber genau das wollen die Leute! Das Echte, das Unverfälschte! Das kannst du nicht spielen. Das musst du leben, spüren, es muss von ganz tief drinnen kommen. Ich bring dich groß raus, Schinki! Ehrlich gesagt bin ich schon seit Monaten, ach was, seit Jahren, auf der Suche nach einem wie dir. Mach dir keine Sorgen mehr um deinen Führerschein. Das regle ich schon. Und dann schießen wir eine große Fotostrecke mit dir auf der Honda Shadow. Glaubst du, dein Dackel macht das mit?«

Schinki zuckte die Schultern. »Möglich«, sagte er. »Ja, ich denke schon.« Dann rülpste er laut, und Franz Holzerding lächelte glücklich.

Nachdem sie noch ein wenig über Frauen und Musik, über Katzen und Musik, über das Wetter und Musik und über Musik geredet hatten, erhob sich der Produzent.

»Ich freue mich auf die Demobänder, Schinki!« Er klopfte dem Rocker auf die Schulter. »Du bist so verdammt echt, Bruder! Enttäusch' mich nicht, hörst du?«

Schinki dachte kurz an seinen Kumpel Conny, den Schlagerfuzzi, und an die Songtexte, die er für ihn schrieb. Er beschloss, dieses Problem so schnell wie möglich aus der Welt zu schaffen.

»Ich bin dein Mann!«, sagte er und stieß seine Faust gegen die des Produzenten.

Als dieser weg war, bleib Schinki noch eine halbe Stunde sitzen und gönnte sich zwei weitere Bierchen. »Auf dich, Dackel!«, sagte er und prostete dem Hund zu, der in der Hitze alle Viere von sich streckte. Er fiepte leise und tappte mit der Pfote auf den Optionsvertrag, der auf dem Tisch lag und in der Windstille nicht einmal raschelte. Schinki faltete ihn zusammen, steckte ihn vorsichtig in die Hosentasche, ließ ein ordentliches Trinkgeld liegen und stakste mit abgehackten Bewegungen zum Bahnhof.

Die Bandprobe am selben Abend entfiel. Mortadella (Keyboard), Mettwurst (Bass) und Leberkäs (Schlagzeug) starrten auf das zerknitterte Papier mit dem Wort Optionsvertrag drauf. Weil aus Schinki, der den Rest des Tages zum Feiern genutzt hatte, kaum ein vernünftiges Wort herauszubekommen war, konnten sie sich zunächst keinen Reim darauf machen. Erst als ein einzelner lauter Donnerschlag ertönte, der jedoch nicht die dringend notwendige Erlösung durch einen anhaltenden Landregen brachte, sondern die Wolken derart erschreckte, dass sie sich augenblicklich auflösten und davonwaberten, um sich weit entfernt erneut zu ballen, begriffen sie: Der Vertrag war echt!

»In Dinkelschwaden«, lallte Schinki. »Im Aufzug. Oh Mann.«

Die übrigen drei Bandmitglieder warfen ihre guten Vorsätze über Bord, ließen Dienstag Dienstag sein, schleppten eine Kiste Bier herbei und eine Flasche Korn und feierten bis in die frühen Morgenstunden im schalldichten Probenraum von Gollums Großmutter.

Mittwoch vor der Zugfahrt

Schinki war vor den anderen wach. Er hatte in Sachen *Großes Delirium* einen gewissen Vorsprung, auch was die Gewöhnung betraf. Sein Magen knurrte, und der Dackel jaulte. Aus einer Ecke des Probenraums drang ein unschöner Geruch. Das Vieh schüttelte sich. *Was sollte ich tun,* drückte sein vorwurfsvoller Blick aus. *Du hältst ja nichts vom Gassigehen, Boss.*

Ohne die anderen zu wecken – es war bereits Mittag und sowieso zu spät für die Arbeit – schlurfte Schinki nach

Hause. Unterwegs holte er sich bei seinem Lieblingstürken einen Döner und im Supermarkt um die Ecke einen Sixpack Bier. Für den Dackel nahm er einen Ring Hundeleberwurst mit.

Es war schrecklich heiß, aber nicht mehr so drückend wie am Vortag. Nachdem Schinki sich gestärkt hatte, griff er zu seinem schnurlosen Festnetztelefon und wählte die Nummer seines alten Kumpels Conny.

»Hey, Schinki! Schön von dir zu hören!«, meldete sich der Schlagerstar. »Was treibst du denn so?«

»Och, so dies und das. Ähm. Ich ...«

»Sag mal, bist du etwa betrunken? Um diese Uhrzeit?«

»Höchstens ein bisschen Restalkohol. Ähm. Ich ...«

»Du solltest nicht so viel saufen, Alter. Das kann noch mal böse enden.«

»Verdammt, Conny! Wenn ich gute Ratschläge will, rufe ich meine Mutter an!«

Das Gespräch drohte zu stocken, aber dann seufzte der Schlagferfuzzi. »Schon gut, Alter. Hast ja recht. Ich bin selbst schließlich kein Kind von Traurigkeit. Nur dass bei mir inzwischen das feine weiße Pulver das Bier abgelöst hat. Macht nicht so dick, weißt du. Ich hab Probleme mit meinem Gewicht. Ich kann dir sagen, Schinki, ist gar nicht so einfach, wenn du Minimum fünf Tage die Woche auf der Bühne stehst! Wenn die Presse um dich rumscharwenzelt und jedes Gramm Gewicht zählt. Oder die Haare auf deinem Kopf. Die Leute glauben immer, als Star führst du ein sorgloses Leben, Party von morgens bis abends, kannst tun und lassen, was du willst. Aber so isses nicht. Jetzt zum Beispiel liege ich in der Hängematte und zerbreche mir den Kopf über das neue Album, das ich in Angriff nehmen muss. Damit mich die Leute nicht vergessen, sagt mein Manager. Hähä. Kannst froh sein, Kumpel, dass deine Bloody Buletten kein Schwein kennt. Bleibt dir viel erspart dadurch! Gestern zum Beispiel ...«

»Ähm«, unterbrach Schinki den Redefluss des Schlagerstars. »Ich muss mit dir reden.«

»Sprich deutlicher, Kumpel. Du lallst ja! Ist nicht gut mit dem vielen Bier, ehrlich. Hast ja auch einen Hang zum Bauchansatz. Hält sich noch in Grenzen, aber wenn du so weitermachst, schiebst du in fünf oder sechs Jahren einen ordentlichen Schrank vor dir her. Was gibt's denn?«

»Ähm. Ich ...« Plötzlich wusste Schinki nicht mehr so recht, wo er anfangen sollte. Alles erzählen? Oder nur das Wichtigste?

»Ich hab einen Dackel«, begann er mit dem Unwichtigsten.

Der Schlagersänger kicherte. »Schön für dich. Und deshalb rufst du bei mir an?«

»Nein. Ich ... Ähm.«

»Macht nichts, Alter. Ich wollte sowieso mit dir sprechen. Das neue Album. Mein Komponist hat schon ein paar Ideen, die schicke ich dir dieser Tage. Dann bist du dran. Wir hätten diesmal gern Herzschmerz und Wehmut in den Texten, Romantikgesülze, aber auch ein bisschen Fun. Liebe, Leid und Party. Du weißt, was ich meine. Schaffst du das in ein, zwei Monaten? Blöde Frage. Klar schaffst du das, Schinki!«

»Deshalb rufe ich an, Conny. Ich werde keine Texte mehr für dich schreiben.«

Sekundenlang entströmte dem Telefon in Schinkis Hand nichts als Stille. Dann ein raues Lachen.

»Sehr lustig, Alter. Diese Seite kenne ich gar nicht von dir! Hast mir wirklich kurz einen Schrecken eingejagt. Also, hör zu, Kumpel: Drei Songs zum Weinen, vier Partyhits für den Ballermann, zwei Lieder mit ernsteren Texten, Einsamkeit oder Klima, wenn es sein muss. Und, der Knaller: Ein Duett mit Hubsi Vorderlader. Was sagst du dazu?«

»Ich mein's ernst, Conny. Ich schreibe keine Texte mehr für dich.«

»Sag mal, spinnst du? Haben sie dir was ins Bier gekippt?«

»Nein, Mann. Ich werde mit den Buletten groß durchstarten. Hör zu ...«

»Geht es um die Kohle? Willst du mehr Geld? Sag das doch einfach. Ich bezahle dich zwar schon ganz ordentlich, aber wenn du mehr brauchst ... Da kannst du doch mit mir reden, Schinki! Auf Conny kannst du dich verlassen. Also, wie viel?«

Schinki beobachtete den Dackel, der Anstalten machte, sein gestriges Nachtmahl wieder loszuwerden.

»Ich brauche deine Kohle nicht mehr«, erklärte er dem alten Kumpel aus Jahrmarktstagen. »Bald bin ich selber berühmt. Ich kann keine Schnulzentexte mehr schreiben. Weißt du, als Rockstar musst du *echt* sein, *unverfälscht.* Das musst du leben, spüren, das muss von ganz tief innen kommen, verstehst du? Die Fans merken das! Wie könnte ich noch authentisch sein, wenn ich weiter für dich schreibe? Stell dir nur vor, das käme raus!« Ihn schauderte trotz der fast vierzig Grad in seiner Wohnung.

Der Dackel hatte seine Tätigkeit beendet und ein grün schillerndes Häufchen auf Schinkis Teppichboden hinterlassen.

Kein Wort drang aus dem Telefon. Es verging fast eine Minute, ehe Connys Lachen erklang. Nicht mehr so fröhlich wie beim letzten Mal, eher etwas gequält.

»Wer hat dich denn auf diese Schnapsidee gebracht?«, wollte er wissen. »Berühmt? Du?«

Schinki erzählte ihm von dem Alien im Hotel, von seinem Rauswurf bei der Firma, von dem Dackel, den er in Dinkelschwaden vergessen hatte. Und von Franz Holzerding.

»Du kannst mich doch nicht einfach hängenlassen!« Connys Stimme klang weinerlich, als er sich endlich zu einer Antwort durchrang.

»Hängenlassen? Red keinen Mist! Du wirst doch wohl einen anderen Texter finden! Die Welt ist voller verkannter Dichter!«

»Aber keiner bringt so viel Herzschmerz rein wie du, Schinki.«

Schinkis Magen rebellierte. »Wie wär's mal mit: Herzlichen Glückwunsch, Alter?«, fragte er. »Freust du dich denn gar nicht für die Buletten?«

»Das klappt sowieso nicht, Kumpel. Hast du überhaupt eine Ahnung, wie schwierig das Showbiz ist? Das hältst du gar nicht durch, Schinki. Da bist du nicht der Richtige. Das wird nichts.«

Die Stimme des Schlagerstars klang plötzlich gehässig. »Glaubst wohl, eine Stunde Saufen mit einem Produzenten reicht, um berühmt zu werden? Der hat dich nur verarscht, Bruder! Der sitzt jetzt in seinem Büro und lacht sich 'nen Ast über den dämlichen Provinzrocker, dem er einen Bären aufgebunden hat. So sieht's nämlich aus, Alter!«

Der Dackel knurrte ins Telefon. Dann winselte er sehnsuchtsvoll Schinkis Wandkalender an, auf dem eine feurige Dänische Dogge abgebildet war. Schließlich verstummte er, und es herrschte einen Moment lang eisige Stille.

Und plötzlich begriff Schinki: Sein alter Kumpel Conny war alles andere als ein Freund! War noch nie einer gewesen. Conny war es schon immer darum gegangen, andere auszustechen und selbst im Mittelpunkt zu stehen.

Schinki, zu Jahrmarktzeiten ein jugendlicher Ausreißer, und Conny, der Erwachsene, der ihm sagte, wo es langging. Der ihn deckte und als Bruder ausgab, damit ihn niemand schnappte. Der aber nie ernsthaft an Schinkis Schicksal interessiert war. Später, als sich bei Conny erste Erfolge einstellten, war es ihm immer nur darum gegangen, bewundert zu werden. *Da schau her, Schinki! Ich hab's geschafft! Die Zeitungen schreiben über mich. Die Konzerte sind ausverkauft. Schlagermusik? Why not? Damit machst du das große Geld.*

Rockmusik? Vergiss es! Out. Höchstens noch für ewig Gestrige interessant. Aber schau, Schinki, wie gut du's hast! Du kennst einen berühmten Star! Du darfst sogar meine Songtexte schreiben!

Schinki wusste längst, dass Conny ihn lausig bezahlte. Aber bis heute hatte er die Texterei auch eher als Freundschaftsdienst betrachtet.

Jetzt, in diesem Moment, mit Dackel und Brummschädel, ging ihm die ganze Wahrheit auf: Conny hatte ihn immer nur ausgenutzt. Hatte ihn gebraucht, um auf ihn herabzusehen. Er umgab sich ausnahmslos mit Personen, die vermeintlich unter ihm standen. Kollegen, die genauso oder gar noch erfolgreicher waren als er selbst, konnte er nicht in seiner Nähe ertragen.

Pfui Teufel! Schinki spuckte angewidert auf seinen Balkon und traf stattdessen seine Hose. Er rülpste laut ins Telefon.

»Fick dich, Conny«, sagte er. Es schien ihm die einzig passende Antwort.

Diesmal konterte der Schlagerstar sofort. Seine Stimme klang fies: »Was wird dein Franz Holzerding wohl sagen, wenn ich ihm stecke, wer in Wahrheit meine Texte geschrieben hat? Hm? Was glaubst du? Würde ihm das gefallen?«

»Du willst mich erpressen, Conny?« Schinki konnte es nicht fassen. »Du willst meine Karriere ruinieren, bevor sie angefangen hat?«

Der Schlagerstar lenkte ein. »Nein, Schinki. Natürlich nicht. Nicht, wenn du weiter für mich arbeitest. Dann bleibt alles schön unter uns. Wie bisher.«

Schinki schnappte nach Luft. »Du verdammter, lausiger Weichspüljodler! Du willst mir drohen, du säuselndes Usambaraveilchen? Du ...«

Der Schlagersänger lachte. Jetzt glaubte er wieder die Oberhand gewonnen zu haben. »Am besten, du schläfst erst mal deinen Rausch aus, Schinki. Dann wirst du schon einsehen, dass ich recht habe. Und mach dir Gedanken über die Songs für das neue Album! Entweder du lieferst oder Holzerding erhält einen Anruf von mir.«

Ein langgezogenes Summen zeigte Schinki, dass sein Gesprächspartner aufgelegt hatte.

»Das Arschloch will mich erpressen«, teilte er dem Dackel fassungslos mit. »Hast du das gehört?« Er war so geschockt, dass er eine ganze Flasche Bier in einem Zug leertrank. »Hast du das gehört?«, wiederholte er. Und leerte eine weitere Flasche.

Danach sagte er nichts mehr. Er verschlief den Nachmittag und den frühen Abend. Er bekam nicht mit, wie der Dackel durch die angelehnte Tür entwischte und im Stadtgarten das Bein einer Nonne begattete. Er wachte nur gelegentlich auf, wenn der Durst ihn plagte. Dann trank er ein Bier, und als er keines mehr fand, notgedrungen auch Wasser. Einmal teilte er sich mit seinem Dackel den Ring Leberwurst und fiel danach wieder ins Reich der Träume. Üble Träume waren das, wirr und verstörend. Aliens kamen darin vor, pinkfarbene Streichhölzer und menschenfressende Gewitterwolken.

Zum Glück konnte er sich später an keinen einzigen davon erinnern.

Donnerstag vor der Zugfahrt

Als Schinki am kommenden Morgen erwachte, war sein Kopf frei, und der Dackel ließ sich nirgends blicken. Es war heiß, sehr heiß. Schinki gönnte sich eine eiskalte Dusche und fluchte. Wenn man das Vieh mal brauchte, war es nicht da! Mit wem sollte er sich unterhalten? Es musste dringend ein Plan her! Er konnte unmöglich zulassen, dass dieser verfluchte Schnulzenträllerer seine Zukunft ruinierte!

»Dackel!«, rief er. »Wo steckst du?«

Nichts regte sich. Seine Wohnungstür stand offen, und Schinki vermutete, dass der Hund sich sein Frühstück besorgte.

Was sollte er nur tun? Wenn dieser verfluchte Mürbteigflöter tatsächlich Holzerding anrief, war alles aus! Vorbei das *Echte, Authentische,* das von ganz tief innen kam. Vorbei die Karriere, die er versprochen hatte.

Schinki schlug die Faust auf den Tisch. Never!

Im Bad warf er einen Blick in den Spiegel: Er war kräftig gebaut, aber nicht dick. Langes Haar, noch ganz voll. Ein gekräuselter Bart, der bis zum Schlüsselbein reichte. Meist geflochten und mit Perlen versehen. Ein kantiges Gesicht, nicht klassisch schön, aber doch attraktiv. Die Nase stolz gebogen, die Augen von einem verwegenen Grün, derzeit allerdings blutunterlaufen. Vorn links ein im unteren Drittel abgebrochener Schneidezahn. Der verlieh ihm beim Lächeln ein kühnes, fast gefährliches Aussehen. Die weiblichen Fans der Buletten himmelten ihn an – mehr als sie Mettwurst (Bass), Leberkäs (Schlagzeug) oder Mortadella (Keyboard) anhimmelten.

Er war ein Rocker, verdammt noch mal! Ein Rocker ließ sich so etwas doch nicht gefallen! Schon gar nicht von einem Schlagerfuzzi wie Conny!

Schinki zog sich an, die zerfetzten Jenas, damit ein bisschen Luft durchwehte, ein ausgeleiertes Shirt mit Totenschädel drauf und die schweren Motorradstiefel mit den Eisensporen, in denen seine Füße auch schon während der vergangenen Tage gekocht hatten. Er fand einen um diese Zeit bereits geöffneten Biergarten, bestellte Flüssiges und einen Wurstsalat und legte sich seinen Schlachtplan zurecht.

Drei Stunden später war er damit fertig. Der Plan sah in etwa folgendermaßen aus: Nach Berlin fahren, Conny aufsuchen, ihm ordentlich die Fresse polieren. Bei einem Sitzpinkler wie dem Süßholzjodler sollte das ausreichen, um ihn nachhaltig einzuschüchtern. Notfalls konnte man die Behandlung ja wiederholen.

Blöd war nur, dass er die Tour nicht mit dem Motorrad unternehmen konnte. Das stand ja noch immer bei dem Pickligen im Vorgarten.

Zähneknirschend machte sich Schinki auf den Weg zum Bahnhof. Sein Blick wirkte so entschlossen und *angry*, dass die Leute, die ihm begegneten, lieber die Straßenseite wechselten.

Am Schalter erfuhr Schinki, dass für den morgigen Zug nach Berlin eine hohe Auslastung vermutet werde und er besser reservieren solle. So erstand er ein Ticket für ein Sechserabteil, ferner holte er sich am Kiosk drei weitere Sixpacks, ein paar belegte Brote und eine Dose Hundefutter. Dann wankte er zurück nach Hause, machte es sich gemütlich und malte sich die Begegnung mit Conny genüsslich in allen Farben aus.

Der Dackel war nicht zurückgekehrt. Schinki zuckte die Schultern. »Nach Berlin hätte ich dich sowieso nicht mitnehmen können«, sagte er zu sich selbst.

Im Zug

Die Nonne stank nach Schweiß, und das Quieken der Schweine ging ihm allmählich auf die Nerven.

»Sehr geehrte Fahrgäste, wir entschuldigen uns für die Verzögerung. Sofern sich ein Metzger unter den Passagieren befindet, möge er sich bitte beim Zugpersonal melden. Unsere Mitarbeiter sind unterwegs, um Ihnen zur Erfrischung Mineralwasser an die Plätze zu bringen. Dieser Service ist selbstverständlich gratis.«

Wasser! Schinki verzog verächtlich die Lippen und ließ seinen abgebrochenen Schneidezahn aufblitzen. Als ob Wasser einen wirklich ordentlichen Durst löschen könnte! Hatte man so etwas Dämliches schon einmal gehört?

Er fischte eine weitere Bierdose aus seinem Beutel und stellte entsetzt fest, dass es die vorletzte war. Wenn sich nicht bald etwas tat, brach hier drinnen der Notstand aus!

Sie standen jetzt schon seit zwei Stunden mitten in der Pampa herum. Schinki hatte keine Lust, noch länger zu warten. Er hätte sich schon längst einen Weg aus dem stickigen Abteil gesucht, wenn da nicht diese süße Schwarzhaarige gewesen wäre. Ein saftiges Schnittchen! Sie erinnerte ihn ein bisschen an die Pinkhaarige, aber sie war jünger, auf jeden Fall schöner, und Schwarz gefiel ihm auch deutlich besser als Pink. Wie sie ihn ansah!

Als er seine Wegzehrung, zwei Frikadellen, verspeiste, sprühten ihre Augen Funken. Ein Blick war das: loderndes Feuer! Und jetzt sah sie schon wieder zu ihm rüber!

Schinki zwinkerte ihr zu, setzte sein Bühnenlächeln auf und streckte ihr, jeder Vernunft zum Trotz, seine vorletzte Dose hin. »Bierchen?«, fragte er lässig.

Yes. Sie nahm es an! Nach kurzem Zögern zwar, aber sie nahm es! Sie sprach nicht, bedankte sich jedoch mit einem kurzen Nicken und einem angedeuteten Lächeln.

Ein Käfer krabbelte über Schinkis Eingeweide. Zumindest kam es ihm so vor. Er unterdrückte ein Seufzen und fixierte sich auf die Schwarzhaarige. Aber sie beachtete ihn nicht mehr, sondern starrte wieder aus dem Fenster, den Schweinen hinterher, während sie geistesabwesend den Dackel kraulte, der sich auf ihrem Schoß niedergelassen hatte.

Das war schon mal ein gutes Zeichen! Der Dackel mochte das Törtchen auch! Bislang hatte sich Schinki ja bestens auf die Urteilskraft des Tieres verlassen können. Der Schwarzhaarigen gegenüber zeigte der Hund nichts von der Abneigung, die er Bettchen entgegengebracht hatte.

Schinki grinste. Ein echter Teufelskerl, dieser Dackel! Er musste einfach unbemerkt in den Zug gesprungen sein! Hundenasen waren ein Wunderwerk der Natur. Vielleicht konnte man darüber mal einen Song schreiben. *Obergeil, die Hundenase, ist 'ne wahre Duftoase …* Selig wippte Schinki mit dem rechten Fuß im Takt.

Leider sollte jedoch auch dieses Glanzstück der Liedkultur das *Große Delirium* nicht überdauern, und gemeinsam mit dem Song über das Alien aus Dinkelschwaden im Universum der vergessenen Meisterwerke verschwinden.

»Sehr geehrte Fahrgäste, wir erfahren gerade, dass sich die Weiterfahrt um weitere zwei oder drei Stunden verzögern könnte. Alle Mitarbeiter des veterinärmedizinischen Instituts und des örtlichen Schlachthauses sind bei einem Fleischereikongress, uns stehen zu wenige Fachkräfte zur Bergung der Tiere zur Verfügung. Wir danken für Ihr Verständnis.«

Nicht nur der Nonne lief der Schweiß von der Stirn, auch alle anderen glänzten inzwischen. Die Temperatur im Abteil musste die Vierzig-Grad-Marke längst überschritten haben. Es stank.

Das alles war Schinki bereit zu ertragen, um in der Nähe der Schwarzhaarigen zu sein. Doch als der Dackel auf dem Schoß der Schwarzhaarigen laut tönend und saftig einen fahren ließ, war es um seine Beherrschung geschehen.

»Verfluchte Scheiße!«, brüllte er und spürte seinen Magen hüpfen. Wenn er nicht bald hier rauskam, würde die Schöne ihn reihern sehen. Und ob das der zarten Anbahnung einer Beziehung dienlich wäre, schien mehr als fragwürdig. Hektisch sah Schinki sich um. Gab es da nicht irgendwo so einen Hammer, mit dem man die Scheiben einschlagen konnte?

Die Nonne bekreuzigte sich, die Biedere presste ihre Keksdose enger an sich, sogar das Törtchen runzelte kurz die Stirn. Der Freundliche unternahm einen erneuten Versuch, Konversation zu treiben. »Hoppla«, sagte er. »Ähm …« Doch dann verstummte er.

Nur der Stoische blieb stoisch. Ein Sesselpupser, vermutete Schinki verächtlich. Wahrscheinlich konnte den überhaupt nichts aus der Ruhe bringen!

Schmitt, einfach nur Schmitt (mit Doppel-t), Alter nichtrelevant, Erlediger

Drei Wochen zuvor

Sein Standort war ideal, das Wetter auch. Bis auf den Wind. Schmitt steckte seinen rechten Zeigefinger, mit dem er in exakt achtundvierzig Minuten den Abzug seines Scharfschützengewehrs betätigen würde, erst in den Mund und dann in die Luft. Leichte Brise von Ostsüdost. Dafür brauchte er keinen Windstärken-, keinen Windrichtungsmesser, wie diese jungen Möchtegern-Jäger, die seit einiger Zeit aus dem Boden schossen wie Pilze nach einem milden Herbstregen aus feuchtem Waldboden. Nachwuchs war wichtig, ja, aber dass jetzt Kreti und Pleti ausgerechnet in seine Branche drängten, nur weil sie einigermaßen gut schießen konnten, empfand er als lästig. So gut war die Auftragslage nun auch wieder nicht, dass der Kuchen für alle reichen würde. Sein Vorteil war bisher immer gewesen, dass er schon lange im Geschäft war, dass er sich über Jahre hinweg einen guten Namen gemacht hatte. Auftragstechnisch machte er sich daher keine Sorgen. Was ihm Sorgen machte, war der Ruf seines Berufsstandes. Wenn jeder dahergelaufene Hobbyschütze jetzt auf Auftragskiller machte, wo blieb dann bitteschön die Qualität? Auftragsmorde mit automatischen Schnellfeuerwaffen – wo blieb denn da die Eleganz? Wo die Ästhetik? Ganz zu schweigen von den Kollateralschäden. Solche »Kollegen« hatten keine Berufsehre, keine Achtung vor dem Leben.

Schmitt schüttelte bei diesem Gedanken den Kopf. Und dann die Honorare, die sie verlangten! Dumpingpreise waren das, sie machten damit systematisch das Geschäft kaputt, und das weltweit. Andererseits, das musste Schmitt zugeben, durften sie für ihre stümperhaft ausgeführte Arbeit gar nicht mehr verlangen. Zum Glück gab es noch genügend Auftraggeber, die auf Qualität setzten und ein höheres Honorar dafür in Kauf nahmen.

Wie im Schlaf korrigierte er die Einstellungen an seiner Waffe. Wenn der Wind nicht stärker wurde, wäre dieser Auftrag ein Klacks. Bis auf den Wind war es ein perfekter Tag für einen Außenjob: Anders als in den vorangegangenen brütend heißen, sonnendurchglühten Tagen, war der Himmel heute bedeckt – keine Sonne, keine Lichtreflexionen würden ihn stören oder ablenken. Dennoch war es nicht zu dunkel. Einfach ideal.

Schmitt streckte den Rücken durch, wobei es leise knackte. Früher hatte es nicht so geknackt, musste er sich eingestehen – oder hatte er früher nur nicht darauf geachtet? Aber natürlich ging auch an ihm der Kelch des Alterns nicht vorüber – wobei er sich seiner Meinung nach recht gut gehalten hatte. Aber unbequeme Nächte im Auto während langweiliger Observierungen und stundenlanges Ansitzen bei Wind und Wetter im Freien machten ihm immer mehr zu schaffen. Immer häufiger hatte er sich in den letzten Monaten die Frage gestellt, wie lange er das noch machen wollte. Und immer mehr kam er zu dem Ergebnis, das es eigentlich an der Zeit war, in den Ruhestand zu gehen. Rente würde er zwar keine bekommen, aber mit den Konten im Ausland würde er sich einen angenehmen Lebensabend gönnen können. Er wusste auch schon, wo er diesen Lebensabend verleben würde: in Andalusien, und zwar in dem hübschen Häuschen, das er vor einem halben Leben einem Olivenbauern abgekauft und liebevoll hergerichtet hatte. Keine zehn Kilometer vom wunderschönen Malaga entfernt, mit Pool, eigenem Strand und kleinem Olivenhain. Und da war ja auch noch die Lebensversicherung, die er in ein paar Jahren ausbezahlt bekommen würde. Finanziell bräuchte er sich also keine Sorgen zu machen.

Sein heutiger Auftrag war glücklicherweise wie ein Spaziergang. Schon gestern hatte er unter falschem Namen ein Zimmer im achten Stock eines Fünf-Sterne-Nobelhotels direkt gegenüber seines »Zielortes« gemietet. Nun stand er in seinem luxuriösen Zimmer am geöffneten Fenster, um sich auf den einen Schuss vorzubereiten, der ihm hunderttausend hübsche kleine Euro einbringen würde. Bei diesem Honorar konnte er leicht auf das Absetzen der Hotelrechnung bei der Steuer verzichten.

Schmitt sah zum Himmel. Falls es doch noch zu regnen anfangen sollte – und danach sah es im Moment tatsächlich aus –, würde das die Erledigung seines Auftrags natürlich etwas erschweren, weil dann alle da unten mit Regenschirmen herumlaufen würden. Aber *er* wäre zumindest im Trockenen.

Erneut sah er durch das Zielfernrohr und korrigierte die Einstellung um einen Tausendstelmillimeter. Nun war es perfekt.

Er trat von dem kleinen Schreibtisch zurück, den er extra vor das Fenster geschoben und auf dem er sein Gewehr auf einem zusammenklappbaren Dreibein aufgebaut hatte. Er verspürte das unbändige Verlangen nach einer Zigarette, aber das Rauchen hatte er sich schon vor vielen Jahren abgewöhnt. Nicht wegen seiner Gesundheit, sondern weil damals einer seiner am meisten geschätzten Kollegen anhand seiner DNA an einer dummerweise liegengelassenen Kippe überführt worden war. Auch wenn Schmitt sicher war, dass seine DNA nirgendwo gespeichert war, wollte er diesbezüglich kein Risiko mehr eingehen. Kaugummikauen verkniff er sich aus demselben Grund. Es war schon unheimlich, was Kriminaltechniker heutzutage alles feststellen konnten. Diese Typen mit ihren hochtechnischen Gerätschaften machten einem den Job nicht gerade leicht. Doch er war Profi durch und durch und somit mindestens genauso raffiniert wie die Kriminalisten. Sogar in diesem feinen Hotel trug er deshalb Handschuhe – Zähneputzen und Duschen mit Handschuhen, daran musste man sich erst einmal gewöhnen. Er brachte stets seine eigene Bettwäsche mit, damit ihn keine verlorenen Haare, Wimpern oder gar fürs Auge unsichtbare Hautschüppchen verraten konnten. Auch sein eigenes Glas hatte er immer im Gepäck. Und bevor er auscheckte, wischte er trotz der Handschuhe nicht nur alles, wirklich alles mit einem eigens dafür mitgebrachten Mikrofasertuch ab, er saugte auch mit einem im Reisegepäck mitgeführten Handstaubsauger den Boden und jede Ritze. Sogar die Siphons von Dusche und Waschbecken reinigte er akribisch – mit der Zahnbürste, die er nach jedem Hotelbesuch dann zu Hause entsorgte. Diese Vorsichtsmaßnahmen beeinträchtigten zwar den Genuss, den man normalerweise in einem Luxushotel wie diesem erleben konnte, aber der Aufwand sprach für sich: Er war bisher nicht erwischt worden.

Alle diese Maßnahmen hatte er bereits erledigt, sein Koffer war schon im Kofferraum seines Wagens verstaut. Nach erledigter Arbeit würde er mit geübten Griffen seine Waffe zerlegen und in den schlichten schwarzen, im Innern aber modifizierten Aktenkoffer packen, sein Glas würde er einfach in die Jackettasche stecken. Keine Minute später wäre er aus dem Zimmer draußen und auf dem Weg nach unten. Und während Polizei und Bodyguards noch verzweifelt versuchen würden, sich einen Überblick über das von ihm verursachte Chaos zu verschaffen, würde er schon mit seinem unscheinbaren dunkelblauen BMW-Kombi die Tiefgarage des Hotels verlassen und sich über die nahegelegene Autobahn Richtung München absetzen.

Schmitt goss sich Wasser aus der vom Hotel spendierten Mineralwasserflasche in sein mitgebrachtes Glas ein. Bevor er trank, betrachtete er wie immer die Aufschrift auf dem Glas: *Bielefeld läuft – Gesund durch Bewegung*. Und wie immer, wenn er das las, musste er schmunzeln: Für einen der Teilnehmer war dieses Marathon-Spektakel damals nicht so gesund gewesen. Nämlich für den Chef von »Baby-Glück«, einer Firma, die trotz jahrelanger Proteste der Verbraucherschützer weiterhin ihre Babynahrung mit viel zu viel Zucker herstellte. Kurz vor der Ziellinie hatte ihn ein Projektil aus Schmitts Waffe gnadenlos niedergestreckt. Die Firma gehörte mittlerweile Schmitts damaligem Auftraggeber, der jetzt hundert Prozent zuckerfreie Babynahrung herstellte.

Schmitt nahm einen großen Schluck und sah zufrieden aus dem Fenster. Dieser erfolgreich ausgeführte Auftrag war sozusagen ein Dienst am Menschen – zumindest an den ganz kleinen.

Unter ihm kam Bewegung auf die schon am Vortag aufgebaute Bühne. Was er heute erledigen würde, war irgendwie auch ein Dienst am Menschen. In etwa einer halben Stunde würde dort unten ein Politiker auftreten, der nicht nur für eine Geschwindigkeitsbegrenzung von neunzig Stundenkilometern auf deutschen Autobahnen kämpfte, sondern auch dafür, dass es pro Haushalt in absehbarer Zeit nur noch *einen* PKW geben, und dass dieser PKW höchstens noch fünfundsechzig PS haben sollte.

Davon abgesehen, dass sich Schmitt nie, wirklich nie, um das Leben und Wirken seiner Zielpersonen kümmerte, trafen die Aussagen dieses Irren – anders konnte man einen Menschen mit solch kruden Ansichten seiner Meinung nach wirklich nicht nennen – mitten in sein leidenschaftliches Autofahrerherz. Zum einen besaß er mehrere »Dienstfahrzeuge«, die allesamt mehr als fünfundsechzig PS unter ihrer Haube hatten, zum anderen weil es sein absolutes Traumauto, das Jaguar F-Type P575 Coupé, das er sich dieses Jahr zum Geburtstag schenken wollte, satte fünfhundertfünfundsiebzig PS auf den Asphalt brachte. Somit war er in diesen Auftrag, den er normalerweise völlig emotionslos ausführen würde, mehr als involviert: Er ließ sich doch von einem sesselfurzenden, krampfhaft um Aufmerksamkeit ringenden Politikerfuzzi nicht das bisschen Spaß vermiesen, das er im Leben hatte! Er hatte Jahrzehnte lang hart gearbeitet und tat das noch immer, da sollte ihm gefälligst keiner vorschreiben, wie langsam er mit welchem himmelschreiend langweiligen Auto von Job zu Job fahren durfte!

Mit einem Opernglas beobachtete er, wie immer mehr Parteigenossen seiner Zielperson auf die Bühne kletterten, das Mikrofon überprüften und irgendwelche anderen Dinge erledigten.

Nur die Zielperson selbst war noch nirgends zu sehen.

Aufmerksam betrachtete er von seiner hohen Warte aus auch das Geschehen auf dem Platz.

Vor der Tribüne waren noch die Leute vom Fernsehen damit beschäftigt, ihre großen Kameras in Position zu bringen.

Wie Preisboxer aussehende Security-Leute standen überall herum, wahrscheinlich sollten sie die heranströmenden Besucher einschüchtern.

Zwei Typen, die mit ihren Sonnenbrillen und den dunklen Anzügen aussahen wie typische FBI-Agenten aus einem amerikanischen Spielfilm, überwachten die Szenerie. Routinemäßig scannten sie mit geübten Blicken auch immer wieder die Häuserfronten. Schmitt trat vorsichtshalber einen Schritt zurück, auch wenn er sich sicher war, dass sie ihn von da unten nicht sehen konnten. Auch die Waffe nicht, ihr Lauf endete zehn Zentimeter vor dem Fensterrahmen.

Schmitt zuckte zusammen, als sein Handy klingelte. Er hatte es noch nicht ausgeschaltet, das machte er immer erst kurz vor dem Schuss. Fast gleichzeitig stellte er den Klingelton leiser und nahm das Gespräch an.

»Ja?«, sagte er mit sanfter Stimme, ohne das Geschehen unter ihm aus den Augen zu lassen.

»Mit wem spreche ich denn?«, fragte eine Stimme, wie sie zu einem jungen Mann gepasst hätte.

»Mit wem spreche *ich* denn?«, gab Schmitt die Frage zurück.

»Na hören Sie mal, Sie müssen sich schon anständig melden, wenn Sie ans Telefon gehen!«

»Ach, muss ich das?«, sagte Schmitt spöttisch.

»Natürlich, der Anrufer muss doch wissen, ob er mit der richtigen Person verbunden ist!«, echauffierte sich der Kerl am anderen Ende.

Schmitt hätte das Gespräch am liebsten beendet. Er mochte solche Menschen nicht, die andere immer belehren mussten. Doch er blieb in der Leitung und fragte aufreizend kühl: »Wen wollten Sie denn anrufen?«

»Also das geht Sie ja wohl gar nichts an!«

»Gut, dann lege ich jetzt auf ...«

»Schmitt«, rief es da aus dem Lautsprecher. »Einen Herrn Schmitt wollte ich anrufen.«

»Und mit genau dem sind Sie jetzt verbunden. Was wollen Sie?«

»Hier spricht Kevin Hanse...«

»Keine Namen!«, unterbrach Schmitt ihn. »Für das, was Sie von mir wollen, brauche ich keine Namen!«

Kurz war es still am anderen Ende. »Aber doch den von meinem Vater?«

Schmitt kombinierte, dass der ungeduldige Schnösel wohl seinen Erzeuger aus dem Weg schaffen wollte. »Wenn Sie mir einen Auftrag erteilen wollen und er das Ziel dieses Auftrages ist, dann genügt mir ein Foto.«

»Mein Vater ist nämlich ein arrogantes Arschloch, der mich und meine Mutter noch vor meiner Geburt verlassen hat ...«

»Das«, unterbrach Schmitt erneut.

»Was?«

»... ein Arschloch, *das*, nicht *der*. Und Ihre Lebensgeschichte interessiert mich nicht die Bohne.« Schmitt trat näher ans Fenster. Der Platz vor der Tribüne füllte sich mit Menschen, die Schilder und Spruchbänder in die Luft hielten. Er konnte zwar nur die leeren Rückseiten sehen, aber den lauten Unmutsbekundungen nach zu urteilen, handelte es sich dabei nicht um Jubelparolen.

»Na hören Sie mal, ich muss Ihnen doch erklären, warum ich Sie anheuern will!«

Schmitt blieb gelassen. »Müssen Sie nicht.«

»Der Alte ist inzwischen scheißreich und kümmert sich einen Dreck um mich und meine Mutter!«, drang es weinerlich an Schmitts Ohr.

»Erstens muss das heißen: ›meine Mutter und mich‹, oder sind Sie ein Esel?«

»Was?!«

»Der Esel nennt sich nämlich immer zuerst. – Und zweitens gehen mich Ihre Beweggründe nichts an. Ich will nur wissen, wann und wo, und ich brauche ein Foto der Zielperson.«

»Das heißt, Sie wollen mich treffen?« Die Stimme des Anrufers nahm einen ehrfürchtigen, vielleicht aber auch ängstlichen Klang an.

»Nein, ich treffe mich nie mit meinen Auftraggebern.«

»Aber wie soll ich Ihnen dann das Foto geben?«

Schmitt atmete tief durch. Sei geduldig, versuchte er sich selbst zu beruhigen, der Junge macht das zum ersten Mal, woher soll er also wissen, wie das abläuft.

»Sie schicken einen Umschlag mit dem Foto, einer Liste der Daten, wann sich die Zielperson voraussichtlich wo aufhalten wird, und mit dem Vorschuss an ein Postfach, das ich Ihnen am Ende dieses Telefonats nennen werde.«

»Vorschuss?«

»Ja, Vorschuss – und da sind wir schon bei einem Thema, das mich wirklich interessiert: mein Honorar. Für eine einfache Eliminierung bekomme ich fünfzigtausend Euro – die Hälfte davor, den Rest danach. Jeweils in bar. Haben Sie das verstanden?«

»Fünfzigtausend? Ist das nicht ein bisschen übertrieben?«

Wollte der Kerl jetzt etwa feilschen?! Schmitt wurde langsam ungeduldig. Außerdem war es an der Zeit, dass er sich auf den vor ihm liegenden Auftrag konzentrierte. »Die Preise mache ich, und sie sind nicht verhandelbar. Wenn ich Ihnen zu teuer bin, dann legen wir jetzt beide auf, vergessen dieses Gespräch, und Sie machen es selbst oder suchen sich jemand anderen.«

»Könnten Sie mir da jemanden empfehlen?«

Schmitt glaubte, sich verhört zu haben.

»Wollen Sie mich verarschen?«, fragte er mit schneidender Stimme.

»Is ja gut, is ja gut, nicht aufregen, Sie bekommen die Kohle ja. Die erste Hälfte kann ich mir zusammenleihen, den Rest bekommen Sie, wenn das Erbe ausgezahlt ist«, sagte der ungeliebte uneheliche Sohn schnell.

Ein Mord auf Pump – das war Schmitt bisher auch noch nicht untergekommen!

»Ich gebe Ihnen noch einen guten Rat mit auf den Weg: Falls Sie auf die Idee kommen sollten, mir nach getaner Arbeit den Rest nicht zu bezahlen – ich werde Sie finden!«

»Aber Sie wissen ja meinen Namen gar nicht ...«

»Den finde ich heraus, das kann ich Ihnen versprechen!«

»Ähm, ja klar, Sie bekommen Ihre Kohle ganz sicher, ich schwör's!«

»Beim Leben Ihres Vaters?«, bemerkte Schmitt ironisch.

»Was?«, fragte der zukünftige Auftraggeber zum wiederholten Mal.

»Vergessen Sie's! – Haben Sie was zum Schreiben?«

Nachdem Schmitt ihm die Nummer seines Postfaches durchgegeben hatte, beendete er das nervige Gespräch und schaltete das Handy aus. Solche Idioten sollten wirklich keine Mordaufträge geben dürfen, dachte er für sich, als er das Prepaid-Handy in der Innentasche seines Jacketts verstaute. Solche Idioten sollten zum Schutze der Menschheit selbst ermordet werden!

Apropos ermordet werden: Der Platz unter ihm war inzwischen voller Menschen, und seine Zielperson erklomm gerade die drei Stufen zur Tribüne. Buhrufe und schrilles Gepfeife drangen zu Schmitt herauf. Beliebt war der Kerl wirklich nicht.

Schmitt beugte sich leicht nach vorn und sah durch das Zielfernrohr. Noch war der Platz hinter dem Rednerpult leer, aber gleich würde die Zielperson ans Mikrofon treten und seine abstrusen Botschaften und Forderungen in die Welt hinausposaunen.

Schmitt trat noch einmal vom Tisch zurück. Die Endphase hatte begonnen. Nacheinander ließ er seine Finger knacken, um sie geschmeidiger zu machen. Er schloss die Augen und begann ganz bewusst zu atmen: tief einatmen, dabei langsam bis zehn zählen – alle Luft wieder aus der Lunge strömen lassen, dabei langsam bis zehn zählen – und das etwa zehnmal. Diese Übung, die er »Zehn« nannte, machte er immer, um herunterzukommen und ruhig zu werden, um alles um sich herum auszublenden, um ganz bei sich und seiner Aufgabe zu sein.

Als er danach wieder durch das Fernrohr sah, hatte er den Oberkörper seiner Zielperson genau vor der Linse. Der Typ schwitzte, Schmitt hätte die Schweißperlen auf seiner Stirn und Oberlippe zählen können. Die Anschaffung dieses neuen, extrem hochentwickelten Fernrohres, das er sich erst vor ein paar Tagen im Darknet besorgt hatte, war jeden Cent wert.

»Genieße die Minuten, die dir noch bleiben«, flüsterte Schmitt seinem Gegenüber zu, das ihn nicht sehen und nicht einmal ahnen konnte, dass sein letztes Viertel- oder halbes Stündlein geschlagen hatte.

Schmitt änderte aufgrund des schwarzen Anzuges, den seine Zielperson trug, spontan seinen Plan, ihr einen Kopfschuss zu verpassen, wie er es eigentlich am liebsten machte. Doch das Loch mitten auf der Stirn würde schneller auf ein Attentat hinweisen als ein gezielter Schuss in die Brust. Dank des schwarzen Jacketts würde das Einschussloch erst einmal gar nicht auffallen. Wenn er Glück hatte, würde sich der Typ nach erledigtem Schuss erst einmal mit verwundertem Blick an die Brust fassen, bevor er umfiel. Diesen verwunderten Blick, den seine Opfer ihm manchmal schenkten, liebte Schmitt ganz besonders an seinem Job: Dieser Blick beinhaltete keinen Schmerz, nein, dafür ging das Sterben zu schnell. Vielmehr war er eine Mischung aus Ungläubigkeit, Überraschung und Fassungslosigkeit, er beinhaltete aber auch die Erkenntnis, dass es jetzt aus war. Leider dauerte dieser beinahe magische Moment immer viel zu kurz.

»Liebe Parteigenossinnen, liebe Parteigenossen und natürlich auch liebe Wählerinnen und Wähler!« Der Politiker kam trotz der wattstarken Tonanlage kaum gegen das Geschrei der Menschen an.

Schmitt begrüßte diesen Umstand ungemein: Je lauter es nämlich war, desto sicherer konnte er sein, dass der Schuss nicht gehört wurde.

Seine Zielperson wischte sich mit einem weißen Stofftaschentuch den Schweiß von der Stirn. Eine hübsche junge Frau aus seinem Stab reichte ihm ein Glas mit Wasser, aus dem er gierig ein paar Schlucke trank.

»Liebe Mitbürgerinnen ...« – er räusperte sich – »und Mitbürger. Wir alle wissen, dass es so auf Deutschlands Straßen nicht weitergehen kann! Die kilometerlangen Staus, in denen Sie und ich tagtäglich stehen müssen, sind der Beweis dafür, dass es in diesem Land einfach zu viele Autos gibt. Das können wir nicht länger ignorieren, das muss sich ändern!«, plärrte er jetzt ins Mikro. Mit der zur Faust geballten Rechten hieb er dabei auf das Pult, dass sein Glas nur so hüpfte. Beschwörend sah er auf die Menschen vor der Tribüne herab.

»Quatsch, wir haben nur ein paar Politikeridioten zu viel!«, erklang eine laute Männerstimme mitten aus der Menge in diese Kunstpause hinein, was dem unbekannten Rufer großes Gelächter und Beifall einbrachte.

Schmitt sprach der unbekannte Rufer aus dem Herzen. »Keine Sorge, ich habe Abhilfe für das Problem«, murmelte er und konzentrierte sich auf seine Zielperson.

Jetzt breitete der Politiker mit mildem Lächeln seine Arme weit aus, wie ein Prophet, der die frohe Botschaft verkünden wollte. »Bitte, liebe Zuhörerinnen und Zuhörer, lassen Sie uns endlich darüber sprechen!«

Die Menge zu seinen Füßen schien aber kein Interesse an einem Gespräch mit ihm zu haben: Es wurde wild durcheinandergeschrien, Fäuste wurden in die Luft gestreckt.

»Liebe Mitbürgerinnen und Mitbürger, wir dürfen die Augen nicht länger verschließen vor dem, was auf unseren Straßen und in unseren Städten los ist! Wir stehen vor dem Kollaps, der Verkehr auf unseren Straßen wird zusammenbrechen ...«

Weiter kam er nicht, weil er nach Schmitts Lieblingsblick und einem Griff an sein Herz zusammenbrach.

Schmitt war mehr als zufrieden mit sich. Alles in allem war das tatsächlich gerade eine Eliminierung wie aus dem Auftragskiller-Lehrbuch, ja, ein wahrer Bilderbuchmord gewesen! Kurz genoss er noch das Chaos, das jetzt vor und auf der Bühne ausbrach, dann riss er sich jedoch von dem ergötzenden Spektakel los. Er musste so schnell wie möglich hier raus.

In nicht einmal einer halben Minute hatte er den Tisch an seinen angestammten Platz zurückgeschoben und das Fenster geschlossen, das Gewehr in seine Einzelteile zerlegt und in den Koffer gepackt, sein Glas leergetrunken und in der Jackettasche verstaut. Noch nicht einmal eine Minute später hatte er schon die Zimmertür hinter sich zugezogen und war auf dem Weg zum Treppenhaus.

Auf halber Strecke endete jedoch sein Rückzug, denn eine Gruppe Frauen blockierte den Gang. Allesamt waren sie mittleren Alters und darüber, allesamt passten sie nicht in Schmitts Beuteschema. Und sie schrien hysterisch und heulten, wie es seines Wissens die Klageweiber bei Beerdigungen im Orient zu tun pflegten. Was sie schrien, verstand er nicht sofort, weil sie es durcheinanderschrien. Doch ein Wort kristallisierte sich heraus: Rex, Rex und immer wieder Rex.

Rex hieß König, so viel wusste Schmitt noch aus seinem lange zurückliegenden Lateinunterricht. War etwa irgendeine männliche königliche Hoheit ausgerechnet auf seiner Etage einquartiert worden? Abgesehen davon, dass ihm diese aufdringlichen und hysterischen Weiber zuwider waren, würde das auch seine Flucht erheblich beeinträchtigen.

Da es keinen anderen Ausweg für ihn gab, klemmte er sich den Waffenkoffer fest unter den Arm und warf sich todesmutig ins weibliche Getümmel.

»Rex, ich liebe dich so sehr«, kreischte eine pummelige Endfünfzigerin ihm so laut ins Ohr, dass er ernsthaft Sorge hatte, sein Hörvermögen könnte dadurch nachhaltig geschädigt worden sein. Eine andere dieser Furien wedelte mit etwas über ihrem Kopf, das ihn dabei immer wieder streifte. Ein Stück Stoff, erkannte Schmitt, als er sich weiter durch die wilde Frauenhorde hindurchzudrängen versuchte. Für eine weiße Friedensfahne war es jedoch zu unförmig, nicht weiß genug, ja eher vergraut. Ein Schlüpfer, registrierte schließlich sein Gehirn schockiert – ein vergrauter Riesenschlüpfer!

Entsetzt wollte er sich an der Frau vorbeidrücken. Jetzt zerrte es an seinem rechten Ohr, etwas war daran hängengeblieben. Mit einer fahrigen, beinahe panischen Bewegung griff Schmitt danach und riss es weg – es war ein wahres Ungetüm von einem BH, den er da plötzlich in der Hand hielt. Schmitt schleuderte ihn von sich und kämpfte verstärkt gegen die Frauenleiber an, die ihn zu erdrücken drohten. Nicht nur, dass er wertvolle Zeit verlor, die er für sein Entkommen gebraucht hätte – er war in einem wahren Albtraum gefangen. Er mochte Frauen, das schon, aber in dieser Menge und noch dazu in diesem hysterischen Zustand machten sie ihm definitiv Angst.

Er hatte es etwa in die Mitte der Frauentraube geschafft, als die Tür aufgerissen wurde, vor der sich die wild gewordenen Weiber zusammengerottet hatten. Augenblicklich wurde das Kreischen noch lauter. Arme wurden hochgerissen, Schmitt bekam einen derben Kinnhaken von irgendeinem Ellenbogen. Etwas drückte sich unangenehm in Schmitts Nacken. Nur mit Mühe schaffte er es, sich umzudrehen, um zu schauen, worum es sich dabei handelte, wünschte sich aber postwendend, er hätte es nicht getan: Zwei riesige Brüste streckten sich ihm entgegen, wogten vor ihm auf und ab, kamen ihm gefährlich nahe. Er vermutete, dass es sich dabei um diejenigen handelte, die zu dem Monster-BH gehörten. Ein lila Teddybär kam von der Seite angeflogen, verfehlte nur knapp seinen Kopf.

Schmitt warf sich verzweifelt gegen die Frauenkörper, stieß mit dem freien Ellenbogen gnadenlos um sich, ohne Rücksicht auf Verluste trat er nach allen Seiten aus. Das alles jedoch nur mit mäßigem Erfolg, er rückte kaum einen Zentimeter in Richtung Treppenhaus vor. Eine Rose klatschte an seine Halbglatze, eine von den Züchtungen, die fiese Dornen hatte, und eine dieser Dornen schrammte einen schmerzhaften Kratzer in seine ungeschützte Kopfhaut.

Schmitt platzte beinahe vor Wut. Wäre jetzt genügend Platz gewesen, er hätte, ohne zu überlegen, seine Waffe aus dem Koffer geholt und diese irren Weiber eine nach der anderen über den Haufen geknallt.

»Aber meine Damen!«, rief eine sonore Stimme über die Köpfe der Weiber hinweg. »Beruhigen Sie sich doch. Jede von Ihnen wird ein Autogramm von mir bekommen, das verspreche ich!«

Der Mann schien Wunderkräfte zu haben, denn die Frauen wurden tatsächlich ruhiger, alle Arme senkten sich. Schmitt schöpfte Hoffnung.

»Rex, ich liebe dich!«, schrie die Riesenbusenbesitzerin direkt neben Schmitts Ohr.

»Ich liebe euch alle!«, rief besagter Rex zurück.

Der Kerl musste einen schweren Sehfehler haben, anders konnte sich Schmitt diese Aussage nicht erklären.

Endlich rückten die Frauen ein wenig auseinander, und Schmitt konnte durch eine entstandene Lücke einen Blick auf das umschmachtete männliche Wesen werfen.

Echt jetzt, dachte er im Stillen. Der ganze Aufmarsch für diesen alten Sack? Schmitt verstand die Welt nicht mehr. Aber er hatte ja von jeher Frauen nicht verstanden, ihren Männergeschmack schon mal gar nicht – angefangen bei seiner Mutter.

Dieser Rex war einer dieser lächerlichen Kerle in vorgerückten Jahren, die sich aber vehement weigerten, ihr Alter in Würde anzunehmen. Dieses Exemplar war auch noch irgendwo in den Siebzigern hängengeblieben, besonders mit seiner altmodischen Lockenfrisur: vorn kurz, hinten lang. Sein seidiges Hemd war bis zum Bauchnabel aufgeknöpft und gab den Blick frei auf eine rotblond behaarte, nicht mehr ganz so straffe Brust und diverse Goldkettchen. Das Lächeln dieses Kerls war breit und strahlend, die Zähne waren viel zu weiß – Jacketkronen, vermutete Schmitt. Er hatte keine Ahnung, wer dieser Typ war, er hatte ihn noch nie zuvor gesehen.

Zielstrebig bahnte er sich weiter seinen Weg durch die verrückten Weiber, bis er sie endlich hinter sich lassen konnte. Vorsichtig öffnete er die Tür zum Treppenhaus und lauschte. Kein Laut drang an sein Ohr. Nervös sah er auf seine Armbanduhr: Er hatte wertvolle acht Minuten verloren. Minuten, in denen eventuell schon alle Straßen rund um das Hotel mit Polizeisperren abgeriegelt worden waren. Womöglich stürmte gerade ein Sondereinsatzkommando die Lobby, um sich von unten nach oben durch die Stockwerke zu arbeiten.

Er hätte kotzen können, weil er nicht wusste, was da draußen passierte.

Aber irgendetwas musste er tun, denn wenn er nicht gleich verschwand, würden sie ihn auf jeden Fall schnappen. Ihm blieb also nichts anderes übrig, er musste den Weg nach unten wagen. – Doch mit oder ohne den Koffer? Sollte er den Koffer mit der Waffe, die ihn schon sein ganzes Berufsleben lang begleitete, hier zurücklassen, um mit heiler Haut herauszukommen?

Nein, entschied er, das würde er nicht tun! Sein Gewehr war für ihn das, was ein Musikinstrument für einen Musiker war: Das gab man einfach nicht her!

Er hastete die Stufen hinunter. Unbehelligt kam er im Untergeschoss an, und als er die Metalltür zur Tiefgarage öffnete, war alles wie es sein sollte: menschenleer. Mit vor Nervosität zitternden Fingern – ein Zustand, der ihm bis zum heutigen Tag fremd gewesen war – bezahlte er sein Parkticket am Automaten und war dann mit wenigen Schritten bei seinem Wagen, den er vorausschauend nur ein paar Meter von der Ausfahrt entfernt geparkt hatte. Schnell war der Waffenkoffer im Kofferraum in der Aussparung für das Reserverad unter dem Teppich verstaut und der Reisekoffer darauf platziert.

Schmitt stieg ein und startete den Motor. Mit viel zu viel Gas setzte er zurück, rammte beinahe eine fette, hochmotorige Audi-Limousine, bekam aber gerade noch die Kurve. Im Vorbeifahren erkannte er das Nummernschild: Das war unverkennbar ein Wagen aus dem Fuhrpark der Landesregierung. Und nur einer konnte damit herkutschiert worden sein: Der inzwischen tote Typ, der Ottonormalbürgern Nuckelpinnen von Autos verschreiben wollte, aber selbst Nobelkarossen mit hohen PS-Zahlen nicht abgeneigt war!

Schmitt war sich mehr denn je sicher, dass der verlogene Politikerarsch das Projektil aus seiner Waffe verdienet hatte.

Fast eine Viertelstunde nach dem Schuss öffnete sich endlich die Schranke vor Schmitts Motorhaube, und er rollte die Rampe hinauf ins Tageslicht. Auf der Straße war alles überraschend normal: keine Absperrungen, keine Polizeikontrollen, kein Stau. Durch das geöffnete Fenster hörte er mehrere Martinshörner jaulen, die sich schnell näherten. Jetzt wurde es wirklich Zeit, von hier abzuhauen!

Kurz vor München, nach knapp zwei Stunden Fahrt, kam es dann endlich in den Nachrichten. Schmitt stellte lauter: Von einem hinterhältigen Attentat auf den umstrittenen Politiker Arnold P. bei einer Wahlveranstaltung war da die Rede. Dass es sich bei dem Täter wohl um einen Profi gehandelt haben musste, denn der Schuss sei aus großer Entfernung abgegeben worden. Die Ermittlungen zu dieser abscheulichen Tat seien am Laufen.

Schmitt schaltete auf CD-Player um und lehnte sich zufrieden zurück. Ja, er lächelte sogar. Er liebte es, wenn über ihn im Radio berichtet wurde!

Antonín Dvořák begleite ihn lautstark die letzten Kilometer nach Hause.

Vierzehn Tage später

Schmitt hatte nicht wirklich damit gerechnet, jemals wieder von dem »Vatermörder« zu hören, aber nach vierzehn Tagen lag tatsächlich ein Umschlag in seinem Postfach. Ein sehr dicker Umschlag, auf den dieser Trottel tatsächlich seinen Absender geschrieben hatte: Kevin Hansemann! Der Typ war so doof, dass man ihn dafür bestrafen müsste. Eine gute Lektion wäre gewesen, das Geld einfach einzustecken und der Zielperson das Leben zu schenken. Aber das wäre natürlich nicht mit Schmitts Berufsehre vereinbar gewesen.

Daheim in seinem unscheinbaren Siedlungshäuschen aus den Sechzigerjahren am Rande Münchens angekommen, öffnete Schmitt den Umschlag. Bergeweise quollen Geldscheine heraus, jede Menge Fünf- und Zehneuroscheine waren dabei. Unwillkürlich stellte er sich die Frage, ob der Kerl etwa gesungen oder gebettelt oder gar einen Bettler überfallen hatte, um die Kohle zusammenzubekommen. Schmitt konnte von Glück sagen, dass nicht auch noch Hartgeld im Umschlag war.

Es dauerte dementsprechend lang, bis er es gezählt hatte. Es waren sogar fünf Euro zu viel. Mit der deutschen Grammatik hatte es sein Auftraggeber schon nicht so gehabt, mit dem Rechnen definitiv auch nicht.

Schmitt betrachtete das beigelegte Foto, das eigentlich kein Foto im herkömmlichen Sinne war, sondern ein Zeitungsausschnitt. Und so wie es aussah, ein Ausschnitt aus einer Zeitschrift. Auf der Rückseite war ein Stück Treppenliftwerbung zu sehen.

Ein lachender, nicht mehr junger Mann sah ihm in die Augen – der Kerl musste den Fotografen direkt angesehen haben. Er war keine Schönheit, aber dennoch nicht unattraktiv.

Schmitt schaltete die Schreibtischlampe ein, um besser sehen zu können. Er hatte sich nicht getäuscht, der Kerl war tatsächlich geschminkt. Nicht stark, aber die Augen waren definitiv dunkel umrandet. Schmitt legte das Foto mit spitzen Fingern auf den Geldscheinberg. Er mochte geschminkte Männer nicht, für ihn sah das einfach nur tuntig aus. Entweder der Kerl war schwul – wogegen jedoch die Tatsache sprach, dass er vor Jahren einen Sohn, nämlich Schmitts Auftraggeber, gezeugt hatte –, oder er war Künstler. Einer dieser überkandidelten, exzentrischen Schauspieler vielleicht, weshalb wohl auch ein Bild von ihm in einem dieser Skandalblättchen à la Silberner Spiegel oder Galant abgedruckt worden war. Einer dieser Promis also – ein Promi jedoch, den Schmitt nicht kannte. Kein Wunder, denn er besaß keinen Fernseher, er zog es vor, in seiner Freizeit ein Buch zu lesen. Bloß im Hotel schaltete er ab und zu mal die Glotze an, nur um immer wieder festzustellen, dass das Programm von Jahr zu Jahr schrottiger wurde. Immerhin konnte er bei laufendem Fernseher wunderbar einschlafen.

Obwohl …

Schmitt nahm den Ausschnitt erneut in die Hand. Irgendwie bekannt kam ihm dieser Typ vor. Aber so angestrengt er auch in seinen Gehirnwindungen nach einer Erklärung für dieses vage Gefühl suchte, er wurde nicht fündig. Er erinnerte sich von jeher besser an die Menschen, die er getötet hatte, als an Personen, die ihm lebend über den Weg gelaufen waren.

Zusammen mit dem Geld und dem Bild war auch ein zusammengefaltetes DIN-A4-Blatt aus dem Umschlag gefallen. Schmitt vermutete darauf die Liste der Aufenthaltsorte seiner Zielperson. Er klappte das Papier auseinander und begann zu lesen – was gar nicht so einfach war, denn mit der krakeligen Schrift hätte sein Auftraggeber auch locker Arzt werden können.

Lieber Herr Schmitt!

Lieber!!!, nicht zu fassen, der Kerl hatte tatsächlich *Lieber Herr Schmitt* geschrieben!! Und das an den Mörder seines Vaters, zumindest in spe!

Hier kommt der erste Teil ihres Honorares (Ihres klein geschrieben!) *und die Lieste* (Schmitt stöhnte auf) *die sie haben wollten. Wie sie sehn können ist mein Fater* (Das durfte doch gar nicht wahr sein!) *fiel* (mit f!) *unterwegs. Es ist also gar nicht so leicht Ihn* (aus unerfindlichem Grund jetzt großgeschrieben!) *zu erwieschen.*

Schmitt hielt kurz inne. Er nahm von der Annahme Abstand, dass der Schreiber dieses Briefes aufgrund der unleserlichen Schrift Arzt sein könnte. Inzwischen bezweifelte er sogar, dass dieser Kerl überhaupt eine Schule abgeschlossen hatte. Und er verabscheute ungebildete Menschen. Besonders verabscheute er jedoch Menschen, die sich derart an der wunderschönen deutschen Sprache vergingen. Am liebsten hätte er alles wieder in den Umschlag gepackt und an den Absender zurückgeschickt. Aber einen Auftrag ablehnen, nur weil der Auftraggeber eine Rechtschreibniete war? Er holte tief Luft, um Schwung für den Rest des Geschreibsels zu nehmen:

Am beßten erwieschen sie Ihn wohl in seinem Hotel. (Schmitt gab das Korrigieren ab sofort auf, ärgerte sich aber gleichzeitig, dass dieser Analphabet ihm sagen wollte, wie er seinen Job zu erledigen hatte.) *Mein Fater geht nähmlich* (Schmitt versuchte das H zu ignorieren, schaffte es aber nicht) *immer gleich nach seinem Aufdritt zurück in sein Zimmer. Plöd ist nur, das jetzt immer seine duselige Verlopte dabei ist – früher währe es besser gewehsen.*

Schmitt wischte sich den Schweiß von der Stirn. Die fielen – sorry, vielen Schreibfehler bereiteten ihm beinahe körperliche Schmerzen. Außerdem wurde er nicht ganz schlau aus dem Text, vermutete aber, dass damit gemeint war, dass der Mord an der Zielperson einfacher gewesen wäre, als er noch keine Verlobte gehabt hatte. Immerhin hatte sein Auftraggeber Verlobte mit V geschrieben.

Er musste sich regelrecht zum Weiterlesen zwingen.

Die Ferlobte (ha!), *ist nähmlich noch ganz neu, die hat sich einfach meinem Fater an den Hals geworfen. Und jetzt will er sie heiraten und das Testament ändern.* (Schmitt stutzte und las den letzten Satz noch einmal – nicht, weil er ihn nicht verstand, sondern weil tatsächlich alles richtig geschrieben war.) *Die Hochzeit soll in fier Monaten sein – bis dahin müsten sie ihren Job dringend erledigt haben.*

Herzliche Grüße

ihr K. H.

P. S.: Die restliche Kole bekommen sie ganz bestimmt, verschbrochen!

Herzliche Grüße – ja, hatte der Kerl was an der Klatsche? *Herzliche Grüße*, als wäre er ein guter Onkel!

Schmitt rieb sich mit beiden Händen die Augen. Es wurde wirklich Zeit, dass er in Ruhestand ging, seine Nerven machten das einfach nicht mehr mit.

Zuletzt ging er die Liste der Orte durch, an denen sich die Zielperson in den nächsten Wochen aufhalten würde. Schmitt war beeindruckt, der Kerl kam wirklich viel, um nicht zu sagen: sehr viel in der Weltgeschichte herum. Für ihn persönlich wäre das nichts gewesen. Klar, er musste berufsbedingt auch in Hotels absteigen, aber doch immer nur kurz, sodass er das jedes Mal genießen konnte. Ein Leben aus dem Koffer, wie die Zielperson es lebte, wäre jedoch nichts für ihn gewesen. Er brauchte ein festes Zuhause.

München stand auch auf der Liste, aber das wäre erstens schon heute Abend gewesen, was dann doch etwas zu knapp war, um alles vorzubereiten. Zweitens versuchte er immer, seinen Job so weit wie möglich von seinem Zuhause fernzuhalten. Aus diesem Grund würde er auch in Andalusien niemals einen Auftrag annehmen.

München strich er durch, dann folgten:

- Stuttgart; mochte er aus Prinzip nicht, strich er also auch.
- Zürich; Zürich, überhaupt die Schweiz, war wunderschön, aber er wollte nirgends arbeiten, wo er manchmal Urlaub machte – er strich es ebenfalls durch.
- Basel; schied aus demselben Grund aus.
- Graz; strich er – dafür hätte er sich extra eine Vignette oder Pickerl, wie die Österreicher so schön sagten, kaufen müssen.
- Salzburg; dito.
- Wien; dito.
- Budapest; strich er ganz dick durch – er arbeitete grundsätzlich nicht im Osten.
- Hannover; Schmitt fasste das ins Auge – dort sprach man wenigstens anständiges Hochdeutsch.
- Amsterdam; strich er – er arbeitete aus Prinzip nicht in Ländern, in denen Drogen legal waren.
- Rotterdam; dito.
- Berlin; ziemlich weit weg, aber notfalls doch eine Option.
- Stockholm; strich er durch, weil er dort schon mal einen Auftrag erledigt hatte, und er arbeitete grundsätzlich nicht zweimal am selben Ort.
- Freiburg; strich er – es war einfach zu klein, um schnell abzutauchen.
- Karlsruhe; empfand er als gar nicht so schlecht, denn es gab gute Anbindung an mehrere Autobahnen.

– Mannheim; auf gar keinen Fall, in der sogenannten Quadratestadt hatte er sich schon mal gnadenlos verfahren.

Die Städte danach interessierten ihn nicht mehr. In spätestens sechzehn Tagen musste er den Auftrag erledigt haben, denn dann wollte er in den wohlverdienten Urlaub fliegen und drei Wochen in seinem Haus verbringen. Der Flug war schon gebucht. Wenn es sein musste, könnte er ihn natürlich ein paar Tage nach hinten verschieben.

Berlin stach ihm ins Auge und ließ eine Idee aufkeimen. Vielleicht konnte er den Flug ja stornieren und dann ein paar Tage früher als geplant, statt von München, von Berlin aus nach Andalusien fliegen? Der Gedanke gefiel Schmitt. Er würde ganz entspannt mit dem Zug hochfahren, sein Gepäck am Flughafen in einem Schließfach deponieren, kurz seinen Job erledigen und von da aus gleich in den Flieger steigen und abdüsen. Adieu, Deutschland!

Ja, das gefiel ihm, das war mehr als genial! Während die Fahndung nach ihm anlaufen würde, säße er schon im Flugzeug und könnte von oben runterwinken! Ein wahrer Geniestreich!

Schmitt warf den Computer an, um das Zugticket zu kaufen.

Die Verbindung von München aus wäre ideal: Mit dem ICE war er tatsächlich in knapp vier Stunden in Berlin, und das ohne Umsteigen. Besser ging's gar nicht.

Ein Blick in seinen Terminkalender brachte ihn jedoch auf eine andere Idee. Einen Tag zuvor hatte er noch einen Auftrag in K. zu erledigen – nichts Großes, nur bei einem Firmengrillfest den Ältesten einer Erbengemeinschaft ausschalten, der den Verkauf der geerbten kleinen Schmuckfabrik an einen Schmuckkonzern boykottierte. Eigentlich hatte er vorgehabt, mit dem Auto zu diesem Auftrag zu fahren, doch was wäre, wenn er sich die circa fünfhundert Autokilometer hin und zurück sparen und stattdessen mit dem Zug nach K. fahren würde? Und von dort aus dann weiter nach Berlin?

Und da er ja bis zum Berlin-Job noch einen Tag Zeit hatte, könnte er eigentlich eine kleine Stadtbesichtigung einlegen, wie er es immer mal gern machte.

K. hatte weder ein Kulturerbe noch eine besondere Sehenswürdigkeit zu bieten. Für Normaltouristen zumindest. Er aber wollte schon immer mal dort hin, nicht nur weil seine Mutter von dort stammte, sondern wegen des dort ansässigen Bundesverfassungsgerichts, dem obersten Gericht der Bundesrepublik Deutschland. Einmal wollte er die Luft an diesem Ort der absoluten Macht schnuppern – einer Macht, die ihn hoffentlich nie in ihre Fänge bekäme.

Das Ticket war schnell gebucht, ebenso das Hotel in direkter Nähe zum Bahnhof. Er lächelte zufrieden: Das würde ein ganz normaler Hotelaufenthalt sein, ohne Handschuhe, ohne eigene Bettwäsche und ohne Handstaubsauger. Er würde ausnahmsweise ein Hotelgast sein wie jeder andere und das aus vollen Zügen genießen. Am nächsten Vormittag konnte er dann in den ICE nach Berlin steigen und hätte noch genügend Zeit, seinen Einsatzort zu erkunden, um die beste Schussposition zu finden.

Schmitt hatte mal wieder Glück, er bekam noch den Frühbucherpreis. Auch bei der Fluggesellschaft hatte er Glück: Er konnte problemlos alles umändern. Und da der Computer schon mal an war, versuchte er gleich noch mehr über seine Zielperson und den Zielort herauszufinden.

Und er wurde fündig: Der Kerl war genau die Sorte Mensch, der Schmitt vorzugsweise aus dem Weg ging. Erfolgreich war er, ja, er arbeitete auch hart dafür, und das schon seit Langem. Aber so wie es aussah, war er auch ein Angeber, der sich rausputzte wie ein eitler Pfau und sein Gesicht nur zu gern in die Kamera hielt. Ein Gesicht, das ihm seltsamerweise nach wie vor bekannt vorkam. Was aber gar nicht sein konnte, da er sich weder für Fernsehen noch für diese fragwürdigen Zeitschriften interessierte, die nur allzu gern im Privatleben dieser Sorte Promis wühlten.

Unzählige Frauengeschichten reihten sich aneinander wie die Perlen in einer Kette – einer langen Kette, wohlgemerkt. Einige uneheliche Kinder sollten den Lenden seiner Zielperson entsprungen sein, die meisten davon waren aber nach Vaterschaftstests aussortiert worden. Ein Kind hatte er jedoch inzwischen anerkannt: einen Sohn, den er – selbst noch blutjung – einer blutjungen Italienerin angedreht hatte. Schmitt hatte keinen Zweifel daran, dass es sich dabei um seinen Auftraggeber handelte.

Schmitt war heilfroh, dass ihm in seiner Laufbahn als Mann kein derartiger »Unfall« passiert war. Natürlich hatte er in seiner Jungend auch einmal die romantische Idee von einer kleinen Familie gehabt. Aber zum einen war Familie in seinem Job eher hinderlich, wenn nicht gar eine Schwachstelle, ein Angriffspunkt. Zum anderen hatte er rechtzeitig erkannt, dass die lieben, süßen Kinderlein irgendwann zu gierigen hinterhältigen Monstern werden konnten. So wie sein Auftraggeber. Und was die Frauen anging: Die machten eigentlich auch nur Ärger. Nein, er war glücklich mit seinem Leben als einsamer Wolf.

Ein Tag vor der Zugfahrt

Der Job in einem Vorort von K. war wie vermutet: total simpel und schnell erledigt. Schmitt hatte sich schon am Vormittag auf einem verlassenen Firmengrundstück ein schönes Plätzchen gesichert, von dem er freien Blick auf den kleinen Hof der eher schäbig wirkenden Schmuckfabrik hatte, in dem schon der Grill und ein paar Bierbänke aufgebaut waren. Der Schuss würde ganz einfach sein, es waren nicht einmal zwanzig Meter, die er mit seinem Projektil überwinden musste. Punkt zwölf sollte es losgehen – die Minuten zogen sich wie Kaugummi. Ein Kerl in grauem Arbeitskittel, der wie der Hausmeister aussah, war seit einiger Zeit damit beschäftigt, die Holzkohle zum Glühen zu bringen. Schmitts vormals schattiger Platz wurde zunehmend von der Sonne erobert. Lang würde er es hier nicht mehr aushalten.

Dann endlich kam Bewegung in die Sache. Eine Frau mit Hochsteckfrisur tackerte rot-weiß karierte-Papierbahnen auf die Tische, zwei andere schleppten Geschirr und gefüllte Schüsseln aus dem Gebäude und stellten alles auf einem Tisch an der Hauswand ab. Schmitt stellte das Zielfernrohr schärfer ein: Gurken-, Kartoffel- und Nudelsalat konnte er erkennen, die ewigen langweiligen Klassiker auf jedem Salatbuffet. Trotzdem hätte er jetzt gern ein paar Gabeln voll davon verspeist, denn er hatte heute Morgen aus Zeitmangel das Frühstück ausfallen lassen müssen.

Der Graukittel verschwand und kam mit einem Fässchen Bier zurück, das er gleich anzapfte. So ein Glas kühles Bier … Schmitt konnte es nahezu schmecken und kühl seine Kehle hinunterlaufen spüren. Er griff neben sich und nahm einen Schluck von seinem inzwischen warm gewordenen stillen Wasser.

Wieder verschwand der Graukittel, um gleich darauf mit einer Schale voller Grillfleisch im Hof zu erscheinen, die er auf der Sitzfläche eines Klappstuhles abstellte.

Was dann kam, grenzte an Folter: Kurz nachdem er die ersten Steaks auf den Grill gelegt hatte, wehte eine fiese Duftwolke zu Schmitt herüber, die seinen Magen augenblicklich in Essensaufnahmebereitschaft versetzte und ihn knurren ließ wie einen hungrigen Wolf.

Schmitt überlegte ernsthaft, ob er vier Projektile investieren, den Griller und die drei Frauen, die unweit des Grills standen und rauchten, ausschalten und sich über das Essen hermachen sollte.

Eine Bewegung am Rande der Szenerie ließ ihn das Gewehr nach rechts schwenken. Aber da war nichts, nur die leeren Bierbänke und Tische und das verdorrte Gras.

Als er wieder den Grill ins Visier nehmen wollte, regte sich jedoch etwas im Schatten unter einem Tisch. Schmitt stellte das Zielfernrohr noch eine Spur schärfer ein. Ja, da war was, etwas Dunkles, das sich da im Schatten verbarg, das sich langsam, sehr langsam bewegte, als würde es sich anschleichen. Er konzentrierte sich, und da war es ihm, als sähen ihn durch das Fernrohr zwei Augen an. Schmitt bekam trotz der Hitze Gänsehaut im Nacken und an den Armen.

Und dann geschah es: Ein Wesen, nicht groß, aber sehr haarig, schoss aus dem Schatten unter dem Tisch hervor, jagte auf den ahnungslosen Griller zu, der ihm den Rücken zugekehrt hatte und schlug gleich darauf erbarmungslos zu! Beim Zuschnappen fiel die Fleischplatte beinahe mitsamt den Steaks und Würstchen auf die Erde, was der Graukittel aber mit einem schnellen Griff vereiteln konnte. Gleichzeitig fluchte er, dass Schmitt es bis zu sich herüber hören konnte. Mit geballter Faust und einer drohend erhobenen Grillzange fuchtelte er wild durch die Luft und machte tatsächlich Anstalten, den hinterhältigen Dieb zu verfolgen.

Der Dieb jedoch machte sich mit flatternden Ohren, einer erbeuteten Bratwurstkette im Maul und einer Geschwindigkeit, die Schmitt seinen krummen Beinen niemals zugetraut hätte, aus dem Staub.

Schmitt folgte dem tollkühnen Dackel mit dem Fernrohr, bis er sich mit seiner Beute durch eine Hecke und einen Zaun hindurchgedrückt hatte und damit aus seinem Blickfeld verschwunden war.

»Teufelskerl«, murmelte er anerkennend. Er musste angesichts dieser Dreistigkeit schmunzeln.

Doch da kamen die anderen Feiernden fröhlich plaudernd in den Hof geströmt. Bierflaschen wurden geöffnet und klirrend aneinandergestoßen. Und es wurde gelacht, wahrscheinlich wurde die Dackelgeschichte zum Besten gegeben.

Schmitt nahm die Personen der Reihe nach ins Visier. Seine Zielperson hatte sich als Letzter hinzugesellt.

Zu dem Duft gegrillter Steaks mischten sich jetzt die köstlichen Ausdünstungen von über dem Feuer gerösteten Bratwürsten. Schmitt beschloss, dem Ganzen ein schnelles Ende zu bereiten: Er visierte seine Zielperson an und betätigte den Abzug. Mit einem leisen Plopp verließ das Projektil den Lauf seiner Waffe, um Hundertstelsekunden später in die Stirn der Zielperson einzudringen, die gerade in eine Bratwurst beißen wollte.

Bevor die Anwesenden überhaupt kapierten, was gerade geschehen war, saß Schmitt schon in der Stadtbahn.

Kurz nach dreizehn Uhr kam Schmitt am Hauptbahnhof an. In der einen Hand trug er den Waffenkoffer, mit der anderen zog er den Trolli hinter sich her, den er gerade aus dem Schließfach geholt hatte, wo er die letzten drei Stunden deponiert gewesen war.

Nicht zum ersten Mal stellte er fest, dass er Bahnhöfe verabscheute. Dass ihn die vielen Menschen anwiderten, die hier kreuz und quer durcheinanderliefen – überhaupt scheute er die Nähe zu anderen Menschen, fremden Menschen. Und er hasste den bestialischen Gestank, der jedem Bahnhof anhaftete, mochte er auch noch so klein sein. Der Gestank von Urin, Erbrochenem, Zigarettenqualm und Menschen, egal, ob sie nach Parfum oder Schweiß rochen. Deswegen fuhr er viel lieber mit dem Auto zu seinen Einsatzorten. Er hoffte nur, dass er morgen in einem leeren Abteil sitzen durfte. Und hoffentlich war die Klimaanlage in Ordnung, denn laut Wetterbericht sollte es ein extrem heißer Tag werden.

Sorgsam darauf bedacht, niemanden mit seinem Gepäck anzustoßen, schlängelte er sich durch die viel zu vielen Menschen in der Bahnhofshalle. Er wollte so schnell wie möglich hier raus und an die frische Luft. Als er es fast geschafft hatte, als er die geöffneten Eingangstüren schon sehen konnte, flog ihm ein köstlicher Duft zu, ein Duft, der ihn in seine Kindheit zurückversetzte, in ein kleines Haus mit großem Garten auf dem Land. Er hielt inne und schloss die Augen. Ja, über all dem Mief, den Hunderte von Menschen um ihn herum verursachten, roch es hier nach ofenfrischem Gebäck! Nach diesen köstlichen Pudding- und Quarkteilchen, die seine Oma immer extra für ihn gebacken hatte, wenn er bei ihr und Großvater in den Ferien auf dem Land war. Wie er diesen Geruch liebte!

Und tatsächlich, da war ein großer, auf Italienisch getrimmter Stand mitten in der Halle, mit den tollsten Wurstwaren, diversen Käsen und urig aussehenden Brotsorten. Doch was ihn nähertreten ließ, waren letztendlich die Berge von kleinen Gebäckteilen, Röllchen mit Pudding oder Cremefüllung, Teigtäschchen mit verschiedenen, verlockend klingenden Inhalten ... Schmitt lief das Wasser im Munde zusammen, sein Magen begann aufzubegehren. Diese kleinen Köstlichkeiten sahen so anders aus als die seiner Großmutter, aber er musste zwingend etwas davon haben! Sofort!

»Buongiorno, Signore, kann isch Ihnen helfe?«

Oh ja, der mit starkem italienischem Akzent sprechende Mann hinter der Theke konnte ihm helfen! Schmitt ließ sich quer durch die Auslage Gebäckstückchen einpacken – von jeder Sorte eines. Der exorbitante Preis, den er dafür bezahlen musste, war ihm egal. Am liebsten hätte er sich ja gleich eines dieser Teilchen zu Gemüte geführt, aber er beherrschte sich.

Derart bepackt eilte er endlich aus dem Bahnhof. Ohne sich groß umzusehen, strebte er direkten Schrittes seinem Hotel zu, checkte ein und bestieg den Aufzug. Jetzt war es allerdings vorbei mit seiner Beherrschung: Bis er auf seiner Etage ankam, hatte er schon zwei Creme- und ein Nugatröllchen verspeist.

Mit klebrigen Fingern schob er die Schlüsselkarte in den dafür vorgesehenen Schlitz. Er machte sich nicht die Mühe, das Jackett auszuziehen, er setzte sich so wie er war aufs Bett, stellte die Tüte mit dem Gebäck neben sich und verschlang gierig ein Teil nach dem anderen.

Als nur noch lächerliche fünf Stück – von insgesamt fünfundzwanzig – übrig waren, war er nicht nur mehr als satt – ihm war ziemlich übel.

Statt sich dem Drang hinzugeben, sich aufs Bett zu legen und zu warten, bis seine Verdauungssäfte das Völlegefühl besiegt hatten, rappelte er sich hoch. Er war schließlich nicht zum Mittagsschlafhalten hierhergekommen.

Nachdem er sich auf der Toilette ein wenig Erleichterung verschafft, die Hände gründlich gewaschen, den Koffer mit der Waffe in der hintersten Ecke unter einer dicken Wolldecke im Kleiderschrank versteckt und das restliche Gebäck im Kühlschrank der Minibar verstaut hatte, verließ er sein Zimmer. Mit einer Kopie des Stadtplans, den er an der Rezeption bekam, zog er los, um den heiligen Hallen der Gerichtsbarkeit einen Besuch abzustatten.

Womit er nicht gerechnet hatte, war die Hitze, die die Stadt inzwischen in Besitz genommen hatte. Er prallte regelrecht gegen eine Wand, als er aus dem kühlen Hotel trat. Schon nach wenigen Schritten zog er das Jackett aus und hängte es sich über die Schulter – etwas was er sonst nie tat. Unerschütterlich folgte er den Linien auf dem Stadtplan in Richtung Innenstadt, wobei er stets versuchte, im Schatten zu gehen. Trotzdem lief ihm der Schweiß in Strömen. Der Weg, der auf dem Plan so kurz erschienen war, zog sich beim Laufen unangenehm in die Länge. Er hatte Durst, in seinen Därmen rumorte es, und sein Magen hätte am liebsten all die feinen Cremeteilchen wieder von sich gegeben. Als er einen größeren Platz erreichte, überlegte er kurz, ob er nicht eventuell doch umkehren sollte. Aber er riss sich zusammen, strebte tapfer weiter geradeaus, und landete schließlich auf dem Schlossplatz. Dort hielt er sich links und stand nach wenigen Schritten vor dem Bundesverfassungsgericht.

Doch was er sah, war mehr als enttäuschend für ihn. Prunk und Protz hatte er erwartet, ein wenn schon nicht Respekt einflößendes, dann doch zumindest ein großes, stattliches Gebäude. Dieser nüchterne, schmucklose zweistöckige Bau aus den Siebzigern mit viel Beton und viel Glas hätte auch eine Schule oder eine Bibliothek beherbergen können. Jedes Kleinstadtgericht machte mehr her als dieser trostlose Kasten.

Schmitt hatte immer gedacht, dass ihn angesichts der letzten Instanz aller Zivil- und Strafverfahren ein leises Kribbeln durchrieseln würde, ein Schaudern bei dem Gedanken, dass die da drinnen nicht wussten, wer hier draußen stand: ein erfolgreicher, nie geschnappter Auftragskiller. Frei nach dem Motto: Das Kaninchen sitzt vor der Schlange, und die Schlange merkt es nicht einmal. Dieses Kribbeln blieb angesichts des langweiligen Baus leider aus.

Die Sonne brannte gnadenlos auf seinen Schädel und den schwarzen Rolli. Schmitt zog sich in den Schatten der Bäume zurück und machte sich auf den Rückweg.

Ihm war so entsetzlich übel. Er hatte keine Ahnung, ob es an der schwülen Hitze lag, die in den Straßen stand, oder an dem Zuviel an Kuchen. Womöglich war die Creme in einem dieser Teilchen nicht mehr gut gewesen. Bei dem Gedanken an die weiche, viel zu süße Masse hob sich sein Magen bedenklich.

Schmitt schleppte sich weiter, bis er schließlich vor dem Nordeingang des Zoologischen Stadtgartens ankam. In der Hoffnung, dort ein schattiges Plätzchen zu finden und etwas ausruhen zu können, löste er eine Karte. Und tatsächlich: In der Platanenallee des Parks wurde es endlich erträglicher. Der See vor seiner Nase spendete tatsächlich ein wenig Kühle. Schmitt ließ sich auf einer freien Bank nieder und legte erschöpft den Kopf in den Nacken. Hoffentlich ging es ihm morgen wieder besser, ansonsten sah er schwarz für seinen Auftrag – und er hatte noch nie einen Auftrag wegen Krankheit sausen lassen müssen! Mit diesem Gedanken döste er weg.

Schmitt wachte erst wieder auf, als sich eine laute Männerstimme in seinen Traum bohrte. Als er die schweren Lider öffnete, sah er in etwa fünf Metern Entfernung eine ältere Dame und einen Mann in Uniform stehen. Reflexartig zuckte er zusammen, so unauffällig wie möglich schaute er sich nach einem Fluchtweg um. Als er jedoch mitbekam, dass es sich bei dem Kerl, der da auf die eingeschüchterte Frau mit unvorteilhaftem wadenlangem Rock, dicken Stützstrümpfen, klobigen Gesundheitsschuhen und einem rosa (!) Zopf einsprach, um einen Parkwächter handelte, entspannte er sich wieder. Er bekam nur einen Teil des Gespräches mit, es schien um einen Hund zu gehen. Von einem Hund war aber weit und breit nichts zu sehen.

Inzwischen bereute er, in diese Stadt gekommen zu sein.

Schmitt wartete, bis Parkwächter und Frau auseinandergegangen waren, dann erhob er sich schwerfällig. Seinem Magen ging es inzwischen ein wenig besser, dafür hatte er gemeine Kopfschmerzen. Er beschloss, ins Hotel zu gehen und sich ein oder zwei Stündchen hinzulegen.

Gegen zwanzig Uhr schreckte Schmitt aus einem unruhigen Traum hoch. Er fand sich genauso angezogen auf dem Bett wieder, wie er sich hingelegt hatte. Durch das geöffnete Fenster drang jetzt ein kühleres Lüftchen als am Nachmittag. Seine Rolex verriet ihm, dass er knapp drei Stunden geschlafen hatte. Schmitt setzte sich vorsichtig auf, doch der Kopfschmerz war verschwunden. Nur sein Magen fühlte sich noch immer nicht ganz in Ordnung an.

Im Badezimmer warf er sich einige Hände kaltes Wasser ins Gesicht. Derart erfrischt beschloss er, hinunter in die Bar zu gehen. Nach einem prüfenden Blick in den Schrank – der

Waffenkoffer lag unverändert auf seinem Platz unter der Decke –, schlüpfte er in seine Ziegenlederslipper und verließ das Zimmer.

In der Bar angekommen, suchte er sich ein ruhiges Plätzchen weitab vom Geschehen und bestellte sich einen Kamillentee. Eigentlich verabscheute er Kamillentee, aber wenn er es am Magen hatte, dann war das die beste Medizin.

Vorsichtig nippte er an dem heißen Gesöff – es schmeckte genauso wie es roch: widerlich.

Die Bar war bis auf ihn und eine Frau auf einem der Barhocker am Tresen leer. Ein Umstand, den er sehr genoss. Nichts war unangenehmer als Vertreter auf der Durchreise, die zu viel tranken und derart mutig getrunken alles anbaggerten, was nur irgendwie weiblich aussah.

Von der Frau auf dem Barhocker sah er nur die Rückansicht, aber das, was er sah, kam ihm irgendwie bekannt vor – vor allem der rosa Zopf, der auf ihrem in eine himmelschreiend scheußliche Blümchenbluse verpackten Rücken pendelte. Das war eindeutig die Frau aus dem Stadtpark. Aber schüchtern kam sie ihm jetzt gar nicht mehr vor, im Gegenteil: Sie plauderte munter mit dem Barkeeper. Und sie kippte ebenso beherzt einen Cocktail nach dem anderen. Einmal kippte sie beinahe selbst von ihrem Hocker. Nichtsdestotrotz bestellte sie sich einen weiteren bunten Drink.

Frauen an sich waren ja schon eine in den meisten Fällen unangenehme Spezies, aber betrunkene Frauen waren für ihn das Allerletzte! Schmitt hatte aufrichtiges Mitleid mit dem armen Barkeeper, der sich das Gesülze der betrunkenen älteren Lady anhören musste! Und er hoffte inständig, dass diese ihn nicht entdeckte und sich zu ihm setzte, um ihm ein Ohr abzukauen.

Anscheinend merkte die Rosahaarige aber selbst, dass es ihr reichte, denn sie kletterte unbeholfen vom Barhocker und verließ gehörig schwankend die Bar.

Schmitt trank seinen Tee aus, wartete aber noch ein paar Minuten, um sicherzugehen, dass er der Schnapsdrossel nicht auf dem Weg nach oben über den Weg lief, und verließ dann ebenfalls die Bar.

Unbehelligt kam er in seinem Zimmer an. Nachdem er kontrolliert hatte, dass sich der Koffer noch immer unberührt im Schrank befand, holte er das restliche Gebäck aus dem Kühlschrank. Sein Magen hatte sich nicht nur beruhigt, er grummelte tatsächlich schon wieder vor Hunger.

Diesmal ließ sich Schmitt jedoch Zeit mit dem Essen, ganz langsam aß er die letzten fünf Gebäckteilchen, und siehe da: Sie bekamen ihm ganz wunderbar!

Danach zog er sich aus, duschte ausgiebig. Nach dem Zähneputzen schlüpfte er in seinen Satin-Pyjama, der sich wunderbar kühl auf der Haut anfühlte, und legte sich ins Bett. Das laute Poltern genau vor seiner Zimmertür störte ihn nicht – er schlief sofort ein.

Tag X

Schmitts innerer Wecker holte ihn pünktlich und wie an jedem Morgen um halb sieben in der Frühe aus dem Schlaf. Allen Befürchtungen zum Trotz ging es sowohl seinem Magen als auch seinem Kopf prächtig. Er duschte noch einmal, holte eine frische Boxershorts und einen schwarzen Rolli aus dem Koffer und begab sich gutgelaunt hinunter zum Frühstück. Der Raum war leer, Schmitt schien der erste Gast zu sein. In aller Ruhe gönnte er sich zu drei Tassen Kaffee – schwarz, ohne Zucker – zuerst ein Müsli mit Joghurt und frischen Obstsalat, dann ein Croissant ohne alles und zum krönenden Abschluss ein Körnerbrötchen mit Wurst und Camembert.

Derart gestärkt fuhr er mit dem Fahrstuhl nach oben, um in seinem Zimmer eventuelle E-Mails und Nachrichten zu überprüfen. Als es Zeit wurde, auszuchecken und zum Bahnhof hinüberzugehen, kontrollierte er ein letztes Mal Bad und Zimmer, damit er nichts liegen ließ, holte den Waffenkoffer aus dem Schrank und zog den Trolli in Richtung Tür.

Ganz nach seiner Gewohnheit warf er, bevor er hinaustrat, einen prüfenden Blick in den Gang. Und tatsächlich: Gerade öffnete sich die Aufzugtür, und keine andere als die Frau mit dem rosa Zopf stieg aus. Sie ging in die andere Richtung.

Gleich darauf hörte er das nahe Zuklappen einer Tür.

Nach einem weiteren prüfenden Blick in den Gang verließ er sein Zimmer und schlüpfte in den Aufzug, der auf ihn zu warten schien. Unten angekommen durchschritt er zügig das Foyer, schenkte dabei der Dame an der Rezeption ein knappes Kopfnicken und verließ das Hotel. Bezahlt hatte er nämlich wie immer gleich beim Einchecken – in bar, versteht sich, Schmitt bezahlte immer bar, damit blieb er bei eventuellen Ermittlungen und Nachforschungen immer schön unter dem Radar.

Im Zug

Schmitts Wunsch nach einem leeren Abteil wurde nicht erfüllt: Vier der sechs Sitze waren bereits besetzt. Die beiden freien Plätzen befanden sich links am Fenster und rechts zwischen einer verbissen dreinschauenden Nonne in Schwarz und einem tätowierten Kerl, Typ Rocker, auch in Schwarz. Schmitts reservierter Sitz war natürlich der zwischen diesen beiden.

Wenn es nicht so weit bis zum Zielort gewesen wäre, hätte sich Schmitt mit einem Stehplatz im Gang begnügt, aber mehr als fünf Stunden Fahrt würde er ohne Sitzplatz nicht überstehen. Also zwängte er sich in das Abteil und verstaute Trolli und Waffenkoffer in der Gepäckablage über seinem Platz. Während er sich setzte, versuchte er sich zu trösten, indem er sich im Geiste sagte, dass auch diese Fahrt irgendwie vorübergehen würde.

Kaum dass er die beiden Personen ihm gegenüber genauer betrachtet hatte – eine für seinen Geschmack recht ungepflegte junge Frau Marke Demonstrantin gegen alles und jeden, die dauernd an ihrer Tasche herumfingerte, und daneben ein Kerl mit Bürstenhaarschnitt, wahrscheinlich ein Soldat, nur in Zivil, erschien der letzte Fahrgast. Schmitt versuchte, nicht so fassungslos aus der Wäsche zu schauen wie er es war: Niemand anderes als die schreckliche Alte mit den dicken Stützstrümpfen und dem rosa Zopf stieg ungeschickt und sich nach allen Seiten entschuldigend über die Füße der Mitreisenden. Der Bürstenhaarschnitt half ihr zuvorkommend mit der uralt aussehenden Reisetasche, dann saßen endlich alle und sahen stumm vor sich hin. Keiner sprach, und Schmitt hoffte, dass das die kommenden langen Stunden auch so bleiben würde. Nichts war schlimmer für ihn als stumpfsinniger Smalltalk oder Gespräche über Krankheiten, von denen die rosahaarige Alte, so wie sie aussah, sicherlich einige in petto hatte.

Der Zug setzte sich in Bewegung, Schmitt schloss die Augen und verfiel dank des gleichmäßigen Ruckelns und Ratterns nach wenigen Minuten in einen kleinen Dämmerschlaf …

… Bis ihn ein unangenehmes schrilles Quietschen weckte und das plötzliche Anhalten des Zuges ihn beinahe aus dem Sitz katapultiert hatte. Sein Waffenkoffer war dabei zusammen mit anderen Gepäckteilen aus der Gepäckablage herausgeschleudert worden. Zum Glück war er dabei nicht aufgesprungen, denn wie bitteschön hätte er seinen unbescholtenen Mitreisenden ein zerlegtes Präzisionsgewehr erklären sollen? Blitzschnell hatte er ihn aus einem Sammelsurium aus leeren Bierdosen, einer Reisetasche, einem Rucksack und einem weiteren schwarzen Aktenkoffer gerettet. Jetzt lag er sicher auf seinem Schoß, und er würde ihn definitiv nicht mehr aus der Hand geben.

Es war stickig heiß im Abteil, und es roch übel. Kein Wunder bei dem unappetitlich aussehenden Kerl, der neben ihm saß und nicht müde wurde, Bier aus einem schier unerschöpflichen Vorrat an Dosen in sich hineinzuschütten. Seine Nachbarin zur Rechten miefte nicht weniger übel, sie schien unter ihrer Nonnentracht im eigenen Saft zu schmoren.

Schmitt versuchte ruhig zu bleiben, noch hatte er genügend Zeit. Er beteiligte sich auch an keinerlei Mutmaßungen und wilden Vermutungen seiner Mitreisenden. Der Meditationskurs, den er vor zwei Jahren in einem indischen Ashram absolviert hatte, kam ihm hierbei sehr zugute. Was ihn aber immer wieder ins Hier und Jetzt holte, waren die Ansagen, die in regelmäßigen Abständen aus dem Lausprecher plärrten. Gerade ließ ein leises Knacken auf einen weiteren Erguss eines Zugbegleiters schließen. Und tatsächlich: »Liebe Fahrgäste, befindet sich zufällig ein Großwildjäger im Zug? Wenn ja, dann melden Sie sich bitte umgehend beim Zugpersonal.«

Meinten die das ernst? Schmitt streichelte seinen Waffenkoffer.

Irrte er sich, oder hatte die junge Schwarzhaarige ähnlich reagiert? Hatte sie nicht auch nach ihrer Umhängetasche gegriffen? Schmitt sah sie sich genauer an, aber sie saß jetzt ruhig da, er musste sich getäuscht haben.

Schmitt überlegte, ob er sich melden sollte. Er hatte natürlich kein Großwildgewehr, aber ein Tiger, wie die komische Alte gerade vermutete, wäre kein Problem. Ein Elefant wäre da schon etwas anderes, aber mit seiner »Süßen« würde er trotzdem einigen Schaden anrichten. Vielleicht konnte er so die Weiterfahrt beschleunigen? Er war kurz davor, aufzustehen.

Dann fiel ihm aber ein, dass seine Waffe nicht registriert war, und dass er mit einer derartigen Aktion nur unnötig auf sich aufmerksam machen würde. Er blieb also unverändert sitzen und versuchte zu meditieren.

Nur das unentwegte laute Hecheln dieses Dackels – das Vieh sah genauso aus wie der Wurstdieb und gehörte anscheinend niemandem im Abteil – störte seine Konzentration.

Und natürlich der Typ mit dem Bürstenhaarschnitt, der einfach keine Ruhe gab und sich als Retter der Nation aufzuspielen versuchte. Immerzu stand er auf, um aus dem Fenster oder auf den Gang hinauszusehen. Die Nervosität dieses Typen machte ihn noch wahnsinnig.

Wäre es ihm möglich gewesen, hätte er sie beide, Mann und Hund, auf der Stelle eliminiert.

»Könnten wir nicht das Fenster aufmachen?«, fragte da die komische Alte mit den rosa Haaren, die sich benahm, als wäre es die erste Zugfahrt ihres Lebens.

Die Art, wie sie sich an ihre lächerliche Keksdose klammerte, als wäre etwas Wertvolles darin, machte ihn kirre. Schmitt hätte nur zu gern eine Kugel an sie verschwendet. Solche unbeholfenen Menschen gingen ihm schon immer auf die Nerven. Konnten die nicht einfach in ihrem langweiligen Loch bleiben, aus dem sie herausgekrochen waren?

Er wischte sich zum tausendsten Mal den Schweiß von der Stirn. Diese Hitze und die unerträglichen Ausdünstungen seiner Mitreisenden beeinträchtigten sein logisches Denken und machten ihn zunehmend aggressiv.

Jetzt stand die Alte tatsächlich auf und untersuchte den Fensterrahmen.

»Wir sitzen in einem ICE, Zopfliesel, Fenster aufmachen geht nicht.« Der Rockerrüpel neben Schmitt, der sich mit ansteigendem Alkoholpegel immer breiter machte, brachte die Alte immerhin wieder dazu, sich hinzusetzen.

Ungläubig betrachtete sie daraufhin das Fenster.

»Deswegen gibt es ja die Klimaanlage«, sagte der Bürstenhaarschnitt freundlich.

»Eine Klimaanlage, die nicht geht«, maulte das schwarzhaarige junge Ding.

Die Art und Weise, wie sie immerzu an ihrer Stofftasche rumfingerte, kam Schmitt verdächtig vor. Aber er konnte sie nicht recht einschätzen. War sie eine harmlose Hausbesetzerin oder eine gefährliche Revoluzzerin? Es könnte Diebesgut in der Tasche sein, aber genauso gut auch eine Bombe.

»Wir werden alle einen Hitzschlag bekommen«, jammerte die rosa Alte.

Am liebsten hätte Schmitt sie mit ihrer eigenen Keksdose erschlagen. Aber er sah davon ab. Er starrte sie nur böse an.

Neben ihm kam Bewegung in den Rockertypen. Mit einem »Zopfliesel, da hast du völlig recht« auf den Lippen wuchtete er sich aus seinem Sitz.

Mit einer Geschwindigkeit, die Schmitt dem massigen Kerl gar nicht zugetraut hatte, war er über seine und die Beine des Bürstenhaarschnitts gestiegen und am Fenster. Die rosa Alte und die verrückte Nonne sahen ängstlich zu ihm auf, als er den kleinen Hammer aus einer Halterung nahm und damit zum Schlag ausholte.

Oh Gott, frische Luft! – Das war das Erste, was Schmitt dachte. Ja, er konnte es kaum erwarten, dass die Scheibe endlich zersplitterte.

Oh Gott, nein! – war das Nächste, was er dachte. Ein Ausbruch aus diesem sechssitzigen Gefängnis würde Aufmerksamkeit erregen, Aufmerksamkeit, die er beileibe nicht brauchte.

Bevor er aber etwas sagen oder unternehmen konnte, war der Bürstenhaarschnitt aufgesprungen.

»Nein, das geht nicht, das wäre Vandalismus!«, rief er empört und warf sich beherzt auf den Rocker, um ihm den Hammer abzunehmen.

Während des wilden Gerangels hielt die Nonne nicht nur endlich mit dem blödsinnigen Beten inne, sondern auch ihre Haube fest, und die rosa Alte zog quiekend die stützbestrumpften Beine an und brachte die Keksdose hinter ihrem Rücken in Sicherheit. Die Schwarzhaarige feuerte die beiden durch lautes Zurufen an – nein, sie feuerte nur den Rocker an. Und zwischendrin der Dackel, der aufgeregt bellend und schwanzwedelnd um die Ringenden herumwuselte und an ihren Beinen hochsprang. Wenigstens einer schien sich richtig gut zu amüsieren.

Schmitt sah dem Treiben einige Zeit schweigend zu. Dann wurde es ihm zu bunt: Er stand ebenfalls auf, merkte aber sofort, dass er nicht groß genug war. Also stieg er auf seinen Sitz. Jetzt kam er an den Hammer, den der Rocker triumphierend über seinem Kopf schwenkte, damit der Bürstenhaarschnitt ihn nicht erreichen konnte. Mit einer schnellen Bewegung riss er ihn dem biermiefigen Kerl aus der Hand. Der hielt abrupt in seinen Bewegungen inne, starrte ungläubig auf seine leere Rechte über seinem Kopf und kam durch den Ansturm von Dackel und Bürstenhaarschnitt ins Wanken. Wie ein gefällter Baum landete er auf dem Schoß der Nonne, die ihn mit einem lauten »Huch« und angewidertem Gesicht von sich stieß und gleich darauf und noch exzessiver wieder mit dem Beten anfing.

»Alter, was soll das?« Der Rocker sah Schmitt aus zornig zusammengekniffenen Augen an.

Schmitt, der noch immer auf seinem Sitz stand, traf sein alkoholgeschwängerter Atem mitten ins Gesicht. Als er zurückzuckte, krachte er mit dem Kopf schmerzhaft an den metallenen Rahmen des Gepäcknetzes.

»Der Herr hier hat recht: Das wäre Sachbeschädigung. Und wir wollen uns doch wie gesittete Menschen benehmen«, sagte Schmitt mit schmeichlerischer Stimme.

»Ach ja, wollen wir das?« Der Rocker stemmte die Hände in die Hüften und ließ seine tätowierten Armmuskelpakete aufreizend spielen.

Alle sahen Schmitt abwartend an: der Rocker, die Schwarzhaarige, die rosa Alte, die Gebete brabbelnde Nonne und der Dackel. Nur der Bürstenhaarschnitt strich sich ratlos durchs Haar und setzte sich wieder.

»Ja, das wollen wir!« Schmitts Stimme war genauso kühl wie sein Blick. Demonstrativ ließ er den Hammer in seine Jacketttasche gleiten. »Und jetzt nehmen wir alle wieder unsere Plätze ein, beruhigen uns und warten ab. Lang kann dieser Zwischenstopp ja nicht mehr dauern.«

Der Rocker holte Atem, als wollte er etwas darauf antworten, ließ es dann aber bleiben. Fragend sah er zu der Schwarzhaarigen. Als die nur mit den Schultern zuckte, ließ er sich grummelnd auf seinen Sitz fallen.

Die rosa Alte schob mit zitternden Fingern ihre Brille zurecht und holte ihre Keksdose wieder auf den Schoß.

Schmitt stieg vom Sitz, zupfte sein Jackett zurecht und setzte sich auch wieder hin. Eines schwor er sich: Wenn das hier – wie auch immer – überstanden war, würde er nie, nie wieder einen Fuß in einen Zug setzen.

Stephan Wimmer, 38, HELD (in seinen Träumen)

Im Zug

Es war wieder still im Abteil. Totenstill. Jeder musterte den anderen aus den Augenwinkeln, niemand sagte ein Wort. Sogar die Nonne hatte mit dem Beten aufgehört, wenigstens mit dem hörbaren Teil davon. Nur ihre Lippen bewegten sich noch.

Und ebenso still stand der Zug. Kein Vibrieren, kein Ruck, nichts. Das Fahrzeug – das diese Bezeichnung nicht verdient hatte, wie Stephan fand – blieb so unbeweglich stehen, als wäre es direkt in Fels gemeißelt worden. Obwohl es hier weit und breit keinen Felsen gab, sondern nur Äcker, Felder und Bahnschotter.

Kurz fragte Stephan sich, ob das Vereiteln der Befreiungsaktion des Rockers das Richtige gewesen war oder ob sein beherztes Eingreifen nur dazu führte, dass sie nun alle langsam und schmerzvoll in dieser Hölle dahinschmelzen würden.

Seine Schicksalsgenossen im Zugabteil schwitzten ebenfalls, wie Stephan unschwer erkennen konnte. Glaubte er es nur, oder atmete die ältliche Dame am Fenster plötzlich schneller und oberflächlicher als zuvor. Was tun, wenn sie plötzlich kollabierte? Dann wäre er in der Pflicht, Erste Hilfe zu leisten, Herzmassage, Mund-zu-Nase-Beatmung ...

Stephan schloss die Augen und bat Gott, alle heil aus dieser Sache rauskommen zu lassen. Im selben Moment, als sich sein reflexartiges Stoßgebet im Kopf formiert hatte, erschrak er über sich selbst. Wie lange war es her, dass er das letzte Mal gebetet hatte? Er war doch gar kein gläubiger Mensch! Vielleicht hatte die Nonne allmählich auf ihn abgefärbt?

Mit aller Kraft versuchte Stephan, seine innere Unruhe zu unterdrücken, und linste hinüber zur Ordensschwester. Dann wanderten seine Augen auf die andere Seite des Abteils, wo der Rocker sich zurückgelehnt und demonstrativ die Arme verschränkt hatte. Ein bisschen sah er aus wie ein schmollender Junge, dachte Stephan. Na ja. Lieber schmollend als aggressiv. Wahrscheinlich leistete der Alkohol da gerade gute Dienste. Der unauffällige Typ Stephan gegenüber sah deutlich aggressiver aus, dachte er. Der wirkte fast so, als wollte er am liebsten jemanden umbringen. Und mittlerweile war er ja sogar mit einem Hämmerchen bewaffnet.

Stephan zwang sich, still zu sitzen, ruhig zu atmen. Nicht daran zu denken, dass er keine Zeit hatte, um irgendwo im Nirgendwo zu stecken, literweise Schweiß abzusondern und zuzuschauen, wie die Sonne ihrer Umlaufbahn folgte und der Tag verstrich. Er wurde gebraucht!

Er bemühte sich, an etwas Schönes zu denken, das ihn beruhigte und ihm die Zuversicht gab, dass alles schon gut ausgehen würde.

Warum in der Welt musste er aber ausgerechnet jetzt an diesen Heiratsantrag denken?

Zwei Wochen vor der Zugfahrt

Sie saßen zusammen im Straßencafé in der Fußgängerzone, als wenn nichts wäre. Er vor sich eine Cola, sie einen Cappuccino mit einem Glas Leitungswasser. Sie unterhielten sich und lauschten einem Paar am Nebentisch, das sich händchenhaltend über die anstehenden Sommerferienpläne unterhielt. Diskussionspunkt war offenbar, ob diesmal wohl kalt oder heiß zu bevorzugen sei, ob also die Nordsee oder die Malediven dieses Jahr an der Reihe waren.

»Dann könnten wir uns einen Strandkorb mieten und die Seehundaufzuchtstation besuchen«, schwärmte er und zog die Stirn hoch, damit seine leuchtenden Augen besser sichtbar wurden. Dann fügte er hinzu: »Und abends immer lecker essen gehen.«

»Ach, Schatzi, ich würde so gerne mal exotisch!«, erwiderte sie mit kritisch nach unten gezogenen Mundwinkeln. »Unter Palmen sitzen und an einem Drink nippen und den tropischen Sonnenuntergang genießen. Gemeinsam mit dir. Das wollten wir doch immer schon mal. Das wäre ein Traum.«

Doch er argumentierte an dieser Stelle nicht, dass die Sonne auch an der Nordsee untergehe und es neben Drinks dort auch wahres deutsches Bier gebe, denn das Gedudel aus den Lautsprechern, die von wilden Reben verdeckt an der Wand des Altstadthauses hingen, verstummte plötzlich, und schmalzige Geigen hoben zum vibrierenden Höhenflug an. Und während eine gefühlvolle Melodie den Bereich des Straßencafés und die Luft in der von der Sonne aufgeheizten Gasse erfüllte, zauberte er unter dem Tisch eine Rose hervor. Eine blutrote Rose. Er sank vor seiner Freundin nieder auf die Knie und streckte ihr mit der anderen Hand ein Kästchen entgegen, dessen Deckel filmreif aufsprang.

»Mit dir gehe ich überallhin«, hauchte er, was aber von ihrem Schrei – halb entzückt, halb hysterisch und mit glockenhellem Vibrato – übertönt wurde. Sie schlug die Hände vor den Mund und rutschte dann vom Stuhl, um ihn zu umarmen. Einer der Gäste, die die Szene interessiert mitverfolgten, klatschte spontan Applaus, und ein paar andere stimmten mit ein.

»Hach, wie romantisch«, sagte Silvia und blickte schmachtend zu Stephan hinüber, der immer noch gebannt auf das Paar starrte, das sich küssend in den Armen lag. Die Rose war aufs Kopfsteinpflaster gerutscht. Die Malediven konnten kommen.

»Das wär doch was für dich«, setzte Silvia nach. Sie nahm einen Schluck Leitungswasser und knuffte ihn neckend in die Seite, als sie erkannte, wie sehr ihn der Heiratsantrag dieser ihm völlig fremden Leute offensichtlich berührte. Und als er immer noch nicht reagierte, lachte sie. »Mein Bruder, der Romantiker!«

Stephan sagte nichts. Verlegen strich er sich mit der Hand über den Kopf, als müsste er seinen dunkelblonden Bürstenschnitt ordnen, und setzte ein schiefes Lächeln auf. Voll erwischt! Seine Schwester hatte ihn entlarvt. Hoffentlich hatte sie ihm nicht angesehen, was er gerade gedacht hatte, nämlich dass er einen solchen Heiratsantrag ebenfalls gerne machen würde. Theoretisch. Denn praktisch war in seiner eigenen Beziehung der Lack mittlerweile abgeblättert, und seine Jessy würde ihn gnadenlos auslachen, wenn er sich dermaßen in Szene setzen würde.

Jessy nannte es nicht Romantik, sie nannte es Kitsch. Mittlerweile. Früher, am Anfang ihrer Liaison vor gut vier Jahren war es noch anders gewesen. Damals, als sie sich Hals über Kopf ineinander verliebt hatten, hatte keiner den anderen ausgelacht. Sie hatten füreinander gebrannt und hatten sich in diesem wilden Strudel aus Begierde, gegenseitiger Anziehungskraft und Verrücktheit verloren. Erst später, beim Zusammenziehen, hatten ihre doch ziemlich gegensätzliche Charaktere die Magie verloren, und sie waren bald auf dem harten Boden der Realität angelangt. Aber Stephan hatte sich ganz lange geweigert, sich einzugestehen, dass diese Beziehung keine Überlebenschance hatte und dass von dem lodernden Feuer irgendwann nur noch stinkender Qualm übrig war.

Er wusste, dass er Jessy keinen Heiratsantrag machen würde. Sehr schade, aber mit ihr konnte Stephan seine emotionale Ader nicht ausleben, die er nun mal besaß. Auch wenn nur Menschen, die ihn gut kannten, davon wussten, denn im Alltag überspielte er diesen gefühlsbetonten Teil seiner Persönlichkeit meist geschickt.

»Stephan, hallo, bist du noch da?«

Silvia holte ihn aus seinen Träumereien und brachte ihn zurück in die Gegenwart und ins Straßencafé. Da saß er, zusammen mit seiner Schwester. Nicht um sich wehmütigen Gedanken hinzugeben, sondern um sich Gedanken über den bevorstehenden Siebzigsten der Mutter zu machen.

Der Heiratsantrag, dessen Zeuge er zufällig geworden war, ließ ihn auch später nicht los, als er zur Polizeiwache fuhr und seinen Dienst antrat. Er dachte an das unbekannte Paar, als er die Diebstahlanzeige eines Fahrrads aufnahm, und auch noch später, als er eine alte Frau beruhigte, die lauthals den Verlust ihrer Geldbörse beklagte.

Immer kehrten seine Gedanken zu diesem Hochzeitspaar in spe zurück, und sein Bedauern wurde immer größer, dass er selbst nie in die Rolle des auf die Knie sinkenden Antragstellers schlüpfen konnte. Jedenfalls nicht, solange er mit Jessy zusammen war. Und weil wusste, dass da nicht mehr viel war, obwohl sie sich nach außen hin nach wie vor als Paar zeigten, flüchtete er sich vermehrt in seinen Beruf. Wofür wiederum sie ihn gezielt provozierte.

»Einmal Gesetzeshüter, immer Gesetzeshüter«, stichelte sie manchmal und forderte ihn feixend auf, doch mal ein wenig lockerer zu sein und nicht immer an seine Paragrafen zu denken. »Komm mal aus dir raus. Das Leben findet hier und heute statt.«

Sie selbst war da anders. Als Fitnesstrainerin gab sie sich betont entkrampft und unkonventionell. Die Buchhaltung ihrer kleinen Firma überließ sie anderen – zu spießig und zu langweilig, sagte sie – und umgab sich lieber mit muskelbepackten Kunden und Arbeitskollegen. Was wiederum Stephan missfiel. Aber sie nahm das nicht ernst.

Die mangelnde Wertschätzung seiner Jessy nagte sehr an ihm. Oder besser gesagt: hatte lange sehr an ihm genagt. Vielleicht war er mittlerweile auch schon drüber hinweg, zumindest im Unterbewusstsein. Zu oft hatte er versucht, sie wieder von sich zu überzeugen. Dieses Feuer füreinander, das einmal in ihnen gelodert hatte, wieder zu entfachen. Aber immer vergeblich. Versuch das mal mit nassen Zündhölzern! Mehr als allerhöchstens ein Glimmbrand schien bei seiner Freundin nicht mehr vorhanden zu sein. Und bei ihm, wenn er ganz ehrlich war, ebenfalls nicht. Aber noch sträubte er sich dagegen, diesbezüglich ehrlich zu sein mit sich, denn er war keiner, der gern Neues begann. Gut ausgebaute Bahnen gaben ihm Sicherheit, warum also sollte er ausbrechen und einen noch nie begangenen Pfad einschlagen, wenn er davon ausging, dass er auch auf der bequemen Straße irgendwann mal irgendwohin kam?

Wenn das nur nicht so schwierig wäre, dachte Stephan tags darauf, als er auf der Polizeiwache saß und es klingelte. Allerdings nicht einfach so, wie es normalerweise klingelt, sondern mit Nachdruck: zuerst dreimal kurz und nervös, und dann lange. Um genau zu sein bis zu jenem Moment, in dem er den Türöffner betätigte.

Ein älteres Paar betrat die Wache, er in gebückter Haltung, als würde ihn jemand seit Jahrzehnten von oben drücken, und sie mit schnellen Schritten und Hektik im Blick.

»Es ist ein Skandal! Schrecklich! Das braucht eine Anzeige!«, rief die Dame und verzog ihren Mund, dass Stephan sich bange fragte, was der Bemitleidenswerten denn widerfahren sein mochte. Entreißdiebstahl? Enkeltrick? Oder noch viel Schlimmeres? Der gebückte Mann an ihrer Seite schwieg derweil, während Stephan sich freundlich zum Schalter vorbeugte und die Aufgeregte dazu aufforderte zu sagen, was denn geschehen sei und womit er ihr helfen könne.

»Der Hund …« Die Stimme der Dame versagte, und vor Stephans innerem Auge begannen mehrere Filme gleichzeitig zu laufen. Der Hund! Entweder hatte ein wildgewordener Kampfhund die beiden verfolgt und vielleicht gar gebissen. Oder jemand hatte ihnen ihren teuren, reinrassigen Hund gestohlen, welcher soeben bei der Europameisterschaft den ersten Preis im Schönaussehen gewonnen hatte. Oder es war ein Verkehrsunfall geschehen, bei dem der geliebte Vierbeiner des Paars das Zeitliche gesegnet hatte, plattgefahren von einem schnöden Auto mit breiten Reifen.

Erst nach langen Sekunden des Versuchens und nachdem die Dame in Tränen ausgebrochen war, ohne dass sie ihre Nöte hätte in Worte fassen können, legte ihr Begleiter ihr die Hand auf den Arm und wandte sich an den Polizisten.

»Ein Streuner hat unsere Lissy gepimpert«, sagte er mit kratzender Stimme.

»Bitte was?«

»Irgendein dahergelaufener Hund hat sich an unserer Hündin vergangen! Lissolaia vom Königsbrunn heißt sie. Sie ist ein reinrassiger Toypudel. Der Termin mit dem Deckrüden war schon geplant. Und nun hat sie sich mit irgendeinem krummbeinigen Wicht eingelassen!«

Stephans erster Eindruck, dass der Mann seine Emotionen besser im Griff hatte als die Frau, erwies sich als falsch. Denn der Schwall aus Schimpfworten, mit denen er den unbekannten Stecher seiner Rassehündin bedachte, kam nicht zum Versiegen, nachdem er sich erst mal Bahn gebrochen hatte. Am liebsten hätte das Paar wohl gesehen, dass sofort die ganze Polizeiwache mitsamt Terroreinheit ausschwärmte, um den Fehlbaren dingfest zu machen. Oder mindestens ein Fahndungsplakat drucken ließ.

Nur sehr schwer ließen sie sich schließlich davon überzeugen, dass der Geschlechtsakt zweier Hunde kein strafrechtlich relevanter Tatbestand war, auch wenn sie nicht derselben Rasse angehörten und die Besitzer nicht um Erlaubnis gefragt worden waren. Die Vorstellung machte dem Paar offensichtlich schwer zu schaffen, dass Lissolaia in neun Wochen zur Abwechslung mal keine kleinen, niedlichen Toypudelwelpen gebären würde, sondern ebenfalls kleine und ebenfalls niedliche Hundekinder, die aber mit Sicherheit keinen Stammbaum verpasst bekommen würden.

Stephan brauchte viel psychologisches Geschick und einige Tropfen Schweiß, bis die Herrschaften schließlich von dannen zogen. Erst als die Tür der Polizeiwache wieder ins Schloss gefallen war, wanderte ein breites Grinsen über sein Gesicht.

Am Tag darauf

Stephan saß nach Dienstschluss in der Wohnung. Allein, wie immer in letzter Zeit an seinen freien Abenden. Jessy war weg. Sie trainierte im Fitnesszentrum, das sie zusammen mit einem schmierigen Typen namens Bojan betrieb, während Stephan zu Hause auf dem Sofa fläzte und der Fernseher lief. Allerdings hatte er der rasanten Verfolgungsjagd irgendwelcher amerikanischer Agenten den Ton abgedreht, denn er las in einem Jerry-Cotton-Heft. Stephan liebte Jerry Cotton und war Mitglied mehrerer Online-Fanclubs, wo er sich mit Gleichgesinnten aus der ganzen Welt austauschte. Auch wenn der amerikanische Detektiv schon viele Jahre auf dem Buckel hatte: Seine Anhänger waren nicht angestaubt und besetzten das gesamte gesellschaftliche Spektrum von der Jungunternehmerin bis zum pensionierten Biologieprofessor, auch wenn diese beide in ihrem Bekanntenkreis wohl nicht mit ihrer Vorliebe hausierten, sondern die Hefte vermutlich nicht in der Öffentlichkeit lasen. Stephan fand Jerry Cotton eine umwerfend spannende Lektüre, und immer geschah ganz viel Spektakuläres. Jerry war noch ein Held! Schnell, smart und in keiner noch so heiklen Situation den Durchblick verlierend.

Jerry versuchte gerade, eine Zugentführung in einer großen Stadt des nordamerikanischen Subkontinents unblutig zu beenden, als Stephans Handy zu vibrieren begann.

Stephans Hoffnung, es könnte – wider besseres Wissen und wider jegliche Erfahrungswerte der letzten Zeit – seine Freundin Jessy sein, die irgendwas Nettes zu sagen hatte oder auch nur ankündigen wollte, dass sie bald heimkäme, zerschlug sich. Es war nicht Jessy, sondern Silvia. Seine Schwester. Schon wieder.

»Na, Bruderherz, wie geht's?«, klang ihre Stimme durch den Apparat, wie immer topmotiviert und so fröhlich, als wäre sie soeben von Millionen Glückskäfern gelovebombt worden. Silvia war so anders als Jessy, und wenn sie nicht seine Schwester gewesen wäre, hätte Stephan sich die Sache wohl nicht lange überlegt und sich gleich in sie verliebt. Schon um seiner eigenen verfahrenden Situation zu entkommen.

»Geht so«, murmelte er ein wenig verstimmt, weil sie ihn in die trostlose Realität der leeren Wohnung zurückkatapultiert hatte und gleichzeitig Jerry Cotton dazu zwang, seine Mission zu unterbrechen.

»Ich stör dich nicht bei der Arbeit, oder? Du hast frei heute?«

»Ja, ich bin zu Hause.«

Silvia schnatterte erst mal weiter, machte einen Umweg über ein paar Meldungen zum Wetter, dem aktuellen Blütenstand der Rosen in ihrem Garten, einer weiteren Menü-Idee zum Geburtstag der Mutter und kam dann endlich zum Punkt: »Du, Stephan, hast du spontan Lust, mich übermorgen zu begleiten?«

»Wohin denn?«

»Zu einer tollen Veranstaltung.«

»Mach's nicht so spannend«, maulte er unwillig.

Doch das beeindruckte Silvia nicht, sie flötete: »Überraschung, Überraschung!«

Sie legte eine Kunstpause ein, doch als vom Bruder keinerlei Reaktion zu hören war, redete sie weiter: »Ich habe zwei Karten fürs Schlagerstadl! Meine Freundin Isabelle, für die die zweite Karte gewesen wäre, ist verhindert. Leider. Ihr Mann muss kurzfristig auf Geschäftsreise ins Ausland, und die Tochter kränkelt, die kann sie nicht einen ganzen Abend alleinlassen. Und weil ich doch weiß, was für ein hoffnungsloser Romantiker du bist und weil ich meinen nachdenklichen Bruder etwas aufheitern möchte ...«

Sie kicherte.

»Ja, ähm ...«, antwortete Stephan.

»Sag nicht, dass du plötzlich keine Schlagermusik mehr magst!«

»Doch. Da singt nicht zufällig Rex Armando?«

»Nein. Aber eine junge, aufstrebende Schlagersängerin, Alessia Thalmeyer-Gieseke, genannt Rhythmus-Maus.«

Er räusperte sich und schluckte die Enttäuschung hinunter. Wie gern hätte er endlich einmal Rex Armando live gesehen. Aber dessen Konzertkarten – oder wenigstens der erschwingliche Teil davon – waren immer in kürzester Zeit ausverkauft.

»Hm ...«, machte Stephan.

Beim Gedanken an Jessys herablassendes Grinsen, wenn sie von seinen Ausgehplänen erfuhr, wurde ihm für einen kurzen Moment schal im Magen. Ha, ha, begleitest deine Schwester zu einem Schmalzkonzert für ältliche Hausfrauen, ha, ha. Voll der Waschlappen, ha, ha. Andererseits: Was hatte sie eigentlich ständig an ihm und seinen Interessen rumzunörgeln? Immerhin war er ein erwachsener Mann und durfte hingehen, wo auch immer und mit wem auch immer er wollte. Sie machte ja auch, wozu ihr gerade der Sinn stand.

»Wenn deine Freundin ein Problem damit hat, brauchst du ihr das ja nicht unter die Nase zu reiben«, schien Silvia seine Gedanken zu erraten, »Oder sag ihr einfach, du gehst mit mir zu einem Kickbox-Event.« Schon wieder kicherte sie vergnügt.

Stephan rang mit sich. Natürlich hatte seine Schwester recht. Er war Jessy keinerlei Erklärung schuldig. Schließlich waren sie nicht miteinander verheiratet. Also.

»Ich bin dabei«, sagte er kurzentschlossen.

»Oh, das ist toll. Ich freue mich. Wir werden einen tollen Abend haben«, frohlockte Silvia.

Wie immer: Wenn sie etwas wollte, bekam sie es auch. Und übrigens strafte sie das Klischee Lügen, dass nur bildungsferne, langweilige oder sonstwie vom Leben nicht verwöhnte Menschen sich von Schlagern einlullen ließen. Silvia war leitende Ärztin einer Privatklinik außerhalb der Stadt. Sie sprach vier Sprachen fließend und jettete, wenn sie nicht gerade Gliedmaßen wieder zusammenflickte und ihren Patienten ermöglichte, zu ihrer Lebensqualität zurückzufinden, regelmäßig für medizinische Forschungskongresse in der Welt umher. Ihr Leben war so abwechslungsreich und schien sie so glücklich zu machen, wie Stephan es sich von seinem nur erträumen konnte.

Nach anfänglicher Skepsis beschloss er, alle Zweifel mal einen Abend lang zu vergessen. Sobald er mit seiner Schwester die große Veranstaltungshalle betreten hatte, blinzelte er verwundert in diese glitzernde Welt voller glücklicher Menschen. Und er genoss es. Zwar war er als Mann hier drin krass in der Unterzahl, aber das störte ihn nicht.

Etwas war ihm wichtig: In dieser Halle konnte er sich sicher sein, dass es zu keinen peinlichen Situationen kommen würde, obwohl er seine Vorliebe für schmalzige Musik ansonsten geheim hielt. Denn wer ihn hier traf, hatte ja schließlich selbst eine Eintrittskarte gekauft, da brauchte er sich nicht zu erklären.

Die Leute waren erfüllt von fröhlicher Erwartung, denn auf dem Programm stand neben der Rhythmus-Maus auch ein kleines, aber feines Bouquet an aufstrebenden Lokalmatadoren.

Als erster Act stürmte eine Newcomer-Band namens Unter Palmen die Bühne. Die drei Musiker, bei denen Stephan nicht sicher war, ob man sie schon als Männer oder vielleicht doch eher noch als Jungens bezeichnen konnte, besangen in erster Linie das süße Leben auf einer Insel der Südsee. Mit viel Sonne, Kokosnüssen, Caipirinha – der war aber doch aus Brasilien, nicht aus der Südsee? – und hübschen Mädchen, so in der Art. Das war Stephan dann doch ein wenig zu banal, aber angesichts des Flaums, der den Musikern gerade erst auf den Wangen zu sprießen beginnen schien, zwang er sich zur Großzügigkeit. Silvia wippte im Takt der Lieder mit.

»Die Texte sind hanebüchen«, murrte Stephan ihr ins Ohr, und gleichzeitig schämte er sich ein wenig, weil er schon wieder den Miesepeter-Bruder heraushängte, der neben seiner vom Glück umwogten Schwester wie ein verkümmerter, schattiger Gnom wirkte.

»Die meisten Schlagertexte sind hanebüchen«, gab Silvia grinsend zurück. So schnell ließ sie sich nicht aus der Ruhe bringen.

Nach den Palmen folgte der Auftritt des aufstrebenden Sternchens namens Alessia. Nach den ersten zwei Bier, die er sich am Verpflegungsstand gönnte, war sich Stephan allerdings nicht mehr ganz sicher, ob sie wirklich Alessia hieß oder vielleicht auch Alexa, Anja oder Anke. Oder Annika oder Annina. Die hießen aber auch alle ähnlich in der Branche! Das mit der Maus konnte er sich immerhin merken, auch wenn die junge Dame nichts von einem Mäuschen hatte. Denn das Sternchen hatte eine Bühnenpräsenz, die ihn vor Neid erblassen ließ. Würde er mit einer Ausstrahlung, wie diese junge Frau sie hatte, beispielsweise den Ort einer illegalen Manifestation betreten, würden alle Demonstranten gleich mit dem Rumschreien und Pöbeln aufhören, sich in Einerkolonne hinstellen und bei ihm ein Autogramm abholen. So wäre das. Ha!

Aber wenn er ehrlich war: Ein Konzert von Rex Armando wäre halt doch besser gewesen. Als die Maus einen seiner berühmtesten Songs coverte, nahm Stephan sich ganz fest vor, kein Schlagerkonzert mehr zu besuchen, an dem sein Idol nicht auftrat.

Während der Pause im Hauptact konnte das Publikum sich mit neuen Getränken, Brezeln, diesen knickbaren Leuchtdingern oder Blumen eindecken. Letztere waren wahlweise dazu da, sie der singenden Favoritin auf der Bühne vor die Füße zu werfen oder der Angebeteten an der Seite ins Haar zu stecken. Oder für einen Heiratsantrag.

Verflucht. Schon wieder dachte Stephan an den Heiratsantrag. So lange er mit Jessy zusammen war, war das in etwa so, als würde man von einer Abenteuerexpedition auf einen Achttausender mit dem Partner träumen, der allerdings schon an Höhenkrankheit litt, wenn es darum ging, den Brocken zu besteigen.

»Brich doch mal aus,
leb dein Leben doch mal neu.
Was riskierst du denn schon?
Zeig keine Scheu.«

Genau das empfahl die Maus nach der Pause. Zwar war das Versmaß mehr als holprig, aber sie wusste dennoch zu unterhalten. Allmählich entspannte sich Stephan, und er freute er sich, hier zu sein.

»Rosen im Herzen für immer,
schallala-la-la,
Rosen im Herzen für immer,
schallala-la-la ...«

Als die Maus diesen Titel sang, musste Stephan – natürlich wegen der Rosen – schon wieder an den Heiratsantrag im Café denken, von dem er gemeinsam mit seiner Schwester zufällig Zeuge geworden war. Wann die beiden Beobachteten wohl Hochzeit feierten? Und ob sie danach wirklich auf die Malediven reisten und gemeinsam in die untergehende Sonne blickten, oder ob sie doch die Nordsee und die Seehundaufzuchtstation mit den niedlichen kleinen Heulern bevorzugten?

»Rosen im Herzen für immer,
schallala-la-la,
Rosen im Herzen für immer,
schallala-la-la …«

Stephans Gedanken waren plötzlich wieder von dunklen Gewitterwolken umhüllt. Dieser Heiratsantrag hatte ihm klar vor Augen geführt, was er nun einfach nicht mehr ignorieren konnte: dass Jessy wirklich nicht die Richtige war für ihn. Und er für sie wahrscheinlich genauso wenig. Sie hing mittlerweile verdächtig oft mit Bojan ab, respektive »er zeigt mir noch ein paar besondere Kniffe von Fitnessübungen«, wie sie es erklärte. Dann kam sie immer sehr, sehr spät nach Hause. Und mittlerweile war Stephan zu hundert Prozent davon überzeugt, dass sie diese Kniffe nicht an einem der Kraftgeräte exerzierten und dass sie dabei wohl beide nur äußerst spärlich bekleidet waren. Aber das Schlimmste an dem Gedanken war: Eigentlich störte es ihn gar nicht groß. Nicht mehr. Das Einzige, was ihm wirklich Sorge bereitete in dieser Beziehung, deren Nicht-mehr-Existenz ihm in den letzten Tagen so bewusst geworden war, dass er die Augen nicht mehr länger verschließen konnte, war der logistische Aufwand. Also konkret: Mietvertrag kündigen, sich über die Verteilung gemeinsamer Anschaffungen einig werden, zum Amt gehen und sich ummelden. Und die größte Hürde von allen: zuerst mit Jessy über das alles reden.

»Rosen im Herzen für immer,

schallala-la-la,
Rosen im Herzen für immer,
schallala-la-la …«

Ja, die hatte gut singen, die Alexa oder Anja oder Annatina! Stephan hatte das auch mal geglaubt, das mit den Rosen im Herzen für immer. Das Einzige, was er momentan davon noch spürte, waren die Dornen.

Obwohl seine Gedanken immer mal wieder um seine Beziehung kreisten und er sich deshalb nicht wirklich unbeschwert fühlte, war es doch immerhin ein sehr schöner Abend. Vor allem genoss Stephan es, gemeinsam mit seiner Schwester etwas zu unternehmen. Wie lange war es her, dass sie das das letzte Mal getan hatten, außer sich kurz wegen Belangen rund um die Mutter zu treffen? Schließlich kam Stephan dermaßen aus sich heraus, dass er sich sogar dazu hinreißen ließ, eine Wunderkerze anzuzünden und mit in die Höhe gereckten Armen lauthals mitzusingen. Ja, er war glücklich.

Am Ende der Vorstellung, als Stephan und Silvia die Konzerthalle wieder verließen und mit all den anderen Schlagerfans nach draußen an die frische Luft des lauen Sommerabends traten, rief plötzlich jemand seinen Namen. Zuerst fühlte Stephan sich nicht angesprochen, zumal er sicher nicht der einzige Besucher in der riesigen Halle mit diesem Vornamen war, aber dann präzisierte der Rufende: »Wimmer, hey, hallo!«

Suchend schaute er in die Menge. In dem Gewirr aus Köpfen mit verschiedenfarbigen Haarschöpfen stach genau eine Frisur hervor, die seiner aufs Haar glich: Bürstenschnitt. Nur dunkler. Darunter markante Augenbrauen und ein bulliger Nacken. Er erkannte den Rufenden, der an einer Schranke stand und ihm zuwinkte: Es war Francesco. Den Nachnamen hatte er vergessen, aber auch irgendwas Italienisches.

Stephan kannte ihn aus der Polizeischule. Da waren sie Kumpels gewesen, vor – ähm – wie lange das schon wieder her war!

»Hey, Stephan, Alter. Wie geht's?«, fragte Francesco und grinste über sein ganzes Gesicht.

»Danke, geht, und dir?«

»Alles klar. Ist ein easy Job hier, alle sind friedlich.« Francesco ließ die Brust anschwellen und seine Schultern, die eh schon doppelt so breit wirkten wie Stephans, noch etwas wachsen.

»Ah, du arbeitest hier?«

Francesco nickte.

»Wow, schöne Frau hast du, Gratulation, Mann«, sagte er dann und deutete eine Kusshand in Silvias Richtung an. Stephan grinste schräg: »Ist nicht meine Frau. Ist meine Schwester.«

»Oh, das ist ja noch besser.«

Francesco wiederholte die Kusshand, »Gratulation zu deiner Schwester. Was für eine schöne Frau. Sie sieht dir überhaupt nicht ähnlich.«

Während Silvia dem Sicherheitsmann kokett ein paar Sekunden des Flirts schenkte und ihm freundlicherweise verschwieg, dass sie seit Jahren glücklich verheiratet war, fühlte Stephan sich wie ein begossener Pudel. »Was für eine schöne Frau. Sie sieht dir überhaupt nicht ähnlich« – na dann danke für die Blumen!

Als Francesco sich ihm wieder zuwandte, brauchte er einen kurzen Moment, um das Beleidigtsein abzustreifen. Doch dann redeten sie über den Job, die täglichen Herausforderungen im Dienst und darüber, dass Francesco genau deswegen seine Stelle bei der Polizei aufgegeben und zu einem privaten Sicherheitsdienst gewechselt hatte.

»Weißt du, ich hatte es einfach satt, für alles verantwortlich zu sein, Müllschlucker zu spielen und überall den Kopf hinhalten zu müssen – für den Strafzettel unterm Scheibenwischer ebenso wie für die Flüchtlingskrise, für den Radarkasten an der Autobahneinfahrt ebenso wie für die zerdepperte Schaufensterscheibe, das Messer im Rücken und die Probleme von Verschwörungstheoretikern mit dem Rechtsstaat.« Darum habe er sich einem einfacher zu überblickendem Feld zugewandt: dem Objektschutz und dem Schutz von VIPs. »Da hast du es zwar immer noch regelmäßig mit Vollpfosten zu tun, aber der Kreis der üblichen Verdächtigen ist kleiner, und die Sache ist einigermaßen überschaubar.«

Als die beiden Geschwister sich eine Viertelstunde später – mittlerweile hatte sich der Platz vor der Veranstaltungshalle schon deutlich gelichtet – von Francesco verabschiedeten, hatte Stephan ihm seine Nummer hinterlassen. Immer mal wieder würde die Security-Agentur, für die er arbeitete, nämlich für Spontaneinsätze fähige Leute suchen, hatte sein ehemaliger Kumpel aus der Polizeischule gesagt, und in Stephans Kopf drehte sich während der ganzen Nacht ein verheißungsvolles Gedankenkarussell. Sein Name, aufgenommen in einen Pool von Bodyguards. Fähige, unerschrockene Männer für wichtige Aufgaben. Personenschutz von Stars, Beschützen der Reichen und Einflussreichen. Genau das war es, was sein bisher einigermaßen fades Leben mit Farbe aufpimpen würde. Mit mehr Spannung, mehr Verantwortung, mehr Adrenalin ... und sicher auch mehr Ruhm und Ehre. Dass die Sache sich vermutlich nicht gut mit seinem Anstellungsverhältnis bei der Polizei vereinbaren ließ, ignorierte Stephan erst mal geflissentlich. Er rechnete sowieso nicht damit, aufgeboten zu werden. Aber ein wenig Träumen war ja immerhin erlaubt.

Zwei Tage später

»Hey, Stephan. Ich brauche einen guten Bodyguard. Ganz wichtiger Auftrag, aber etwas kurzfristig. Derjenige, der eingesetzt werden sollte, hat sich bei einem Fahrradunfall das Schlüsselbein gebrochen und beide Schneidezähne ausgeschlagen. Bist du dabei?«

Ein Anruf von Francesco. Wow, das ging aber schnell!

»Was ist es denn für ein Auftrag?«, wollte Stephan wissen und bemühte sich, sehr abgebrüht zu klingen. Dabei hätte seine Stimme vor Aufregung beinahe einen Salto geschlagen.

»Etwas Prickelndes! Der Klient ist sehr bekannt und muss gut geschützt werden. Ein Fall für jemanden wie dich, Kumpel.«

»Wer ist es?« Stephan schnappte nach Luft. Namen und Gesichter von Politikern, Sportgrößen und Schauspielerinnen wirbelten durch seinen Kopf. Gedanken über die Legalität seiner Nebentätigkeit als Bodyguard, die ein so pflichtbewusster Mensch wie Stephan nie außer Acht lassen würde, waren wie weggeblasen. Der Thrill war zu hoch. So oder ähnlich musste sich sein ehemaliger Arbeitskollege Alfons gefühlt haben, nachdem er entdeckt hatte, dass man sich mit konfiszierten Drogen ein nicht zu verachtendes Zubrot verdienen konnte. Bis er dann eben nicht mehr Arbeitskollege war, sondern sich vor Gericht wiederfand.

»Kann ich dir erst sagen, wenn ich dein Okay habe«, sagte Francesco. »Aber du wirst es nicht bereuen, glaub mir.«

Das klang nun doch ein bisschen riskant. Schließlich war es ein Unterschied, ob er den UNO-Generalsekretär oder die aktuelle Miss World zu beschützen hatte! Aber die Neugier stach ihn, und eine mahnende Stimme in seinem Kleinhirn warnte ihn davor, diese einmalige Gelegenheit ungenutzt vorbeiziehen zu lassen. Es war wohl dieselbe Stimme, die vorhin seine Bedenken über die Rechtmäßigkeit der Sache mit Werbeslogans über ein endlich mal spannendes Leben übertönt hatte.

Ob er diese Aufgabe für einen privaten Auftraggeber denn überhaupt wahrnehmen dürfe neben dem Polizeidienst, fragte er Francesco dennoch und bemühte sich um eine feste Stimme.

»Frag nicht, mach einfach. Sei mal ein harter Kämpfer, Mann. Es ist am Abend des Fünfzehnten. Hast du da frei?«

Stephan sah in seinem Kalender nach und nickte, was Francesco am anderen Ende der Leitung natürlich nicht sehen konnte. Darum sagte er: »Ja.«

»Also machst du es? Du bist qualifiziert, du hast Mumm, du machst das mit Links. Für einen abgebrühten Typen wie dich ist das doch kein Problem.«

Mit dem Telefon am Ohr ging Stephan ins Badezimmer und musterte sich im Spiegel. Er sah in ein ovales Gesicht mit hohen Wangenknochen und zwei ungleichen Grübchen auf den Wangen, wenn er lachte. Bürstenschnitt, allmählich lichter werdend. Etwas große Ohren, aber daran hatte er sich gewöhnt.

Im Spiegel sah er einen leicht unsicher wirkenden Mann mittleren Alters, aber sicher keinen abgebrühten Typen. Einen Softie, der gern ein Held sein wollte und dennoch jedes Mal erleichtert war, wenn ein Diensttag gut und ohne Probleme vorüber war.

Ach, Stephan, dachte er.

»Hallo? Hey, bist du noch dran?«

»Hm, ja, ich …«

»Sagst du zu, oder soll ich weitersuchen?«

»Ich bin dabei. Aber nun verrätst du mir, um welchen Auftrag und welche Zielperson es sich handelt.«

Am Abend, eigentlich schon nachts

Als Jessy an jenem Abend sehr, sehr spät nach Hause kam, saß Stephan entspannt auf dem Sofa und trank ein Bier. Im TV lief eine dieser Sendungen über wahre Verbrechen in den USA.

»Hallo«, sagte Jessy eher beiläufig denn von Herzen und verschwand im Bad. Etwas mühsam stand Stephan auf – sein Fuß war eingeschlafen, was ihm zuvor dummerweise nicht aufgefallen war – und positionierte sich vor die bereits geschlossene Badezimmertür: »Jessy? Ich muss dir was sagen.«

Hinter der Tür hörte er Wasser laufen.

»Was denn?«, fragte seine Freundin ohne hörbares Interesse in der Stimme.

»Ich habe einen neuen Job angenommen.«

Die Tür ging auf, und sie sah ihn mit unverblümt fiesem Grinsen an: »Du kannst mir alles Mögliche erzählen, aber nicht das. Du bist Bulle, und du bleibst immer Bulle. So einer wie du kann doch gar nicht anders. Deshalb wirst du nie im Leben einen neuen Job annehmen, sondern als grauer Beamter in Rente gehen, glaub mir.«

Stephan schwieg.

Oh, doch, so einer wie ich kann anders.

Das sagte er nicht, er dachte es nur. *So einer wie ich hat das Zeug zum Helden, auch wenn das nicht in dein tottrainiertes Hirn geht. So einer wie ich kann Bodyguard sein. Und so einer wie ich kann ...*

»Und noch was«, hob er wieder zu sprechen an. Abermals grinste Jessy, als gehöre ihr die Welt.

»Ich ziehe aus.«

»Was?« Ihre Augen weiteten sich, und das Grinsen verschwand.

»Ich ziehe aus. Genau. Zum Ende des Monats. Gute Nacht.«

Seelenruhig ging Stephan zurück ins Wohnzimmer zu seinem Bier und sah mit Genugtuung, dass es Jessy einen Moment die Sprache verschlagen zu haben schien.

»Du kannst doch nicht ... Stephi ... Wir müssen reden.«

Er saß da und freute sich. Würdigte sie keines Blickes, sondern nahm eine bewusst lässige Sitzposition ein und schaute wieder auf den Bildschirm, wo in einer nachgestellten Szene drei Jugendliche in eine Schießerei verwickelt waren.

Eins zu null für ihn, den Bodyguard!

Tag X

Stephan kniete sich auf seine Reisetasche und versuchte, den Reißverschluss zuzubekommen. Mit viel Geduld und noch mehr Gewalt schaffte er es. Ich habe viel zu viel eingepackt, dachte er. Für einen zweitägigen Einsatz in Berlin brauchte er doch keine vier Hemden, drei Jeans, Regenjacke und Regenhose, zumal es Hochsommer war und weit und breit kein Regen angesagt. Noch nicht einmal Gewitterneigung.

Er fluchte, riss den Reißverschluss wieder auf und nahm einige Dinge aus der Tasche. Auch den Haartrockner, den er für alle Fälle eingepackt hatte, obwohl er ihn mit seiner Zwei-Zentimeter-Frisur seit mindestens vier Jahren nicht mehr verwendet hatte.

Nun mal halblang. Kühlen Kopf bewahren. Du fährst nicht auf eine sechswöchige Polarexpedition, sondern bloß zwei Tage nach Berlin.

Jessy war weg. Sie hatte ihm nicht gesagt, was sie heute vorhatte, aber er hatte sie auch nicht danach gefragt. Eigentlich wollte er es gar nicht wissen. Seit er ihr in einem absolut verwegenen und ihn selber erstaunenden Anflug an Entschlossenheit eröffnet hatte, dass er ausziehen würde, markierte sie die Beleidigte. Er fand, dass eigentlich eher er Grund dazu hatte, beleidigt zu sein. Schließlich hatte er im Gegensatz zu ihr keine Arbeitskollegin, mit der er ständig Extraschichten schob und sich in ganz besondere Kniffe des Polizeialltags einführen ließ, so wie sie das in ihrem Metier mit dem schmierigen Personaltrainer Bojan tat.

Stephan schob alle Gedanken an Jessy beiseite. Momentan hatte er Besseres zu tun. Er musste sich vorbereiten, bald musste er zum Bahnhof. Sein erster Auftrag! In Berlin! Als Bodyguard! Und das Allerbeste, das ihn fast umgehauen hatte, als Francesco es ihm am Telefon eröffnet hatte: Ausgerechnet für Rex Armando würde er arbeiten, für seinen heimlichen Star!

Zu gern hätte er sofort seiner Schwester Silvia davon erzählt, aber Francesco hatte ihn zur Diskretion gemahnt. Im Nachhinein dürfe er darüber reden, aber erst im Nachhinein; aus Sicherheitsgründen. Stephan hatte sich daran erinnert, dass Silvia Rex Armando sowieso nicht so toll fand wie er, und mit diesem Gedanken hatte er es geschafft, die Schnauze zu halten.

Er hatte drei Tage freigenommen. Unverfänglich. Kurztrip nach Berlin, macht schließlich jeder mal.

Er wollte in der Hauptstadt allerdings nicht dasselbe tun, was die anderen Touristen normalerweise beabsichtigten: keine Partys, keine hippen Veranstaltungen, kein nächtelanger Besuch von Ausgehmeilen. Auch keine Besichtigung des Checkpoint Charly, kein Sich-Fotografieren-lassen vor dem Brandenburger Tor, kein Besteigen der Siegessäule. Ebenso kein Shopping in irgendwelchen Läden, die unnützes Zeug verkauften, von dessen Existenz ein Normalkonsumierender sowieso nicht die leiseste Ahnung hatte und es deshalb auch so lange nicht vermisste, wie er von dessen Existenz nichts wusste.

Der Plan war, die Sache mit dem Bodyguarden einfach mal auszuprobieren. Wenn das was war für ihn, dann würde er sich überlegen, den Polizeiberuf an den Nagel zu hängen und umzusatteln. Und wenn es ihm nicht zusagte, dann war es eine einmalige Erfahrung, von der sein Arbeitgeber nichts zu wissen brauchte.

Er unterdrückte sein Pflichtbewusstsein, was ihm allerdings nicht wirklich gut gelang. Wahrscheinlich hätte er einen solchen Auftrag gar nicht einfach so annehmen dürfen, dachte er zum wohl vierhundertsten Mal seit Francescos Anruf. Kam hinzu, dass er dafür seine Dienstwaffe mitnahm. Er verschwieg den wahren Grund seiner Berlinreise gegenüber seinem Arbeitgeber, aber er konnte sein schlechtes Gewissen nicht daran hindern, ihm ständig einzureden, dass er Unrechtes tat. Ein bisschen kam er sich vor wie bei einem Seitensprung.

Der Zug nach Berlin hatte zehn Minuten Verspätung. Ging ja noch, obwohl diese zehn Minuten langsam und zähflüssig verstrichen, während sich die dicke, heiße Luft in der Bahnhofshalle staute. Am Gleis warteten gefühlt dreihundert andere Reisende, die alle dasselbe Ziel hatten. Eine junge Frau mit plärrendem Kleinkind im Tragetuch. Ein dürrer Rentner, dessen grauer Anzug dieselbe Farbe hatte wie sein Gesicht und dem der Schweiß in Bächen den Nacken hinunterlief. Drei Halbwüchsige, die mit hippen Klamotten und lauten Stimmen darauf aufmerksam machten, dass sie die Geilsten waren und dass die Welt schon lange auf solche hinreißenden Helden wie sie gewartet hatte.

Blöd nur, dass die Welt selber, inklusive Stephan und der anderen Wartenden, dies nicht begreifen wollten.

Stephan war in diesem Moment, als er den Jungs bei ihrer Gockelei zuhörte, sehr froh, dass er nicht in Uniform neben ihnen stand. Sonst wäre er wohl sofort zur Zielscheibe geworden.

Heute war er keine Zielscheibe. Heute war er auf diskreter Mission, und bald würde er Bodyguard sein. Leibwächter eines Mannes, der die Herzen von unzähligen Musikliebhabern erfreute und dem Millionen von Fans zu Füßen lagen. Als Stephan an diese neue Aufgabe dachte, schwoll seine Brust vor leisem Stolz.

Endlich kam der Zug.

Die Fahrt begann gut, doch dann kam diese abrupte Vollbremsung, gefolgt von schier unendlichem Warten.

Im Zug

Mit zunehmender Hitze im Abteil war das Gefühl des Stolzes gewichen. Es hatte angstvoller Nervosität Platz gemacht. Denn der Auftrag, der Stephan so viel bedeutete, war in Gefahr, und Schuld trug dieser verdammte Zug, der in der gleißenden Sommerhitze stand und sich nicht mehr vom Fleck bewegte.

Stephan wollte nur eins: raus aus diesem Brutkasten und weiter nach Berlin, und zwar möglichst schnell und möglichst jetzt!

So musste sich ein Braten fühlen, der sich in einem Backofen befand und langsam niedergegart wurde. Achtzig Grad Umluft. Nur dass es hier drin nicht den leisesten Luftzug gab, dafür jede Menge Luftfeuchtigkeit. Im Regenwald konnte es nicht schwüler sein.

Stephans Trinkflasche war längst leer. Seine Zunge klebte wie eine Socke am Gaumen, und er traute sich nicht mehr, den Mund zu öffnen; sein Mundgeruch musste in der Zwischenzeit mörderisch sein.

Vor dem Fenster des Hochgeschwindigkeitszugs, der alles Tempo längst ausgehaucht hatte und mittlerweile seit annähernd zwei Stunden stillstand, spielten sich abstruse Szenen ab. Eine Horde Schweine wühlte in einem umgegrabenen Acker neben dem Gleis und stob quiekend davon, als ein Mannschaftsbus der Polizei heranfuhr und sechs Kollegen mit Schlagstöcken ausstiegen, um die Tiere in Richtung eines eilig aufgestellten Pferchs zu treiben, an dessen Ende ein Viehtransporter stand. Die Schweine dachten nicht im

Traum daran, ihre Freiheit so schnell wieder einzubüßen, denn sie gaben immer wieder Fersengeld. Und das junge Mädchen neben ihm schien sich köstlich darüber zu amüsieren.

Ansonsten war die Stimmung immer noch sehr gedrückt. Niemand sprach, obwohl die Schicksalsgemeinschaft nun schon einige Zeit zusammen feststeckte. Aber seit dem Versuch des Rockers, den Zug zu zerstören, traute sich irgendwie keiner mehr, sich zu bewegen. Und Stephans Versuch, ein Held zu sein, war irgendwie auch gründlich misslungen.

Stephan fühlte sich unbehaglich. Warum wurde er das Gefühl nicht los, er sitze mit einem Haufen Mörder und Krimineller im Zug? Das war mehr als lächerlich und zeigte ihm, dass seine »Déformation professionelle« weiter fortgeschritten war als befürchtet. Denn wenn er es sich ernsthaft überlegte, gab es keinen Grund, an der Aufrichtigkeit seiner Mitreisenden zu zweifeln, andererseits: Als Polizist war eine gewisse Grundskepsis natürlich immer angebracht. Das Gör vielleicht, okay, das kiffte eventuell und fand es revolutionär, mit Permanent Marker irgendwelche Botschaften an Bushäuschen zu schmieren. Oder der speckige Rocker, dessen Fußgeruch den Ausdünstungen eines ausgewachsenen Seeelefantenbullen in nichts nachstand und der seine Gewaltbereitschaft bereits demonstriert hatte, war wohl harmloser, als er sich gab. Vielleicht brüstete er sich mit Überschreitungen der Höchstgeschwindigkeit oder nahm das Einhalten der Promillegrenze nicht so genau, wenn er mit seinem Motorrad – und so eins hatte der sicher unterm Arsch, wenn er gerade nicht im Zug saß – durch die Gegend preschte. Aber die anderen drei?

Die Nonne am Fenster konnte kein Wässerchen trüben, sonst wäre sie ja keine Nonne. Die langweilige Hausfrau, die neben ihm saß und auch zunehmend säuerlich roch, die hatte wahrscheinlich sogar Angst, wenn sie am Sonntagabend *Tatort* guckte.

Und der sechste im Abteil, der farblose Büroheini, der würde vielleicht ein paar Zahlen vertauschen in seiner Buchhaltung, aber sonst sicher nichts. Wahrscheinlich war dessen größtes Vergehen, dass er sich in ganz stillen Stunden abends, so ganz für sich allein, hin und wieder seine Sekretärin ohne Klamotten vorstellte.

Plötzlich kam Stephan ein Einfall, und er fischte sein Handy aus der Hosentasche. Natürlich blieb diese Bewegung nicht unbemerkt. Ausgerechnet der Rocker, von dem Stephan so sehr gehofft hatte, dass er endlich einschlafen würde, grunzte und hob die Hand.

»Na, bestellst du eine Pizza?«

»Ähm, nein, wieso?«

»Weil der Ofen ja schon mal vorgeheizt ist«, fügte der Rocker hinzu und ließ, als er schallend lachte, das Abteil in einer Alkoholfahne versinken.

»Nein, ich ...«

»Bestell mir gleich noch ein Bier, Alter, es ist dringend nötig.«

»Ich glaube, Sie hatten schon genug Bier«, entgegnete Stephan, »ich bestelle Ihnen gar nix. Ich schau nur mal auf dem Handy, wo wir eigentlich genau sind.«

»Und, wo sind wir?«, mischte sich die Schwarzhaarige ein. Glaubte Stephan es nur, oder war soeben ein kleiner Hoffnungsschimmer in ihrem ansonsten lethargischen Gesichtsausdruck aufgeflackert?

»In der Pampa sind wir, sieht man doch!«, dröhnte der Rocker.

»Vielleicht könnte man von hier aus weitergehen.« Das war die Nonne. Dass sie überhaupt etwas sagte und nicht einfach weiterbetete, verwunderte Stephan. Immerhin zeigten also die junge Dame und die Ordensschwester Interesse an seinen Aktivitäten.

Er wartete, bis die Handyortung endlich seinen Standort auf der Karte mit einem roten Punkt anzeigte, und verkündete dann erleichtert: »So schlimm ist es nicht mit der Pampa, meine Damen und Herren. Einen halben Kilometer von uns entfernt im Südosten gibt es sogar eine Bushaltestelle.«

Wieder Schweigen. Ein bisschen mehr Begeisterung hätte er dann doch erwartet für seine ermutigende Information. Immerhin hatte er herausgefunden, dass sie nicht gänzlich abseits jeder Zivilisation in der Wüste Gobi vor sich hin schwelten!

Er straffte die Schultern und holte Atem. Er könnte aufstehen, sich als Polizist zu erkennen geben und seinen Mitreisenden damit die nötige Sicherheit geben, dass alles gut werden würde. Wobei ... ob gerade die junge Schweizerin oder der Rocker sich von seinem Beruf merklich beeindrucken ließen? Das wagte er doch schwer zu bezweifeln. Und eine Nonne oder eine fade Mittfünfzigerin zu beeindrucken, dafür fehlte ihm dann irgendwie doch der Antrieb.

Leise atmete er aus und ließ die Schultern wieder hängen. Lieber outete er sich nicht als Gesetzeshüter, denn immerhin befand er sich ja nicht auf einer Dienstreise, sondern auf diskreter Mission. Die so klandestin und aufregend war, dass ihm allein beim Gedanken daran sofort die Handflächen schweißig geworden wären, wäre er nicht aufgrund der herrschenden Hitze eh schon eine einzige Schweißquelle gewesen. Der Auftrag seines Lebens wartete auf ihn. Und er saß hier, eingepfercht in einem Zug, zusammen mit fünf fragwürdigen Mitreisenden, und musste machtlos mitansehen, wie Schweine auf dem Gleis seinen Traum des VIP-Bodyguards wortwörtlich mit Haxen traten.

Es wurde Zeit, dass er sich darum kümmerte, wie er noch rechtzeitig zu seinem Einsatzort kam. Allerdings fiel ihm gerade kein kluger Plan ein, wie er dies erreichen konnte. Denn den rettenden Ausbruch hatte er vorher ja verhindert, und der Farblose ihm gegenüber, der sich nun im Besitz des Hammers befand, hatte wieder sein unnahbares Pokerface aufgesetzt.

Doch dann …

Schinki hielt es nicht mehr aus. Sein Magen knurrte wie Cerberus, der Höllenhund. Der Dackel hechelte zum Steinerweichen. Die Nonne stank. Nicht einmal die sexy Schwarzhaarige konnte sein Unbehagen noch lindern.

»Wollt ihr wirklich hier drin ersticken und verhungern?«, fragte er in die Runde.

»Könnten wir nicht doch Pizza bestellen?«, schlug Anneliese schüchtern vor.

»Ja«, bekräftigte Stephan. »Es ist ja nicht weit zum nächsten Ort und …«

Er verstummte, als er Doros Blick einfing.

Schinki wertete den erlahmenden Protest als Zustimmung für seine Absichten. Achselzuckend hielt er die Luft an, zog seinen schweren Motorradstiefel aus und drosch mit dem Fersensporen dreimal kräftig auf das Fensterglas ein.

Es war stabiler als erwartet.

»Vater im Himmel, steh uns Sündern bei«, betete Schwester Erentrudis laut. Niemandem war jedoch so recht klar, ob sie damit um Unterstützung von höchster Stelle bat oder um eine gerechte Strafe für den Randalierer.

»Fuck you, Fenster.« Doro stöhnte.

Schinki schlug noch einmal zu. Der Fersensporn seines Stiefels verbog sich, aber die Scheibe hielt stand. Der Dackel jaulte.

Schmitt tastete nach dem Hammer, den er in seine Jackettasche gesteckt hatte. Nüchtern wog er die Möglichkeiten ab. Aufsehen erregen war nicht gut. Aber ein unerledigter Auftrag kam erst recht nicht infrage. Wenn er es rechtzeitig zur Zielperson schaffen wollte, musste er jetzt aufbrechen. Genau jetzt.

»Darf ich?«, wandte er sich an Schinki. Es war keine Frage, sondern eine Aufforderung, aus dem Weg zu gehen.

Der Rocker wich sofort zurück. Plötzlich verströmte der Unscheinbare eine Autorität, der man sich besser nicht widersetzte.

Schmitt schlug nur einmal zu. Präzise, exakt geplant. Die zielgenaue Tat eines *Erledigers.* Der eine Schlag genügte, um die Scheibe zum Bersten zu bringen.

Ein Luftzug flutete das Abteil. Er fühlte sich herrlich kühl an. Zwei besonders fette Schweine beäugten neugierig das Geschehen.

Schinki zog seinen Stiefel wieder an und entfernte gemeinsam mit Schmitt die Glassplitter.

»Ich klettere als Erster raus«, bot er an. »Dann kann ich den anderen helfen.«

Da niemand widersprach, schulterte er seinen Beutel, drückte Doro sein letztes Bier in die Hand und kletterte ins Freie. Es sah nicht gerade apart aus, aber dennoch schenkte er Doro einen tiefen Blick aus seinen verwegenen grünen Augen, als er wieder festen Boden unter den Füßen hatte.

»Komm, Süße«, sagte er. »Du bist die Erste.«

Doro ließ sich nicht zweimal bitten. Sie übergab die fast leere Bierdose Stephan und schwang sich deutlich anmutiger aus dem Fenster, als es Schinki zuvor gelungen war. Zu dessen großem Bedauern benötigte sie seine Hilfe gar nicht, und er kam nicht in den Genuss, sie auffangen zu dürfen.

Schmitt überlegte ebenfalls nicht lange. Schnell fischte er seinen Trolli aus der Ablage, dann nahm er mit seinen beiden Koffern nicht sonderlich geschmeidig denselben Weg wie Schinki und Doro.

Anneliese blickte fragend zur Nonne. »Wer weiß, wie lange wir hier noch stehen!«, sagte sie. »Vielleicht sollten wir ebenfalls ...?«

Sie war nie gut im Klettern gewesen. Und der wadenlange Rock war sicher auch nicht gerade hilfreich.

Schwester Erentrudis räusperte sich. »Es könnte ein göttliches Zeichen sein«, stellte sie fest.

Na, na, meine Tochter, erklang die Stimme des Herrn. *Ich würde es eher Vandalismus nennen.*

Aber weder sie noch sonst irgendjemand hörte ihn.

Stephan saß noch immer reglos auf seinem Platz. *Ich hätte ein Held sein können,* dachte er traurig. Aber wieder waren ihm andere zuvorgekommen.

Er gab sich einen Ruck. »Ich helfe Ihnen gern«, sagte er zu Anneliese und kam sich auf einmal kühn vor. Beflissen griff er nach der Keksdose.

»Die nehme ich selbst!«, beeilte sich Anneliese zu sagen. »Sie können mir aber die Reisetasche herausreichen!«

»Wird das heute noch was?«, rief Schinki vor dem Fenster. »Ich steh hier nicht ewig!«

Umständlich kletterte Anneliese auf den Sitz. Es gefiel ihr gar nicht, mit den Straßenschuhen das Polster zu beschmutzen. Doch es blieb ihr ja nichts anderes übrig. Als sie ein Bein nach draußen geschwungen hatte, wurde ihr plötzlich schwindelig.

»Gut so, Gnädigste«, sagte Schinki und rülpste. »Jetzt fehlt nur noch das zweite Bein. Dann kann ich Sie runterhieven.«

Anneliese wurde noch schwindeliger.

»Ich ... traue mich nicht«, stammelte sie und klammerte sich mit der linken Hand an den Fensterrahmen, während die Rechte die Keksdose festhielt. Ihr Rock war hochgerutscht und gab den Blick auf eine apricotfarbene Unterhose Marke Liebestöter frei. *Nur gut, dass Rex mich so nicht sehen kann,* dachte sie.

Plötzlich spürte sie eine starke Hand auf ihrem Hintern. Der Mann mit dem Bürstenhaarschnitt sprach beruhigend auf sie ein, während er sie mit einem Arm festhielt und mit der freien Hand behutsam ihr zweites Bein aus dem Fenster beförderte.

»Vorsicht!«, rief sie, aber da hatte der Rocker sie schon ergriffen und nach draußen gezogen.

»Danke«, hauchte sie und warf dem Bürstenhaarschnittigen einen bewundernden Blick zu.

»Eure Heiligkeit möchte ebenfalls aussteigen?«, fragte Stephan indes. Ob das die richtige Bezeichnung für eine Nonne war, wusste er nicht. Aber seine neue Rolle gefiel ihm, und er war gewillt, sie weiterzuspielen.

»Ja, bitte«, sagte Schwester Erentrudis. »Aber wehe, Sie fassen mein Gesäß an!«

Ihr Abgang war nicht eben eleganter als der von Anneliese. Immerhin blieb Stephans Blicken verborgen, was sich unter der schwarzen Nonnentracht verbarg.

Der Dackel winselte leise, als sich das Abteil geleert hatte.

»Keine Angst«, sagte Stephan. »Dich vergessen wir schon nicht.«

Er reichte ihn nach draußen, wo Schinki ihn entgegennahm. Dann stieg er selbst als Letzter aus dem Abteil und kam sich sehr verwegen dabei vor.

»Ähm«, sagte er, als er draußen war. Eines der Schweine war neugierig näher gekommen und beschnüffelte sein Bein.

Die anderen blickten ihn fragend an, und ihm wurde klar, dass er nun einen guten Vorschlag bringen musste, um seiner neuen Rolle gerecht zu werden.

»Ich könnte uns vielleicht zwei Polizeiautos organisieren, die uns nach Berlin bringen«, schlug er vor. Gleichzeitig wusste er, dass es eine gewagte Idee war, denn in diesem Fall musste er sich als Polizist zu erkennen geben und sein Bodyguard-Auftrag hätte sich erledigt.

»Nein!«, ertönte es aus vier Kehlen gleichzeitig.

Schmitt wurde blass, Doro ebenfalls. Anneliese zitterte.

»Also doch ein Bulle!«, kommentierte Schinki.

Nur Schwester Erentrudis schwieg.

»Ich nehme den Bus«, sagte Schmitt, als er sich vom ersten Schock erholt hatte.

»Ja, ich auch!« Doro nickte hektisch.

»Ich werde mir ein Taxi rufen«, verkündete Anneliese. »Ich habe es nämlich eilig, mein zukünftiges Leben hängt ...« Sie verstummte, als sie realisierte, dass niemand ihr zuhörte.

Schmitt und Doro machten sich auf den Weg zur Bushaltestelle. »Ciao«, nuschelte Doro, und Schinki bildete sich ein, sie würde ihm dabei zuzwinkern.

Stephan atmete auf. Die Idee mit dem Polizeiauto war vom Tisch. »Vielleicht können wir uns das Taxi teilen?«, schlug er Anneliese vor.

»Gern!«, erwiderte sie, und die beiden folgten Schmitt und Doro über den Acker zum nahen Vorort, während Stephan bereits die Nummer des Taxiunternehmens auf dem Smartphone wählte.

»Und Eure Heiligkeit?«, fragte Schinki die Nonne.

»Ich werde ebenfalls den Bus nehmen.«

»Okay dokay. Dann ist ja alles paletti.« Schinki packte den Dackel in seine Umhängetasche und folgte seinen Mitreisenden über den Acker. »Wir leihen uns ein Motorrad«, erklärte er dem Hund. »Es wird schon irgendwo eines rumstehen. Und es ist ja nur für ein paar Stunden. Später bringen wir es zurück.«

Der Dackel kläffte zustimmend, und damit war es beschlossene Sache.

Zuletzt humpelte Erentrudis den Übrigen hinterher. Als sie die Bushaltestelle erreichte, war niemand mehr zu sehen. Die nächste Fahrt ging in einer halben Stunde. Das reichte. Sie würde es immer noch rechtzeitig zum Konzert schaffen.

Erentrudis seufzte. »Herr, dein Wille geschehe!«

Das furiose Finale

Anneliese Musebrinck hatte noch nie im Leben so viele Menschen auf einem Haufen erlebt. Es mussten Tausende, nein, Zehntausende sein, die sich hier vor der Schlagerarena drängten, und alle wollten sie dasselbe wie sie: hineingelangen und Rex Armando sehen. Und natürlich singen hören.

Die Strapazen der letzten Stunden hatten sehr an Annelieses Kräften gezehrt, sie war müde und erschöpft. Und so ließ sie sich einfach mit der Masse in Richtung der Eingänge treiben, immer darauf bedacht, ihre Handtasche und vor allem die Keksdose im Gewühl nicht zu verlieren.

Viel zu spät bemerkte sie, dass sie immer mehr nach außen gedrängt worden war. Auf einmal fand sie sich ganz allein vor einer Absperrung, hinter der ein schwarz gekleideter, düster dreinschauender glatzköpfiger Hüne mit den Buchstaben *SECURITY* auf dem breiten Kreuz patrouillierte. Als der sie entdeckte, baute er sich vor ihr auf.

»Na, Muttchen, hast du dich verlaufen?«, fragte er überraschend freundlich.

Anneliese kratzte all ihren Mut zusammen: »Ich möchte zu Herrn Armando. Ich habe ein Geschenk für ihn.«

Der Security-Mann schenkte ihr ein breites Grinsen. »Lass den Schlüpfer lieber an, sonst erkältest du dich noch!«

»Meinen Schlüpfer?!« Davon abgesehen, dass sie keine Ahnung hatte, was diese Aussage bedeuten sollte, war Anneliese zutiefst schockiert.

»Alles gut, Muttchen, reg dich nicht auf. Was ich eigentlich sagen wollte: Hier kommt keiner rein, der keinen Backstage-Ausweis hat. Oder hast du etwa einen Backstage-Ausweis?«

Nein, hatte sie nicht. Anneliese schüttelte betrübt das rosabehaarte Haupt. Sie wusste nicht einmal, was das war.

»Tja, dann lauf schnell zurück zu den anderen und gehe mit denen durch einen der öffentlichen Eingänge!«

Anneliese überlegte angestrengt, wie sie ihm die Dringlichkeit ihres Anliegens erklären könnte.

Dazu kam es aber nicht mehr.

»He, Sven, fass mal mit an!«, rief ein langhaariger Kerl mit löchrigen Jeans zu ihnen herüber.

Security-Sven machte auf dem Fuße kehrt und schleppte mit dem Langhaarigen eine schwer aussehende Kiste von der Ladefläche eines Lasters in das Arenagebäude.

Anneliese dachte nicht lange nach: Sie schob eine der Absperrungen beiseite, drückte sich durch den entstandenen Spalt und folgte den beiden in die belebten Gänge hinter der Bühne.

Da sie keine Ahnung hatte, wo sie nach Rex suchen sollte, wandte sie sich an einen jungen Bühnenarbeiter: »Können Sie mir helfen? Ich suche die Garderobe von Rex Ar…«

Der Jüngling griff nach ihrem Arm und zog sie mit sich. Anneliese war klar, dass er sie wieder hinauskomplimentieren und ihr Ausflug hinter die Bühne gleich wieder enden würde.

»Kommen Sie mit, ich bringe Sie hin«, sagte der junge Mann jedoch hilfsbereit und zog sie immer weiter.

Vor einer Tür, auf der in dicken Buchstaben *REX ARMANDO* stand, machte er halt. Nach kurzem Klopfen öffnete er sie und rief in den Raum dahinter: »Herr Armando, hier ist Ihre Mutter für Sie!«

Mit einem leichten Schubs verfrachtet er Anneliese in die Garderobe und schloss die Tür wieder hinter ihr.

Annelieses aufwallende Empörung über das »Mutter« blieb irgendwo in ihrem Gehirn stecken. Denn das, was sie sah, verdrängte alles aus ihrer Gedankenwelt: Da, neben einem grell beleuchteten Spiegel, stand ihr Rex in voller Größe. Er hatte ihr zwar den Rücken zugedreht, aber sie kannte das lila Jackett mit den Glitzerpailletten von den Fotos aus den Zeitungen. Und natürlich erkannte sie ihn an seiner Frisur, das volle hellbraune Haar ging ihm ein Stückweit über die Schultern. Sie musste schwer an sich halten, dass sie nicht an ihn herantrat, um ihm mit der Hand durch die Mähne zu fahren.

Hinter einer Tür rechts neben sich hörte sie das unverkennbare Geräusch einer Klospülung. Kurz darauf wurde diese Tür aufgerissen.

»Meine Mutter ist seit fünf Jahren tot«, brummelte der Kerl mit der Halbglatze, der aus der Toilette kam und noch an seinem Hosenschlitz herumfuhrwerkte.

»Herrgott, wie ich diese blöden Reißverschlüsse hasse!« Als er merkte, dass jemand im Raum war, sah er auf.

Anneliese traf beinahe der Schlag! Schockiert sah sie zwischen dem Mann aus der Toilette und der Person, die sie bis gerade eben noch für Rex gehalten hatte, hin und her. Erst jetzt erkannte sie, dass der vermeintliche Rex eine Art Schneiderpuppe war, die nur seine Kleidung anhatte. Und der Kerl mit dem verklemmten Reißverschluss war – Rex Armando.

Genau in diesem Moment musste sie ausgerechnet an ihren Heiner denken. An ihren Ehemann, den sie vor zwei Tagen verlassen hatte. Und auch nur, weil er recht gehabt hatte: Rex Armando trug in der Öffentlichkeit tatsächlich eine Perücke! Und darunter trug er die gleiche Frisur wie Heiner.

»Sie sind dann wohl meine neue Garderobiere – wurde aber auch Zeit! Vielleicht bekommen ja Sie dieses Drecksding wieder zum Laufen!«

Anneliese sah auf den ersten Blick, dass sich der Zipfel seines Hemdes in den Zähnen des Reißverschlusses verklemmt hatte. Aber sie entschied sich dagegen, vor Rex in die Knie zu gehen und an seinem besten Stück herumzufummeln.

»Ich bin nicht deine Garderobiere«, sagte sie stattdessen.

Rex ließ das Zerren an seinem Hosenstall kurz ruhen. »Nicht? Wer sind Sie dann? Und was machen Sie in meiner Garderobe?«

»Ich bin's, Anneliese.«

»Welche Anneliese, zum Teufel?«, blaffte er und widmete seine Aufmerksamkeit wieder dem Reißverschluss. »Verfluchte Scheiße, dieses Mistding bewegt sich keinen Millimeter. Ich kann doch so nicht auf die Bühne!«

Das sollte ihr sanfter, gefühlvoller Rex sein, der immer nur die schönsten Worte verwendete? Anneliese erklärte sich sein rüpelhaftes Verhalten mit dem Stress, den er bestimmt vor jedem Auftritt hatte.

»Deine Anneliese – Anneliese Musebrinck.«

»Ich kenne verdammt noch mal keine Anneliese, und jetzt raus hier, ich muss mich für meinen Auftritt fertig machen!«

»Aber die Briefe ...«

»Was denn für Briefe?« Rex zerrte wie wild an dem Hemd, das er schließlich mit einem »Ratsch« aus den Fängen des Reißverschlusses befreien konnte. Mit einem zufriedenen Grunzen, aber mit einem Loch im Stoff, stopfte er es zurück in die Hose und schloss den Hosenschlitz.

»Die wunderschönen Liebesbriefe, die du mir seit Jahren geschrieben hast! Ich bin jetzt bereit, ich hab mich von Heiner getrennt.«

Rex Armando sah sie an, als wäre sie gerade aus einer Irrenanstalt, und zwar aus der geschlossenen Abteilung, ausgebrochen. Doch dann flackerte ein Funken der Erkenntnis über sein grantiges Gesicht.

Anneliese schöpfte Hoffnung: Er erinnerte sich an sie!

»Ach, die Briefe!«

»Wir wollten zwar noch warten, aber ich hielt es nicht mehr bei Heiner aus. Und jetzt bin ich für dich da, für immer!«

»Ich bin unsterblich in dich verliebt, und wir werden heiraten?«, sagte Rex.

Was Anneliese ein klein wenig störte, war der Sarkasmus, den sie glaubte, mitschwingen zu hören.

»Ja«, hauchte sie dennoch ergriffen.

Rex' schallendes Lachen traf Anneliese mitten in ihr liebendes Herz.

»Ach herrje, noch so eine!«, höhnte er. »Ich hab's ja schon immer gesagt: Dieser Möchtegernrocker überspannt den Bogen. Ich werde ihn feuern!«

»Möchtegernrocker?« Anneliese verstand kein Wort.

»Na, mein gehirnamputierter Kumpel, der nicht nur meine Songtexte, sondern auch diese idiotischen Briefe an meine weiblichen Fans schreibt!« Rex stutzte und musterte Anneliese genauer. »Du hast doch nicht im Ernst geglaubt, dass ich die Briefe selber schreibe?«

Anneliese brachte keinen Ton über die Lippen, sie sah Rex nur mit großen Augen an.

»Du hast das echt geglaubt? Meine Fresse! – Hast du dich schon mal im Spiegel angesehen? Glaubst du ernsthaft, ich könnte mich in so was wie dich verlieben?« Kopfschüttelnd sah er selbst in den Spiegel, befeuchtete einen Zeigefinger mit Spucke und fuhr mit einer affektierten Bewegung über seine Augenbrauen. »Geh du mal schön zu deinem Helmut zurück, der steht ja vielleicht auf schrullige alte Ladenhüter!«

»Heiner«, sagte Anneliese tonlos. Die Keksdose brannte auf einmal heiß in ihren Fingern.

»Dann eben Heiner – ist ja auch egal. Und jetzt verschwinde bitte, ich muss gleich arbeiten!«, sagte Rex kalt.

Anneliese streckte ihm die Keksdose hin. »Hier, die hab ich extra für dich gebacken – Schokokekse mit Buttercremefüllung.«

Rex riss sich von seinem Spiegelbild los und starrte sie an.

»Kekse?«, fragte er ungläubig.

»Ja, Kekse.«

Anneliese erwartete, dass er sie mitsamt der Dose aus dem Raum werfen oder ihr zumindest die Dose aus der Hand schlagen würde.

Doch Rex griff danach und hob prüfend den Deckel.

»Kekse also – endlich mal was anderes als Schlüpfer und BHs! Hmm, die riechen richtig gut. Ich brauche manchmal was Süßes zwischendrin.«

Anneliese legte die Hand auf die Klinke. »Ich geh dann mal.«

»Soll dich einer meiner Jungs in die VIP-Arena bringen? Von dort aus kannst du das Konzert ganz aus der Näher sehen.« Rex lächelte jetzt beinahe so wie auf dem Bild, das Heiner zerrissen hatte.

Anneliese schüttelte den Kopf. Sie würde nicht bleiben. Sie war viel zu tief verletzt, als dass sie jemals wieder etwas von Rex Armando sehen oder hören wollte. Rex Armando war gerade für sie gestorben. Wortlos öffnete sie die Tür und verließ das Zimmer.

»Danke für die Kekse«, hörte sie gerade noch, dann war die Tür zwischen ihr und Rex für immer geschlossen.

»Vater unser, der du bist im Himmel«, murmelte in diesem Augenblick Schwester Erentrudis, während sie unter exakt derselben Absperrung hindurchschlüpfte, die Anneliese Musebrinck zuvor genommen hatte.

Ihr Herz schlug bis zum Hals. Sie wusste, dass ihr keine einfache Aufgabe bevorstand. Rex Armando! Auch so eine sündige Idee von ihm! Warum den heiligen Taufnamen ändern, wenn man nichts zu verbergen hatte?

Die Nonne seufzte. Vielleicht würde er sie einfach aus der Garderobe werfen. Durchaus denkbar. Zum ersten Mal, seit sie im Kloster aufgebrochen war, kamen ihr Zweifel an ihrer Mission. Was, wenn sie wieder scheiterte? Würde sie eine erneute Niederlage verkraften?

Auf einmal schien es ihr naiv zu glauben, Konrad könne sich mit Bibelsprüchen und Heiligenbildern bekehren lassen. So einer war ihr Zwillingsbruder nicht. Und vielleicht – dieser Gedanke war nicht gänzlich abwegig – vielleicht war der Zeitpunkt auch nicht sonderlich günstig? In einer Stunde begann das Konzert. Möglicherweise war Konrad jetzt nicht richtig ansprechbar?

Wahrscheinlich lag es an all diesen Bedenken, dass ihr schwarzes Missionsköfferchen sich deutlich schwerer anfühlte, seit sie mithilfe des Bürstenhaarschnitts aus dem Abteilfenster des Wagens neun gestiegen war und sich durch mindestens fünfzig Schweine hindurch ihren Weg zur Bushaltestelle gebahnt hatte.

»Herr, du wirst mir doch ein Zeichen geben, oder?«, forderte sie ihren Boss auf, der im Zug beharrlich geschwiegen hatte.

Natürlich, murmelte der Herr und schickte einen jungen, freundlichen Bühnenarbeiter vorbei, der die Nonne ehrfürchtig grüßte.

»Junger Mann«, hielt Erentrudis ihn an. »Können Sie mich bitte zur Garderobe von Rex Armando bringen? Ich bin seine Schwester.«

»Gern«, sagte der Bühnenarbeiter hilfsbereit. »Ihre Mutter ist auch schon da.«

Erentrudis runzelte verwirrt die Stirn. Was redete der Kerl denn da? Hatte er etwa Drogen genommen? Ihre Mutter war schon seit fünf Jahren tot!

»Herr Armando, hier ist Ihre Schwester für Sie!«, rief der junge Mann und verfrachtete Erentrudis mit einem leichten Schubs in die Garderobe.

Der Schweiß brach ihr aus, als sie so plötzlich vor Konrad stand. Er hatte ihr den Rücken zugewandt, trug ein lila Jackett mit Glitzerpailletten, das volle, hellbraune Haar reichte ihm bis über die Schultern.

Sie stutzte. Moment mal. Volles, hellbraunes Haar? Selbst vor zwanzig Jahren hatte Konrad schon unter Haarausfall gelitten, und die rosa Kopfhaut hatte unter den verbliebenen Strähnen hervorgeschimmert. Nein, der Kerl dort vorn war nicht ihr Zwillingsbruder! Das war nur eine Schneiderpuppe, die sein Bühnenoutfit trug und die Perücke, die er für seine Fans aufsetzte.

Der echte Konrad saß in einem Plüschsessel neben einem kleinen Tisch, auf dem eine geöffnete Keksdose stand. Er sah blass aus und krümmte sich, als habe er Magenkrämpfe.

Erentrudis nahm ihren ganzen Mut zusammen. »Der Herr sei mit dir«, flüsterte sie.

Rex Armando blickte auf und wurde noch eine Spur blasser.

»Verdammtes Kokain!«, schimpfte er. »Wenn ich den Kerl erwische, der mir diesen miesen Stoff angedreht hat! Erst wird mir speiübel, und jetzt habe ich auch noch grässliche Halluzi...«

Weiter kam er nicht. Ein Würgereiz schüttelte ihn, er rappelte sich schwerfällig auf und schaffte es gerade noch durch eine Tür zu seiner Rechten. Kurze Zeit später drangen eindeutige Geräusche in Schwester Erentrudis' Ohr.

Immerhin ein Anfang, dachte sie. Konrad hatte sie noch nicht hinausgeworfen. Es hätte schlimmer kommen können.

»Gib mir die nötige Kraft, oh Herr«, betete sie. »Und die rechte Waffe für den schweren Kampf, der mir bevorsteht.«

Schwungvoll öffnete sie ihren Missionskoffer – und erstarrte.

Ihr ganzes Leben lang hatte sie darauf gehofft, eine Auserwählte zu sein. Spirituelle Erleuchtung zu finden. Und vielleicht sogar einmal ein Wunder zu erleben, ja warum nicht?

Ein klitzekleines nur, das ihr die ganze Strahlkraft des Herrn offenbarte.

Jetzt, da ihr eben jenes Wunder zuteil wurde, konnte sie allerdings ihren Augen nicht trauen.

»Ist das dein Ernst, Herr?«, fragte sie mit zitternder Stimme und starrte auf den Inhalt des Koffers. Auch wenn sie sich mit solchen Dingen nicht auskannte, begriff sie doch sofort, womit sie es zu tun hatte. Die Heiligenbilder, das Weihwasser aus Lourdes, die Bibel, der Rosenkranz – all das war verschwunden. Stattdessen befand sich im Koffer nun eine in ihre Einzelteile zerlegte Schusswaffe, die auf einem Schaumstoffkissen ruhte.

Nie zuvor waren die Zeichen des Herrn so eindeutig gewesen. Anders als bei dem Knödel, der in Schwester Benedictas Sauerbratensoße gefallen war, gab es hier keine falschen Deutungsmöglichkeiten. Der Herr zeigte ihr unmissverständlich, was er von ihr erwartete. Und doch ...

»Herr! Ich weiß nicht, ob ich das fertigbringe!«

Die Gedanken überschlugen sich in ihrem Kopf. Verlangte er ein Opfer von ihr? Wie von Abraham, der seinen Sohn Isaak schlachten sollte? Oder wollte er sie prüfen, wie einst seinen Knecht Hiob, dem er alles nahm, was ihm teuer war, um seinen unerschütterlichen Glauben zu testen?

Ein Schauder jagte über ihren Rücken. War am Ende auch Satan zu Wundern fähig? Wollte der Leibhaftige sie in Versuchung führen, nachdem er es in der Gestalt des Dackels nicht geschafft hatte, der sich mehrmals im Zug ihrem Bein in eindeutiger Absicht genähert, den sie jedoch immer wieder kraft ihrer Blicke, kraft ihres Gebetes und ja, auch kraft mehrerer verstohlener Fußtritte in seine Schranken gewiesen hatte?

Nein. Nur der Herr schickte ihr Zeichen! Nur er war ihr Lehrmeister! Sie musste tun, was er von ihr verlangte.

»Dein Wille geschehe«, stammelte sie und nahm mit spitzen Fingern die Gewehrteile aus dem Koffer.

Dann runzelte sie die Stirn. Wo war die Gebrauchsanleitung für das Zusammenbauen? Sie schaute auch unter dem Schaumstoff nach, fand aber nichts.

Erentrudis' technisches Verständnis beschränkte sich auf das Auswechseln von Glühbirnen. Nach mehreren Anläufen gelang es ihr dennoch, den Lauf der Waffe in ein Gewinde zu drehen und die Einzelteile miteinander zu verbinden. Zum Schluss befestigte sie einen merkwürdigen Aufsatz auf dem Ganzen. Vermutlich handelte es sich dabei um einen Schalldämpfer.

Der Herr hatte wirklich an alles gedacht! Er wollte nicht, dass seine Braut bei ihrer heiligen Tat erwischt wurde!

Aus der Toilette drang erneutes Stöhnen. Die Spülung wurde betätigt. Erentrudis' Herzschlag beschleunigte sich. Sie betrachtete die Waffe in ihrer zitternden Hand. Gleich würde ihr Bruder zur Tür herauskommen. Gleich war es so weit!

Ein Probeschuss, erkannte sie. Sie musste üben, bevor sie auf Konrad anlegte!

Mit schwammigen Knien – auf einmal schmerzte der Meniskus wieder höllisch – wandte sie sich der Schneiderpuppe zu, schloss die Augen und drückte ab.

Ein leises metallisches Klicken ertönte.

Erentrudis brauchte einen Moment, bis sie die Situation erfasste. Sie hatte vergessen, die Munition einzulegen!

Eine ungeheure Erleichterung ergriff sie. »Ich kann es nicht«, teilte sie dem Herrn aufrichtig mit. »Verzeih mir, Vater, aber es geht einfach nicht!«

Sie warf das Gewehr auf den Boden und verließ aufrechten Ganges die Garderobe von Rex Armando.

Amen, ertönte eine Stimme in ihrem Kopf. Es war aber nicht der Herr, sondern ihr Meniskus, der froh war, diese Mission endlich beendet zu wissen.

Rex Armando wischte sich mit dem Ärmel über die Stirn, als er die Toilette verließ. Sein Gesicht war nicht mehr so blass, eine leichte Röte hatte sich auf die Wangen zurückgeschlichen. Vor allem aber auf die Tränensäcke.

»Scheißkoks«, brummte er, »bringt mich so auf den Trip, dass mir sogar meine heilige Schwester im Delirium erscheint.«

Er versuchte ein kehliges Lachen, aber es klang kläglich. Da fiel sein Blick auf ein Gewehr, das am Boden lag. Er erstarrte. Dann war es doch keine Halluzination gewesen, dass jemand bei ihm in der Garderobe gewesen war? Jemand, der ihm vielleicht nach dem Leben trachtete oder ihm zumindest einen Schreck einjagen wollte? Himmel! Das konnte doch unmöglich seine bigotte Schwester Kirsten gewesen sein, die ihr freudloses Leben als verkümmertes Jüngferchen in einem Kloster fristete!

»Kirsten?«

In dem Moment, als er ihren Namen aussprach, erfüllte ihn ein eigenartiges Gefühl, und etwas lange Verdrängtes wollte mit aller Kraft an die Oberfläche: geschwisterliche Zuneigung. Seit dem Tod ihrer Mutter vor fünf Jahren hatte Konrad seine Zwillingsschwester nicht mehr gesehen. Diese Person, die ihn schon als Kind immer hatte beschützen wollen und seine Karriere mit größtem Argwohn verfolgt hatte. Während andere Frauen ihm zu Füßen gelegen hatten, war Kirstens größte Sorge immer sein Seelenheil gewesen. Ach, Schwesterherz ... Vielleicht war sie ja wirklich da gewesen und hatte ihm Gutes tun wollen.

»Kirsten! Schwesterchen! Wo bist du?«, brach es aus ihm heraus. Er stürzte aus der Garderobe und eilte, so gut seine Beine dem benebelten Hirn gehorchten, den Gang entlang.

Wenige Augenblicke später bewegte sich die Klinke der Tür zu einem Lagerraum für Bühnen-Equipment, der Rex' Garderobe gleich gegenüberlag, ganz sachte nach unten. Zuerst öffnete sich die Tür nur einen Spaltbreit, als verberge sich jemand dahinter und lausche angestrengt. Erst als Doro sich versichert hatte, dass die Luft rein war, wagte sie sich hinaus. Im letzten Moment hatte sie in diese finstere Kammer huschen können, nachdem sie zwar ungesehen in den Backstagebereich der Eventhalle gelangt war, dann aber um ein Haar einem patrouillierenden Security-Angestellten in die Fänge gelaufen wäre. Nun lag der Korridor leer da, und sie brauchte nur noch die Garderobe zu betreten und ihre Mission abzuschließen.

Fast war sie am Ziel. Doros Herz wummerte unter dem schwarzen, immer noch völlig verschwitzten T-Shirt. Hier in Berlin konnte sie ihn endlich drankriegen, den Modearsch, der die Massen als Schlagersänger belästigte – und auch dort noch Geld verdiente ... Obwohl Doro fand, dass seine Schmalzmusik eine Beleidigung für die Ohren und die stupiden Texte eine Qual für jedes vernünftige Hirn waren, so war dieser Teil seiner Beschäftigung noch harmlos. Doch gegen seine andere Einnahmequelle, das Quälen von Tieren für Pelz seines Labels »Zeig wer du bist«, hatte sie etwas. Und nun war der Tag der Rache gekommen.

Nun kam das, was Doro in Gedanken schon mindestens hundert Mal durchgespielt hatte und was sie trotzdem in höchste Aufregung versetzte: Ihre Hand verschwand in der olivgrünen Umhängetasche aus starkem Lodenstoff. Sie umfasste mit festem Griff das darin verborgene Bolzenschussgerät. Kalter, entschlossener Stahl.

Doro zog es heraus. Sie riss die Garderobentür auf. Sie stürzte hinein. Sie war zu allem bereit.

Da stand er, der Modearsch. Stand einfach da und wandte ihr den Rücken zu. Er trug ein grässliches lila Jackett mit Glitzerpailletten. Für den Bruchteil einer Sekunde schreckte Doro zurück, ob dieser Beleidigung ihrer Augen. Dieses Outfit war die pure Scheußlichkeit. Da verdiente sich einer mit Mode aus Echtpelz eine goldene Nase und zog aus dem Leiden von Tieren Profit, und selber zeigte er sich in solch kackstupiden Klamotten auf der Bühne.

»Zeig wer du bist!« – ha, ha, ha. Wenn man den Namen seines bescheuerten Labels wörtlich nahm und auf sein Bühnenkostüm übertrug, mit dem er offenbar seine Schlagerfans zu beglücken trachtete, dann war das wirklich voll der Griff ins Klo.

Na ja. Das war jetzt nicht das Thema. Doro schüttelte die Gedanken an Mode oder Nichtmode ab, riss sich zusammen, und plötzlich wurde sie ganz ruhig. Angespannt, aber cool. Fast wie ein Profi. Jetzt!

Von hinten setzte sie ihr Bolzenschussgerät an den Kopf ihres Gegners, dessen volles, hellbraunes Haar bis über die Schultern reichte.

»Schön stillgestanden, und keinen Mucks«, sagte sie eisig und bewunderte sich für ihre Abgebrühtheit.

»Und keine Bewegung, gefälligst. Sonst blas ich dir dein beschissenes Hirn aus der Stirn!«

Der Arsch gehorchte. Kein Mucks, keine Bewegung, er schien völlig erstarrt zu sein. Endlich hatte sie Macht.

»Ich bin hier, um die Tiere zu rächen, die wegen deiner Raffgier auf bestialische Weise sterben müssen.«

Kein Mucks, keine Bewegung, keine Reaktion. Also so war das nun doch nicht gemeint. Doro wurde wütend. Wenigstens zusammenzucken hätte er können, oder noch besser zu Boden sinken und um Gnade winseln. War dieser Kerl denn schon so eiskalt, dass es ihn sogar unberührt ließ, wenn er gerade mit dem Tod bedroht wurde?

»Hey, Arschloch, ich rede mit dir!«, schrie sie und drückte das Bolzenschussgerät noch härter an seinen Hinterkopf.

Als der Arsch noch immer nicht reagierte, schlug sie ihm mit der flachen Linken auf den Rücken und brüllte: »Dreh dich um! Schau deinen Taten in die Augen, du Unmensch!«

Der Modearsch wankte. Und genau in dem Moment, als Doro kapierte, dass sie eine Schneiderpuppe bedroht hatte und als ein Cocktail aus Adrenalin, Zorn und Hass sie wie ein Tsunami überschwappte, nahm sie draußen auf dem Gang Radau wahr.

»Wo bist du, du Gießkannenjauler?«, tönte eine Stimme durch die Tür. Da kam jemand! Shit, das konnte brenzlig werden. Hastig sah Doro sich nach einem Fluchtweg um, doch außer der Tür, die zum Gang führte und hinter der der Radau rasant lauter wurde, sah sie keine Möglichkeit zu entkommen.

Im letzten Moment hechtete sie hinter einen Plüschsessel. Dabei stieß sie an einen kleinen Tisch. Scheppernd fiel eine Keksdose zu Boden, lecker aussehende Plätzchen kullerten durch die Garderobe. Die Tür flog unter Getöse auf, und ein Typ wie ein Bär erschien im Rahmen.

Wow, was für ein Mann, dachte Doro. War das ein Kerl, strotzend vor Kraft und Wut! Doro glaubte in ihrem Versteck, aus dem sie gebannt hervorlinste, das Gemisch aus Entschlossenheit, Mut und Männlichkeit, das der Eindringling ausdünstete, förmlich riechen zu können.

Dann erkannte sie ihn. Vor ihr stand der Rocker aus dem Zug!

Schinki spürte die geballte Kraft von zwei komma fünf Promille Alkohol durch seine Adern rasen. Er war geladen wie eine Feldhaubitze, und das *Große Delirium* steuerte einem neuen Höhepunkt entgegen. Weder die Hitze im Zugabteil noch das schwarzhaarige Zuckerschnittchen hatten seine gerechte Wut besänftigen können. Im Gegenteil!

Mit leicht getrübtem Blick fixierte er seinen ehemaligen Kumpel Conny. Der wandte ihm den Rücken zu. Er trug ein lila Jackett, glitzerte wie ein Weihnachtsbaum, und seine braune Perücke war verrutscht.

»Du elender Plüschkissenpupser«, knurrte Schinki. »Hast du etwa Schiss?« Er lachte rau. »Hast auch allen Grund dazu!«

Der Schnulzensänger rührte sich nicht. Schinki verzog verächtlich die Lippen. Typisch! Der Knabe hatte nicht mal den Mumm zu einer gepflegten Schlägerei unter Kerlen!

Na, dann eben nicht. Conny hatte seine faire Chance gehabt.

»Ich zeig dir, was ich mit miesen Erpressern mache, du dämlicher Sumpfdotterdudler!«

Er sah sich in der Garderobe nach einem geeigneten Gegenstand um, mit dem er Conny eins überziehen konnte. Auf dem Boden lagen eine Keksdose und ein paar versprengte Gebäckteile, daneben ein Scharfschützengewehr.

Schinki stutzte. Ein Scharfschützengewehr? Was, zum Teufel, hatte das hier zu suchen?

Dann fiel sein Blick auf eine pinkfarbene Gitarre, die in einer Halterung auf ihren Einsatz wartete. Schinki grinste. Der Gedanke, Conny mit seiner eigenen Gitarre zu zeigen, was ein Rocker mit einem Schlappschwanz anstellte, gefiel ihm außerordentlich gut. Er vergaß die Kekse und das Scharfschützengewehr, packte das Instrument und holte schwungvoll aus.

Die Gitarre zersplitterte, als sie Connys Kopf traf. Der Schnulzensänger stürzte wie eine Schneiderpuppe zu Boden. Dabei riss er einen Kleiderständer mit sich und wurde unter einem Berg Klamotten begraben. Nicht einmal ein Stöhnen drang durch den Haufen an Schinkis Ohr.

»Weichei«, murmelte er, ein wenig enttäuscht, dass die Angelegenheit so schnell beendet war. Er wandte sich bereits zum Gehen, als er hinter einem großen Plüschsessel eine Bewegung wahrnahm. Wie aus dem Nichts tauchte dort plötzlich eine junge Frau auf, die sich hinter der Lehne verschanzt hatte.

Zum Henker! Das war doch ... Ja, es war eindeutig das schwarzhaarige Sahneschnittchen aus dem Zug!

Im ersten Moment wollte Schinki seinen Augen nicht trauen. Irgendwann musste das Delirium ja zu Wahrnehmungsstörungen führen! Ganz normal, redete er sich ein.

Doch die Erscheinung verschwand nicht. Sie hüstelte sogar verlegen und setzte zum Sprechen an.

»Ähm. Das war …«, begann sie. Dann stockte sie, als suche sie nach den richtigen Worten. Schließlich zuckte sie die Schultern und fing noch einmal von vorn an: »Das war voll krass cool.«

Schinki sagte gar nichts. Er starrte die Erscheinung mit zunehmend funkelnden Augen an und spürte, wie sein kleiner Freund sich regte. Gar nicht so schlecht, dachte er. Dieses Delirium.

Auch Doro konnte den Blick nicht von dem Rocker abwenden. Beide schwiegen und ließen die Sekunden verstreichen. Es war einer jener Momente, in denen aus unerfindlichen Gründen jede zweite Uhr zur gleichen Zeit stehenblieb. In denen Tauben für mehrere Minuten aufhörten zu gurren, weil sie sonst an ihren Emotionen erstickt wären. In denen einzelne Laubblätter, die gerade von Bäumen fielen, in der Luft verharrten und im leichten Wind tanzten, bevor sie ihren Weg nach unten fortsetzten.

Doro brach die Stille als Erste. »Magst du Tiere?«

Sie musste es einfach wissen. Jetzt sofort.

»Ich hab einen Dackel«, antwortete Schinki. Er sah, dass das Sahneschnittchen nicht recht wusste, was es mit dieser Antwort anfangen sollte. Aber sie musste fürs Erste genügen.

»Komm jetzt«, fuhr er fort. »Ich spendier dir ein Bier! Und dann erzählst du mir, was du mit dem Bolzenschussgerät in deiner Hand vorhast.«

Fast ein wenig schüchtern griff er nach ihrer Linken, und sie ließ es zu. An den Modearsch alias Conny, Konrad oder Rex Armando verschwendeten beide keinen unnötigen Gedanken mehr.

Schmitt saß zu diesem Zeitpunkt unentdeckt und wider Erwarten sogar rechtzeitig im Metallgestänge der Bühnenbeleuchtung. Sein Koffer lag einsatzbereit in Reichweite, und er kam langsam wieder zu Atem. Vor ein paar Jahren hätte ihm das Erklimmen einer hohen Leiter nichts ausgemacht, aber mittlerweile kam er dabei an seine Grenzen. Er war eindeutig zu alt für solche Kletterpartien in schwindelnde Höhen. Immerhin hatte er keine Höhenangst – er konnte problemlos hinunter auf die zehn, vielleicht auch fünfzehn Meter unter ihm liegende Bühne schauen, wo die letzten Vorbereitungen getroffen wurden. Eigentlich hatte er gar nicht zu hoffen gewagt, dass es so einfach sein würde, aber manchmal stand einem das Glück zur Seite. War aber auch Zeit geworden mit dem Glück, denn die Strapazen, die er bis zur Ankunft am Zielort hatte durchstehen müssen, waren mehr als nervenaufreibend und ermüdend gewesen.

Als Schmitt angekommen war, hatte er jedoch die schrecklichen und peinvollen Stunden in dem grässlich engen Zugabteil schon erfolgreich verdrängt. Und da hatte sie plötzlich gestanden, genau vor ihm: die komische Alte mit den rosa Haaren und der lächerlichen Keksdose. Ausgerechnet an dem Nebeneingang, den auch er als Zugang ins Innere der Halle auserkoren hatte! Und als die Alte in einem unbeobachteten Moment einfach die Absperrung beiseitegeschoben hatte und durch eine Tür nach drinnen verschwunden war, hatte er sich an ihre Fersen geheftet. Niemand hatte in der Hektik, die hinter der Bühne herrschte, Notiz von ihm genommen, und die Alte hatte er schnell aus den Augen verloren.

Tja, und jetzt saß er hier oben, und natürlich war es auch heiß, aber es war nicht zu vergleichen mit dem, was er im Zug erlebt hatte. Und noch einen großen Vorteil bot der Platz hier: Er war allein. Keiner gab blödsinnige Kommentare oder unangenehme Ausdünstungen von sich.

Von seiner Position aus hatte er zudem einen grandiosen Blick auf das hereinströmende Publikum. Hysterische Musikbegeisterte kämpften vor der Bühne um die besten Plätze. Obwohl er das, was seine Zielperson machte, nicht wirklich als Musik bezeichnen wollte und konnte. Von den zutiefst schwachsinnigen Texten mal ganz abgesehen, bei denen sich beim Zuhören glatt seine Fußnägel aufrollen würden. Natürlich würden tausende Fans in tiefe Trauer um ihr Idol verfallen, aber letztendlich würde er mit seiner Tat die Musikwelt säubern.

Etwa zwei Stunden hatte er jetzt Zeit, seinen Auftrag zu erledigen. Er würde den besten Moment abwarten und dann, wenn die Menge am lautesten tobte, den Schuss abgeben.

Was die Alte mit den rosa Haaren und der Keksdose wohl hier wollte? Schmitt schob jeglichen Gedanken an diese total unwichtige und vollkommen überflüssige Person strikt beiseite. Er musste sich konzentrieren.

Er warf noch einmal einen Blick auf seinen Fluchtweg. Mit Waffe zerlegen, im Koffer verstauen und hinunterklettern wäre er innerhalb von vier Minuten – höchstens vier Minuten – unten hinter der Bühne, und keine weiteren vier Minuten später aus der Halle und auf dem Weg zum Flughafen.

Zärtlich strich er über das Leder seines Waffenkoffers, das ihm hier oben im Dämmerlicht etwas rauer als sonst vorkam. Er nahm sich fest vor, es so bald wie möglich mit einem Pflegemittel zu bearbeiten.

Unter ihm erklangen die ersten Töne: Der Mann am Bass zupfte hart an den Saiten seines Instrumentes, woraufhin das Metall unter Schmitt zu vibrieren begann. Der Schlagzeuger ließ die Drumsticks über seine einzelnen Trommeln und Becken wirbeln. Der Keyboarder spielte eine Melodie, zu der die Menschenmassen augenblicklich grölend mitsangen.

Das Publikum wurde immer unruhiger und lauter. »Rehex, Re-hex, Re-hex ...«, skandierten die Fans jetzt, ohne müde zu werden.

Schmitt sah auf seine Uhr: Der Anfang des Konzerts hatte sich schon um ein paar Minuten verzögert. Und wenn schon, sagte er sich und wischte sich mit dem Jackettärmel den Schweiß von der Oberlippe. Dein Flug geht erst in vier Stunden, das schaffst du locker!

Eine Viertelstunde später war er allerdings nicht mehr so gelassen. Die Musiker, die unentwegt fragende Blicke wechselten, hatten inzwischen mehrere Lieder durchgespielt, die Zielperson war aber noch immer nicht auf der Bühne erschienen. Das Publikum übertönte fast mit seinen Unmutsbezeugungen die Musik.

Inzwischen glomm in Schmitt die Befürchtung auf, dass etwas mit seiner Zielperson passiert sein konnte. War sie krank geworden? Schlimmer noch: War ihm am Ende jemand zuvorgekommen?

Am Bühnenrand sah Schmitt jetzt eine Bewegung. Reflexartig griff er nach dem Koffer. Auch wenn er genügend Zeit hatte, seine Zielperson über den Jordan zu schicken – ein ganzes, nicht einmal ein halbes Konzert mit dieser Musik würde er sich auf gar keinen Fall antun!

Das Aufschnappen der Kofferverschlüsse ging im Geschrei der Konzertbesucher unter. Schmitt ließ die Bühne nicht aus den Augen. Blind griff er in den Koffer, freute sich insgeheim auf das angenehme Gefühl, wenn seine Finger das kühle Metall berühren würden ...

Er erstarrte. Da war kein kühles Metall, da war nicht einmal eine Waffe! Er wollte seinen Augen nicht trauen, denn was er da im Dämmerlicht erkennen konnte, war ein dickes Buch. Im aufblitzenden Licht eines roten Scheinwerfers leuchteten die eingeprägten Buchstaben wie rotglühende Lava: *DIE BIBEL*. Daneben lag so etwas wie eine Peitsche – eine Geißel, realisierte sein überfordertes Gehirn. Auch eine kleine Flasche mit einer klaren Flüssigkeit und bündelweise kleine Kärtchen befanden sich im Koffer. Heiligenbildchen und Bibelverse, erkannte er beim genaueren Hinsehen. Wie betäubt griff Schmitt nach einem dieser Stapel: *Du sollst nicht töten*, las er im bunt flackernden Bühnenlicht.

Schmitts Herz tat einen entsetzten Sprung in seiner Brust. Schlagartig fühlte er sich nicht mehr allein, im Gegenteil: Er fühlte sich beobachtet! Jemand war da bei ihm, jemand, der ihm unmissverständlich ein Zeichen geben wollte, dass das, was er tat, nicht recht war, und dass es an der Zeit war, mit dem Morden aufzuhören.

Wie in Trance legte er das Bündel mit den Bibelsprüchen zurück in den Koffer und schloss ihn. Dann nahm er ihn hoch, drückte ihn fest an sich und stand auf. In nicht einmal drei Minuten war er die Leiter hinuntergeklettert. Er bekam nicht mehr mit, was auf der Bühne geschah.

Keine zwei weiteren Minuten später trat er aus dem Nebeneingang hinaus, mitten hinein in ein mächtiges, erlösendes Gewitter.

Für Stephan war sein Einsatz die Prüfung seines Lebens. Kein Bankräuber, kein Drogendealer, ja nicht einmal eine dieser unbelehrbaren querulierenden Rentnerinnen, die einem Polizeibeamten das Leben zur Hölle machen konnten, kam auch nur annähernd an die Aufgabe heran, vor der Stephan nun stand. Wie ein Raubtierdompteur ohne Stock und Peitsche, wie ein Trapezkünstler ohne Sicherung und Netz kam er sich vor.

Stephan musste es irgendwie schaffen, den völlig von der Rolle vor sich hin lallenden Schlagersänger Rex Armando zum Auftreten zu bewegen. Er drückte die am Boden liegende Perücke auf dessen bares Haupt und versuchte es mit motivierenden Worten, obwohl ihm in diesem Moment schon sämtliche Hochachtung vor dem vermeintlich hehren Künstler der Herzen abhandengekommen war. Welch erbärmliche Figur dieser backstage abgab! In seinen schlimmsten Albträumen hätte Stephan sich das nicht ausmalen können.

»Auf geht's, Rex, deine Fans warten«, sagte er aufmunternd und kam sich vor wie ein Strandanimator, der versuchte, einer Horde verdauungsschlafender All-Inklusive-Touristen Feuer unterm Arsch zu machen. Dabei musste er sich bemühen, den Kopf des Schlagersängers nicht zu genau zu betrachten. Diese Perücke – ein Schock. Dass Rex Armando eine Halbglatze hatte, war eine herbe Enttäuschung und eine Desillusionierung ohnegleichen. Ein wenig fühlte Stephan sich wie damals, als seine große Schwester Silvia ihm hämisch verraten hatte, dass weder Nikolaus noch Osterhase existierten, und dass alles nur ein mieser Plan der Eltern war, um ihre Kinder für dumm zu verkaufen. Stephan hatte sich insgeheim immer gewünscht, so volles Haar zu besitzen wie Rex Armando und sich nicht weiter vor lichter werdenden Stellen in seinem Bürstenschnitt fürchten zu müssen. Pustekuchen!

»Ischschsch will nischtauff die Bühne«, lallte Armando. Nur der Geier wusste, was der Kerl intus hatte, dass er derart von allen guten Geistern verlassen war. Und wieso er offensichtlich seine eigene Schneiderpuppe zerdeppert hatte, würde wohl auch auf ewig ein Geheimnis bleiben.

Wie dem auch sei: Stephan musste jetzt da durch. Und Rex Armando ebenfalls. Durch den Korridor und rauf zur Bühne. Als Stephan die schalldichte Tür vom Backstage-Bereich zur Bühne öffnete – mit dem rechten Ellenbogen, denn mit beiden Händen stützte er den Sänger – brandete ihm ein auffordernder Rex-Rex-Rex-Sprechchor entgegen. Die Luft im Saal war geschwängert von Parfum und Schweiß. Die Band, die immer verzweifelter versuchte, das Publikum bei Laune zu halten, wirkte erleichtert, als Rex erschien. Aber nur einen kurzen Moment lang.

Dann kam der Auftritt des Stars. Die Bühne rief. Rex torkelte auf die Bretter, die die Welt bedeuteten, schnappte sich das Mikrofon mit einem unsicheren Handgriff vom Ständer und rief: »Schschönguttnaaaabend Berliiiiin.«

Tosender Beifall.

Schweißüberströmt blieb Stephan in der Tür beim Bühnenaufgang stehen und unterdrückte seine unwillkürlich aufkommende Sehnsucht nach illegalen Demonstranten, Falschmünzern und chronisch streitenden Nachbarn. Dann gab er sich einen Ruck und ging hinter einem Bühnenelement, das einen riesenhaften Blumenstrauß aus Kunststoff darstellte, in Position. Von hier aus hatte er einen perfekten Blick auf seine Zielperson und den Sicherheitsgraben zwischen Publikum und Bühne, den niemand überwinden durfte. Wer es dennoch versuchte, egal ob hysterische Anhängerin, die sich den BH vom Leib riss, oder finsterer Geselle in terroristischer Absicht – sie alle würde er erfolgreich und unter Einsatz seines Lebens von Rex Armando fernhalten. Wobei ihm die Variante mit dem barbusigen Fan eindeutig lieber gewesen wäre.

Der Saal kochte. Rex Armando torkelte auf der Bühne hin und her und versuchte, ein erstes Lied anzustimmen. Aber offenbar hatte er sowohl Text als auch Melodie vergessen.

»Mir isss heißßß, iss euch auch heißßß?«, schrie er ins Mikrofon, sodass dieses empört übersteuerte. Frenetische Ja-Rufe wogten durch den Saal, und Stephan konnte sich den Soundmixer bildlich vorstellen, wie er ob dem Gelalle und Geschrei, das alles nicht wirklich etwas mit Musik zu tun hatte, und dem ohrenbetäubenden Übersteuerungspfeifen nahe einer Verzweiflungstat war.

Und dann geschah etwas, das auch Stephan nahe an eine Verzweiflungstat brachte, auch wenn es zwar nicht die Sicherheit seines Schützlings gefährdete, wohl aber dessen Würde vor den Fans: Rex Armando wankte und riss sich mit einer energischen Handbewegung die Perücke vom Kopf. Ein entsetzter Aufschrei ging durch die tobende Menge.

»Mir isss heißßß, iss euch auch heißßß«, wiederholte er lallend und wollte sich daranmachen, auch seine Hose auszuziehen, was allerdings der Keyboarder mit einem beherzten Eingreifen verhindern konnte.

Währenddessen lag Armandos braune Perücke auf halber Strecke zwischen dem Schlagerstar und seinem Bodyguard, der sich hinter dem riesenhaften Kunststoff-Blumenstrauß so klein wie möglich zu machen versuchte. Im nächsten Moment kam – Stephan konnte nicht erkennen woher – ein Hund herangeschossen. Ein Dackel war es, er sah dem Hund aus dem Zug zum Verwechseln ähnlich. Der Dackel hechtete mit seinen kurzen Beinchen über die Bühne, warf sich auf die Perücke und begann, sie in wilden, schnellen Bewegungen zu begatten.

Fassungslos beobachtete Stephan das Treiben auf der Bühne. Der Dackel vollführte über der Perücke gebeugt schnellere Bewegungen, als es alle durchtrainierten Bojans des Planeten draufhatten, während der Keyboarder an Rex Armandos offenem Hosenstall herumnestelte, um den Reißverschluss wieder zu schließen. Dabei hatte der geistesgegenwärtige Musiker den sich heftig wehrenden Sänger immerhin so gedreht, dass das Publikum nur den Rücken des Stars zu sehen bekam. Dennoch wurde Stephan halbwegs übel beim Gedanken, wie viele Handykameras genau in diesem Moment auf die Szene gerichtet waren, in Echtzeit ihren Weg in den virtuellen Kosmos fanden und in Windeseile den Skandal perfekt machten. Er sah schon die Schlagzeilen der Boulevard-Presse vor sich: *Plötzlich Glatzkopf: Völlig zugedröhnter Rex will strippen – Hund vergewaltigt Perücke!*

Doch was Stephan als Nächstes sah, ließ ihm das Blut in den Adern gefrieren: Rex Armando riss sich von seinem umsorgenden Keyboarder los und griff den Dackel an, der sich immer noch an der Perücke verging. Als er dem Tier die künstliche Haartracht wieder entreißen wollte, stolperte er über das Mikrofonkabel und stürzte kopfvoran in den Sicherheitsgraben.

Wieder kreischte das Publikum ohrenbetäubend, weshalb das hässliche Knacken von Rex' Halswirbelsäule völlig im Tumult unterging.

Stephan sprang dem gefallenen Star in den Graben hinterher. Aber ausrichten konnte er nichts mehr, das sah er auf den ersten Blick. Tod durch Genickbruch. Als er nach oben schaute, sah er in die entsetzten Gesichter der Bandmitglieder, die über den Bühnenrand in den Abgrund starrten. Vom Dackel und der Perücke war nichts mehr zu sehen.

Und während Stephan sich im ohrenbetäubenden Kreischen Tausender Fans hilflos über den leblosen Körper beugte und hoffte, dass der Sanitätsdienst endlich auftauchen möge, formierte sich vor seinem inneren Auge eine weitere Schlagzeile: *Völlig zugedröhnter Rex Armando stürzt wegen sexgeilem Dackel in den Tod!*

Damit war eigentlich alles gesagt zu seinem neuen Job, den er gründlich vermasselt hatte. Und eins war sicher: Er würde glücklich sein, wieder auf seine Polizeiwache zurückzukehren. Aber so was von.

Sie sind ein bisschen erstaunt über diesen abrupten Schluss? Damit sind Sie nicht allein. Und Sie wollen wissen, wie es mit den sechs Fremden und dem Dackel weiterging, von denen der eine oder die andere doch dem einen oder der anderen ans Herz gewachsen ist? Ja? Das freut uns.

Wenn Sie also Fragen haben: Blättern Sie einfach weiter.

Was aus allen Beteiligten wurde

Fangen wir doch einfach mit Heiner Musebrinck an.

Als er an dem Tag, an dem Anneliese ihn verlassen hatte, abends müde und hungrig von der Arbeit nach Hause kam, fand er Folgendes vor: eine leere, aber picobello geputzte Wohnung und einen pinkfarbenen Notizzettel auf dem Tisch, auf dem stand, dass seine Frau ihn verlassen hatte. Was er beim Lesen dieser Nachricht empfand? – Man weiß es nicht.

Was er neben seiner Frau auch nicht vorfand, war ein Abendessen. Hungrig durchsuchte er den Kühlschrank nach etwas Essbarem und stieß natürlich auf die Keksdose, die Anneliese dort deponiert hatte. Auch wenn ihm ein Leberwurstbrot lieber gewesen wäre, nahm er sich zwei der gefüllten Cookies heraus, machte sich dazu eine Flasche Bier auf und setzte sich damit vor den Fernseher. Die Kekse schmeckten ihm recht gut, aber nicht so gut, dass er sich Nachschub holen wollte.

Jetzt erwarten Sie, liebe Leserinnen und liebe Leser, wahrscheinlich, dass Heiner daraufhin sein Leben aushauchte. Dem war aber nicht so, denn …

… hier kommt Elfriede Krause ins Spiel – genau: Annelieses beste Freundin aus Kinderjahren, die Heiner nie gemocht und von der er immer nur als *die fette Kuh* gesprochen hatte. Elfriede, für die Heiner im Gegenzug jahrzehntelang nur *der sterbenslangweilige Sesselpupser* war, kam nämlich ausgerechnet zu diesem Zeitpunkt auf die Idee, sich ein paar Pfannkuchen zu machen. Da sie aber keine Eier mehr im

Haus hatte, beschloss sie, rüber zu den Musebrincks zu gehen, und sich welche von Anneliese zu borgen.

Als sie aber vor der Wohnungstür stand, machte auf ihr Klingeln hin keiner auf. Das fand Elfriede sehr seltsam, denn Musebrincks gingen normalerweise nie unter der Woche aus – am Wochenende zwar auch nicht, aber das würde jetzt zu weit führen. Sie legte ein Ohr ans Türblatt und lauschte. Da waren eindeutig Stimmen zu hören und dann ... ein Stöhnen! Da sie Heiner nicht ausstehen konnte, war natürlich ihr erster Gedanke, dass er ihrer besten Freundin etwas angetan haben könnte. Sie klingelte noch einmal Sturm. Bis auf das Stöhnen tat sich daraufhin aber nichts hinter der Wohnungstür. Auch Klopfen und Rufen brachte sie nicht weiter. Zum Glück hatte sie aber einen Reserveschlüssel von Anneliese bekommen – für Notfälle –, der hing seit Jahren und bisher noch nie benutzt an ihrem Schlüsselbund. Und da das hundertprozentig ein Notfall war, steckte sie ihn beherzt ins Schlüsselloch und öffnete die Tür. Was sie im Wohnzimmer fand, war nicht eine stöhnende Anneliese, sondern ein wimmernd am Boden liegender Heiner. Als sie sich vorsichtig über ihn beugte ...

... schwenken wir an dieser Stelle schnell zurück zu Heiner, der sich mit Magenkrämpfen am Boden wälzte, dessen Herz beängstigend unrhythmisch in seiner Brust pochte und der auf einmal nicht mehr richtig sehen konnte: In seiner höchsten Qual und Todesangst beugte sich ein Wesen über ihn, ein Wesen wie aus einer anderen Welt, ein strahlender Lichtkranz umrahmte den Kopf, und das Lächeln, das dieses Wesen ihm schenkte, war das schönste, das himmlischste, das ihm je geschenkt worden war. Als dieses Wesen dann auch noch mit sanfter Stimme »Heiner«, also seinen Namen rief, war es um ihn geschehen.

»Mein Engel«, hauchte er im Todeskampf.

Um es auf den Punkt zu bringen: Elfriede rief den Notarzt. Heiner konnte tatsächlich gerettet werden – er ging somit also nicht auf Anneliese Konto. Und – Sie ahnen es wahrscheinlich schon: Heiner und Elfriede zogen ein halbes Jahr später zusammen und sind jetzt glücklich und zufrieden. Und wenn sie nicht gestorben sind, dann leben sie noch heute.

Schauen wir als Nächstes, wie es Jakob Hinz, dem Postboten, ergangen ist: Er kam am späten Nachmittag mit Annelieses Keksdose nach Hause, wo er der Versuchung widerstand, sich sofort einen Keks einzuverleiben. Er stellte sie, genau wie Anneliese es ihm geraten hatte, in den Kühlschrank. Nach einem schnellen Abendessen mit seiner Mutter, mit der er seit seiner Geburt vor dreiundfünfzig Jahren zusammenlebte, verabschiedete er sich – ohne auch nur an die leckeren Kekse im Kühlschrank zu denken – und ging zu den Proben des Männerchors, in dem er seit über zwanzig Jahren mitsang.

Als er gegen zweiundzwanzig Uhr nach Hause kam, lag seine Mutter am Boden, die geöffnete Keksdose stand neben ihr auf dem Couchtisch. Frau Hinz war, im Gegensatz zu Heiner Musebrinck, leider nicht mehr zu retten.

Leider?

Nun ja, nach dem ersten Schock fühlte sich Jakob Hinz ehrlich gesagt sehr befreit. Er entrümpelte im Zuge dieser Befreiung die komplette Wohnung, renovierte sie und richtete sie neu und sehr modern ein. Auch sich selbst wertete er optisch mit einer flotten Frisur auf, und die von seiner Mutter selbstgestrickten, meist pastellfarbenen Pullunder wanderten in die Mülltonne, nicht in den Altkleidersack. Er verließ kurz darauf den Männerchor und rappt jetzt nebenberuflich ungeahnt erfolgreich – sein Künstlername ist schlicht Postman.

Auch in sein Liebesleben kam endlich frischer Wind: Er ist inzwischen mit Susi, der netten Verkäuferin aus dem Drogeriemarkt, verlobt. Psst, was sonst noch keiner weiß: Es ist tatsächlich ein kleiner Jakob unterwegs. Oder eine kleine Susi. Lassen wir uns überraschen.

Was aus der Dose mit den restlichen Keksen wurde? Die stellte er, nachdem er seine Mutter tot aufgefunden hatte, ordentlich zurück in den Kühlschrank, wo er sie bei all der Aufregung vergaß. Nach etwa drei Monaten gingen sie den gleichen Weg wie die Strickpullunder: Sie landetet im Müll – im Biomüll, um genau zu sein.

Somit geht also nur Frau Hinz auf Annelieses Rechnung – aber im Totenschein steht ganz lapidar *Tod durch Herzstillstand.*

Kommen wir zu Anneliese: Nach dem schrecklichen Desaster in Berlin und dem daraus resultierenden Liebesaus mit Rex, verkroch sich Anneliese erst einmal in einem kleinen Hotel – eines ohne Cocktailbar.

Dort schnitt sie sich dann doch noch mit der Nagelschere die Haare ab. Und zwar streichholzkurz. Sollen wir Ihnen was verraten? – Die verbliebenen rosa Haare fielen in dem kunterbunten, verrückten Berlin gar nicht auf!

Nach acht langen Wochen des Wundenleckens und sichselbst Findens rief sie dann nach reiflichem Überlegen und auch, weil sie sich schreckliche einsam in dieser riesigen Stadt fühlte, ihre beste Freundin Elfriede an. Dabei erfuhr sie, dass Heiner noch lebte und Elfriede sehr glücklich mit ihm war. Und so kehrte sie zurück in die Provinz.

Zur Freude von Herrn Professor Meininger, dessen Haushälterin sie wurde und so ihren Lebensunterhalt verdienen konnte.

Wo sie wohnte? Im Dachgeschoss von Professor Meiningers Villa, ein Umstand, den sie sehr genoss.

Von Heiner wurde sie ein Jahr später völlig unspektakulär geschieden.

Kurz danach starb der Herr Professor mit etwas über achtzig Jahren eines ganz natürlichen Todes. Am Tag der Testamentseröffnung wurde Annelieses Traum vollkommen unerwartet wahr: Sie durfte ab sofort in ihrer eigenen Villa leben, denn die hatte ihr der Herr Professor tatsächlich vererbt. Auch sein ganzes Vermögen, das nicht unerheblich war.

Derart finanziell abgesichert, konnte sich Anneliese endlich die langerträumte Venenoperation machen lassen, die die Kasse nicht bezahlen wollte. Damit war die Zeit der Stützstrümpfe Vergangenheit, und die hässlichen und unbequemen Dinger landeten allesamt ... genau: in der Mülltonne.

Genauso wie ihre Brille, die sie nach dem Augenlasern nicht mehr brauchte. Dank der vielen Gartenarbeit – und nicht zuletzt dank des schnuckeligen Fitnesstrainers – kam Annelieses jahrzehntelang vernachlässigter Körper wieder recht gut in Form.

Und weil sich nach ihrer Verwandlung von der hässlichen Raupe zum einigermaßen schönen Schmetterling auch ihr Selbstbewusstsein sehr positiv entwickelt hatte, lässt sie sich die immer noch kurzen Haare regelmäßig rosa färben.

Für »Erlediger« Schmitt, einfach nur Schmitt, mit Doppel-t, war dieser völlig in die Hose gegangene Auftrag wie ein Fingerzeig Gottes – auch wenn er grundsätzlich nicht an irgendein höheres Wesen glaubte. Hatte er bis dahin immer mal wieder, aber keinesfalls ernsthaft, über ein eventuelles Aufhören, an einen Rückzug aus dem Geschäft auf das ganz private Altenteil nachgedacht, so schien dieser Schritt auf einmal die einzig richtige Lösung für seine Zukunft zu sein. Der Jüngste war er ja schließlich nicht mehr, und auch wenn er nicht auf eine staatliche Altersversorgung zurückgreifen konnte, so hatte er doch über Jahre hinweg seine, wie man so schön sagt, Schäfchen ins Trockene gebracht. Sein Entschluss stand also felsenfest: Er stieg in seinen Flieger nach Andalusien und zerriss das Rückflugticket.

Wir wollen natürlich auch noch einmal nach Schwester Erentrudis schauen. Die Reise nach Berlin hatte für sie keine weitreichenden Folgen. Den Tod ihres Zwillingsbruders musste sie nicht mitansehen, da sie nach dem missglückten Bekehrungsversuch schnurstracks die Konzerthalle verließ, um hinter die schützenden Mauern des Klosters Zur stillen Andacht zurückzukehren. Die Welt da draußen war ihr unheimlich, fremd und bedrohlich geblieben. Von dem Unfall im Orchestergraben erfuhr sie deshalb erst einige Tage später aus der Zeitung. »Herr, deine Wege sind unergründlich«, sagte sie und schlug ein Kreuzzeichen.

Ganz ähnlich hatte sie reagiert, als sie auf dem Weg von der Konzerthalle zum Bahnhof seine Stimme hörte: *Danke mein Kind. Die Seele, die du gerettet hast, nehme ich gerne an.*

»Du sprichst in Rätseln, Herr«, erwiderte sie. Wie hätte sie auch ahnen können, dass Schmitt, einfach nur Schmitt, mit Doppel-t, genau in diesem Augenblick ihren Missionskoffer öffnete und seinem Leben eine neue Wendung gab?

Richtig, Erentrudis, antwortete der Herr. *Das ist so meine Art.*

Und mehr gab es dazu nicht zu sagen.

Ganz anders sah es bei Schinki und Doro aus. Nachdem sie sich vom ersten Schock ihrer jungen und so blitzartig über sie hereingebrochenen Liebe erholt hatten, konnten sie mit dem Reden gar nicht mehr aufhören – sofern sie sich nicht gerade in den Laken eines King-Size-Bettchens, pardon, Bettes räkelten. In einem ziemlich noblen Hotel. Voll spießig zwar, aber auch irgendwie cool. Doro interessierte sich brennend für die Honda Shadow, für den Vertrag mit Georg Holzerding – und vor allem für den Dackel.

Nach dem Abenteuer in der Berliner Konzerthalle, das so ganz anders geendet hatte als erwartet, zog sie umgehend bei Schinki ein, den sie liebevoll Smoothie nannte. Schon bei der ersten Bandprobe, zu der sie ihn begleitete, erlagen auch die anderen Bandmitglieder ihrem Charme, und alles ging schnell. Von diesem Moment an konnten sich auch Hummus (Bass), Bulgur (Keyboard) und Falafel (Schlagzeug) ihre Musik nicht mehr ohne die neue Background-Sängerin von Juicy Quinoa, der ersten vollveganen Hard Rock Band Deutschlands, vorstellen.

Georg Holzerding war schlichtweg begeistert: »Krass, Smoothie, genau darauf hat die Welt gewartet! Man muss neue Wege gehen! Hart, konsequent und authentisch. Und ohne Frauenquote geht es gar nicht. Gib mir mal den Joint rüber, Alter!«

In ihrem neuen Leben als Rockstar vergaß Doro bald ihr altes. Nur zweimal dachte sie noch an die vergangenen Zeiten zurück: Das eine Mal, als sie beim Googeln zufällig auf eine offenbar neue Webseite namens Funky Food Life Hacks stieß, auf der Laurin – in der Zwischenzeit mit neuer Frisur – einen Blog führte und die Vorzüge von tierischer Nahrung sowie deren positive Auswirkungen auf den Testosteronhaushalt des urbanen Dschungelkämpfers lobpries.

Das zweite Mal war während eines Gigs in der Schweiz. Und nein, sie wurde nicht von der Polizei von der Bühne gepickt und doch noch verhaftet. Sondern sie kriegte ihren Mund fast nicht mehr zu vor Erstaunen, als sie inmitten der schwarz gekleideten Fans von Juicy Quinoa plötzlich das bunte Gewand und das runde, lachende Gesicht von Amaryllis aufleuchten sah. Und daneben ihre Mutter, die ihr zuwinkte und ganz stolz dreinschaute. Das war echt das Krasseste, und Doro brauchte nachher einen doppelten Whisky, um sich von dieser Erscheinung zu erholen.

Stephan kehrte in seine Heimatstadt zurück und nahm den Polizeidienst wieder auf. Zum Glück war sein Ausflug in die Hauptstadt und in die unergründlichen Weiten des Personenschutzes nur in den Untersuchungsakten der Berliner Staatsanwaltschaft vermerkt, aber da ihn keinerlei Schuld am Tod Rex Armandos traf, hatte die Eskapade keine beruflichen Konsequenzen für ihn.

Zumindest keine kurzfristigen. Denn mittelfristig kam eine Filmproduktionsfirma auf ihn zu und engagierte ihn als Bodyguard in einem Actionfilm. Der Streifen *Der Temperator* machte ihn über die Stadtgrenzen hinaus berühmt.

Und Jessy? Die hatte ihr Hab und Gut bereits weggeschafft und war ausgezogen, als Stephan am Tag nach dem denkwürdigen Schlagerkonzert mit einem voll funktionstüchtigen ICE zurückgekehrt war. Auch gut, fand er. Dann konnte er sich den ganzen Stress mit der Umzieherei sparen und blieb in seiner Wohnung. Dort lebt er noch immer, aber Schlager hört er keine mehr. Heute steht er auf härtere Musik wie jene von Juicy Quinoa.

Oh, einen Beteiligten hätten wir noch: Kevin Hansemann, Rex Armandos unehelichen Sohn und Schmitts Auftraggeber. Er ist jetzt dank seiner Erbschaft reich. Ob er allerdings mit dem vielen Geld, der Yacht und den Villen in Cannes und auf Ibiza glücklicher ist als zuvor, entzieht sich unserer Kenntnis. Wie »verschbrochen« hat er den nach erfolgreich erledigtem Auftrag zu zahlenden zweiten Teil des Honorars brav an Schmitt gezahlt – diesmal in großen Scheinen. Schmitt hat es genommen, auch wenn er letztendlich gar nichts mit dem Tod des Schlagersängers zu tun hatte – nach all dem Stress, den er aufgrund dieses Auftrags erdulden musste, fand er das jedoch beinahe unterbezahlt.

Und der Dackel? – Der einsame Held eines Kinofilmes wäre wohl nach der letzten Einstellung stimmungsvoll in den Sonnenuntergang geritten. Unser Dackel jedoch machte sich noch während des Tumults, den er auf der Bühne verursacht hatte, klammheimlich und ungehindert auf seinen krummen Beinen aus dem Staub. Eins jedoch kann man sagen: Er blieb seinem abenteuerlichen Vagabundenleben stets treu. Es wird gemunkelt, dass unzählige Hundekinderlein seinen herzerweichenden Blick oder seine krummen, kurzen Beine geerbt hätten – aber das ist sicherlich nur üble Nachrede.

Haben wir noch jemanden vergessen?

Ach richtig! Da gab es ja noch die Schweine!

Nun, Sie ahnen es. Für die meisten von ihnen nahm der große Befreiungstag kein glückliches Ende. Nach und nach wurden sie eingefangen und ihrem ursprünglichen Schicksal zugeführt. Aber in den Vororten von Berlin, so heißt es, wurden in den folgenden Monaten einige merkwürdig rosige Frischlinge gesichtet, die sich inmitten einer Wildschweinrotte sauwohl zu fühlen schienen.

Ob das auf Dauer gut gehen kann? – Das verraten wir Ihnen (vielleicht) im nächsten Roman!

Bonusmaterial

Annelieses Schoko-Orangen-Kekse mit Buttercreme

Das Originalrezept ohne den Fingerhut – aus *Ginas Plätzchen-Buch*, Leinpfad Verlag)

Zutaten für ca. 70 Stück:

Für den Teig:

- 350 g Mehl
- 2 Msp Backpulver
- 100 g Zucker
- 2 EL Kakao
- 80 g Schokoraspel
- abgeriebene Schale von ½ Bio-Orange
- 1 TL Zimt
- 200 g weiche Butter
- 2 Eier

Für die Creme-Füllung:

- 150 ml Milch
- 100 ml frisch gepresster Orangensaft
- ½ Pck Sahne-Puddingpulver
- 125 g weiche Butter
- 50 g Puderzucker

Wo Anneliese nur mit Puderzucker bestäubt, wird im Originalrezept in Schokoguss getaucht: 200 g Zartbitterkuvertüre und ½ TL Kokosfett

1. Aus den Teigzutaten einen glatten Teig kneten und in Folie gewickelt über Nach im Kühlschrank ruhen lassen.
2. Ofen auf 200 Grad vorheizen (Umluft 180 Grad, Gas Stufe 3). Bleche mit Backpapier auslegen. Teig auf bemehlter Arbeitsfläche messerrückendick ausrollen, runde Plätzchen ausstechen und auf die Bleche legen. Im Ofen (Mitte) 8 Minuten backen. Abkühlen lassen.
3. Aus Milch, Orangensaft und Puddingpulver einen Pudding kochen. Zugedeckt und unter mehrmaligem Umrühren abkühlen lassen. Zimmerwarme Butter cremig rühren, dabei portionsweise den gesiebten Puderzucker einrühren. Nun löffelweise den Pudding unterrühren. Je zwei Plätzchen damit zusammenkleben und ein paar Stunden im Kühlschrank fest werden lassen.
4. Kuvertüre grob hacken und zusammen mit dem Kokosfett im Wasserbad schmelzen lassen. Plätzchen teilweise hineintauchen und auf Butterbrotpapier trocknen lassen.

Wildschwein-Sauerbraten

nach dem Geheimrezept von Schwester Benedicta

Zutaten für 4 Personen:

Für die Beize:

- ¾ l Wasser
- ¼ l Rotweinessig
- 5 Pimentkörner
- 2 Lorbeerblätter
- 5 Wacholderbeeren
- 5 Pfefferkörner
- 2 Nelken
- ½ TL Salz

Außerdem:

- 1–1,5 kg Wildschwein (z. B. aus der Keule)
- 4 EL Öl
- 2 Gemüsezwiebeln
- 1 große Karotte
- 2 reife Birnen
- 125 g Speckwürfel
- 4 cl Portwein
- Salz, Pfeffer

1. Die Zutaten für die Beize in einem Topf aufkochen und wieder abkühlen lassen.
2. Das Fleisch kalt abspülen und mit Küchenpapier trockentupfen. In ein großes verschließbares Gefäß geben und mit der Beize übergießen. Das Fleisch sollte bedeckt sein. Fleisch drei bis sechs Tage durchziehen lassen, dabei immer wieder wenden.
3. Fleisch aus der Beize nehmen und mit Küchenpapier gut trocken tupfen. Das Öl in einem Bräter erhitzen und das Fleisch darin von allen Seiten anbraten. In der Zwischenzeit Zwiebeln schälen, vierteln und in dünne Scheiben schneiden. Karotte schälen und in grobe Stifte schneiden. Birnen schälen, vierteln, Kerngehäuse entfernen und klein würfeln. Zusammen mit den Speckwürfeln zum Fleisch in den Bräter geben und mitbraten, bis der Speck braun wird. Die Backröhre auf 200 Grad vorheizen. Braten mit der Beize aufgießen und im Ofen ein bis ein einhalb Stunden ohne Deckel garen lassen.
4. Aus dem Ofen holen, Fleisch herausnehmen und in Scheiben schneiden. Die Lorbeerblätter und Gewürzkörner heraussuchen. Bratenfond mit dem Pürierstab pürieren und mit Portwein und Salz und Pfeffer abschmecken. Zurück in den Bräter geben, Fleisch hineinsetzen und im Ofen noch ein paar Minuten durchziehen lassen.
5. Dazu passen am besten Brezelknödel, also Semmelknödel mit Laugenbrezeln, aber auch Kartoffelknödel, breite Nudeln oder selbstgeschabte Spätzle.

Doros rein vegane Quinoa-Bällchen

Zutaten:

- 200 g Quinoa
- 3 dl Wasser
- 0,3 dl Öl (z. B. Olivenöl)
- 1 Dose Kichererbsen, abgetropft
- 1 Zwiebel
- 1 Knoblauchzehe
- 1 EL Petersilie, gehackt
- ein Schuss Zitronensaft
- etwas Salz & Pfeffer

1. Quinoa in einem Sieb unter heißem Wasser abspülen.
2. Das Wasser aufkochen, Quinoa beigeben und so lange auf niedriger Flamme köcheln lassen, bis das Wasser aufgesogen ist.
3. Kichererbsen mit 0,2 dl Öl zusammenmixen.
4. Zwiebel in kleine Würfel schneiden, Knoblauchzehe pressen. Alles mit Petersilie, Zitronensaft, Salz und Pfeffer zu einer Masse verrühren.
5. Aus der Masse kleine Bällchen formen und in eine geölte Gratinform legen. Mit Öl bestreichen.
6. Ofen auf 180 Grad vorheizen und in der Mitte des Ofens ca. 30 Minuten backen, bis die Bällchen goldgelb sind.
7. Die Bällchen können zusammen mit einer Sauce, z. B. veganer Tomatensauce oder afrikanischer Erdnusssauce, genossen werden. Ebenfalls eignen sie sich als Fingerfood oder Snack zum Mitnehmen in der Tupperdose – beispielsweise als Stärkung kurz vor einem Gig.

Stephans Pizza »Bodyguard«

Zutaten:

- 1 Tiefkühlpizza nach Wahl
- 1 frische Tomate
- etwas Gewürzmischung »Provencale«
- etwas Olivenöl

Den Backofen gemäß Angaben auf der Pizzaverpackung vorheizen. Die Pizza aus der Verpackung nehmen und auf ein Backblech oder Gitter legen.

Die frische Tomate in Scheiben schneiden und hübsch auf der Pizza verteilen. Mit Gewürzmischung »Provencale« würzen, ein wenig Olivenöl draufträufeln.

Im Backofen gemäß Angaben auf der Pizzaverpackung backen. Vielleicht auch eine oder zwei Minuten länger.

Die Pizza aus dem Backofen nehmen. Handschuhe oder Topflappen nicht vergessen, da das Blech heiß ist.

Schinkis Bierbowle mit Himbeeren

Zutaten:

- 2 Flaschen helles Hefeweizen (0,5 l)
- 1 Flasche trockener Sekt
- 250 ml Himbeersirup
- 300 g gefrorene Himbeeren

Das Bier in eine Glasschale füllen, Himbeersirup und Sekt hinzufügen. Zuletzt kommen die gefrorenen Himbeeren in die Bowle. Etwa zwei Stunden warten (auch wenn es schwerfällt), bis die Himbeeren aufgetaut sind.
Zurücklehnen und genießen.
Prost!